Heibonsha Library

コッド岬

Cape Cod

JN116128

平凡社ライブラリー

Heibonsha Library

コッド岬

Cape Cod

浜辺の散策

ヘンリー・D. ソロー著
齊藤 昇訳

平凡社

本訳書は、平凡社ライブラリー・オリジナルです。

目次

凡例

一、本書は Henry D. Thoreau, *Cape Cod*, 1984. の全訳である。

一、読みやすさを考慮し、原文にはない改行を適宜挿入した。

一、訳者による補足ならびに注記は、本文中に〔 〕を用いて挿入した。

一、引用の翻訳はすべて訳者による。

一、原文には、今日では差別的と考えられる表現もあるが、時代的な背景を考慮してそのまま訳出した。

コッド岬周辺の地図

プロヴィンスタウン
ハイランド灯台
トゥルーロ
ウェルフリート
プリマス
ケープコッド湾
マサチューセッツ州
ノーセット灯台
イースタム
オーリンズ
サガモア
デニス
サンドウィッチ
ヤーマス
バーンスダブル
チャタム
ハイアニス
大西洋
エドガータウン
メネムシャ
ナンタケット島
マーサズ・ヴィニヤード島
0
10km

第一章　難破船

「プリマス港のメイフラワー号」(William Halsall, 1882)

私は以前にも増して海に親しんでみたいという強い思いに駆られた。地球の表面の三分の二以上を覆うと言われる大洋は、海辺からほんの数マイル離れた陸地に住む者にとっても、その形状さえしっかり捉えることができない、いわば別世界なのだ。私は一八四九年一〇月にマサチューセッツ州南東部にあるコッド岬を訪れた。そして翌年の六月と一八五五年の七月にはトゥルーロを訪れた。それらの旅の最初と最後は一人の友人（ユニテリアン主義の主要な神学者ウィリアム・E・チャニング）と一緒だったが、二度目は単独の旅となった。コッド岬を巡る旅路の日数はすべて合わせると三週間ほどであった。私はコッド岬のイースタムからプロヴィンスタウンまでの大西洋岸線に沿った道のりを二度にわたって歩いた。また乗り物を利用した四、五マイルの道程を除けば、ケープコッド湾側を一度逍遥している。その途中で五、六回はコッド岬を横断したことも書き添えておきたい。だからと言って、海のことがよく分かった訳ではないし、ほんの少しだけ潮の香りに包まれたに過ぎない。どうか読者の皆様には海岸沿いの地域で吹く風に乗る潮の匂い、もしくは秋の嵐が過ぎた後で二〇マイルほど陸地に入った家々の窓や幹の樹皮に付着した海の匂い以上のことを本書に期待しないでほしい。私はマサチューセッツ州のコンコード（コンコードにはソローの名著『ウォールデン――森の生活』の舞台になったウォールデン湖がある）という町の周囲一〇マイル以内にある湖にはよく足を運んだものだが、最近になって、ふと海辺の方まで足を延ばしてみようと思った次第だ。

私の親しい友人ブロンソン・オルコット〔名作『若草物語』を著わしたルイーザ・メイ・オルコットの父親で、著名な教育改革者〕が『人間文化論に関する教義と修養』（*The Doctrine and Discipline of Human Culture*）という本を書いたのだから、私だってコッド岬に纏わる本を書き残しても差し支えないだろうと思った。コッド岬についての文章も、「人間の教養」の一端を窺わせる一文に過ぎないだろうし、そこには無味乾燥で味気ない様相など微塵もないはずだ。ところで、この本の書名について言及すれば、そもそも「岬（Cape）」という語はフランス語の「cap」に由来し、さらにラテン語の「caput」、すなわち「頭」という意味に辿り着く。多分、それはラテン語の動詞「capere（ぐっと摑み取る）」から派生した語であるから、たとえば「チャンスの神様の前髪を摑め」という諺が語るように、何かを摑む、つまりそれは大事な頭部を指すといったような史的変遷を経てきたのだろう。なるほど、いかなるヘビであっても、頭を捕まえてしまえば嚙みつくことはできないし、それが一番安全だ。次に「コッド（タラ）」という語についてだが、端的に言えば、それは一六〇二年にバーソロミュー・ゴズノールド船長がコッド岬の辺りで大量のタラを漁獲したことが発端である。「コッド」はサクソン語の「codde」という語源から解き明かすことができる。これは「種が詰まったサヤ」を意味したり、あるいは魚の形やその胎内にある卵の塊を指す。おそらく「codling（熟していない青いリンゴ）/pomum coctile?（焼きリンゴの類）〔原文ママ〕」や「coddle（煮る）」、すなわち大豆などをとろ火で煮ることからの派生語でもあろう。

コッド岬はマサチューセッツ州のむき出しになった肘を少し曲げたような形をしている。さしずめ、肩のあたりは大西洋の入り江のバザーズ湾といったところだろうか。肘、すなわち尺骨の突起部はマレバール岬、手首はトゥルーロ、そして砂の拳がコッド岬の先端にあるプロヴィンスタウンだ。その背後にはグリーン山脈を背負ったマサチューセッツ州がまるで猛者の如く、しっかりと両足で海床を踏みつけるようにして身構え、外敵から湾を守る警戒心を緩めていない。北東から吹く暴風と闘いを繰り広げたり、時によっては、荒ぶる大西洋を大地の膝から持ち上げ、さらにアン岬の辺りで胸部をプロテクトしているもう一方の拳を、いまにも突き出しそうな気配を漂わせている。

地図で丁寧に調べてみたら、マサチューセッツ州の本土の海岸線から三〇マイル以上離れたコッド岬の前腕部を形成する東側の外海岸には砂浜が連綿と続いていることが分かったので、広大な海を眺望するのに格好な場所だと思った。ただし、途中に砂浜の裂け目が一か所あり、それがオーリンズのノーセット港への入り口となっていた。したがって、陸地を利用して砂浜まで行こうとするならば、まずイースタムにまっすぐ向かうことになるだろう。そのルートを選べば、おそらく厄介なことにならないでレイス岬までのおよそ二八マイルの距離を踏破できるはずだ。

私たちは一八四九年一〇月九日の火曜日にマサチューセッツ州のコンコードを出発した。ボストンに到着して分かったことだが、その前日に発着港に姿を見せるはずのプロヴィンスタウンの蒸気船が運悪く激しい嵐に見舞われてしまい入港できなかったという情報が入ったのだ。そんな折に町で見かけた号外チラシの「コハセット沖で水難事故発生！　乗組員一四五名死亡、生存者なし」という文字が目に飛び込んで来た。この不慮の事故の悲報に接したこともあり、私たちは急遽予定を変更し、コハセットを経由してコッド岬に向かうことにした。私たちの列車には遺体の身元を確認しようとする人たち、また故人を悼みその遺族に対してお悔やみの言葉をかけたりしている人たち、あるいはその日の午後に予定された故人を偲ぶ葬儀に参列するアイルランド人でいっぱいだった。コハセットに着くと、乗客のほぼ全員が一マイルほど離れた浜辺に向かおうとしていたし、また近隣からも大勢の人々が集まっていた。実際、数百人にも及ぶ群衆が徒歩や馬車でコハセット広場を通過して海辺へと向かった。その中にはハンティング・ジャケットを羽織り、銃と狩猟用の獲物袋を抱えながら猟犬を何頭も引き連れている人もいた。墓地の近くを通ると、掘られたばかりの地下室のような大きな墓穴が目に入った。海岸のすぐ近くまで歩いていこうとしていたのだが、その途中で小気味よく曲がりくねった石ころだらけの悪路をガタガタと音を立てながら礼拝堂に向かう何台かの干し草を積んだ馬車や農業用の台車とすれ違った。それぞれにはモミ材を荒削りした三個の大きな箱が積まれていた。

無論、その箱の中には何が入っているのか、と訊くまでもなかった。そうした荷馬車の持ち主は葬儀も請け負う羽目になったのである。海岸沿いに設置された防風柵には、たくさんの馬車馬が繋がれていた。その海岸一帯は一マイル以上にわたって、身内の遺体を捜し求める人たちや、難破船の残骸を詳しく調べようとする人たちで溢れかえっていた。海岸からやや離れた沖合には、ブラッシュ島と呼ばれる小さな島があり、そこには一軒の小屋があった。ナンタスケットからシチュエートにかけての海岸沿いはマサチューセッツ州で最も岩礁の多いことで有名である。寄せ返す荒波に洗われても崩れない硬質な閃長岩が剝き出しになっている。そんな状況なので、ここは以前から海難事故が発生しやすい海域として知られていた。

それは日曜日の朝のことだった。移民を乗せてアイルランド西部の都市ゴールウェイを出航した横帆の二本マストのブリッグ型船、セント・ジョン号が難破したのだ。私たちがそこに到着したのは火曜日の朝だった。その時にも依然として岩をも砕くような荒波が打ち寄せていた。海辺から二、三ロッド〔一ロッドは五・〇二九二メートル〕離れた斜面緑地のところどころに例の大きな箱が一八個から二〇個ほど安置されており、群がり集まった大勢の人々が周りを取り巻いて、その様子を見守っていた。捜索により収容された二七、八人の遺体は全部そこに集められた。棺の蓋を釘で手早く打ち付ける者もいれば、遺体を納めた棺を馬車や台車などに載せて運ぶ者もいた。あるいは釘打ちされていない棺の蓋を外し、顔伏せの白い布をめくって覗き込む者もいた。ボロ布を纏ったような悲惨な姿の遺体には、雑に白布が掛けられていた。沈黙の悲しみの中で真摯に黙々と作業に取り組む人の姿を見ていると心が痛む。ある人は身元を特定できるような手がかりを何とか見つけようと躍起になっていた。その一方で、葬儀屋と桶大工がどの棺にあの子供の遺体を納めたかと、他の仲間らしき連中に向かって問いかけていた。遺体を覆う布を取り払ったら、大理石のような白い足や頭部の髪の毛がぐちゃぐちゃに絡まり合った哀れな姿が次々と露わになった。溺死した少女の遺体は鉛色に変色し、しかもその肢体はパンパンに膨れ上がり、ズタズタになっていて正視に耐えない。彼女はたぶん想像するに、アメリカのどこかの家に住み込んで家事使用人として奉公するためにやってきたのだろう。その遺体はまだ衣服の切れ端で巻かれたままであった。ネックレスが腫れあがった首に半ば食い込む形で止まっていた。そのよじれた肢体はまるで廃船のように海中の岩や魚類の歯による損傷が著しかった。たしかに骨や肉は露出していたものの、出血している気配はなかったし、遺体は単に赤と白に分かれていたに過ぎなかった。大きく見開いて何かを凝視しているかのような目は本来の光沢をすっかり失っていた。それはまるで座礁した船の窓に砂が詰まったようだった。

　同じ棺の中に二、三人の子供や、片親とその子供と思しき遺体が納められていることもあった。棺の蓋の上に「某ブリジット女史とその甥」などと赤いチョークで記されていたのもその一例だ。周囲の草地には帆布や衣服の切れ端が辺り一面に散乱していた。後になって、私は海の近くで暮らしている人からこんな話を聞いた。後から来ることになっていた妹に自分の子供を預けて、その前にアメリカの地に足を踏み入れていた一人の女性がいた。彼女が並べられた棺の蓋を開けて中を一つ一つ覗き込んでいると、先ほどの赤いチョークの文字が記された一つの棺に目がとまった。その中に視線を注ぐと、何とそれは自分の子供が妹の腕の中に抱かれている姿ではないか。妹はあたかもこういう姿で発見されることを望んでいたかのような表情を浮かべていた。その母親はそれから三日もしないうちに、その衝撃的な光景を目撃したことにより、身体に変調をきたし亡くなったらしい。

私たちはその場から離れて、ゴツゴツした岩場が続く海岸沿いを歩いて散策した。最初に辿り着いた入り江には、難破船の残骸らしきものが砂や海藻や夥しい量の抜け羽と入り混じって散乱していた。しかし、中にはとても古くて錆び付いているものも散見されたので、私は最初、何年も前に砂浜に打ち上げられた難破船の破片ではないかと思ったほどだ。イギリスの海賊船の船長であるキッド〔アメリカ人作家エドガー・アラン・ポーの短編小説「黄金虫」にも登場するウィリアム・キッド船長を指す〕のことも脳裏を過ったし、海岸に散らばっていた羽毛はその地域に生息する海鳥が落としたものであろうと考えを巡らせた。おそらくこの付近にはキッド船長に纏わる伝説が息づいているのだろう。私は一人の船乗りの男に尋ねた。あれはセント・ジョン号のものかと。すると彼はそうだと、威勢よく答えた。さらに船が座礁した地点はどこかと尋ねた。船乗りは海岸から一マイル沖にあるグランパス・ロックという岩礁を指さして、次のように言った。

「水面に船体の一部が突き出た状態になっているだろう。ちょうどちっぽけな小船みたいに」

たしかにその通りだ。どうやら船体は錨鎖と錨で繫ぎ止められているようだ。この事故の犠牲者はあれで全部かと訊くと、「その四分の一にもならないだろうよ」という返事だった。

「じゃ、残りの遺体はどこにあるんですか?」

「ほとんどの遺体は船の残骸の下にあるのさ」

この入り江付近だけでも、大型船の一隻分ほどの残骸が打ち上げられており、それらを荷馬車に積んで運び去るには、かなりの日数がかかりそうだった。その残骸が散らばる範囲は数フィートにも達し、帽子や上着があちらこちらに付着していた。残骸を取り巻いていた群衆の中には荷馬車を走らせて来た連中がいて、彼らは嵐の後に浜辺に打ち上げられた海藻を脇目もふらずかき集め、それを波が押し寄せてこないところまで運んだ。彼らは衣服の切れ端を海藻から剝がすのに勤しんでいたが、難破した人の遺体がその下からどのタイミングで現れるか、そんなことはお構いなしだ。どれだけ悲惨な水難事故が起ころうが、海藻から作る肥料が貴重であることに疑いを持たない。結局、この事故も社会の根幹を揺るがすほどの深刻な事態にはならなかったようだ。

一マイルほど南の方に下ったら、セント・ジョン号が必死になって追尾したイギリスのブリッグ型の船のマストが目に入った。この船は錨鎖を切り離していたので、運のいいことにコハセット港の入り口まで辿り着くことができたのだろう。海岸沿いをさらに少しばかり進むと、男性の衣服が岩に引っかかっているのが見えた。さらに先へ先へと行くと、女性のスカーフ、ドレス、麦わら帽子、ブリッグ型船の船内調理室、そしてギザギザにへし折れた長くて乾き切ったマストなどが広い範囲に散らばっていた。同じ海岸にある別の荒れた岩だらけの入り江では、海辺から数ロッド離れたところにある高さ二〇フィートの岩の影に依然として一つの大塊となったままの船体側面の一部が見えた。それは長さが四〇フィート、幅は一四フィートといったところだろうか。私が以前に小さな残骸を見た時の驚きなど到底及びもつかない。このように粉々に砕かれた船の残骸を目の当たりにするつけ、その凄まじい波の破壊力に度肝を抜かれた。この光景を見て、途轍もなく大きな船材であろうと、あるいは帆を動かす鉄製の操桁索であっても、いかなるものも海の波の圧倒的な力の前にはなす術がなく粉々に砕け散ってしまう、と私は思った。こんな場合には、波の強烈な一撃で鉄だって粉砕されるに違いないし、大型船であっても疾風に吹きつけられて岩礁に乗り上げてしまえば、まるで卵が割れるかのように脆く潰れてしまい、ひとたまりもないはずだ。しかし、こうした船材の中には、かなり腐食が進んだものもあり、私が傘の先で突いたら、すっとその中に入ってしまいそうな脆いものもあった。とはいうものの、この船材に摑まることができたお陰で、尊い命を救われた遭難者が何人もいたようだ。もうすっかり乾き切ってしまった船材だが、それが入り江のどの辺りに辿り着いたのか、近くにいる人に教えてもらった。そして、その船材が漂着した場所や腐朽が多く見られる状況を考えると、よくも命が助かったものだと不思議な気がした。

　さらに先へと歩くと、セント・ジョン号の難破事故で生き残った船乗りが群衆に囲まれてその仔細を語っている光景に出くわした。この男はほっそりとした体格の若者で、セント・ジョン号のキャプテン〔船長〕のことをマスター〔親方〕と呼称していた。彼は少しばかり興奮気味だったように見受けられた。話を難破の時に戻せば、乗船していた者たちが一気に救助の小船に乗り移ったものだから、小船は瞬く間にいっぱいになってしまったという。その強い衝動に小船は左右にふらついた。その結果、船底に溜まった水の重みでセント・ジョン号に繋がれていた舫《もや》い綱が解けてしまい、本船から離れてしまったというのである。その時、一人の男が割り込んできて、こんな風に口を挟んだ。

「そうだとも。その男の言うことはまったくの真実さ。たしかに小船の船底に溜まった水の重みで舫い綱が解けてしまったんだよ。船底に水が一杯溜まると、かなり重くなるものだ」。こんな言葉を並べ立てながら大声を出して、えらい剣幕で詰め寄ってきた。この事故に関してそれは間違いないと言わんばかりに、威勢を張った堂々たる語りっぷりは結構だが、人間的に興味をそそられるような人物ではなかった。そうこうしているうちに、恰幅のいい別の男が目に入った。彼は浜辺の岩の傍らに立ち、海をじっと眺めていたが、長く身に付いた習慣なのか、大きな噛みタバコを口の中でもぐもぐさせながら噛んでいた。

「そろそろ行こうか」と、もう一人の男が連れに言った。「もう引き上げようじゃないか。だいたいの様子は分かった。葬式までいたって仕方ない」

さらに歩みを進めると、一人の男が岩の上に立っているのが見えた。どうやら、あの事故の生存者の一人らしい。見たところ、真面目そうな印象の男で、ジャケットを着込んで灰色のズボンを穿き、両手をポケットに突っ込んでいた。私は彼に幾つか質問を投げかけたが、この件に関してはあまり人と話したくないような素っ気ない態度だった。彼は間もなくして、どこかへ立ち去ってしまった。その傍らには、オイルド・ジャケット〔コットン生地に防風・防水のためにオイルをたっぷり染み込ませた上着〕を着た水難救助員が一人いて、イギリスのブリッグ型の帆船の海難救助に向かった時の様子を語ってくれた。彼の話によると、彼らは途中でセント・ジョン号と偶さかすれ違ったが、その救助ボートには乗組員全員が乗り移ったものとばかり思っていたようだ。大波で視界が遮られて帆船に人が残っているかどうか確認できなかったのが要因だが、もし船内に残った人たちを確認できていれば、そのうちの何人かを救出できたかもしれないというのだ。

　そこからさらに進むと、セント・ジョン号の船旗が岩の上に広げて干されている光景が目に映った。その船旗の四方には重石が置かれてあった。船旗は小さな存在だが、船にとっての存在意義は大きい。いずれにしても、その旗は長い間、漲る潮風にひらめきながら、ここに辿り着いたのだ。そのことは明々白々な事実である。こうした岩々の付近から周囲を眺めると、一、二軒の家々が確認できた。心と身体に深い傷を負った生存者たちの何人かは、そこで治癒の施しを受けようとしていた。だがその中の一人は、もはや助かる見込みがなさそうだ。

　私たちはコハセット岩礁をもっとよく見たいと思ったので、ホワイト・ヘッドと呼ばれる岬のような場所まで浜辺に沿って歩いた。半マイルも歩かないうちに、小さな入り江に辿り着いた。そこでは一人の老人とその息子が重い荷馬車を引く農耕馬を使って、辺りに散らばった海藻類をかき集めているところだった。それらはあの未曽有の甚大な被害を引き起こした嵐によって打ち上げられたものだ。そこからはセント・ジョン号を座礁させたグランパス・ロックをはっきりと捉えることができたが、彼らにとってはそんなに近くで起こった海難事故であるのに、何故かどこ吹く風。いまの世に重大な事故など起こるはずもない、あたかもそんな振る舞いで、いつもの通り平然と仕事に従事していたのである。ところが実際には、この老人は海難事故のことを知っていた。それも事細かな状況まで承知していたという。だが、事故が発生して以来、その現場には一度も足を運んでないらしい。彼の一番の関心事は、何と言ってもヒバマタ科の海藻、コンブ、藻草などの難破によってもたらされた海藻類を、いかにたくさん採取することができるかであった。そして、それらを荷馬車に積み込んで自分の納屋まで運び入れるのだ。件の海難事故に巻き込まれ、打ち上げられた遺体など、海藻とは別物で何の役にも立たない代物である。その場を後にした私たちは、次の緊急事態を想定して備えられている救助ボートのところまで来た。その日の午後には、船長と他の生存者たちを先頭に葬列を組んだ野辺の送りの様子を遠くから眺めた。

概して言えば、こうした光景は思っていたよりも小さい衝撃だった。どこかの人影もなく静かな浜辺に打ち上げられた海難遺体を目撃すれば、それは私にとってもより大きな衝撃だったろうが。果たして天の采配なのか、私は哀れな人間の海難遺体を引き裂くような悲惨な状態をもたらした大海の風と激しい波に淡い同情を寄せた。もしこれが自然の摂理に従うものであるならば、どうして畏怖の念を抱き、深い憐みに時間を費やすのか？　最後の審判の到来を告げる日が訪れたら、親しい友との別離であろうと、あるいは自分の将来の夢が打ち砕かれそうになっても、そう深刻に考えはしないだろう。およそ戦場でも同じことが言えるだろうが、戦死者が増えるに従い、それは人類に共通の運命を免れた人々にもたとえられて死体を見ても怖いと感じなくなるのではないだろうか。全部の墓地をざっと見渡せば、戦死者の数の圧倒的な多さがひと際目立つ。私たちの同情を誘うのは、それぞれ個々の人間の営為なのだ。人にとって葬儀とは一生に一度、屍を見られることも同様である。しかし、この事故で浜辺付近の住民が受ける影響は少なくないだろう、と私は思った。というのは、彼らは昼夜を問わず、浜辺に押し寄せる惨状を極めた犠牲者の遺体を目に焼き付けることになるだろうし、この事故のことを知らないままでいる遠方の遺族の気持ちに代わって御難を想像し、厚い同情を示すことになるだろうから。

この海難事故後、何日か経ってからのことだった。浜辺をのんびりと散歩していた人が海面上に浮く何か白い物体を発見した。早速、小船でその近くまで寄って見ると、それは何と女性の水死体であった。直立した状態で海面に浮き上がったため、彼女の白い帽子は潮風で吹き戻されたのだ。多くの孤独な散歩者たちは、この事故により浜辺本来の美しさを損なってしまったと嘆くかもしれないが、やがて時が経てば、こうした難破事故によって浜辺には崇高な域に達した稀有な美しさが醸し出されていることに気づくだろう。

そもそも遺体に対して気遣うような態度で接する意味が分からない。もはや屍は蠕虫が寄生し、魚が群がる単なる物体だというのに。ところで、屍になる前の彼らは、コロンブスやピルグリム・ファーザーズ〔一六二〇年にメイフラワー号で北アメリカに渡った巡礼始祖のこと〕のように新世界への航海に乗り出し、その岸辺から一マイル近くまで迫っていたのだが、まさにその直前に彼らはコロンブスさえ想像していなかった別の新世界へ移り住んでしまったのだ。黄泉の世界のことについては科学的にも未だに解明されていないが、私たちはコロンブスが発見した新世界よりも遥かに普遍的な価値を有し、それを裏付ける確かな証拠もあるところだと信じている。それは単なる船乗りたちの上辺ばかりの戯言、もしくは取るに足りない小さな流木や海藻でもなく、絶え間なくいろいろな岸辺に打ち寄せる現実的な漂着物や自然の衝動といったところだろうか。私は不慮の水難事故に巻き込まれたとみられる虚しい遺体が岸辺に打ち上げられているのを見た。しかし、その魂は嵐と暗闇をくぐり抜けて、誰もが皆最後に辿り着くことになる遥か西の海岸に足を踏み入れていたのだ。彼らが難破と蘇生という理不尽な運命から免れたことを神に感謝するのみである。天国の港に無事に漂着した船乗りたちも、俗世界に住む友人たちからすれば、ある意味で難破したことになるだろう。すなわち、彼らは現世のボストン港へ到着することが幸せだと思っているからである。おそらく彼らの友人たちの目には入らないかもしれないが、その魂は優れた水先案内人によって、そっと迎えられたのだ。船乗りたちのたいそう立派な船は、清々しい穏やかな風に誘われ、そして柔らかな日差しを浴びながら天国の陸地に到着すると、そこに徐に唇を落とすのである。なるほど肉体に別れを告げるのは辛いことだが、いったん失ってしまえば、それがなくても何とかなるものだ。それほど深刻なことではない。

そうは言いつつも、彼らが抱いていた夢も希望も志もすべてがパチンと弾けて泡のように消えてしまったではないか！　怒濤のような大西洋の荒波に呑み込まれて、幾体もの幼子たちの屍が岩に叩きつけられたではないか！　いや、そうではない。たとえセント・ジョン号がこの港に辿り着けなかったとしても、あの世の港には速やかに辿り着いているはずだ。どんなすさまじい強風に遭遇しようが、人間の魂は少しもたじろぐことはない。風は魂の息吹だから。心清き者の志はどんな岩にぶち当たっても砕けることはない。たとえ頑強なグランパス・ロックという岩礁であっても同様だ。志を達成するためには一念岩をも通すだろう。静かに逝きしコロンブスに捧げられた詩に一言添えて、セント・ジョン号の事故で亡くなった方たちへの鎮魂の想いを込めたい。

もうすぐ、すべての終わりが訪れる、
すみやかに帆を揚げるのだ。
遥か遠くの未知なる国を探し求めて。
一人でその国を訪れたものの
そこから音信が届くことはない。

船人はひとたび沖に出れば、
戻って来たためしはないのだ。

木彫りの飾りも折れた枝も、
遥かなる国より流れ着くことはない。
大洋に乗り出した探求者の目に、
可愛い幼子の屍は映らない。

わが誇り高き船人よ、むやみに怯えることなく、
帆をより高く揚げようではないか。
精霊たちよ！　大いなる海原へ
心静かに出帆せよ。

測り知れない海の深みに潜む
岩峰も恐れることなく、
天使の翼がゆらゆらと羽ばたく風を帆に受けて

爽快に船を進めよう。
さあ、錨を上げて出航だ。心は穏やかに喜び満ちて、
荒々しい波飛沫を噴き上げる土塊の海岸から。
そして鮮やかなバラ色の雲が浮かぶ時、
至福に満ちた島が視界に飛び込んでくる。
〔デンマークの詩人アダム・G・エーレンシュレーゲルの詩より〕

その後、ある夏の日に私はボストンから海岸沿いを歩いてここまでやってきたことがある。その日は酷く暑かったので、何頭かの馬は少しでも涼風を求めようとマサチューセッツ州のハルにある古い砦の城壁の天辺まで駆け上がった。そこはぐるりと回って体勢を変えることもできないほど狭い場所だった。浜辺から海岸線に沿ってナス科の一年草ヨウシュチョウセンアサガオが一面に咲き誇っていた。いまや円滑な海上輸送を介して、世界のどの国にいても、さしずめキャプテン・クックなる名を冠したこの華麗な花を楽しめるが、それを眺めていると、私はあたかも諸国を結ぶ大道にいるかのような錯覚に見舞われた。ところで、この花を巡っては、国家間での正当な貿易取引だけに留まらず、それに便乗する悪質商法に塗れた事案が後を絶た

ないのも事実である。そのために純粋で無垢な植物とは言い難いのだ。すなわち、それが湾岸の王者ヴァイキングと言われる所以だろう。この植物から採れる繊維などは、なるほど海上の海賊たちがそれなりの謂れを紡ぎ出すのに相応しい代物だ。

海岸から半マイルほどの沖に停泊する船上で男たちが喚き立てる大声が聞こえた。それは船舶間の距離の遠さに邪魔されてしまい、まるで農家の納屋の中で喚いているような、およそ上品とは言い難い声だ。広大な海を見渡すと、急速に痩せ細る海に浮かぶ島々や大地を貪欲にかじり取ろうとしている海の姿を見ることができた。マサチューセッツ州のハルにあるポイント・アラートン付近では、ぽつんと隆起したアーチ状の丘が思いも寄らぬ形で不意に切断されている。植物学者たちが「不規則な形をした丘」と呼ぶのも頷ける。空を背にした稜線を辿れば、いまはただ海水に覆われているが、そこには、かつて巨大な丘が存在したのだろうと容易に想像できる。その一方で、ハルの内側に浮かぶホッグ島の辺りでは、そうした島々の不規則な残骸が新たな海岸の風景を創り出していた。こうして様々な形で、未来に引き継ぐ景観がおやかに出来上がろうとしているのだ。ホッグ島自体もまさに砂のさざ波のような形をしていた。島民たちに申し上げたいが、もし盾形の紋様を形作ろうと思うならば、押し寄せる波を模した紋様を描いてみてはいかがだろうか。白い波頭が叫び声を上げていて、そこからヨウシュチョウセンアサガオという海草が顔を覗かせている。そんな趣向を凝らしたものはどうだろうか。ちなみに、その海草は人の肉体に直接有害な影響を及ぼすことはないが、長期にわたって摂取すると何らかの精神障害を抱えることになる厄介な代物である。

歩きながらハルの町をぶらついている時に聞いた話の中で私が最も興味深く思ったのは、永遠に涸れることのない泉のことだ。私が浜辺を暑さに喘ぎながら歩いていると、その土地の人が遠方に見える丘の中腹に存在するその泉について教えてくれたのだが、結局、私は一度も訪ねる機会がなかった。もし私がローマの町を彷徨していたとして、やはり終生忘れ難い印象として心に深く刻まれるのは、ローマの七丘のうちで最も高い丘であるカピトリヌスに佇む泉だろうと思う。実際、私はハルの町にある深さが九〇フィート、その底には大砲が埋められていると言い伝えられているかつてフランス人が残した砦の井戸には、少なくとも幾分関心を持っていた。私が気ままにナンタスケットの浜辺で憩っていた時、宿屋から出てくる軽装の二輪馬車を数えていたら、全部で一二両だった。それぞれの御者たちは、時々、馬を海岸沿いへと向かわせて休息かたがた涼を取らせた。都会暮らしの人たちにとって、海の恵みに対する価値といえば、せいぜい涼しい海風と海水浴ぐらいのものだろう。

さて、エルサレムの村に来てみると、住民たちは摘み取ったアイリッシュモス〔ゼリーなどの材料として使われる〕を広げて天日干しをしていたが、猛烈な雨と雷が襲いかかってくる前に、それらを大急ぎで取り込もうとしていた。驟雨が道の片側を通り過ぎていった。私の頭上には

二、三滴の雨粒が降ったに過ぎなかったものだから、あまり涼しくならなかった。その時、一条の涼やかな風が吹いて、それが私の頬を掠めた。それとは別に、ちょっと周囲を見渡しただけでも、湾内には船が一隻転覆していたし、その他数隻の船も湾内の水域に錨を下ろしたまま座礁しかかっていた。

ところで、私はコハセット岩礁で海水浴を楽しみ、贅沢なひと時を過ごすことができた。有難かったのは、海の水がどこよりも綺麗で透き通って見えたことだ。つまり水を濁す泥の類など微塵もない状態だった。海の底には土砂が堆積されているので、スズキが潜んでいたし、滑らかに研がれ異様な模様入りの砂岩も豊富にあった。実にきれいで傷一つない、ゆらゆらと漂うヒバマタ科の海藻は岩礁にしっかりと付着していたので、それを摑み這い上がることは容易だった。こうした海の恵みは海水浴での戯れを一層楽しいものにしたと思う。アイリッシュモスに付着している帯状の海産甲殻類は、花の蕾や花弁や果皮などの成熟した植物の姿を想起させるものだ。それらは、岩石の裂け目に沿ってジャケット・ベストのボタンのように規則正しく並んでいる。一年を通じて最も暑い時期だったが、なにしろ氷のように冷たい海水だったので、泳ぐと言っても腕を幾度か回す程度だった。したがって、こんな場所で難破でもしようものなら、溺死する前に凍え死ぬんじゃないか、と私は思った。ひと浴びするだけでも猛暑なんて吹っ飛んでしまうほどだ。それまで汗だくだったとしても、一度海に入ったなら、それからせめて三〇分ぐらいの時間が経たなければ、その日の夏の暑さを思い起こすことすらできないのではないだろうか。その近くには蹲った姿勢のライオンを想起させるような黄褐色の岩礁が海に敢えて挑戦状を叩きつけながら、それゆえに絶えず荒波に晒されて大量の海砂でつるつるに磨かれていた。潮が引いた時に生じる現象だが、岩の小さな窪みに取り残された海水は、とても綺麗で澄んでいるため、塩水とは思えずに、つい口に含みたくなった。そうした岩場をさらに上方に進むと、雨水によってもたらされた真水の窪地が幾つもあった。どれも深さと水温が一様ではなく異なっているので、水の戯れにはいろいろな趣向を凝らすことができそうだ。また、滑らかで光沢のある表面をした岩に見られるさらに大きな窪みは、休息を取ったり、着替えをするのに便利だ。このように様々な楽しみ方が潜んでいるように思われて、ここはこれまで見たことがないほど喜ばしく完璧な浜辺であった。

コハセットには、およそ四〇〇エーカーの思わず息をのむほど美しくて水深の浅い湖がある。それは狭い砂洲によって海から隔てられていた。人づてに聞いた話だと、春に暴風雨で海が酷く荒れた時、砂洲を越流した海水が大量のニシン科の魚エールワイフを湖の中に運び込んだらしい。そのために湖の出口は塞がってしまい、いまや何千匹もの死んだエールワイフが水に浮かんでいるのである。その様子を心配そうに見つめる住民たちは、湖が水涸れしたら厄介な疫病が発生するのではないかと懸念している。その湖には五つの岩の小島があった。

ある地図でこの場所を見つけたら、プレザント・コーブ〔心地よい入り江〕と表記されていた。コハセットの地図に限れば、私がセント・ジョン号の残骸を目撃したあの入り江のみがその表記を使用していたようだ。いまの海の様子を眺めれば、難破など起こったとは思えないほど静かで穏やかである。そこには壮大で崇高な気配など窺えないし、ただ湖のように美しかった。難破の痕跡をほとんど留めていないし、また海難事故で犠牲になった人たちの遺骨が海底に堆積された清らかな砂の下に何体も眠っていようとは誰も想像つかない。さて、初めて敢行した旅の話を続けようと思う。

第二章　駅馬車からの眺望

サンドウィッチの湿地

私たちはマサチューセッツ州の南東部の町ブリッジ・ウォーターで一夜を過ごし、翌日の朝に辺りをぶらついていたら鏃《やじり》を見つけたので二、三個拾い上げた。それから客車に揺られてサンドウィッチに向かい、昼前には到着した。そこはコッド岬への出発点にもかかわらず、「コッド岬鉄道」の終着駅だった。濃い湯気のような霧を伴った激しい雨が降っていて、どうやら一向に止む気配を見せなかったので、思い切って旧式な木製の駅馬車に乗ることにした。そして御者にはその日のうちに行けるところまで行ってほしい旨を告げた。ところが、馬車は一日でどこまで遠くに行けるか、そのことをうっかり失念していた。コッド岬付近の道は結構きついけれど、砂地なのでひとたび雨が降ればかえって進みやすくなるだろうと言われている。この駅馬車の幅は元々かなり狭いのだが、一人掛けの座席に二人が座れば幾分の空間の節約になるので、御者はどんな体格であっても九人の乗客が乗り込むまで出発を待つのだ。そこで二、三度ドアを閉めようとするのだがうまくいかず、それを取り付けられた蝶番のせいにして責任を逃れた。最後にはみんなで呼吸を合わせ、その勢いで一気にドアを閉めることができた。

私たちはコッド岬にいよいよ到着しようとしていた。この岬はサンドウィッチから東方向に三五マイル、そこからさらに北および北西方向に三〇マイル延びており、全長は六五マイル、幅は平均しておよそ五マイルである。その内部で起伏した地形の標高は二〇〇フィートくらいだが、場所によっては三〇〇フィート近くあるようだ。マサチューセッツ州生まれの地質学者エドワード・ヒッチコックによれば、おそらく地表のすぐ下には岩石の層が堆積しているだろうが、この岬全体はほとんど土砂で形作られているということだ。その砂も場所によっては三〇〇フィートの深さまで堆積しているし、またコッド岬の先端部分と海岸に沿った浅い堆積面の一部は沖積世に形成され、それ以外は洪積世にその起源を求めることができるとのこと。この岬の上に広がる部分では、あちらこちらで土砂と入り混じった大きな石塊が発見されているが、下方三〇マイルの付近ではボウルダと呼ばれる巨礫どころか、砂利さえめったに見かけることはなかった。ヒッチコックはこんな風に推測している。すなわち、長い時間をかけて海岸の浸食が進む中で、いまのボストン湾やその他の本土の湾と入り江が形成され、また沖合からの海流の動きによって微粒な砂が堆積して成ったのが現在の砂丘の姿らしいのだ。実験用農地の土壌の表面には薄い土層が観察できるが、それも南東部の都市バーンスタブルからトゥルーロに至る地域ではだんだん薄くなって、仕舞には消失している。この外側を覆う部分は長く荒波や風雪に晒されており、もはや繕うまでもなくたくさんの亀裂を伴う穴が方々に散見された。そこからはコッド岬の内部がよく見通せるような状況で、先頭部分はすっかり露出していたのである。

私は早速、コッド岬の町についての簡単な情報が掲載されている一八〇二年刊行の『マサチューセッツ歴史協会編史料集』第八巻を取り出して、ちょうど現在いる付近の四季の風物について調べてみた。ただし、旅する車中では一気に素早く読める訳でもない。そこにはプリマス側からコッド岬に入る人に対しては次のようなことが書かれてあった。「ごく僅かな家々が点在するのみの一二マイルに及ぶ深い森を通り過ぎれば、サンドウィッチの集落が見えてくる。これらの集落は、疲れた旅人の心をそれまでの森の中の旅路よりなお一層癒してくれるだろう」。別の一人もサンドウィッチは、美しい景観を持つ村だと述べている。でも敢えて言わせていただけば、美しさを競う村と村を比較するならそれでよいだろうが、果たして壮大な自然との比較論まで持ち出すことはいかがなものか。たとえば、縮充機〔毛織物などをフェルト化させ、組織を密にするための加工用の機械〕を完備した工場、たいそう立派な学校、あるいは教会堂や種々雑多な手芸品を販売する専門店などが揃った商業施設が立地する、そんな村環境について美しいなどと安っぽく語る書き手のセンスを私は問いたいぐらいだ。そうした村には砂地とも長細い厩舎の庭とも判別できないような通りに面して、古くからの有閑紳士階級の緑や白に彩られた家々が並んでいるのが常である。そのような村を美しいと賛美するのは、せいぜい長い道程で疲弊した旅人か、帰郷の途に就いた人、あるいはたぶん自分の来し方を振り返り懺悔の念に振り回されて人間不信に陥った人ぐらいだろう。少なくとも、研ぎ澄まされた五感で森の自然の香りや風を享受していた人が、萌ゆる草木も見当たらない町を通り過ぎて、そのような村に近づき救貧院と区別し難い佇まいの貧しい農家が立ち並ぶ荒れ果てた土地を歩き進む場合は、到底そのような気分にはなれないだろう。

　しかしながら、私はサンドウィッチの村について特に言及するつもりはない。というのは、私たちが眺めたのはせいぜいサンドウィッチの村の半分程度だからだ。「落としたトーストがバターを塗った面を下にして着地するという法則」の如くなかなか思い通りにはいかないものだ。そこは小さい村にしては、こぢんまりと纏まった印象を形成していたし、地元の砂で表面を削って絵柄や文字を彫刻するガラス工芸のことや通り道が思いのほか狭かったことを覚えている。そんな道を馬車でぐるぐると回っているうちに、どちらの方向に進んでいるのか分からなくなった。雨が馬車のこちら側の窓を叩いたと思えば、今度はあちら側の窓をという具合だから、これでは家の中にいる方がよっぽど快適である。私の手持ちの例の本には、こんなことも書かれてあった。「概して村の住民は満足のいく生活を営んでいる」と。すなわち、私が想像するに、瞑想する哲学者のような生活はしていないという意味だろうか。馬車はゆっくり食事を楽しむほど長く停車してくれなかったこともあり、残念ながらその文章の真意を汲み取る機会を失った。しかし、サンドウィッチの村での「油の生産量」について述べられていたことは特筆に値する。さらに読み進めば、「サンドウィッチに住むほとんどの人たちは、その先祖から特徴的な礼節や職業や生活様式などを自ら進んで遵守している」と記載されているので、その意味では世界のどの国の人たちとも異なることはないと思った。さらにこんな記述が続く。

「先祖との類似性が高いからと言って、現在の住民の特性と趣向をいささかも咎めるものではない」。これを読んで、私はこの著者も住民も実は同類なんだと感じ入った次第だ。これまで、先祖がいかに大きな罪を犯したとしても、その当人を呪い続けた子孫はいない。しかし、私たちはいま、古い権威を根底から問い直すべきではないだろうか。それに伴い、ここの住民の日常生活もまったく一変するだろう。

私たちの旅の行路は右手にコッド岬を下って走る低い丘陵を眺めながら、マサチューセッツ湾に沿ってバーンスタブル、ヤーマス、デニス、ブリュースターを通り、オーリンズに至る。あいにくの天気だったので、路傍から景色を眺めるには向いていなかった。だが、降り注ぐ雨を貫いて彼方に浮かぶ陸地と海を精一杯見極めようとした。この地方のほとんどの地域では草木の姿や花の美しさを味わうことができないし、丘にはちっぽけな低木が何本か茂っているだけだった。ヤーマスには、――もし私の思い違いでなければ、あるいはデニスも同様か――四、五年前にはリギダマツという大型のマツを植樹した広い土地がいろいろな場所にあった。私たちがその前を馬車で通過する時、木々が広大な敷地に整然と並んでいる様子が見られ、それはまさに圧巻で、随分と成長したものだと感動した。ただし、いまでも未植樹の広い土地は残っている。どうやら土地を活用して利益を生むためには、この方法しかないようだ。丘の上には着古したストーム・コート〔防水加工がしてある防寒コート〕か、帆布が結わえ付けられた一本の細い棒が高く聳え立っていたが、それらはコッド岬の南側に住む人たちにボストンからの郵便物が岬の北側に届いたことを知らせるサインでもあった。コッド岬の住人の古着などは、大抵、こんな風に使われてしまうので、行商人の交易物としてはほとんど残らない。小高い丘の上に立つ幾つもの風車、風雨に晒されて錆び付いた大きな八角形をした建物、あるいは海岸沿いに長く伸びるように並ぶ製塩所、沼地に並行して打ち込まれた杭列の上にある大型の貯蔵タンク、低い亀形の屋根、そして小型の風車など、こうした風物は遠い内陸から訪れた人たちにとっては新奇で興味深い光景の連続に映るだろう。路傍の砂地の一部は、ハドソニアン・トメントサと呼ばれる白い小さなヒースに似た植物に覆われていた。同じ駅馬車に乗車していたある婦人によると、それは他の植物が生育しない厳しい環境の中に生育するのでポバティー・グラス〔貧乏草〕と人は呼んでいるとのことだ。

駅馬車の車内にはお互いに譲り合い、気持ちよく和もうとする空気が漂っていたし、また何事にも揺るがない堅忍不抜の美しい精神には心打たれるものがあった。彼らにはいわゆる自由奔放な様子が窺え、しかもお互いの邂逅の意義を尊ぶところは人生の極意を会得した人たちとでも言おうか。彼らは未だ知らぬ人と知己の如く打ち解け合うことができる、いわばまったくもって素朴で人懐っこい人たちだった。稀なことだが、その出会いも良かったが、お互いの相性も良かったのだろう。何かの障害になるような面倒なことも一切ないように思えた。お互いに変な気遣いも照れもなかったし、自然体で飾らないそのままの自分を貫けたことは僥倖とも言うべきだ。ここにはニューイングランド地方の至るところで見られるような、単に裕福で社会的地位が高いことを鼻にかけて愚かなる敬意を求めるような人物はいない。それは明白だった。しかし、実際のところ、乗客の中には何人かのそれらしき地元の名士たちがいたことも事実だ。引退して悠々自適の田舎暮らしをしている元船長さんたちは、いま取り組んでいる畑仕事の話に夢中であった。きちんと身なりを整え、凛とした佇まいで威厳を漂わせていた男は信頼に足る顔つきをしていたが、以前は海の男、いまは善良な人の代名詞のような存在となって世評を得ていた。また身なりも一層洗練された紳士は若い頃に州議会の評議員を務めていたらしい。他方、恰幅の良い赤ら顔の男はコッド岬の出身であった。彼にはこれまで随分と風雪に耐えてきたような風格が漂っていて、ちょっとやそっとのことでは物怖じしない気骨が窺えた。ある漁師の妻はボストン港から出航するつもりでいたが、一週間も待機させられた挙句に結局、列車を利用する羽目になったという。

真理という大局的な観点から不本意ながら申し上げれば、その日に偶然に出会ったごく僅かなご婦人たちは生きづらさを抱えているような損なわれた容姿だった。つまり、彼女らの鼻と下顎は大きく突出し、歯はすべて抜け落ちてしまっていたので、その横顔は鮮明にW字型の輪郭線を描いていたのだ。果たして、彼女たちは旦那が望むような容姿を保てている訳ではないだろう。しかし、だからと言って、私たちは彼女らに寄せる敬意の念を忘れることはない。私たちの歯並びだってお世辞にも完璧だとは言えないことを承知しているからだ。

雨は相変わらず降り続け、私たちはその中を進んでいた。駅馬車が停車するとなると、それは大抵、郵便局の前である。こうした雨の日には、到着に備えて手紙をしたためたり、それらを分類したりすることしか、きっとコッド岬の人たちにはやる仕事がないのだろうと思った。この地域の郵便局は、のんびり寛げる家庭的な雰囲気を漂わす公共施設のようなものだ。時々、駅馬車が瀟洒な店や民家の前に停車すると、車輪や荷車の修理を行う職人か靴屋がワイシャツ姿と革のエプロンを纏った出で立ちで、徐にメガネを掛け直し、あたかも手作りのケーキでも旅人に差し出すかのような仕草をしながら合衆国政府の郵便用の袋を携えて玄関に現れるのである。そんな彼が御者とのお喋りに興じている時には、乗客の存在などまったく眼中にないような素振りで、それはまるで感情のない荷物のような扱いであった。かつて一度、私たちはこの近辺では最も評判の高い女性郵便局長とばったりと出くわしたことがあったが、なにやら郵便物をこっそりと検閲しているのではないかと思えるほど、その所作を怪しいと感じたことがある。

駅馬車がこの作業をするためにデニスに停車している間、私たちは躊躇いを捨てて馬車の窓から首を出し、どちらの方向に向かっているのか確かめようとした。すると、もうもうと濃く立ち込める霧を通して、例のポバティー・グラスにすっかり覆い隠された奇妙な形態の不毛な丘がすぐ前方に佇んでいるにもかかわらず、まるで地平線の上にあるかのような、ぼんやりとした景観を作り出していた。岬の内陸側の行き止まりにでも衝突したのかと思ったが、それでもなお、馬車は前方へと突き進んで行った。たしかに、私たちが見たデニスの一部の町の光景は、名状し難いほど荒涼として一様に不毛な状況を呈していた。もしかすると、一昨日あたりに、海底が干上がってデニスという新しい大地が生まれたのではあるまいか。私にはそう思えたほどだ。ポバティー・グラスが辺り一面に生えており、街路樹などは、ほとんど見当たらなかった。しかし、あちこちに、長年雨風に打たれ劣化が進んだ赤塗りの屋根を持つ小さな平屋の家々が点在していた。もちろん、その限りではない家もあったが、概してそうした家は疲れ果てたような陰鬱な表情を浮かべて黙り込んでいた。しかし、土地柄にしては家の基礎部分が広々と構築されていたので、その内部はどれもさぞかし快適な環境であったろうと推測したものだ。

ところで、私たちが携帯していた地名辞典を見ると、一八三七年に合衆国のいろんな港から出航したこの町出身の船長の数は総勢一五〇人に及ぶらしい。となれば、デニスの町の南部にはもっと多くの民家が存在するに相違ない。もし、そうでなければ、彼らが地元に帰って来た時、そこには泊まる場所がないし、寛ぐこともできないではないか。まあ、本当のところ、彼らの本来の住処は海に浮かぶ船であり、安らぎの場所は海なのだ。

　デニスのこの辺りには、めぼしい樹木はない。だからと言って、それなりの樹木を植えるという話も聞かない。確かなのは、私たちが訪れた時にはだだっ広い空き地の一角に教会堂が建っていたし、それをロンバルディ・ポプラの木々が囲んでいた。そうした木々は建物の壁や間仕切りを構成する縦の間柱のように、角ごとに一直線に立ち並んでいたが、私の見間違えでなければ、そのすべては枯死木になっていたと思う。したがって、私は町に豊かな緑を取り戻すための供木運動が是が非でも必要だと思った。私たちが携えている案内書によれば、一七九五年にデニスの町に「尖塔を持つ優雅な教会堂」が設置されたと書かれてあったが、たぶんそれは空き地に聳えていたあの教会堂のことだろう。果たして、その教会堂には尖塔がもともと備えられていたのか、それともロンバルディ・ポプラの木々の悲惨な状況に同情するあまり、象徴的だった尖塔も崩れ落ちてしまっていたのか、いまとなってはどうにも思い出せない。この町に建つもう一つの教会堂については、「こぎれいな感じのする美しい教会」と記載されていた。ところが、隣のチャタムの町に唯一ある教会堂については「よく手入れの行き届いた」という形容だけで、その他については何も言及されていない。私が思うに、こうした表現は単に物質的な意味合いに留まらず、精神性をそこはかとなく語っているのではないだろうか。しかし、あの「尖塔を持つ優雅な教会堂」のことだが、それはニューヨーク・マンハッタンのブロードウェイにあるトリニティー教会から始まり、このノブスカセットの教会に至るまで、私の見たところでは、例の「美しい村」の範疇に入るものだろう。私はこれまでそのような教会にタイミングよく出くわしたことがない。世間ではよく「見目より心」と言うが。

ここでは木々が作る木陰もなく、暑い日を人々はどのように過ごしているのか、私たちには想像もつかなかった。そこでまた案内書を読むと、こんなことが書かれてあった。「チャタムの町では、この地方のどこよりも霧が多く発生するので、樹木が地面に落とす影に代わって熱い太陽の陽射しから日々の暮らしを守ってくれる。その辺り一帯を広く眺めるのが好きな方々にとっては心地よいことではないかもしれないが、それが健康状態に悪い影響を及ぼす作用がある訳ではない。まさかチャタムの住民たちは霧を好まないとは言うまいが」と記されていた。さしずめ遮るものなど一つもない優しい海風は扇子替わりになるだろうか。チャタムの歴史に詳しい歴史家はさらに続けて言う。「チャタムの多くの家庭においては、夕食、朝食ともに何一つ変わりなく同じメニューが用意される。すなわち、チーズとケーキとパイを食すのだ」。それにしても、二食ともまったく同じメニューとは、にわかには信じがたいことだ。

さて、私たちは険しい丘陵地帯へと差しかかった。一方で湾側に面した景色を眺め、その反対側にはコッド岬で最も標高の高いと言われる「スカーゴーの高く突き出た丘」が目に飛び込んできた。例の案内書によると、この丘の頂上から見渡せる湾の雄大な景色については、「とびきり美しいとは言えないまでも、深みのある崇高さを醸し出している」とのことだ。これこそが私たちを感動させるに至る種類の感情である。私たちはデニスのスウェット村を通り過ぎた。スウェットとキーヴェット・ネックスに関しては、案内書の中で次のように述べられている。「ノブスカセットと比較した場合——私たちはその付近を通って来たような気がするが、記憶が定かではない——これらはいずれも居心地のよい村と呼んでも差し支えないだろう。ただし、サンドウィッチと比べると、村の景観の美しさの点で劣る」とある。しかし、私たちはこれまで見てきたコッド岬のどの町よりもデニスの方が好きだ。デニスはとても目新しい空気感に包まれた町だが、荒れた天気の日には崇高とも言えるほど近寄りがたい厳しさを漂わせる。

スウェットのジョン・シアーズ船長は海の水分を太陽の熱や風で蒸発させるだけで、食塩を結晶化させる方法、つまり天日製塩法を開発した最初の人物である。これは古くからフランスの海岸やその他の地域においても行われてきた製塩法のようだ。一七七六年には、独立戦争の影響で塩不足が深刻になり、価格も高騰していた。『マサチューセッツ歴史協会編史料集』には、その製造の工程におけるとても興味深い記述がある。その部分に私たちの目が留まったのは、ちょうど製塩所の屋根が見えてきた時だった。バーンスタブル郡は北部の海岸地方の中でこうした製塩に最も適した地域であるが、その理由は海へと注がれる淡水域がほとんどないからだ。これはつい最近のことだが、当地の製塩業に対して新たに約二〇〇万ドルの大型投資が行われた。しかし、現在コッド岬の西部地域の塩を巡る輸入業者と製塩業者間での業態競争が熾烈を極めているために、製塩業は急速に衰微している。製塩業から漁業への転身を図る人たちが、いままで以上に増えているのだ。地名辞典を見れば、それぞれの町名の表記の下に漁業者数、漁獲量や油の生産量、塩の生産量や使用量、沿岸の貿易業者数、そしてシュロの葉で作られた帽子、皮革、ブーツ、靴、ブリキ製品などの製造業者数などが記されているのに気づくだろう。その他の世界中どこにでもある本格的な家庭用製品の製造状況については想像するしかない。

その日の午後遅く、私たちはブリュースターの町を通過した。エルダー・ブリュースターの名を忘却の彼方へ追いやるのではなく長く語り継ぐために、この町の名前として残したのである。ちなみに、ここの住民でエルダー・ブリュースターの名前を知らない者はいない。果たして、それはどんな人物だろうか。ところで、ここはコッド岬の周辺でも伝統と新しさの息づく町として知られ、漁業から身を引いた船長たちが好む住宅地となっているようだ。よく言われることだが、「世界航海に乗り出す船長や船乗りの数は、郡内の他のどの町よりもここの方が断然多い」のだ。ケンブリッジ・ポートの付近には多くの今風のアメリカンスタイルの平屋の家々が砂地に林立している。あたかも家そのものがチャールズ川を下り、湾を横断してここに辿り着いたのかのように。私が敢えて「アメリカンスタイル」と呼んだのは、それらの家々はアメリカ人の融資により、そしてアメリカ人の建築家によって建てられたからだ。しかし、そうした荒削りの古材を利用して、それを東海岸のスタイルで白く塗り上げて建てられた流木のような塊を私はあまり好まないし、また私の趣味とも異なる。私たちアメリカ人は造船工学の分野に携わることへの誇りを強く感じているのだから、もはやギリシア人やゴート人やイタリア人の技術を手本とする考えは捨てるべきだろう。船主が海上の家とも言うべき存在である船を新たに建造するのに、ケンブリッジ・ポート辺りにいる建築家を雇用することはない。陸地に住処を建てるのに、どうしても何かを模倣したいのであれば、古代ヌミディアスタイル（かつてアフリカの北西部にヌミディア王国があった）とでも言おうか、それに倣って船体を一隻ひっくり返して住処にすればよい。なかなか愉快な話ではないか。案内書を読むと、「季節によっては、ウェルフリートとトゥルーロ（コッド岬の湾曲の部分を隔てて位置する）の家々の窓ガラスの反射光が一八マイル離れた郡道からも肉眼で確認できる」というのだ。私たちは二四時間も太陽の光を浴びていなかったので、その情景を頭の中に思い浮かべるだけで、すっかり気分が良くなった。

同じ書き手（ジョン・シンプキンズ牧師）が、それより以前にここの住民について次のようなことを書き記していた。「大衆的な娯楽場で騒いだり浮かれたり、あるいは家族で娯楽や談義に興じたりするような人はいない。また国民の祝祭日を除いて、住民たちが好んで酒場に出入りする習慣はない。そして、私は怠惰に任せて酒場に入り浸るような人を知らない」。およそ私の故郷の知己朋友には求められないことだ。

私たちは、やっとの思いでオーリンズの町に到着した。その夜はヒギンズ宿屋に投宿することになったが、まるで海に浮かぶ砂洲にでもいるかのような感覚に見舞われた。立ち込めていた霧が晴れたら、前方に見えるのは陸地か、はたまた海の景色か。ここで私たちは二人のイタリア人の少年に追いついた。彼らは砂浜沿いを延々と歩いて来たそうで、これからコッド岬最北端のプロヴィンスタウンに向かうという。もし、プロヴィンスタウンの人々が彼らに対して扉を閉ざすようなことになれば、その果てに過酷な運命が待ち受けていることは必至だろう。その先には泊まる宿などないのだから。それでも、私たちは彼らがここにやって来たことは賢明な選択であったと結論付けた。海岸に打ち寄せる波の音だけが繰り返し反響していた。こうして、大いなる文明の開化は、遅かれ早かれその使命を受けた者たちを新世界のいろんな砂の岬や灯台に送り出し、国勢調査員によってこの土地の未開人たちを召集させて降伏しろと言い渡すだろう。

第三章　ノーセットの平原

イースタムの風車

翌一〇月一一日木曜日の朝になっても、雨は依然として激しく降り続いていた。しかし、そんなことはまったく気にかけないで、私たちはこのまま徒歩で突き進むことを決めた。まず大西洋岸に沿って最北端のプロヴィンスタウンまで無事に歩き通せるか、あるいは途中、小川や沼地に行く手を阻まれ難儀しないか、その行路について詳細に調べ上げた。ヒギンズ宿屋の番頭によれば、どうやら歩行の妨げとなるような障害物はないらしい。距離的には車道を歩いても、砂地を歩いてもさほど変わらないが、砂地を歩く方が足が重く感じられて、きついだろうということだ。そうは言っても、車道を行くのもそう楽ではないし、馬は蹴爪の辺りまで砂に沈むというのだ。宿屋にはかつてその砂地を歩いたことがあるという一人の男がいて、「大丈夫、きっとうまくいくよ」と声をかけてくれた。ただし、潮が満ちて海面の高さが極大になり、東風が吹き寄せている時には砂浜に陥没や空洞が生じる恐れがあるので、海岸沿いを歩くのも大変だろうし、それはいささか危険な賭けじゃないかと言う。

　私たちは最初の四、五マイルほど道路を歩いた。この辺りから道路は極端に幅の狭いコッド岬の肘の部分に沿って北の方へと曲がっている。右手にはオーリンズのノーセット港の一部と化した大海から奥に引っ込んだ長い入り江が見えるが、そこまでは行かない。道路の両側には狭い歩道があるが、人が歩くのにはまったく支障がないと思われた。ただ中央部の通り道は馬にとって、たちまち足が重く感じられるに違いない。前日から続く雨や風は相変わらず強かったし、霧が深く立ち込めていたので、私たちは傘を後ろに傾けながら歩いていった。背後から吹きつける風は結構な勢いであったこともあり、私たちが砂地を速く容易に歩くことを助けてくれた。

辺り一帯の情景を眺めていると、じんわりと奇妙な海岸に辿り着いたという実感が湧いてきた。たった一本の道路は荒涼とした景観が広がる不毛の丘陵地帯を這うように曲がりくねって伸びていた。民家はまとまった集落を形成している訳ではなく、侘びた風情の規模の小さな僅かな家々が距離を置いて建っている程度であった。どの家も手入れがよく行き届いているようだった。柵で囲われていない岬のような戸口の庭は、どれもスタイリッシュで、きちんと整備されていた。もしかしたら、強い風が吹いて周辺の地面を小綺麗に掃除してくれたのかもしれない。ここには樹木がほとんど生育していないこともあり、薪に使う雑木類や木製の仕掛道具が見当たらない。おそらく、そんな事情も辺りの景観と何らかの関係があるのかもしれないと思った。そうした家々は大地を踏みしめて体裁など構わず座し、あたかもその硬い感覚を楽しんでいるかのようだった。それは、さながら海から陸に上がった船乗りのような無造作感を醸し出していた。それらの家々にしてみれば、大地は単なる「古くより知られた硬い土地」に過ぎず、未だに「肥沃で、快適さを漂わせる土地」ではなかったようだ。そうした物寂しい風景は、私の目にはどこか美しさを湛えたものとして映った。その永遠にして美しい表情は、時折の天候の変化によって一段と際立つ。海面に浮遊する漂流ごみなどもなく、海からの咆哮も轟くことがない時でも、すべてのものが海の存在をひしひしと感じさせるのだ。周囲にはたくさんの鳥たちが翔んでいたが、それはカモメだった。畑の荷車にもたとえられる船体は、ひっくり返された状態で家の壁に立てられていたし、時には鯨の肋骨が路上の防護柵として機能していた。

樹木は家の数より少ない。あったとしても、窪地に植えられたリンゴの木が並ぶ小さな果樹園ぐらいの大きさに等しい。そうしたリンゴの木々は一番上が平らになっていて、木の横に張るべき枝を失い、細く高く上に伸びていた。その様子はまるで風雨に晒された大地に生える大きなスモモの灌木のようであった。あるいはまたマルメロのような落葉低木で、根元からいきなり枝分かれして地面を這っているような形態を成していた。だいたい、そのいずれかに属していたと言ってよい。このようなことから、取り巻く環境が似ていれば、木々は類似した生育過程を辿るものと予想される。それからしばらく後になってからのことだったが、コッド岬に生育するたくさんのリンゴの木々の高さは、せいぜい人の背丈ほどにしかならないことが分かった。たしかに、大人ほどの背丈があれば、リンゴを地面から立ったままの状態でもぎ取ることができるが、木の下を這い回ることだけは無理だった。果樹園の持ち主の話によれば、中には植樹してから二〇年にもなるのに、木の高さがたった三・五フィートしかなく、地上六インチの部分から五フィートの見事な枝を這わせているものもあるそうだ。いずれの木の周りにも緑色の芋虫シャクトリムシを捕らえようとタールの箱が置かれてあるので、まるで冬になると室内に取り込まれる鉢植えの観葉植物のように見えた。別の場所では、背の低いスグリの木くらいの高さのリンゴの木を見つけたことがあった。そんなリンゴの木でも、持ち主に言わせると、秋を迎える頃には一バレル半ほどの果実がたわわに実ったという。あまりに小さいので、これらの木々を一か所に集めれば、たった一回のジャンプで軽々と飛び越えられそうだ。

私はトゥルーロにあるハイランド灯台付近の小さな低木地帯から若木を持ち寄って継ぎ木したというリンゴの木の高さを測ってみた。その一つは植樹してから一〇年もの歳月が経つというのに、高さは平均一八インチ、天辺の平らな部分は九フィートあまりの広さであった。その木からは二年前に一ブッシェル〔約三六リットル〕の果実が取れたというから驚きだ。種を蒔いてからおよそ二〇年が経つ、もう一本のリンゴの木は高さが五フィート、枝張り一八フィートの成木で、前述したように地を這うように枝を伸ばしていた。然るに、その下を潜り抜けることは到底無理である。この木からは二年前に一ブッシェルの果実が取れた。果樹園の持ち主が講釈を垂れる時は、決まってこんな風な言葉を添える。「私はこれを森から持ち帰ったのだが、何年経っても実をつけない」と。

この付近で最も背の高い木は一番上で風にたなびく葉まで九フィート、枝張りは三三フィートあり、地より五つの方向に枝が伸びていた。こうした植物を涵養する習慣は間違いなく大切にされるべきだろう。とにかく旅職人の言うことを信用してはならない。すなわち、木の枝をむやみに刈り取ることはよくないことなのだ。

あるリンゴ園で、他の木々が全部枯れてしまったか、あるいは枯れかかっているのにもかかわらず、一本だけまったく元気そのものの木があった。農園の所有者の言い分はこうである。「私の父親は例の木以外はゴンドウクジラの骨や皮を肥料にした」というのだ。一八〇二年、オーリンズと南部に隣接するチャタムの町には果樹など一本も生えていなかった。オーリンズの古い文献を読むと、「海岸から一マイル以内では果実を育てることはできない。さらに遠くの場所に木を植えたとしても、東風によって甚大な被害を受けることは明白である。また春の大嵐に見舞われたら、風に乗って飛んでくる塩水が樹皮に付着する」という文章に出くわす。そうした木の樹皮には錆のような黄色い地衣類トゲナシカラクサゴケが一面に鮮やかに広がっている場合が多いことに気づいた。

マサチューセッツの内陸から来た者にとって、製塩所も含めて最も刺激的で珍しく、また一幅の絵画のような美しい風情を漂わせた建物と言えば風車であろう。それは灰色をした八角形の風車タワーで、その後部には地面にまで届く長い材木が斜めに付いており、末端の部分は歯車の上に鎮座していた。この歯車によって風車の翼を回転させ風向きに合わせることができるのだ。こうした部位はある程度、風力に対して支柱の役割も果たしているようだ。風車の周囲の道には、その歯車による大きな轍が形成されていた。風車を風向きに合わせるために集まって来る近隣の人たちは、風向計などがなくても風の向きを知ることができるらしい。風車は片翼か片足を怪我した巨大な鳥が足を引きずるように、何とも緩慢で、だらしない動きを見せつけて、思わずオランダの風景画が私の脳裏を掠めることもある。

高台に立つ風車はそれ自体も背が高いので、この地域のランドマークとしての役割を果たしている。なにしろ遠くの地平線上には樹木や建物も見えないので、なおさらである。もっとも、陸地そのものは輪郭をくっきりと描き出しているから、ちっぽけな円錐状の丘や砂の断崖のような景色でさえ、遥か遠方からでも海を隔てて見極めることができる。一般に陸地に向けて舵を取る船乗りたちは、あの風車か教会堂を目印にしている。だが、教会堂くらいしか道標のない田舎だと何とも不便である。まあ言ってみれば、教会堂も一種の風車のようなものなのだ。教会堂の扉が開くのは週に一度、教義や世論によっても風向きが容易に変わるし、ごく稀に天の声によっても翻弄されるのだから仕方ない。風車は風の力を利用して穀物を挽くが、教会は別の穀物を挽く。それが糠やカビでもなく、ましてや漆喰でもないとすれば、さぞかし貴重な心の糧が出来上がるだろう。

畑のあちこちには、釣り餌用として開けられたハマグリの殻が山のように積まれていた。オーリンズは甲殻類、特にハマグリの生産地として有名なのだ。案内書には、ハマグリのことを「むしろ蠕虫とでも呼ぼうか」と記されている。海岸沿いの土壌は内陸の乾いた土地よりも肥沃である。近隣の住民たちにとっては、ブッシェル単位で量るトウモロコシの収穫だけではなく、何バレルのハマグリが収獲されたかも大事である。一、〇〇〇バレルの釣り餌用のハマグリは六、〇〇〇ないし八、〇〇〇ブッシェルのトウモロコシの価格に相当するのだ。かつては人手もお金もかからず収獲でき、無尽蔵に安定した量のハマグリが供給できるものと考えられていた。「その理由は海岸の一部を掘り起こし、ほぼすべての天然ハマグリを収獲しても、二年も経てば前と同じくらいの量にまで繁殖するからだ」と、地域史には書かれている。続けて「むしろこんなことを、はっきりと主張する人もいるほどだ。地植えのジャガイモを育てる場合、頻繁に土を耕すことが必要なように、ハマグリの繁殖する浅瀬も頻繁に掘り起こすことが大切だというのだ。品質のためのこうした手間のかかる作業を惜しむと、ハマグリが一定以上の過密な状態になる。それはハマグリの大きさに影響を及ぼす」と記されている。しかし、私たちはオオノガイと呼ばれる小型のハマグリの漁獲量が年を経るごとに大きく減少したという話を耳にした。やはり結局のところ、これはハマグリの生息に適した浅瀬を頻繁に掘り返してきたことが原因だろう。ところが、ある男が嘆くことには、住民たちがハマグリを豚の餌にするために、めっきりその数を減らしてしまったとのこと。それなのに、この男はトゥルーロの海岸で一冬の間に一二五ドル分に相当するハマグリを掘り出して開けたというのだ。

私たちはオーリンズとイースタムの間にある長さ一四ロッドほどのジェレマイアーズ・ガターと呼ばれる小川を渡った。大西洋の海流はこの地点で合流してマサチューセッツ湾に注ぎ、コッド岬の北部を隔離していると言われる。コッド岬を流れる川は必然的に小規模である。何しろ流域が狭いので、すぐに河川が海へと流れ込むのだ。たとえ十分な土地があったとしても、川が砂地の間を流れるのは困難であることを私たちは知っている。だからこそ、地表に水が流れ出して、ささやかであっても流路が形成されそうならばそれは大事なことであり、その流れには大層な名前が付けられる。

私たちが書物から得た知識によれば、隣接するチャタムの町では川の姿を見ることができないらしい。この町の辺り一帯に広がる荒涼とした風景は名状し難いものだ。内陸の住民なら、そうした砂質土壌の様子を一見すれば、耕作どころか柵さえも立てることができない劣悪な土地だと察するだろう。全体にコッド岬付近で見られる耕された畑は、塩とトウモロコシをすり潰して細かく挽き、粉末を混ぜ合わせたような白と黄色の色みを帯びている。それがここの農地なのだ。この辺りまで来ると、内陸の農民たちの、土壌と肥沃度の関係についての知識に混乱を招くことになる。そうなるとしばらくの間、農地と砂地の判別もできなくなるだろう。例のチャタムの郷土史の著者は、海底の隆起によって形作られた丘陵地帯について次のように述べている。「農地が形成され始めたと推測されるが、ここに〈推測される〉と敢えて記したのは、誰もがそのことを認めた訳ではなく、それに抗う人たちも多いからである」。これはコッド岬の大抵の部分については適合する表現だろうと思う。

イースタムの西側には「浜辺〔ビーチ〕」があり、私たちは翌年の夏にその浜辺を横断した。浜辺の幅は半マイル、その面積は一、七〇〇エーカーほどで、この町を横切るように延びていた。そこでは以前には小麦の生産が盛んに行われていたが、いまは腐植土や腐葉土すら目にすることはない。この付近では砂状の堆積物に覆われたすべてのものは、「浜辺」と呼ばれる。たとえ浜辺に打ち寄せる波であれ、それを急き立てる風であっても、ここでは紛れもなく「浜辺」と呼ばれるのだ。そうした事象は大抵、海岸で発生するからだ。イースタムの郷土歴史家はこんな風にも書いている。「海岸などの浜辺に多い磯草を押し潰すような砂が知らず知らずのうちに積もって二五年前には丘さえ存在しなかった場所に、いまでは五〇フィートにも及ぶ高さの丘が幾つも誕生している。場所によっては、そうした砂が小さな谷間や沼地を隙間なく埋め尽くしてしまっていた。土壌中にしっかり根を張り巡らせた灌木が繁殖する辺りでは、奇妙な光景が展開されていた。その周辺の土と砂が灌木に付着して小さな塔を形作っていたのだ。また多くの場所において、以前には土の下に埋もれていた岩が顔を覗かせると、吹き寄せる砂に絶え間なく打たれているために、ついさっき採石場から掘り起こされたばかりの岩のように見えた」。

明らかに干上がった不毛の土地であるイースタムで、いまでも大量のトウモロコシが収穫できると聞いて驚いた。私たちが宿泊したオーリンズの宿屋の主人は、年三〇〇から四〇〇ブッシェルのトウモロコシを栽培していたし、その量に相当する豚もたくさん飼育しているようだった。一七世紀フランスの探検家および地図製作者でもあるサミュエル・ド・シャンプラン〔一五六七―一六三五〕が一六〇五年に執筆した『シャンプランの航海記』には、北米インディアンのテント小屋を中心にして、その周辺に点在する幾つものトウモロコシ畑を描いた版画の挿し絵が掲載されている。ピルグリム・ファーザーズが記述した文献によると、一六二二年に彼らが何とかして飢えを凌ぐために、大樽にして八樽、ないし一〇樽分のトウモロコシと豆類をノーセット・インディアンから買い取ったのもこの辺りだったようだ。

一六六七年、イースタムの町の行政機関は住民投票の実施結果により、トウモロコシに甚大な被害を及ぼすブラックバード〔ツグミ科のクロウタドリ〕を一二羽、もしくはカラス三羽を駆除するようそれぞれの家に通達した。ちなみに、この投票は長年にわたって繰り返されている。一六九五年には、それに加えてこんな法令が公布された。「この町に住むすべての未婚男性は、それぞれ六羽のブラックバードと三羽のカラスを駆除しなくてはならない。それを遵守できない者の結婚を禁ずる」というものであった。しかし、ブラックバードはいまでもトウモロコシ畑を遠慮なく喰い荒らしている。翌年の夏に私は実際にその状況を目の当たりにしたから間違いない。また、畑には案山子〔スケアクロウ〕、はたまた恐るべきブラックバード〔スケア・ブラックバード〕だったのか？　それらがあちらこちらに立っており、私は人とよく見間違えたものだ。こうした事情から、この付近では未婚の男性が多いのか、あるいは既婚のブラックバードの方が多いのか、私はそんな奇妙なことを考えた。もっとも彼らは三、四粒のトウモロコシの穀粒を耕しきっていない畑に蒔くために、私たちの故郷よりもかなり少ない量しか生産していない。一八〇二年出版の『歴史資料集』のイースタムに関する記述には、「トウモロコシの生産量は住民の消費量を上回っている。しかも一、〇〇〇ブッシェル以上のトウモロコシが毎年市場に送り出されている。不耕作地のように石ころが多くないので、鋤を使っての耕運作業は容易だ。トウモロコシが発芽すれば、ヤギより幾分大きい岬産の馬と二人の男の子に手伝ってもらい、一日に三、四エーカーほどの畑の耕運作業を効率的に行うことができる。毎年、五〇〇ブッシェルのトウモロコシを生産する農民が幾人もいる。最近では六〇エーカーの畑から八〇〇ブッシェルのトウモロコシを収穫したという農民もいるほどだ」という箇所がある。今日でも同様の報告に接する。事実、最近の史料の中には、古い内容をそのまま書き写したのではないかと疑いたくなるようなものまで含まれている。だが、そのような事象はあくまでも例外的なことであり、土地の大部分は御存じの通りの不毛地のままである。そのことに疑いを差し挟む余地はない。何よりも、このような痩せた土地で穀物がたくましく育つということ自体、大きな驚きである。他の人からもよく言われるように、その要因としては、まず空気が乾燥していないこと、また砂地がじんわりと温かいこと、そしてこれは稀有な例だが、凍霜害から作物が守られていることにもよるだろう。

石臼の手入れをしていた一人の製粉業者の話だと、四〇年前にここでトウモロコシの脱穀作業を行っていた時分には、一晩で五〇〇ブッシェル分もの皮剝きを行ったそうだ。その結果、トウモロコシを積み上げた高さは六フィート以上になったとか。しかし、いまでは平均一五から一八ブッシェルに収穫量が激減してしまった。この町のトウモロコシ畑ほど収穫率が極めて低く、その見通しが暗いものも珍しい。私はこれほど悲惨な光景を見たことがない。おそらく、住民は作物が生育しやすい環境の広い表土から収穫できるささやかな収穫量で満足しているのだろう。だが最大の利益を上げるために必ずしも肥沃な土地が必要とは限らないものだ。このような砂地であっても、西部の肥沃な低地に匹敵する十分な採算がとれる見込みがあるのかもしれない。無肥料で育った砂地の自然栽培の野菜類、とりわけカボチャなどは味わいもまろやかで甘みを存分に堪能できる。でも、その種を内陸で蒔くと、すぐに萎びてしまう。この地の野菜類は苗から上手く育てば、驚くほど青々として新鮮でみずみずしい姿を呈する。それは私が保証する。野菜のみずみずしさは砂地と妙な対照を見せる趣のある現象だろう。ただし、トウモロコシ粉や豚肉に関しては、コッド岬の住民は一般的に自力で確保して賄うことをしない。彼らが有するほとんどの菜園は、沼地や湿地の縁辺を埋め立てた小さな土地なのだ。

その日は午前中ずっと、数マイル離れた東海岸から迫力ある海鳴りが聞こえていた。セント・ジョン号が難破した深い余韻の嵐がまだ残っているかのような感じだった。道中、私たちが追い越したある学校の生徒などは、随分とそうした海鳴りの音を聞き馴れているせいか、ほとんど気に留めるような様子さえ窺えなかった。彼なんかは、むしろ貝殻を耳に当てた方が潮騒の音がもっとよく聞こえるのではないか。海から轟く咆哮が勢いよく陸地にぶつかる音の響きを耳にしながら、数マイル内陸の地を行くことは、どこか心を大いに奮い立たせてくれるものがある。たとえて言うならば、家の戸口で吠え立てるイヌを飼う代わりに、コッド岬全体を咆哮で包む大西洋を擁しているようなものだ！　総じて言えば、私たちは猛り狂う嵐や逆巻く荒波を眺められるだけでも多幸感を覚えた。イギリスの自然科学者チャールズ・ダーウィンは、次のように結論付けている。南チリの中部チロエの海岸に吹き寄せる激しい強風の後の風と波の咆哮は、夜ともなれば丘と森を越えて二一海里離れた場所にいても聞こえてくると。

さっき追い越した男の子は八歳くらいで、風雨に当たらないよう傘をさして歩きながら話してくれた。大人に限らず子供たちも、コッド岬ではどのような生活を送っているのか、それをどうしても知りたかった。彼はこの近隣における上等のブドウ栽培の場所を教えてくれた。少年の食事は持ち運び用の手桶の中に入っていた。さすがに野暮な質問は差し控えたが、間もなくしてその中身は明らかとなった。物事に強い興味や関心を持つ人にとって、また世の中の常として最もありふれた事実に触れる時こそ、極上の喜びに包まれる瞬間である。

私たちはイースタムの教会に辿り着く前に、道を逸れ、そこの地域を横切って東海岸沿いに歩を進めた。二、三マイル先には三つの灯台が隣接するノーセットの灯台群が見えた。灯台の数がこんなに多ければ、船舶は他の灯台と区別しやすいかもしれない。だが、灯台が果たす航路の安全標識の役割としてはやりすぎだし、あまりに費用が嵩むように思えた。

私たちは間もなくすると、幾つかの例外を除いて樹木や柵がまったく見当たらない平原に出た。そこには一軒の家がひっそりと佇むだけであった。柵の代わりに、海辺に沿って土砂が盛り上がった、ちょっとした土手が形成されている箇所があった。私の友人によれば、それはイリノイ州の緩やかな起伏が続く大平原のような風景らしい。私たちがそこを歩いた時は激しい風雨の中だったので、平原が実際以上に荒涼として広大に見えたのも事実だ。それは間違いないと思う。四方を見回しても、丘陵など一つも見当たらない。酷く荒れてしまった土地のあちこちには乾いた窪地があるだけだった。遠くの地平線は霧で隠されているので、その辺りの高低差はぱっと見ただけではよく分からない。遠くを歩いている一人の旅人が巨人のような大男に薄ぼんやりと見えた。平原を歩くその男はうつむいた姿勢をしているように思えたが、それは肩の下から革で引っ張られているようなどこか奇妙な格好だった。コッド岬付近には人の身長を測定するようなものがなかったので、ほんの少し離れただけでも大人なのか子供なのか、その姿を見分けることができなくなりそうだ。なるほど、内陸の人の目に映るコッド岬の景色は、常に蜃気楼のようなものだろう。このような眺めであれば、どの方向に進もうと、その距離は一、二マイル先まで延びているように感じられる。昔は森に覆われ広々とした「ノーセット平原」も、現在は冬ともなれば風が吹きつけ、雪が旅人の顔を楽しそうに打ちつける、そんな様相を呈するようになっているのだ。

都会にいると自分は何と卑しく不甲斐ない人間か、そんなしみじみとした感情に浸ることもあるのだが、いまこうして町を抜け出してここにやって来たことを改めてうれしく思う。いずれにしても、しばらくの間、マサチューセッツ州の酒場から遠ざかることができたことは有意義だった。都会では一人前の立派な大人になっても、相変わらず葉巻を嗜む野蛮で好ましくない趣味を捨て切れない輩がいるのだから仕方ない。こうした外の荒涼とした風景を眺めていると、自然と気持ちがシャキッとしてくる。町にはいつも爽やかで穏やかな空気が流れていることが必要だ。神は祭壇の揺らめく清き焔は好んでも、酒場の葉巻の煙に耐えられるはずがない。

私たちはこうして町の裏手をかすめるように歩いていたから、コッド岬の先端のプロヴィンスタウンに到着するまで、どの村にも立ち寄る機会はなかった。その旅の間中、めったに人に会うこともなく、ひたすら傘の下で土地の歴史を叙述した本に目を通していた。そこには私たちが最も知りたかった地形について詳しい解説が施されていたが、その他の記述も大抵、それに類似するように詳細なものであった。こうした町に関する最近の文章で価値のある大部分は、先行文献からの引用部（文献の明示の有無にかかわらず）なのだ。だが残念ながら、それと同等の役割を果たす興味深い追加記述は見当たらなかった。結局のところ、町の来し方を辿る記憶は教会の歴史の中に埋没してしまい、最後には古代ギリシア・ローマの全盛期に書かれた聖職者たちのラテン語の墓碑銘の引用によって結語を成す。それらはあらゆる聖職者の叙階式まで遡及して、まず冒頭の祈り、続く説教、聖職受任式の祈り、告諭、聖職者の契り、そして祝福等々、それらを誰が執り行ったか、その詳細の記録である。さらに、ある聖職者の正統信教を問う聖職者会議が度々開催され、その構成員に至るまで事細かに書かれていた。平原を渡り切るのに一時間くらいかかりそうだし、また実際には何も特別な事態が起きそうもないので、しばらくイースタムの歴史書でも少しばかり読んでみようと思った。

プリマスの行政委員会がインディアンたちからイースタムの土地を購入した際、「ビリングズゲートの所有権の帰属先はいずれの当事者か？」ということが問題になった。当時、ビリングズゲートは購入地から北の全コッド岬付近までの区域を占めるものと考えられていた。これに対する回答は、「その土地の所有権を取得した者はいない」というものであった。これにより、行政委員会は「それならば、土地の所有権は我々に帰属されるべきだ」という法律の条項を適用した。その上、インディアンたちも「それに同意した」というのだ。このような注目すべき断定を経て、しかるべき承認手続きが完了した。ピルグリム・ファーザーズは、自分たちの中に土地の所有権の登記名義人が不在であるにもかかわらず所有者たちから成る代表権を有していると思っていたようだ。おそらく、このやり方は適正に占有するに至っていない土地か、あるいは少なくとも未開発の土地にもかかわらず、その底地権を主張するという、いわば巧妙な手口の契機となったものであろう。彼らの子孫はそれを踏襲し、いまもって活用しているのだ。ヤンキーと呼ばれるアメリカ合衆国北東部に住む白人たちが到来する以前には、土地の所有権を有した者など皆無だったはずだが、何故かそうした輩がアメリカ全土の唯一の所有者となり得たようだ。しかし、歴史が語るところによると、ピルグリム・ファーザーズがビリングズゲートを入手して幾年か過ぎた頃、とうとう「アンソニー大尉と称するインディアンが姿を現した」。彼が土地に対する所有権を主張したことにより、彼らは自称アンソニー大尉から土地を買い取る羽目になったというのだ。いつの日か、この男がホワイトハウスのドアを叩かないとも限らない。これぞまさしく因果応報の戒めか。

プリマス植民地の総督を幾度か務めたトマス・プリンスは、イースタムの町の指導者でもあった。この町の一角にはかつて彼の農地があったが、そこにはつい最近までナシの木が一本立っていた。それはおよそ二〇〇年前に彼がイギリスから持ち帰って植えたものだった。ところが、私たちがそこに到着する二、三か月前であったろうか、そのナシの木は強風下で折れてしまっていたのだ。最新の情報の伝えるところによれば、不可解にもナシの木はいまも健やかで元気に育っており、果実は小さいものの完熟した実は極上の甘さを湛えているし、平均して一五ブッシェルの収穫が望めるらしいとのこと。ヒーマン・ドーンという人物が、このナシの木に寄せる詩を書いているので、それを一部抜粋して紹介しよう。私の記憶が確かならば、それはコッド岬を謳った唯一無二の傑作であり、出色の出来と思われるものだ。

時の翼にのって二〇〇年が過ぎ去った、
喜びも悲しみも一緒に飛び去ったのだ。ああ、古き木よ！
あなたの手に触れて、遥か海を越えた遠い国で新芽を吹いたその日から。

＊　＊　＊　＊　＊

（ちなみに、この星印の部分の詩は、あまりに宗教的であるため敢えて削除させていただいた。以下の星印も同様の趣旨によるものである）

姿をくらましたあの連中は、とっくの昔に鬼籍に入った。
それなのに、ああ、古き木よ！　あなたはいまも凛として聳え立っている。
若いころのプリンスの手によって植えられたその場所に。
種族と時代の匂いを漂わせながら、プリマスの地を去ってここに住みついた
先祖たちのひっそりと佇む記念碑よ。
その子孫はドーン、ヒギンズ、そしてスノーといった尊敬すべき人士たちの名前を
記憶に留め崇め讃える。

＊　＊　＊　＊　＊

ああ、ピルグリムの古き木よ！　時の流れによりその枝は細々として優美な姿となり、
幾星霜の重みはあなたの腰を曲げてしまった。
しかし、白い霜を戴いたあなたは、色鮮やかに花を咲かせて、
毎年、甘い果実を実らせてくれるではないか

この他にも引用したい詩行はたくさんあるが、それらは風格を狙って押韻を重んじるあまり

称賛に値しない陳腐な詩の対句に成り果ててしまった。一頭の牛が横になると軛《くびき》が邪魔をして、立ち上がろうとするもう一頭の牛を締め付ける。まさにそれと同じ要領だ。

イースタムへの最初の移住者の中に、牧師の補佐役を任じられたジョン・ドーンという名の執事がいた。彼は一七〇七年に一一〇歳で亡くなっている。昔からの言い伝えによると、彼は揺りかごの中で晩年の幾年かを過ごしたようだ。それが事実とすれば、あのアキレウスのような生き様とは到底言えない。彼の母親テティスは息子アキレウスが死ぬことを恐れぬ不死の身にしようと思い立った。そこで幼い我が子をステュクスの水に漬けたが、迂闊にもこの時アキレウスの踵を摑んでいたため、その部位にだけは不死の加護が得られなかった。さて、ジョン・ドーンが石を積み上げて作った畑の境界標の一部は、いまもなお残っており、そこには彼のイニシャルが刻まれている。

私たちはイースタムの教会史に幾分興味を掻き立てられた。「この土地の住民たちは移住して間もない初期の頃、四方二〇フィートの小さな藁《わら》葺《ぶ》き屋根の教会堂を建てた。どの壁にも穴が開いていたが、それらはマスケット銃を放つためのものであった」という箇所が見られた。これは無論、悪魔退治のためである。また「一六六二年に地域住民の合意により、海岸に打ち上げられたすべてのクジラはその一部を牧師たちの生活の糧とする」とある。なるほど、牧師たちの生活の扶助を神の摂理に委ねることも一理ありそうだ。なにしろ、神は荒れ狂う嵐を司る唯一の存在なのだから。したがって、打ち上げられるクジラの数が少ない場合は、彼らは気になって神の御心に適うことを願う。牧師たちは嵐が迫り来る度に断崖に腰を下ろして、心が落ち着かないまま海に向かって目をじっと凝らして眺めていたに相違ない。もし私が聖職者の立場だったらと考えると、たくさんの馴染みの教区民の情けに頼るより、コッド岬の裏側にクジラを打ち寄せてくれる怒濤の大波の勢いの御利益に縋ると思う。聖職者の給料〔謝儀〕は、「まさにクジラのようなもの」〔この引用はシェイクスピアの『ハムレット』より〕ではないのが、ごく一般的である。そうなると、単に海岸に打ち寄せられるクジラの数に依存する生活は困窮を招くかもしれない。私なら、むしろ銛一本携え、南大西洋上にあるフォークランド諸島にでも行って、そんな生活にスパッと見切りをつけてしまうだろう。気まぐれな海の嵐により命を脅かされるクジラの身にもなれ、と言いたい。聖職者の生計を支えるために砂洲や砂嘴の上を引きずられて行くクジラの哀れな姿を想像してみてほしいものだ。果たして、そういう形で彼らの生活を扶助することが慰めの糧になっているのか。

それでふと思い出したことだが、私はかつてブリッジ・ウォーターに住んで漁師を生業にしていたという聖職者の話について聞いたことがある。彼はなんでもマダラとハドック〔モンツキダラ〕の区別ができる間は、その仕事に従事していたようだ。このような一見寛大に思える行動も、このままでは早晩行き詰まってしまうだろうし、多くの土地の説教壇に立つ者はいなくなる。福音書の格言である「我に従いきたれ、然らば汝らを人を漁《すなど》る者となさん」以来、長い年月が過ぎたのだから。また、この近隣では子供たちの自立を支援するためのフリースクール（children's school）が開かれているが、それを円滑に運営するために漁獲されるサバにも税金が課せられているのだ。言い換えれば、子供たちのフリースクールを運営するために、サバの群れ（mackered-school）の釣果に課税するようなものだ。

「一六六五年、州議会は地方政府の統轄の下における町の住民に対して、信仰の根拠である聖書を否認する者はすべて体罰の対象になるという法案を通過させた」。ある春の朝のこと、聖書の言葉は正しいと認めるまで鞭打たれる男を思い浮かべてほしい！「さらに住民投票の結果、もし礼拝の最中に、万一教会の外に佇み礼拝に参加しない人物がいれば、例外なく晒し台に立たされることが承認された」ということだ。法令に反する者への罰に比べて、この違反者に対してはさらに重い罰則刑が適用される訳だから、教会堂の中で祈りを捧げる方が良いに決まっている。晒し台に立たされる場合など到底比較にならないことを住民に知らしめる必要があったのだ。この法令が最近になって、イースタムの町を一躍有名にし、その歴史の流れの中に組み込まれた事象である。なにしろ、マサチューセッツ湾岸のあらゆる場所から何千人もの人が押し寄せて、付近の森で開催された教会の野外集会に参加したのだから驚く。この町に不健全極まりないとは言わないまでも、おそらく普通ではない宗教心が高まった理由は、人口の大半を占めていた女性の存在に由来するであろう。夫や子供たちはすでに大海原に乗り出していたか、あるいは溺死してしまい、事実上、結局あとに残されたのは女性たちと聖職者たちだけという状況が影響したのではないか。私たちにはそのように思われた。

古い文献には次のように記されている。「オーリンズとイースタム、そしてさらに南下した町では、特に日曜日の礼拝式の時にパニック障害を伴う女性たちの発作が頻繁に起こった。一人の女性がパニックの発作を起こすと、それにつられて大抵は五、六人が同じような発作に見舞われた。会衆はそれに追随して大混乱に陥ってしまうという状態を招いたのだ。年配者たちの中には、こんなことを示唆する者もいた。つまり、そこには何らかの意志が働いているのではないかと。したがって、その愚行を戒め改めさせるには嘲笑と脅しに限るだろうというのだ。それはそもそも不見識とも不寛容とも言えるだろう」。ところで、このことはいま、どうなっているのだろうか。その詳細は私たちには分からなかった。

私たちは、まさにこの平原で暮らす男まさりな気の強い女性に出会った。どう見ても過去にパニックの発作などに見舞われたこともなさそうだし、ましてや他者のパニック感情に共感して情緒不安定に陥ることもなかったように思えた。あるいは、もしかして彼女の人生そのものがパニックのような類だったかもしれない。つまり、男性とまったく縁のないまま、気がつけば現在の状況になっていたという訳だ。それを証明するかのようにその性格はきつく、品性下劣なノーセットの女性だった。彼女は首まわりの骨も筋肉も太く、大きめの釘でも難なく噛み切れそうな、まさに鉄のように頑丈な顎の持ち主な上に、なにかと世間に毒づくところもあったので、結局、男連中はみんな敬遠して事を諦めてしまうことも多かった。まるでペチコートを着た船乗りか、砕波越しに喚き散らす海の男のような態度だから無理もない。あたかも生きること自体、頭痛の種と言わんばかりに無作法な振る舞いをする。おそらく、彼女にとって生きることは、どんな非道な行為に対する罰よりも辛いものだったろう。だから、この女性なら嬰児も殺しかねないと思えた。彼女には男の兄弟がいなかったか、いたとしても幼少の頃に亡くなっているはずだ。いや、むしろ男の兄弟など必要なかったであろう。父親は彼女が生まれる前に亡くなっているに相違ない。

彼女の話によると、昨年の夏に開催されることになっていた野外集会は、外からコレラ菌が持ち込まれることが懸念され中止になったようだ。また、今年の夏の初めに開催が予定されている集会も、麦わらの元になるライムギの発育状況が芳しくないことを理由に開催が危ぶまれていたというのだ。ちなみに、集会への参加者は麦を敷いて、その上で憩うのである。年によってばらつきはあるものの、この集会には聖職者が一五〇人！　聴衆は五、〇〇〇人の参加者が見込まれることもあるようだ。ボストンの某企業が所有するミレニアム・グローブと呼ばれる場所は、私が知っているコッド岬のどこよりもこの種の目的には相応しかった、あるいは見方によっては相応しくなかったか。その場所は柵で囲まれていた。テントのフレーム類が年間を通して、オークの木々の間に放置されたままになっていた。その場所に張られた常設テントの中には、オーブンやポンプだけではなく、あらゆる種類のキッチン用品、テント布、そして家具類などが所狭しと置かれていた。

集会は満月に彩られる夜を選んで開催される。そうなると、担当の男が一週間前に井戸底とポンプを手入れする。他方、聖職者は喉のお手入れに余念がない。だからと言って、後者の喉から前者の澄んだ水のような美声が聞こえてくるという保証はない。私は幾夏にもわたって食い散らかしたハマグリの貝殻が常設テントのテーブルの下に累々と積まれているのを見て、これは改悛の情を見せない不届き者、あるいは背教者や食に貪欲な者たちの所業だろうと思った。このような現場の情景を垣間見ると、野外集会なるものは祈りの場にピクニックの趣を添えた奇妙な組み合わせのように思えて仕方なかった。

一六七二年に、この地に最初に着任した宣教師はサムエル・トリート師であるが、彼は「ニューイングランドの宣教師たちの中でも高い地位を有する人士」と目されていた。この牧師は在任中に白人だけでなく、多くのインディアンたちも改宗させた。とりわけ信仰を神と人とに告白する「信仰告白」をノーセット語に翻訳した功績は大きい。改宗したインディアンについては次のような記述が認められる。彼らの最初の宣教師リチャード・ボーンが一六七四年にダニエル・グーキンに宛てた手紙の中で、ある時に一人の病人を見舞った際、「とても清々しい天使のような表情を浮かべて私を迎えてくれた」と記している。しかし、「真実を言えば、彼らのほとんどは怠惰で自堕落な生活を送っていたので、なんともやるせない悲しい気持ちになった」とも書いている。サムエル・トリート師は極めて厳格なカルヴァン主義者であると言い伝えられる人士であった。彼は仕方がないとすぐに諦めたり、何かしら言い訳をしたりするというう、まるで針を抜かれたヤマアラシのような口先だけの腰抜けの輩を責めて嫌悪した。むしろ、その針を抜いて遠くの敵に投げつけても気丈に自分の尊厳を守ろうと渾身の努力を注ぐ不屈のカルヴァン主義者であった。彼の説教の筆録が一冊、いまもなお残っているが、その事案に携わる学者によれば、それは「一冊の本として出版するつもりで書いた」らしいのだ。以下の記述を、「ルカ伝」第一六章二三節に関する彼の説教から孫引きする。これは罪人たちに向けて行われたものであることをお断りしておきたい。

「あなたたちは間もなく底なしの沼に嵌ることになるだろう。地獄は以前より一層広くなり、無論あなたたちを受け止めるし、あなたたちをもてなす余裕もたっぷりある——」

「さあ、覚悟はよいか。これから、あなたたちは神が正義を見つめ高めようとする場所へ向かうことになる。責め苦以外に使い道のない場所に。地獄とは罪人を懲らしめ折檻する神の館なのだ。そのことを心に留めておくがよい、そして神は何でもできることを。神が行くべき道を教えようとする時、そして神が激しい怒りを露わにする時、神は地獄を意のままに操るのだ」

「全知全能の神が射る矢の標的となる者は災いを蒙る――」

「よろしいか、神はご自身が自ら主たる代弁者として、あなた方に時として大きな災いをもたらすことを肝に銘じよ。その息吹は地獄の炎を永遠に煽り立てる咆哮なのだ。神があなた方に手厳しい罰を与える時、また怒りをもってあなた方と対峙する時、一人の人間に対するそれではなく、絶大の力を以て一撃を与えるであろう」

「世にある死をもって罪を償うという考え方は間違いである。神の創造物は永遠の法則の下に置かれているのだ。亡者たちの罪は、地獄に落ちて一層重くなる。あるいはこのように申せば、そっと喜ぶ者もいるだろうが、それは決して忘れてはならぬことだ。悦楽に耽ることのできる罪などあるはずもなく、そこには食すること、酒を飲むこと、歌うこと、踊ること、ましてや奔放な戯れなど許されるはずもない。なにしろ水すら盗み飲みできないのだ。そこにあるのは科料に処せられる罪、極限の苦しみを味わう地獄の罪、そして拷問、神への怨嗟と怨恨、悪意を孕んだり、烈火の如く怒ったり、神を冒瀆した廉により、いわば厳罰化を求めるものばかりだ。そうしたすべての罪が心に重くのしかかり、それはまるで高く積まれた薪のような様相を呈する」

「罪人たちよ、私はあなた方に物事の普遍的な理法を知ってほしいのだ。これは神のご慈悲をないがしろにするものではない。はたまた子供たちを恐怖で震え上がらせるような架空の話でもない。そんなことは夢にも思わぬことだ。神はたしかに慈悲深い。だが、罪人に対しては情け容赦なく裁きを下す。神は並々でない高徳を有した存在で、栄光の地に輝く星なのだ。神は他者の罪を贖うための犠牲者を称えて幾久しい賛美の歌を忘れないが、正義の実現を祈り求めるためには、罪人たちの屍の山を築くことも厭わない」

「しかしである」と、この語り手は言葉を続ける。「聖職者は悪いことをしたら地獄に落ちるという恐怖の教えを説くことで、自然と弁舌に優れた流儀を生み出したが、結局、世評を得た説教師としての地歩を築くことはなかった。聖職者の声はとてつもなく大きく朗々としていたので、教会堂から遠く離れた場所にいてもよく聞き取れた。その声はヒステリックな金切り声やノーセット平原を揺るがすような風の咆哮よりも大きな響きであった。ただし、それはいろんなものが混じる不快な雑音と同様に美しい調べが響く言葉ではなかった」

「この説教の効果を挙げるとなれば、聖職者は在任中に幾度も群衆を覚醒と動転に陥らせたことだろう」と言われている。ある時など、どちらかと言えば純真な青年はあまりの恐ろしさに失神してしまったことがある。だから、トリート牧師はその青年に向けて、地獄もそれほど悪くはない場所だと詭弁を弄しなければならなかった。それでも、私たちは彼について、次のように確信している。「トリート牧師は陽気な態度で、会話もそつなくこなし、心地よく弾んで楽しい。また時には滑稽に戯れるが、いつだって品性を損なうことはない。さらにユーモアやジョークに興じることがあるが、声高く大いに笑うその底抜けに明るい様子には牧師の趣向が露わになっている」。

この牧師に纏わる逸話はよく知られているので、読者の皆様もそれを耳にしたこともあるだろう。しかし、ここに敢えて披露させていただこう。

「彼はウィラード牧師（ボストンの南教会の聖職者）の娘と結婚後に、折々、乞われて説教壇に立っていた。ウィラード牧師は洗練された上品な話し方を旨とする人士で、その声は朗々と響いたが、調和のとれたまろやかさに特徴があった。しかし、彼の著した『神学概論』の評価はあまり芳しくなく、特に読んだこともない人たちが頻繁に揶揄の対象とした。とはいうものの、その説教には思想の力と言霊が窺えた。そのため、自ずと群衆を魅了するに至ったのだ。トリート牧師は義父ウィラード牧師の会衆に向けて、相変わらず下手な説教をしたものだから、酷評を受ける羽目となってしまった。本人としては最良のものを披露したつもりだった。会衆の中にいたひとかどの見識を持つ何人かがウィラード牧師にこんなことを懇願した。つまり、トリート牧師はいたって敬虔で立派な方だが、何分にも、そのくだらない長談義は高座の妨げにもなるので、どうか二度と説教壇に立たせないようにと。ウィラード牧師はこの要請について即答を避けた。すると、ウィラード牧師は義理の息子トリート牧師にその説教の原稿を貸してほしいと頼み込んだ。それを手元に置くと、二、三週間後にウィラード牧師は、そのままの生原稿を読みながら会衆に向けて説教をした。彼らはウィラード牧師の元に駆け寄ると、それを印刷したいので原稿を貸してほしいとひたすらお願いした。「これでお分かりいただけたでしょうか」と彼らは言った。「お二人が一体どう違うのかお分かりでしょう。同じ原稿を元にして説教しても、あの方はからきしダメですが、あなたの説教は実に素晴らしく感動的です」。メモに記されていることは「ウィラード牧師はトリート牧師の筆跡を真似て原稿を書き写してから、この賢者たちに一世紀頃の古代ローマの寓話作家ファエドルスの次の言葉を差し上げたようだ――〈これにより皆さんの見識が分かる〉」。

トリート牧師は「グレート・スノー」〔大雪〕で知られる悪天候の後、脳卒中で亡くなった。

彼の家の周辺の地面はむき出しになった状態であったが、路上に積もった雪は途轍もなく高かった。そこで、インディアンたちはアーチ状の通路を掘って、その遺体を墓地まで運んだ。

読者の皆様には、この間ずっと、私たちが少し北側に傾斜する東方にあるノーセット・ビーチに向けて大平原を脇目も振らずに歩いているものと想像してほしい。霧雨に激しく打たれながら傘の下で本に目を通していたのだ。私たちはあたかもトリート牧師の命日の法事にでも出席するかのようだった。ジョン・ウィルソン著『スコットランドの生活に纏わる光と影』の中に書かれているように、雪に埋もれて人が死ぬとなれば、それはこうした荒れ地なのかもしれないと思った。

この地に新しく着任した牧師は、サムエル・オズボーン牧師といい、アイルランド出身でダブリン大学卒の人物だった。彼は「知徳に優れた人」と評され、住民に泥炭の有効利用法、乾燥法、製法などを指導した。また資源の少ない土地だったので必要な農業政策にも携わり地元に貢献した。しかし、こうした多くの指導や奉仕活動にもかかわらず、彼はオランダの改革派神学者アルミニウスが提唱した教説の信奉者であったことから、信者の中には不満を抱く者もいた。遂には、本件を審理するために一〇人の教区の牧師たちから成る聖職者会議が開催される運びとなった。その結果として当然のことながら、彼は聖職者の地位を解かれてしまった。当会議はジョゼフ・ドーンとナサニエル・フリーマンという二人の神学者の意向に添う方向で進められた。このことを検証する委員会の報告によれば、以下のように述べられている。「本件に関する調査報告書によると、オズボーン牧師は会衆に向けての説教の中で、〈キリストにおける神の贖罪行為と苦悩は、神の律法に従う人間の義務を軽減させるものではない。キリストの苦悩と服従は自己の責めに帰すべき事由である〉、このように発言しているのだ。私たちはそのいずれも不見識極まりない誤謬だと思う」。

さらに続けて――「巷の風評も例の調査報告書も、オズボーン牧師は公的、私的を問わず、聖書の中には条件付きの約束しかないと公言しているという。これも誤りだと言いたい。幾つかの絶対的に無条件な聖書の約束というものはある。たとえば、それは新たなる心の約束の場合もある。神はその律法を私たちの心の中に刻み込むからである」。

さらにこの二人の神学者たちは言う。「本件を検証する委員会報告によれば、服従は個人の正当性を論証する妥当な根拠であるとオズボーン牧師は語っている。だが、私たちはそこにも大きな誤謬の危険性が見られると考える」。

その他の点においても、彼らは様々な異なった見解を示しているが、おそらく読者の皆様の中には私よりも詳しい方がおられるだろう。旅人たちの証言によれば、遠くイラク北部などでクルド人の一部が信仰している民族宗教ヤズィーディー教と呼ばれる、いわゆる邪教異端の信徒たちやバビロニア文明を引き継ぐカルデア人などの間では、いまなお教義上の問題点や解釈を巡って活発な議論が行われているようだ。このような次第で、オズボーン牧師は解任された後、ボストンに移り、そこで長きにわたって学校運営に携わった。しかし、彼は泥炭地における種々の活動により客観的にも身の証を立てたと聞いている。齢九〇の坂を乗り越え一〇〇歳の天寿を全うしたこともその証左であろう。

さて、次の牧師はベンジャミン・ウェッブ牧師である。近隣の牧師の一人はこんな風に彼を評している。「私の知る限りでは最も素晴らしい人物であり、しかも最高の牧師である」と語って憚らない。また件の歴史家も次のように述べている。すなわち――

「この牧師は日々奮闘中で、職務遂行に余念がなかったし（この文は軍隊が在郷の者を兵士として召集するようで実に印象的だ）、その律儀な人柄に安らぎを与えるような木陰すらなかった。それゆえに、この人物について多くを語ることは困難である。（悪魔が牧師の大道に沿って二、三本の木陰を作ってくれなかったことは残念至極だが）牧師の心は畑の黒土をすっかり覆い尽くす真っ白な新雪のように清廉だ。その精神は月が雲一つない六月の澄んだ夕空を照らすが如く美しく穏やかである。牧師は美徳を促進し、悪徳を抑制することを旨としていた。その性格を形成する特徴を上げるとしたら、それは謙虚、慈愛、そして神への愛だろうか。教区の人々は長く雷の子トリート牧師に導かれていたが、今度は慰めの子ベンジャミン・ウェッブ牧師に導かれるのだ。この牧師は優しさに溢れた言葉を操り、至高絶大なる神の慈悲を示すことによって、人々を徳へと誘うのである。彼の思考や感情は天に憩うものであり、およそ世の人間が引き起こす俗事には構っていられない。ウェッブ牧師はトリート牧師と同質の宗教的感情を持っていたが、その関心は救い主が顕現された歓喜を伴う福音へと向かっていたのだ」

私たちはこのような人物がノーセット平原を横断していたことを知って興味を抱いた。続けてほんの数頁を捲っていると、オーリンズのジョナサン・バスコム牧師という名前に目が釘付けになった。この人物についての紹介だが、ラテン語で「小洒落た趣味を持つ老人。高雅な喋り方で陽気な雰囲気の中で説教する人物」と記されていた。さらにマサチューセッツ州バーンスタブル郡のデニス出身のネイサン・ストーン牧師に関しては、「謙譲の美徳を持った明朗快活な人。彼の持ち味は厚い接遇で、この世の利益きわもなし。まさに天国に宝を積めりの鑑である」と描かれていた。こうした彼の営為は出身地デニスにおいて容易にできる環境にあったろう。なにしろ、そこの住民はこの世の財物には一切執着しないし、多くの財宝は天に蓄えられているものと信じているのだ。しかし、その中で最も律義で公明正大な正義の牧師と言えば、それはチャタムのエフライム・ブリッグズ牧師だろうと思う。その佇まいは後期ローマ人の言葉を引用すれば、「*Seip, sepoese, sepoemese, wechekum*」となる。でも、この言葉の解釈はいままで伝えられていない。したがって、その意図は不明であるとしか言いようがない。しかしながら、聖書の中のどこかに記述されているのだろうが、それは紛れもなく使徒エリオットのニップマックスへの書簡の中に見られるはずである。

読者の皆様には、どうか私が牧師に対して嫌悪感を抱いているなどとは思わないでいただきたい。彼らは、おそらく、同じ時代に生きた人たちの中で最も知徳に優れた人物であることに間違いはないし、町の歴史の頁を飾るに相応しい稀有な存在でもある。もし、彼らが語ったり、あるいは聞いたりしたという「福音」が私の耳にも実際に届いていたならば、私はもう少し生彩ある筆致でその輪郭を描いたことだろう。

私は読者の皆様にノーセット平原の広大さと特異な様子を知ってほしかったし、さらにそこを横断するのに、一体どれくらいの時間がかかるのか、それを理解してほしかったのだ。そのために、私はこの物語を展開させる上で、こうした長たらしい逸話を挿入するしか術がなかった。

第四章　浜辺にて

コッド岬南側の海岸線に広がる砂地

私たちは、行けども行けども辿り着くことはないだろうと思われた平原の端にやっとの思いで到達した。遠方からは高地にある湿原のように見えた辺りに足を踏み入れたのだ。ところが、その場所はカラッと乾いた砂地のような土壌で形成されており、砂海岸で育つビーチ・グラス、常緑低木のクマコケモモ、常緑樹のシロヤマモモ〔果実〕、灌木のシュラブ・オーク〔ブナ科〕、そして低木のビーチ・プラム〔西洋スモモ〕などの植物によって辺り一面が覆われていた。砂地は海岸に近づくにつれて、幾分上り勾配になっていた。それから何も生えていない帯状の砂地を横切っても、海が放つ咆哮の程度は依然としてあまり変わらないような気がしたので、これから半マイル先まで歩かなければならないだろうと思っていたところ、突然、大西洋を見下ろす崖の上に出たのである。私たちのいる断崖の遥か下には、幅六ロッドから一二ロッドの浜辺が広がっており、波が砕け散り、長い一直線状となって岸辺に打ち寄せている光景が見えた。海はとても暗く沈み、嵐の暗雲を孕んでいた。一方、空は完全にどんよりとした分厚い雲に覆われて、雨はずっと降り続いていた。風はめちゃくちゃな振る舞いからではなく、むしろ荒ぶり続ける海への同情から吹きすさんでいるようだ。波は沖から少し離れた浅瀬で細かく粉々に砕け散った。そして一〇フィートから一二フィートに及ぶ高さの視覚的に捉えにくい防波堤を乗り越えるかのように、波は緑と黄色の弧を描きながら幾段もの無数の滝となって落ちた。それから豊かに泡立ちながら勢いよく岸辺めがけて押し寄せた。私たちとヨーロッパ大陸との間には、牙をむくような荒々しい海以外には何も存在しなかった。
　私たちは砂丘を降りて、砂が締まって最も硬くなっている水際へと足を運んだ。それからノーセット灯台を後にし、およそ二五マイル先のプロヴィンスタウンへと北西に向けて緩やかな歩調で浜辺を歩き始めた。相変わらず強い風に煽られて傘が壊れそうになりつつも、海流の大きな力に敬意を表しながら静かに歩を進めたのだ。

　猛々しく淀みないオーケアノスの流れ！
〔『イーリアス』より〕

　白い砕け波が海岸に打ち寄せていた。その泡立つ波がひたひたと寄せては返していたのだ（波は私たちの前後に延びる大西洋の海岸線に沿って、想像の域を遥かに超えて遠くまで及んでいた）。比較する対象が小さな日常のことでもよいならば、その一定の規則正しいリズムを繰り返している様子は、聖歌隊の指揮者が白いタクトをリズミカルに振っているようなものだ。時々、高波が襲いかかると一目散に飛び退き回避するのだが、振り返ってみると波打ち際に残した足跡の中に泡交じりの海水がいっぱい溜まっていた。砕け散った高波には、まるで海を司る神ネプチューンが鞭を入れて駆り立てる幾頭もの荒馬のように、白いたてがみを遥か後方に靡かせながら海岸に襲来する、そんな風情が窺えた。そして雲の隙間からほんの一瞬太陽の光が差し込むと、それを浴びて弾ける白い飛沫は虹色に染まって見えた。また、時々、海藻のケルプ・ウィードが波に弄ばれている光景は、さながら海の中をのっそりと動きまわるジュゴンの尾びれの戯れのようだ。

その日は一日中、帆船の陰影が一艘たりとも目に映らなかった。先日の嵐により全部の船が避難のため帰港したままで運航できない状態だったからだ。ここ数日間に浜辺で会った人間と言えば、海岸に打ち上げられた流木や難破船の残骸を捜しながら歩いていた一、二人の人たちくらいであった。東方から激しく吹きつける春の嵐の後には、浜辺の端から端までの広範囲にわたって東方より流れ寄る木材などでいっぱいになる。それらは拾った者に帰するのだ。なにしろ、コッド岬には樹木などがほとんど生育していないので、その種の贈り物は住民にとってまさしく神の思し召しである。

私たちは間もなくして、こうした流木を拾い集める男たちの一人に出くわして話をすることができた。彼は正真正銘のコッド岬育ちの男だった。風雨に晒され赤銅色に日焼けしたその顔には彫りの深い皺が刻まれていたが、そうかといって、特筆すべき特徴がある訳ではなかった。その顔は生命を持った古い帆布のように萎びていて、様々な苦難を凌いできた肉体は断崖絶壁のような威圧を感じさせた。あるいは砂丘に堆積した大きな粘土性の岩塊のような趣とでも言おうか。この男は海水が染み込んだ濡れた帽子を被り、彩り豊かなパッチワークを施した上着を纏っていたが、生地は長く砂中に埋もれてしまい馴染んでしまった浜辺の色をしていた。彼が私たちの傍を通り過ぎていったので、ちょっと振り返ってみた。その時、私たちは彼の両肩から背中にかけて様々な色合いの布が織り込まれたパッチワークの模様をまじまじと見ることができた。もし、あのように目立つ傷が上着の正面になかったとしたら、背中の傷の多さにはいささかならず面喰らったに違いない。たまたまドーナッツが男の目に入ったとしても、それを拾い食いすることはないだろう。彼はそこまで自分を貶めることはするべきではないと思っているようだ。生来の真面目さが邪魔をして、おどけて笑うことすらできない。タフな風貌ゆえに、めそめそ泣くことも許されない。そんなタイプの男だった。まるで浜辺のハマグリのように世俗的な執着から脱皮したような様子だった。帽子を被り両足を使って浜辺を歩き回る海ハマグリと言ってもよいだろう。この男はもしかしたら、何世紀もの間、コッド岬の裏側の地に居ついたピルグリム・ファーザーズの末裔の一人か、あるいは少なくともメイフラワー号の中で生まれたペレグリン・ホワイトの末裔か。

彼は海水に浸かりフジツボ類がたくさん付着した船の残骸や古材、また船の外に突き出した板材や上船梁、さらには端材まで探し求めていた。そこで見つけたものを潮の満ち引きの影響を受けない場所まで引きずり込んで乾かした。材木が大き過ぎて遠くまで運べない場合は、波が沖に向かって引いたばかりの場所で残った材木を切断するか、それを二、三フィート転がしてから二本の棒を地面に突き立て、交差させることで自分の所有物であることを主張した。メイン州でも朽ちて通行の妨げになる倒木がよく見られるが、たぶんそれらは海に故意に投棄された後、ここに辿り着いたものだろう。地元の人はせっせとそれらを拾い上げ、適切に切断処理を施して回収する。あるいは乾かしたり、枯らしたりして有効に利用しているのだ。冬が訪れる前に、いろいろな残骸を拾う人は、近くに穴らしきものがない時には、鍬などの小道具を使って斜めに傾いた長い小径を作り、これらのものを砂丘の上までいそいそと運び上げるのである。フック付きの尖った柄が砂丘の上に置いてあり、それはいつでも使用できるように準備されている。こうした人々こそは正真正銘の浜辺の主であり、まさしく「議論の余地のない固有の権利」を有していたのだ。たしかに、彼らは浜辺の鳥と同様にその風景に一体化した人物だと言ってよいだろう。

ドイツの歴史学者デイヴィッド・クランツは、グリーンランド人の生活様式の実態についてラース・ダラガーの言葉を引いて自著の中で次のように述べている。「浜辺に打ち上げられた流木や難破船の残骸などの漂着物を発見した者は、土地の住民でなくてもその所有権の恩恵に浴することができる。ただし、それには条件が伴う。つまり、漂着物を浜辺に引き上げて、その上に所有者が存在する目印として石を一つ置くことである。その行為が保証書の代わりになり、後々グリーンランド人は決してその権利に干渉などしないものだ」。それは言ってみれば、住民による、本能に基づいた人為的な取り決めとでも言おうか。

クランツの流木に関する記述はさらにこのように続く。「彼（自然の創造主）は、硬い岩塊群から成るこの場所には樹形の形成を許さなかった。その代わりに、海流に命じて多量の流木を浜辺に寄せるようにした。浜辺に辿り着く流木は冬場の結氷や流氷を伴うことがない場合もあるが、大抵は流氷と共に打ち寄せるものだ。そうでないと、周囲の島々の間で閊《つか》えてしまう。こうした神の恩寵によらなければ、ヨーロッパから来た私たちは薪を焚くこともできないし、グリーンランド人（もっとも、彼らは流木を乾燥させた薪ではなく鯨肉から採れる鯨油を使うが）は屋根の葺き替え作業をしたり、テントを張ったり、さらには小船を作ったり、矢を作るための端材を確保することもできなくなるだろう（湿地に生える落葉高木のハンノキのような曲がりくねった樹幹は見ることもできる）。言うまでもなく、衣類や鯨油など彼らの生活に必要なものを確保するために欠かせないのは、小船や槍などである。特に鯨油は暖房やランプや料理などに使用する大事な必需品である。そうした流木の中には根こそぎ流れ着いた樹木も含まれている。それらは長らく海の波間に浮いたり沈んだりしている間に、海氷による衝突や摩擦によって、木の幹や枝の樹皮がすっかり剝がれてしまい、しかも大きな木食い虫の餌食になってしまっていた。流木のごく一部はグリーンランドの南部辺りの湾港から流れ出たヤナギ、ハンノキ、シラカバなどである。さらに遠方より流れ着いた落葉高木のヤマナラシの幹もある。しかし、大部分はマツとモミの木だ。私たちはまた美しい木目に彩られた枝の少ない流木もたくさん見かけたが、これらは高く聳える岩山の斜面を飾り立てるのに適しているカラマツであろう。それらに加えて、一般のモミの木より香しい匂いを放つことで知られている丸太の流木もあったが、それは幹が硬く、横の木目が波打つ赤みを帯びたものだった。これはドイツ語でツィルベルと呼称され、裏側に銀白色の葉を付ける美しいマツ科のシルバー・ファーというモミの木と同種のものであるが、主にグリソン・ヒルの高地に生育する樹木で、ヒマラヤスギの匂いを放出する。ちなみに、スイスではよく部屋の腰壁として利用される」。

浜辺で漂着物を懸命に拾っている男が、スノーズ・ホローと呼ばれるちょっとした窪地を通過した方が無難だろうと教えてくれたので、私たちはそこを抜けて砂丘を登ることにした。それほど厄介ではないにしても、足元が滑りやすい砂浜で、靴の中に砂がいっぱい入り込んでしまうぐらいなら、この道を選んだ方がいいと言うのだ。

コッド岬の中心部を形成するこの砂丘は、標高一〇〇フィート以上に達し、すっと高く聳え立って君臨している。私たちがこの砂丘の上に初めて立ち、自分たちがこれから歩き進む情景を眺めていたら、言いようのない気持ちが尽きることなく込み上げてきた。私たちの右下の方向には、幅一二ロッドの少し斜めに傾き、さらさらで滑らかな浜辺が続く光景を見渡すことができた。その近くの波打ち際には、絶え間なく白い泡状の波が寄せては返していた。さらに遠くを見渡せば、コッド岬の前腕部に沿ってずっと先まで伸びている浅瀬を明るく爽やかな淡い青緑色を湛えた海水が覆っていた。さらにその向こうには、疲れを知らないどこまでも果てしなく続く大洋が横たわっていたのだ。

私たちの左手には、粒が小さくキラキラと輝く完全な状態の砂地が三〇ロッドから八〇ロッドの幅を維持したまま、すぐ近くの海岸際から広がって、遠くの方に見える高さ一五フィートから二〇フィートに及ぶ小さな砂山に届いていた。けれど、砂地がそれ以上に広がっているところもあったことを見落としてはいけない。それと隣接するように、一帯に草木を植えた緑地が広がっていた。そこには小ぶりな丘や谷の流れが切れ目なく続いており、いまは紅葉の秋を思わせるような深い赤色で彩られた低木林が絶妙な色合いを醸していた。その向こう側には、マサチューセッツ州のウェルフリート湾の水面がちらほらと眺め見られた。

ウェルフリートの純然たる砂土の台地は、船乗りたちが海から眺めれば、その外観はイースタムにある台地そのものだ。事実、昔はその一部だったこともあり「イースタムの台地」と呼ばれていた。台地の幅は十分に五〇ロッドを上回るし、場所によっては、だいたいそれ以上の大きさを有していた。中には海抜一五〇フィートを超えるところもあったほどだ。台地は町の南の境界線から北方へと直線的に延び、テーブルのような平面形を成し、二・五マイルから三マイルにわたって遠くまで続いていた。そこは草木などの植生がまったく見られない場所であった。台地は海に向かってだんだん高くなっているかと思えば、急に浜辺へと落ちる。勾配の角度は砂が崩れ落ちない程度の傾斜に保たれ、その精巧さは軍事工学に精通した人も羨むほどだろう。それはまるで途方もなく巨大な要塞に見られる切り立った急な斜面を有する防壁のようなものである。たとえて言えば、浜辺は城壁の外側に設けられた斜堤で、さしずめ大西洋は修羅の海か。私たちは斜堤の上に立って、コッド岬のほぼ全体の景観を見渡すことができた。ああ、私たちは一方に「約束の地」とも言える秋の素晴らしい風景に包まれ、他方で雄大な大西洋の景色を眺めながらこの砂地を渡っていたのだと思うと、感慨一入である。何よりも広範囲を一望できる景色が素晴らしい。樹木が生育して森林が形成されている訳でもないので、より遠くまで見通せるのだが、何故か、人家が目に入ることもなかった。事実、浜辺に辿り着いて以来、一軒も見ていない。こうした海と砂地が融合した情景には、どこか暗鬱とした寂寥感が忍び寄るものだ。大勢の群衆がこの寂寞の情を催す雰囲気の中に入り込んだとしても、はからずも砂に残した足跡のように、結局、この茫漠とした雄大な風景の中にすっかり呑み込まれて消えてしまうだろう。

海岸一帯を広く見渡したところで、石ころ一つ見当たらない。私たちは二〇マイル以上歩いて来たが、その途中せいぜい一、二個の小石を見つけた程度だった。ここの砂も浜辺の砂粒のように繊細で光沢があるので、太陽の光に反射して眩しく目には刺激的だ。砂地で見かけるものと言えば、そこで懸命に漂着物を拾っている何人かの男たちが砂丘の天辺まで苦労して運び込んで、それらを乾かそうと積み上げた幾つかの流木の小山くらいのものだろう。遠くから見ると、北アメリカに住むインディアンのウィグワム族の森の住居と見間違えるほど途轍もなく大きく見えたが、近くに寄って見れば、それはしょうもないちっぽけな薪の山に過ぎなかった。

砂丘はノーセット灯台を振り出しに、それなりの高さを維持して一六マイルも続いていたが、さらに北の方に進むと、高さは一定ではなくなり、ちょっとした窪みに嵌ることもあった。場所によっては、イネ科の磯草や常緑樹のヤマモモが砂丘の先端部まで蔓延っていた。一八〇二年に『マサチューセッツ州のバーンスタブル郡東海岸誌』と題する本が出版された。それには、人道支援評議会が「慈善の家」、もしくは「人道の家」を設立した地点、その他の「海上の遭難者の避難所」を設置したと思われる場所が記されていた。この本は二、〇〇〇部が印刷され、この港湾に出入りする船舶に配布されたという。

私はこの中の「海難事故遭遇者のマニュアル」に飽くなき好奇心を抱くとともに憂鬱な気分に苛まれながら読んだ。文章の端々から思いが溢れ、行間からは波の音とも呻き声ともつかぬ咆哮が聞こえてきそうだ。そして、あたかもこのマニュアルの著者自身が難破船の唯一の生き残りであるかのような妙な感覚に包まれた。この付近の海岸について、著者は次のように述べている。「高台は時が経てば、海を望む険しい高い砂丘群となって広がる。したがって、酷い嵐に見舞われてしまえば、そこに登るのは極めて困難である。また、激しい嵐と大潮が重なってしまうと、波が海岸砂丘の裾に当たって砕け散るので、海と砂丘の間に横たわる浜辺を歩くのは決して安全ではない。たとえ、遭難した船乗りが幸いにこの断崖絶壁を乗り切れたとしても、無理をしてそのまま内陸に入ることは危険である。しかも、大抵の家々は遠く離れてぽつりぽつりと佇んでいるので、夜、探そうとしても見つけ出すことは難しいと思われる。そうなると、遭難した者は海岸砂丘を交差している幾つもの谷を越えて進むしか術がない。住民たちはこうした谷を窪地と呼んでいて、いずれも岸辺から直角に曲がって延びているのだが、その真ん中辺りか、最も低い場所にある一本の道が民家から海へと通じている」。ただし、ひとえに道とは言っても、荷馬車道のように他から一見してそれと分かるものではない。

これから行く私たちの旅路は標高の高いところか低いところか、つまり砂丘の上を行くか、その下の浜辺を行くかの二者択一だった。そのいずれの行路もノーセット港からレイス崎まで北西方面に二八マイル続いていたが、その道程には浜辺に通じる開口部などまったくなかったし、砂地が酷い亀裂によって分断されている箇所も見られなかった。満潮時でも八フィートほどしか水深がないノーセット港の狭くて浅い入港口を渡ることができれば、さらに一〇マイル、いや一二マイル先を目指して全部で四〇マイルの浜辺を歩き切ることができるはずである。コッド岬の南三〇マイルに位置するナンタケット島の東岸にある砂丘も浜辺もこれらの延長線上にあるに過ぎないのではないだろうか。私は海岸を見渡すことができ、自分なりにそこそこの満足感を得られた。まるでコッド岬という裸馬の背中に跨り、その馬を自在に操っているような感覚だった。やはり地図からのみ、その様子を理解したり、駅馬車の窓から眺めるだけで比較すれば、実際とはだいぶ趣を異にするものだ。地図上には完全に再現することもできないし、気ままに色彩を加えることもできない、外界に存在する荘厳なる本物のコッド岬だからだ！これがカント哲学における「物自体」〔thing itself / Ding amsich〕なのだろう。だから、本物が放つ輝きを凌駕するものはないし、いかなる手段を施しても何物も本物に似せることはできないのだ。また、その先に進んだところで、所詮、本物自体に出合えることもない。私自身がここに来る前までコッド岬についてどのような想像を巡らせていたのか、いまとなってはそのことすら分からない。民衆は一般的に「人道の家」が佇む情景よりも、むしろ浜辺にホテルが凛と建っている光景に目を奪われ、しきりにもてはやすだろう。しかし、私は浜辺に打ち上げられた難破船に絡むある風景を見たいと思っていた。人間と関わるものだったからだ。「海の主」と「陸の主」の両方を冠している大洋の波が、上陸用にと築造された波止場をものともせずに押し寄せて来る場所に建てられた、真の「アトランティックハウス」を旅の宿としたかった。その付近で病人の部類に入るのは、せいぜい崩れかかった大地だろうか、一方、名士と言えば乾燥地ぐらいだろう。

私たちはしなやかな足取りで、ある時は浜辺を、またある時は砂丘を歩いたが、たまに長く海流に揉まれた挙句、やっと陸地に辿り着いたカエデの木や北アメリカ東部の高木であるキハダカンバといった濡れた丸太の上に腰を下ろすこともあった。あるいは、盛り上がる磯砂山の物陰や砂丘の上に座って、広い海の景色を飽くことなく神妙に眺めていた。砂丘は結構急な勾配だが崩落する危険性がない場合には、ベンチに腰掛けるようにその端に浅く座った。私たちのように陸地に住む者たちは、水平線の向こうにある陸地を心に描くことなく、目の前に広がる大洋を眺めることはしないものだ。空には雲がどんよりと低く垂れこめて辺りを覆っていた。内陸にいてはとても想像できないだろうが、海越しにずっと遠くまで見渡すと、まるで雲が海の上に憩うかのような風情を味わうことができる。砂山にはそれなりに利点があるものだ。たしかに不安定な砂の上を歩くことはしんどいが、足に柔らかく優しいことも事実。二日間近く雨が降り続いたにもかかわらず、雨が上がると三〇分も経たないうちに、砂山の滑りやすい多孔質の表面はたちまち乾いた状態になった。この砂地全体の景観は天気が良かろうが悪かろうが、とても美しい。嵐の後に雲の隙間から太陽の光が差し込み、遠くの湿った砂地の表面を鮮やかに照らし出すと、平坦で真っ白な砂浜は目を見張るほどの美しさを呈する。そのお陰で、かすかな起伏や踏み跡までがはっきりと見えるようになる。砂浜から視線を上げると、広大な海が視野に入ってくる。夏を迎えると、この辺りの砂地や砂丘に巣を作るアジサシが、上空から恐る恐る旅人に接近するなり、鋭い鳴き声を発しながら頭部を目掛けて真っ逆さまに襲い掛かることもある。また、コッド岬を横断していると、浜辺で餌を食い荒らすカラスを、アジサシがツバメのような俊敏な動きで追い回す光景に頻繁に遭遇することがあった。

私は白波の轟音や絶え間なく繰り返される潮の満ち引きについて触れることを、敢えてしばらく遠慮させていただいたが、その間にも慌しく騒々しい音は決して鎮まることなく続いていたので、もし私が読者の皆様とご一緒していたとしても私の声をほとんど聞き取ることはできなかったと思う。いま、こうしているこの瞬間も、波は途切れることなく海岸に打ち寄せて咆哮を上げている。喧噪の渦に朗々と鳴り響く音は次第に和らぎつつあるが、海がその動きを止めることはない。桁違いの壮大な景色に圧倒され、怒濤渦巻く騒然な空気に呑み込まれた私たちは、ギリシア神話に登場するクリューセースのように、もっとも彼とはまったく別の立場であったが、潮騒と海鳴りを聞きながら静かに浜辺を歩いた。

喧噪渦巻く海辺を一人の老人は黙して歩く

〔『イーリアス』より〕

私は折々、古典ギリシア語で表象された文句を少しばかり挿入することにしているが、その理由の一つを挙げるとすれば、ギリシア語は海の響きの雰囲気を伝えるのに適切だと思うからである。だが、ホメロスの地中海精神が海の喧噪の趣を醸し出すことができたかどうか。それは疑わしい。

イーストタムでの野外集会にしばしば参加する人たちは、メソジスト派の説教者たちが発する言葉に耳を傾ける中、コッド岬の裏側に打ち寄せるざらついた荒波の轟音が耳をつく、その辛い状況に戸惑うらしい。つまり、彼らの滞在中ずっと、この二つの轟きわたる音が問答無用で押し寄せてくるからだ。そういう場合は、決まって音の大きい方が勝るものだ。砂丘の上にいる群衆に向かって、大海原が「わが聴衆の皆さん！」と大声で呼びかけて強い刺激を与えると、一体どんな反応が返ってくるだろうか。さしずめ、向こう側にはアメリカ連合国海軍の士官ジョン・N・マフィットがいて、こちら側にはポリュフロイスボイオス牧師がいるという構図だろうか。

この海岸に打ち上げられる海藻類は至極少ない。実際、ヒバマタ科の海藻類が着生する岩なども見当たらないし、せいぜい褐藻類のケルプ・ウィードを見かけるのが関の山だ。出航後間もなくして、まだ足に陸の感覚が残っている時に船の甲板に出て、そこから下を眺めれば、誰もが巨大な茶色のエプロン状の海藻が、半ば直立したような格好で緑色に見える海の中にうす気味悪い雰囲気が漂うその身をしっかりと沈め、その背筋も凍る不気味な指に小石や深海のイガイ科の二枚貝を巻きつけながら漂流している光景を見ることができるだろう。私は以前に大人の頭の半分ぐらいの大きさの石を抱えたケルプを見たことがある。私たちは時々、ケルプ状の海藻の塊が怒濤渦巻く波頭の上に跳ね上がっている光景に出くわしたことがあったが、その時は何か宝物のような物が浮き上がってくるのではないかと、淡い期待を抱いて岸辺に引き上げられるのを待ったものだ。だが、すぐに驚きと深い落胆に陥った。実際はいつもこんな有様だ。結局、私たちが期待していたものは単なる海藻の塊であることが分かった。

海面を覗き込んでいる時、そこに浮かんでいるどんな小さなものでも見つめていると不思議に大きく見えた。私たちは海の広大さに感動と驚きを抱いていたこともあり、何かと目につくものを海全体と比較してしまうところがあった。砕けた白波が何とか岸辺に運び入れた滑稽なほど小さな木片や海藻類を眺めていると、その無様な姿にしばしば失望の念を禁じ得ない。果たして、大西洋に関わる特徴について、これ以上微細に観察をしたところでいかがなものか、そんな疑問が頭をもたげ始めた。たとえば、もしも大海が岸辺を覆うようなことがあれば、その実態は小さな湖であることが分かってしまうではないか。

ケルプ、コンブ科のラミナリア・ディギタータ、大型の海藻コンブ、悪魔のエプロンと呼ばれるコンブ、ソールレザー、そしてリボン・ウィードなどの多種多様な褐藻類コンブは、海の神ネプチューンが御料車を装飾するために発明されたものなのか、はたまたギリシア神話のポセイドンに仕えた予言の神プロテウスによる気まぐれな所業なのか。いずれにしても海の奇妙な産物だった。陸地に住む人々にとって、海に関するすべての話には、どこか寓話的な響きが纏わりついているような気がする。然るにすべての海の産物には、そうした寓話的な特質が付きものである。それらは主に海藻類の話や船乗りたちのホラを交えた自慢話の類だが、耳を澄ませて聞いていると、まるで別の惑星の話かと錯覚するほどだ。ここでは動物界と植物界が邂逅を果たし、奇妙にも溶け合っているのだ。

フランスの博物学者ジャン・バティスト・ボリ・ド・サン＝ヴァンサンによると、ケルプの種類によっては茎の長さが一、五〇〇フィートに達するものもあるという。したがって、これが知られている中で最長の植物であろう。ブリッグ型の帆船の乗組員はフォークランド諸島の別の海岸に打ち寄せられた幾本かの茎を流木と間違えて二日がかりで意味もなくかき集めていた（ハーヴェイ『藻類に関して』参照）。この種の藻はいかにも食せるようであった。少なくとも私の場合、もし腹ペコだったら、躊躇なく胃袋の中に放り込んでいただろう。ある船乗りが言うには、雌牛ならその海藻を食べるらしい。それはチーズのように削れそうな独特の感触があった。私はさらに詳しくその実体を知りたかった。たとえば削り具合とか、中は空洞なのかどうかを調べたかったのだ。居ても立っても居られず、早速その場に座り込み、周りを慎重に少しずつ削いだ。葉の部分は幅広の帯のようだったが、その両端には管状のひだが付けられていた。形体はあたかもハンマーで叩いて延ばしたようでもあり、大きな螺旋状のねじれが特徴的だった。先端部分は、だいたい、絶え間ない波に削られたり、抉られたりしてボロボロに擦り切れていた。家に持ち帰った茎の一部は、一週間もしないうちに元のサイズの四分の一ほどに小さくなっていたし、その表面は全体的に、まるで霜の結晶のような塩の粒で覆われてしまった。私はよく海藻が打ち上げられる訳でもない川辺に住んでいる身であり、また海の青さとは別の未熟な青さゆえに、これらの無知について、読者の皆様にご寛恕を乞う次第である。海藻の生育環境はどのようなものか、あるいはどのように収獲されて、その後、どのような天気のもとで干されたり、取り入れられたりするのか。そう考えると好奇心は旺盛になるばかりだ。次は天気に関して一家言を持つある詩人が綴った言葉だ。

大西洋を急襲する時、
巨大な彼岸嵐は、
激しい怒りをもって荒れ狂う波を陸地へと追いやる
岩から離れた海藻を白波に乗せて

バミューダ諸島の突出した岩礁から、
遥か遠くに光浴びて輝くアゾレス諸島の

海淵に沈んだ岩棚の端から、
バハマ諸島から、あるいはサンサルバドルの
白銀のように照り輝き、
猛烈な勢いで押し寄せる大波から

かすれたような響きのヘブリディーズ諸島に応えつつ、
オークニー諸島を沈ませるような、のたうち回る荒波から、
船の残骸や漂流する船のマストから離れて
荒涼として雨降る海を彷徨う

どこまでも、どこまでも漂い流れる、
海面に浮かんで揺れ動く、
絶え間ない海流の流れに乗って

しかし、この詩人も次のような言葉を続けているので、この海岸についてあまり知り得てなかったと思われる。

平穏な入り江や浜辺に辿り着いて、
再び、みんなが楽しみ憩う時まで

こうした海藻は、これまで文学の波の穏やかな入り江に辿り着いたことはない、いわばグロテスクで寓話性豊かな事象の象徴であったと言える。

どこまでも、どこまでも漂い流れる、
疲れを知らない海流に乗って、
未だに書物の中に家宝級とも言える
至言を認めたことはないが

〔ヘンリー・W・ロングフェロー『海藻』より〕

浜辺には打ち上げられた美しいウミクラゲが散乱していた。このクラゲは浜辺の漂着物を採取する人たちがサンスコールと呼ぶ、最も下等に位置づけられる生き物の一つである。これらは白かワインカラーの色合いを帯びており、その直径は一フィートくらいであった。私は最初、猛威をふるう嵐に巻き込まれたのか、あるいは外敵によってズタズタに切り裂かれてしまったどこかの海の怪物の柔らかい体の一部かと思ったほどだ。広い海を見渡せば、極めて頑強な船体でも衝突すれば破損して沈没してしまいそうな岬や岩礁などの荒々しい海岸が悠然と構えている一方、その懐ではこうした柔らかいウミクラゲや海藻類が戯れているのだ。どうしてこんな両極端な面を持っているのか不思議でならない。果たして、豪胆なのか繊細なのか。いかにも繊細で愛おしい子供たちを自分の逞しい腕の中であやすこともある。何とも奇妙な光景である。

私は当初、気づかなかったが、これらのクラゲは以前にボストン港で見かけた無数のクラゲの群れと同種のものであったようだ。クラゲの群れは陽の光を満たそうと水面をゆらゆらと浮遊していたので、辺り一帯の色みが変わって見えた。まるで淡水魚のサンフィッシュのスープの中をかき分けて進む船の中にいるようだった。たとえ手を伸ばしてそれを掬い上げようとしても、水銀のように指の隙間から零れ落ちてしまう。

海域から陸域が隆起して乾燥地帯となる前は、混沌とした世界が支配していたと聞く。内陸の女神が聖衣の脱着を繰り返す、深い水域と浅い水域の間ではいまでも一種の混沌とした世界が支配していて、そこには特異な生き物しか生息できないようだ。アジサシたちはその間ずっと、私たちの頭上や白く砕け散った波間をぐるぐる旋回していたが、時折、戯れに二羽の白いアジサシが黒い一羽を追跡していた。この種の鳥たちはウミクラゲや海藻類と同じぐらい繊細な生き物なのだが、驚くことに嵐をものともせずに悠々と滑空している光景を見たことがある。どうやら身体的というよりは精神的な順応が優位に働いているらしい。アジサシは本質的に野生種の部類に入る。その点はヒバリやコマドリとは種を異にして、人間とも遠い距離の存在であるに相違ない。その鳴き声は振動を伴う金属的な響きに聞こえ、周辺の風景に留まらず風と波が猛々しく咆える姿とも絶妙に調和しているので、誰かが浜辺に置かれた竪琴の弦に手荒く触れたかのような風情であった。まるで海が醸し出す旋律が潮風にちぎれて、波頭高く放り上げられたようだ。

　この浜辺から受けた音に関する最も印象深いものを一つ挙げるとなれば、それはいつも浜辺を旋回しているフエチドリが放つどこか悲しげな囀り声であろう。その囀りもまた深い海底に沈んだ船乗りたちの儚い命を悼むために、いつも浜辺で奏でられている愁いを帯びたレクイエムのように聞こえた。しかし、こうした侘しさを募らせる様々な鳴き声を通して、私たちは永遠の旋律とも称される音色に宿された純粋で無垢な何かに出合ったような気分になった。だから、同じ旋律だとしても、その響きによって捉え方がすごく異なる場合がある。ある人にとってはそれが悲歌に聞こえるだろうし、また別の人は朝を讃える喜びの歌として享受するだろう。

　一七九四年、マサチューセッツ州のウェルフリートにおいては、インディアン・スタイルによるカモメの捕らえ方が実践されていたが、その捕獲の技術は実に見事であった。ある書物によれば、まず編み目の荒いかぎ針編みでカモメ捕りのための小屋を作り、それを浜辺の地面に固定する。それから棒状のものを幾つか組み合わせて屋根を作る。その側面には杭と海藻類を一面に施して囲うのだ。「屋根を構成する棒の上にはクジラの赤身肉をびっしりと並べて置く。小屋の中にいる人物の姿は見えないので、カモメたちが争って餌を啄んでいる隙を狙って、屋根の棒の間から一羽ずつ中に無理やり引きずり下ろして四〇羽、五〇羽と捕獲するのだ」。よく相手の術中に陥るとか、ガセネタを摑まされる人を「騙されやすい人（gulled）」と言うが、おそらくこのことが語源かもしれない。「ある種のカモメをオランダ人はマレムッケ、すなわち間抜けなハエと呼ぶが、それはカモメがクジラの死骸にハエのように群がることに由来する。実際にも、すべてのカモメ類はあまりにも無知蒙昧なので、それらを打ち落とすことは容易だ。ノルウェーの人たちは、このカモメのことをハーヴェヘスト、つまりタツノオトシゴと呼んでいる（当該の本の訳者の説明だと、アメリカでもブービー、すなわち間抜けと呼称する鳥を意味するらしい）。カモメは食べ過ぎると一旦、飲み込んだ食べ物を意図的に吐いてしまう。それから徹底的に食べ尽くすのである」。「人を欺く、欺く人、欺く行為という〈gull〉を使った言葉が日常生活の中で広く使われるようになったのは、カモメが大切な財産（食べ物）を簡単に手放すという習性から生まれたのではないだろうか（カモメは自分の腹の中身を吐き出してチドリ目の科であるトウゾクカモメにやってしまうことから）」。ここの住民たちはフライパンで熱した豚のラードを燃やして、浜辺を棲み処とする小鳥たちを無為に殺したようだ。おそらくインディアンたちの場合は、マツの松明を燃やして、鳥たちが明かりにざわざわ群がるのを狙って、手持ちの棒で叩き落したのだろう。私たちは砂丘の端に掘られた幾つかの穴を見つけたが、それらは狩猟を楽しむ連中がそこに身を隠して、美味で食用に向いていると思われる大きなカモメを狙い撃ちする場所であった。そこではカモメが海岸沿いで次々と舞い上がったり、舞い降りたりして魚を捕獲しようとしていたのだ。

私たちはマクトラ・ソリディシマと呼ばれるバカガイの一種の大きなハマグリを見つけたが、これらは嵐により海底表面から引き剝がされ、浜辺に打ち上げられたものであった。そこで、私はその中でも長さが六インチはありそうな最も大きな貝を一つ選んで試みに持ち帰った。その後間もなくして、引っ掛け鉤とロープを携えた漂着物を採取する一人の男に出会った。彼の話だと、この春に、ここで九、一〇名の犠牲者を出して座礁したフランクリン号の積み荷に紛れ込んでいる粗麻布を探しているとのこと。読者の皆様もこの事件を記憶に留めていることだろう。海岸に打ち上げられた船舶の船長が持参していた小型スーツケースの中から一通の手紙が出てきたのだ。そこにはアメリカの港に着く前に、その船を速やかに難破させせよ！　という船長宛ての指令が認められていた。その結果を受けて、訴訟となった案件である。彼が言うには、今度のような嵐に見舞われると、いまでも粗麻布が流れ着くことがあるという。さらに付け加えて彼は言う。いま私の持っているハマグリはウミハマグリとも呼ばれる種類で、旨みをたっぷり含んでいるらしい。

私たちは砂山の下の侘しい感じがする小さな窪地で昼食を取った。ちなみに、砂丘の上にはビーチ・グラスが一面に生えていた。その間にも、時々雨が降ったり陽が射したりして忙しなかった。私は浜辺で拾い集めた湿り気のある流木をナイフで細く削り、マッチと紙を使って火を起こし、それから、その薄い木片の上に、ハマグリを載せ、炙り焼きにして食した。私がこの旅において屋内で食べるのは大抵朝食ぐらいだ。さて、ハマグリが焼けた。ハマグリの殻の片側に身を入れ、もう片方の殻に汁を注いだ。ハマグリの身は幾分硬かったけれど、滋味深い甘みが香りと交わり美味しかったので全部残さずペロリと平らげてしまった。そこにクラッカーを一、二枚添えれば、それこそ申し分のない食事になったと思う。その貝殻は、家で使用しているシュガー・キットの中を掻き混ぜるものに酷似していたことにふと気づいた。昔、この辺にいたインディアンたちは、棒の先にこの貝殻を付けて鋤として利用していたものだ。

午後も半ばになると、海に虹が二、三度架かった後、ようやく夕立も上がり、次第に晴れてきて雲底も上がったが、風は依然として強く吹き、砕け散る波の勢いは衰えないまま陸地に駆け上がった。そんな中を歩き続けると、間もなくして一軒の「慈善の家」に行き着いた。私たちは海難事故に遭遇した船乗りの様子が知りたくて中を覗いてみたくなった。遥か向こうの海岸沿いに広がる砂丘の内側辺りに、寂れた雰囲気の窪地があった。そこには砂杭が打ち込まれていたが、その上に一軒の家が建てられていた。留め具の釘は凍えた人間の指先でも曲げられそうな細いものだった。床には麦藁がいくらか積んであった。それはたぶん、冷え切った身体を癒すために使用したり、懸命に命を繋ごうと暖を取るために必要であったのだろう。どうやらこの小屋は遭難者のためには、あまり意味をもたないのではないか。たしかに「慈善の家」は毎年業務の定期的な監査を受けなければならない。たとえば、それは件の藁とマッチが常時置いてあるかどうか、あるいは壁板を通してすきま風が吹き込まないか、そのような管理状態のチェックである。だが、時と共にだんだん監査官の記憶から遠退いてしまい、嵐も難破も過去の歴史の中に放り込まれてしまったのだろうか。こんな有様だと、今夜にも力尽き息絶えようとしている船乗りたちが、その凍える指先でドアをこじ開けて中に入り、疲弊した身を休めようとしても翌朝にはその半数が息絶えているかもしれない。小屋の使用を巡っては、こうした暖炉を囲む船乗りたちはさぞかし辛い冬を過ごしたであろうと、その家族たちも案じるところであると思われる。これはそもそも人間の住み処として建てられたものなのに、私の目には喜ばしい場所とは映らなかったし、せいぜい冥途への旅の一里塚にしか思えなかった。

カモメたちは小屋の周辺を旋回して戯れながら、けたたましい声で鳴いていた。嵐の時は海が猛り渦巻き、凪の時には打ち寄せる波音が繰り返し轟いていた。そこはいつ来ても薄暗くて何もないガランとした空間だった。いや、あるいは記念すべき一夜が訪れないとも限らない。つまり、これらの家が遭難者の至福の拠りどころとなる日が来るのでは！　それにしても言語に絶するほど酷い船乗りのための「慈善の家」だ。

「どの小屋であっても」と、『マサチューセッツ州のバーンスタブル郡東海岸誌』の著者は綴っている。「それらは砂杭の上に建てられていて、長さが八フィート、幅八フィート、高さ七フィートの規模であった。引き戸は南向きにあり、雨戸は西だった。小屋の屋根の上高く一五フィートの棒が東側に立っていた。内部には麦藁か干し草が積んであり、さらにベンチが一つあった」。だが、現在はいささか異なった様式になっている。これらと同種の小屋は北方のカナダ・ノバスコシア州南東沖に浮かぶセーブル島やセント・ロレンス湾北部のアンティコスティ島にも散見されるが、南方となると、どの辺りの沿岸区域まで及ぶのか、私には分からない。

この本の著者が次のように誠実な筆致で伝えているが、コッド岬の沿岸付近で海難事故に遭遇した船乗りを想定した場合、彼らを一番近くの「慈善の家」や避難所へ迅速に導くにはどうしたらよいか、その詳細な案内の記述を読むと胸がギュッと締め付けられるような気がした。それには然るべき理由がない訳でもない。イースタムの場合もそうであったが、この岸辺付近では一マイル以内に二、三軒の小屋が認められるが、ただし「猛烈な吹雪では視界不良により昼夜を問わず、小屋を見つけ出すことはほぼ不可能」と記されていた。全身からポタポタと海水を滴り落とし、また厳しい寒さに耐えながら身を震わせ、いまにも凍え死にそうな船乗りの一団を動員し、励まし、厚く遇する案内人の姿が目に浮かぶようだ。「この谷間の入り口辺りに沿って砂がいっぱい広がっているが、そこで、しばらく坂を上ることになる。それから幾つかの柵を越えて進む。その際には右手に見える小森に迷い込まないように注意が必要である。四分の三マイルほどさらに進むと、一軒の家が見えてくるはずだ。その家は小径の南側に建っている。そこから南の方へ向けて少しばかり下ると、パメット川が東から西へと塩性沼沢を縫うように流れている光景が目に映る」。ところで、イースタムの海岸に打ち上げられた船乗りの場合はこうである。「その付近の教会堂には尖塔がないが、民間の家々とは容易に区別できる。土地の南北にある二つの北米原産の落葉高木のニセアカシアの小森の間に佇んでいるからだ。ちなみに、南側の小森の方が北のものより三倍も長く延びている。小屋から一・五マイルほど北西方向に足を進めると、風車の屋根と羽根車が見えてくる」。概ねこんな調子の文章が何頁も続くのだ。

こうした家々は人命救助に当たるという重い責務を果たすことができたのか、私たちにはよく分からなかった。先ほど触れた著者はトゥルーロにあるスタウツクリークの水源近くに建てられた小屋について、次のように述べている。「この家はそもそも不適切な形で建てられていたし、煙突だって同様に杜撰な作りだ。しかも、ビーチ・グラスが生えていない場所では、まったくもってよろしくない。事実、強風が土台の砂をたちどころに吹き飛ばすと、煙突の重みで小屋は倒壊してしまった。そんな事情により、今年（一八〇二年）の一月に小屋は完全に崩れ落ちてしまったのである。この出来事はブルータス号が難破するおよそ六週間前に起こっている。もし、そうした小屋がその時にまだ存在していたならば、不幸に見舞われた船員は全員助かったかもしれない。何しろ、遭難者たちは小屋が建っていた場所から僅かに数ロッドしか離れていない場所に辿り着いていたのだから」。

漂着物を採取する人たちからは「慈善の家」、時には「人道の家」とも呼ばれるこの建物だが、私たちが最初に見た小屋には窓もなければ雨戸もない。無論、内装材に使われる羽目板もないし、外壁材の表面には塗装の施しもなかった。前にも触れたが、家の戸口の留め金の部分に古くて錆びた釘が差し込まれていたぐらいで、それでも、私たちは「人道の家」が存在する意義を見出したかったので、これを好機と捉えて目を片方ずつ交互に当てながら戸口の節穴から家の中を窺ってみた。最初は漠然とした暗闇の中を覗き込んで、じっと目を凝らして見た。一概には言えないかもしれないが、もしかしたら犠牲者の遺骨が見出せるかもしれないと信念の目を働かせて覗き続けたのだ。するとだんだん分かってきたことがあった。つまり、堅く閉ざされていた扉は叩けば常に開かれる訳ではないが、節穴からしっかり覗き見れば、内部の様子がよく見えるようになるものだ。私たちは幾分そんな鍛錬を重ねてきたからだ。片方の目で内部の被写体の動きにピントを合わせている間に、もう一方の眼球は海や陸地や浜辺といった外からの光の視覚刺激を遮断する。やがて瞳孔を開くことで光をたくさん取り入れ、暗闇の中の動きの輪郭が鮮明に分かるのだ（一点を凝視することで瞳孔が拡大される。小さくとも忍耐強く厚い信仰を持つ目があれば、暗闇を克服できないことはない）。このように、暗闇に私たちの目が慣れてくると物体の輪郭像が明確になる。空虚以外に何もない場所を言い表すためにこうした表現を使わせていただいた。さて、私たちはとうとう長く渇望した内部を明察する力を得たのである。当初は見込みが薄かったが、被写体を辛抱強く見つめるという神がかり的な力を数秒働かせることによって、明るい視野で目標物を捉えることができるようになったのだ。私たちは盲目の詩人ジョン・ミルトンの代表作である叙事詩『失楽園』や『復楽園』に親しみつつ、次のように声高に叫びたい。

ああ！　歓迎すべき聖なる光よ、天を降りし初めての神の御子よ
あるいは、永遠に存在する光よ、我らとともに
そう呼ぶことをどうか許し給え

〔ジョン・ミルトン『失楽園』より〕

しばらくすると、赤レンガ造りの暖炉が視野に入った。要するに、暗闇に私たちの目が順応

してきたのだ。そこで私たちの瞳に映った情景は、床に無造作に転がっている石ころ、解けた糸の塊、そして部屋の向こう端にぽつんと佇む空っぽの暖炉だった。しっかり目を配って見ても、マッチや藁、あるいは干し草の類はなかったし、「ベンチが一つ備えてある」ということであったが、それも見当たらなかった。そこには、すべての宇宙の美しさが損なわれてしまったような残骸が散乱していた。

体の向きを外側に変えることで、私たちはこのように、扉の節穴から「人道の家」、いわば「慈善の家」の内部を細部まで注意深く観察することができたのだ。もっとも、聖書的に言えばパンを石に変えられてしまったということだ。それはまさに諺通りの「大騒ぎして出てきたのは小さな毛糸」だった。しかし、私たちは外にいたものだから、「人道の家」の風の当たらない側に腰を下ろすことができた。それで有難いことに肌を刺すような冷たい風を避けることができた。慈善とはなんと冷たいものだろうか！　人間とはなんと無慈悲な存在だろうか！所詮、慈善という言葉の後ろに隠れているものはそんなものだろう！　そんな諸々の思いが胸をついた。美徳はもはや遠く寂れ果てた言葉のように忘れ去られてしまったのだ。現在は戸口の留め金の部分に古くて錆びた釘が差し込まれたままだ。小屋はもはや修復不可能だろうか。人はその近くの浜辺まで辿り着けるか、それすら分からない。私たちは小屋の近くで寒さに身を震わせながら、その中に入ることもできなかった。時折、あの節穴から星のない夜の空間を覗き込んだ。私たちは最後にはこんな結論に達した。つまり、この小屋は「人道の家」などではなく、扉の閉まった海辺の家に過ぎない。それは海の微風を求めて夏の季節を過ごすために浜辺にやって来る無秩序の家族のものであって、その個人的な事象に関わることは適当ではないと。

私の友人はそこに到着する前に、毅然とした調子で「君って、情感の欠片もない人間だなぁ」と言うのだ。これにはいささか驚いた。でも、彼は私がまったく情を解さない人間だと思っていたのではなく、その時、たまたま私は彼ほど足が痛くて歩けないという状態ではなかったので、たぶんそのことを指摘して放った言葉だと思った。それにしても、この旅を「センチメンタル・ジャーニー」にはしたくなかったことは真実だ。

第五章

ウェルフリートの牡蠣の養殖業者について

ウェルフリートの浜辺

浜辺に出てから八マイルほど歩いているうちに、私たちはウェルフリートとトゥルーロの境界線を示す砂に埋もれた石柱の傍を通り過ぎていた。このような砂地であっても、町の行政管轄区域に入るのだろう。私たちは仔細あって、海岸から離れ内陸側へと向きを変え、不毛の砂丘や谷を越えていった。すると、一つの窪地に辿り着いた。そこから半マイルも離れていない辺りに静穏な佇まいの人家が二、三軒確認できた。このように東海岸近くに民家があることは珍しかった。家には屋根裏部屋がたくさんあるらしく、どの屋根も表面が窓ではち切れそうな状態で盛況に見えた。どうやら私たちも手軽に部屋を借りられそうだと思った。一般的に、海岸沿いに建てられた家は屋根と天井が低くても内部は広々としている。この辺りの家は一般的な家の一階半程度の高さであった。切妻屋根側面の壁に設えた窓の数を数えてみれば、実際の階数より多い。したがって、この半階の部分にこそ何らかのカラクリがありそうだ。事実、この辺りを含めてコッド岬付近に建つ家々の切妻屋根側面の窓の数はかなり多く、その大きさも位置も不規則である。それは大いに注目に値することではないだろうか。いろんな生い立ちや時代背景のもとに育った住人たちが、建築物の外観との調和を図ることなく、自分たちの身体の大きさなどに合わせ、それぞれの必要に応じて、壁の側面に穴を開けたためであろう。大人用の窓と子供用の窓が、それぞれ三つか四つ設えてあった。それはいわば親猫用の大きい扉と子猫用の小さい扉が設置されているようなものだ。たまに窓が庇よりだいぶ下に取り付けられているのが目につき、別の部屋のための穿孔部だろうと思った。このような壁には三角形の窓が相応しいのではないか、そんな気がした。家々の切妻屋根側面の壁の仕様は、さながらたくさんのレボルバーの銃口を外に向けているようなものだ。もし、ここの住人に私たちの故郷の人たちと同様、窓からいつも外を眺める習慣があるならば、そこを通過する旅人にとっては迷惑千万な話かもしれない。

一般的に、コッド岬周辺では、外壁塗装が施されておらず、古風な雰囲気を活かした家の方が、今風のうわべを美しく飾り立てただけの家屋よりも画趣に富んで住み心地も良く、楽しく憩えるようだ。しかも、後者の家は周囲の風景に馴染んでいないばかりか、大地に根をしっかり下ろしてもいなかった。

こうした家々は、連鎖状の配列を形成する七つの湖の岸辺に建てられていた。また、これらの湖はマサチューセッツ湾に注ぐヘリング川と呼称される小さな川に連なる水源でもある。実は、コッド岬周辺にはたくさんのヘリング川が存在する。この川はいまにニシンの数より多くなるかもしれない。私たちは手始めにある家の扉を叩いた。だが、家族はみんな出ていて留守だった。その間ずっと、隣の家の人たちが窓越しに身を潜めてじっとこちらの様子を窺っていたのだ。私たちはそのことに気づいていた。そこで隣の家に行こうと思ったが、その前に一人の老婦人がいきなり戸口から顔を出したと思ったら、またすぐ扉を閉めて中に入ってしまった。

それでもめげずにその家のドアを叩くと、今度は家の中から六〇歳か七〇歳と思しき白髪交じりの男が姿を現した。彼は、最初、疑わしげな表情を浮かべて、私たちの素性を突き止めようと、いろいろと探りを入れてきた。私たちはそれに対して、隠すことなく率直に答えた。

「コンコードって、ボストンから遠いのかな?」と、老人は尋ねた。

「鉄道を使えば、二〇マイルぐらいでしょうか」

「鉄道で二〇マイルか」と、彼はこちらの言った答えをそのまま繰り返した。

「アメリカ独立戦争勃発の地として有名なコンコードを知らないのですか?」

「コンコードのことを聞いたことないかって? そうだなぁ、バンカーヒルの戦い〔一七七五年六月一七日に勃発したアメリカ独立戦争初期のアメリカ大陸軍とイギリス軍との戦闘〕の時には、砲撃の音がここまで聞こえてきたものだよ（住民はマサチューセッツ湾の向こう側から響き渡る重砲の放つ音を聞いたのである）。わしはもうすぐ九〇歳になろうとする人間だよ。いまは八八歳だが。コンコードの戦いが起こった時には、たしか一四歳だったかな。あんた方は、その頃、どこにいたんだね?」

私たちはコンコードの戦いに関わっていないことを打ち明けるしかなかった。

「まあ、とにかくお入りなさい。あとは女たちに世話をさせようじゃないか」と、彼は言った。

こうして私たちは驚くことに、家の中に招き入れられたのである。早速、椅子に掛けると、さっきの老婦人が私たちに声を掛け帽子と荷物を預かってくれた。老人は大きな旧式の暖炉に身を寄せて、なおも淡々と話を続けた。

「わしはヘブライの大預言者イザヤの言う、ろくでもない哀れな人間だよ。しかも、今年は体調がどうにも優れない。うちはかかあ天下でもあるしなぁ」

この家族を構成するのは、老人とその妻、それから実年齢よりも老けて見える娘と知的障害の息子（顎の張った凶暴そうな顔つきの中年男だった。私たちが部屋の中に入った時には暖炉の傍に立っていたが、その後すぐに部屋を出て行ってしまった）、さらに一〇歳の男の子だった。

私の連れは女性たちと愉快に語らっていたが、私は老人と話を続けた。女性たちはこの老人のことを老齢ゆえに認知機能が低下していると思っていたが、実情を言えば物事を十分心得ていたのだ。

「この女たちは……」と、老人は私に漏らした。「とにかく二人は哀れな身の上で、取り得がなくて役に立たない連中なんだよ。で、ここにいるのがわしの女房。結婚してかれこれ六四年が経つかな。女房の年齢は八四歳で、いまや音をまったく聞き取ることができない有様。まあ、もう一人も大差ないが」。

老人は聖書に精通していた。少なくとも聖書のことになると饒舌になるほどだから、「精通している」と言っても、そう違和感はないだろう。その年齢に相応しい思慮分別はあった。彼はこれまで長く聖書を真剣に学んできたので、たくさんの章句が何かの折に口をついて出るのだと言う。自分は大した人間ではないと思う、という自分自身を卑下する文句がよほど気に入っていると見えて、同じような言葉を何度も繰り返し言うのである――

「わしは何てつまらない人間なんだろうと思うよ。わしが聖書から学んだこと、すなわち、わしら人間はいかにちっぽけな存在で、哀れな生き物であるか、そんなところだろうか。事の良し悪しの判断は、すべて神の采配によるということだ」

「あなた様のお名前をお伺いしてもよろしいでしょうか?」

「ああ、結構だよ」と、老人は答えた。「別に隠すほど大そうな名前じゃない。わしの名は――だよ。曾祖父がイギリスから渡って来て、ここに住み着いたんだ」。

老人はウェルフリートで長い間、牡蠣の養殖業に携わり、その道に熟達した人だった。いまは息子たちが後を継いでいるらしい。

マサチューセッツ州の牡蠣専門店や屋台で取り扱われる牡蠣は、そのほとんどがウェルフリート産のもので、それゆえにこの町の一部は、かつて牡蠣の生産量が高かったことからイギリスのビリングズゲート・フィッシュマーケットと同じ名で呼ばれている。ただし残念なことに、地元原産の牡蠣は一七七〇年に死滅したとのこと。その原因としてはいろいろ考えられるが、一つには霜害による被害、他にはゴンドウクジラの死骸の放置による腐敗説などがある。中でもすでに巷間に伝えられている有力な説は、魚類の死滅に関してよく聞く迷信である。どこの地域でもこれとよく似た噂話が盛んであるが、ウェルフリートの町が隣接間で牡蠣の採取海域区分の権利の存否を巡って争った時、牡蠣に黄色い斑点が見られ、神の采配により牡蠣が絶滅したというのだ。数年前の話になるが、年間六万ブッシェルの大量の牡蠣が南部からウェルフリート港に投入され、やがて「ビリングズゲートのは味がいい」という世評を得ることができるようになった。最近では、養殖業者たちが、ある程度成長した大きな牡蠣を直接取り寄せて、ボストン港やその他の適地へ移植することが一般的となっている。この辺は海水と淡水が混在した状態なので、牡蠣の養殖には適当である。然るに、この商売はますます繁盛という訳だ。

この老人が言うには、牡蠣はあまりに水深が浅いところで養殖すると冬に凍結しやすいとのこと。ただし、牡蠣の身に不具合が生じるほど冷たくなければ、差し支えないらしい。カナダ東部の大西洋に面する州ニューブランズウィックの住民はこのように言う。「牡蠣の養殖床に氷が張ることはまずない。また、湾内が牡蠣の養殖床まで凍結しそうな場合は、まだ凍結前の水の様子を観察すれば容易に分かる」。

この家の主人である老人の話だと、冬の期間中は、牡蠣を地下室に保存しているらしい。

「餌も水も与えないんですか?」と、私は訊いてみた。

「そう、餌も水も与えないんだよ」と、老人は答えた。

「牡蠣はちょこまかと動き回ることができるんですか?」

「まあ、そうだなぁ、せいぜいわしの靴と同じぐらいか」

しかし、「牡蠣は平たい側を上にして、殻の丸い方を下にして砂の中に潜り込む習性がある」と、老人は言ったので、私はその言葉を捉えて、人の履く靴は足が手伝わないと、そんな離れ技はできませんよ、と言い返した。すると、牡蠣は成長するとまったく定着してしまう生き物だ、と答えが戻って来た。たとえば、牡蠣を四角四面に並べておくと、そのまま動かず定着するらしい。他方、ハマグリは素早く動き回る。


しばらくしてから、私が地元原産の牡蠣が大量に採取できる東海岸北部に位置するロングアイランドの牡蠣養殖者から聞いた話によると、牡蠣は真ん中にある親貝に付着し、大きな塊となって成長するので、彼ら業者たちは挟んで掴むための道具であるトングを使って採取するというのだ。その時に、牡蠣の稚貝の年齢を推定することで、たとえば少なくとも五、六年は付着したままで動いた形跡がないことぐらいは分かるらしい。イギリスの植物学者フランシス・T・バックランドは、その自著『博物誌の驚異を巡って』の中で次のように述べている。「牡蠣は稚貝の時分に一旦、自分の位置を確保すれば、そこに定着して動かないものだ。一方、海底に付着せずに遊離して生息する牡蠣の移動の距離は大きい。牡蠣は口をいっぱい開けて、それから急に口を閉ざすと水が前方に勢いよく噴き出す生き物だ。その力を利用して後退りするのである。イギリス海峡のガーンジー島のある漁師は、牡蠣がそんな動きをする様子をたびたび目撃したことがあると私に漏らした」。

「牡蠣はマサチューセッツ湾に生息する固有の魚介類であるのか」とか、あるいは「ウェルフリート湾は古くからこうした魚介類の宝庫であるのか」といった疑問はいまでも根強く残っている。私はインディアンたちが抉じ開けた牡蠣の殻がコッド岬の至るところに散乱している光景を目の当たりにしているので、もはや地元原産の牡蠣が絶滅していることは、昔の牡蠣業者の証言を待つまでもなく明白であろう。事実、コッド岬付近で牡蠣をはじめとする豊富な魚介類が獲れた初期の頃は、大勢のインディアンたちが近辺に住んでいた。私たちはこの後も、グレート・ホロー付近のトゥルーロやイースト・ハーバー川近くのハイヘッドで、彼らが定住していた痕跡をたくさん見つけたが、そこにはシカや他の四肢動物のいろいろな部位の遺骸が混在しており、その中には牡蠣、ハマグリ、そしてザルガイなどの殻が混じっていた。私は半ダースほどの鏃を拾い上げたが、張り切れば一、二時間もしないうちにポケットがいっぱいになるだろう。彼らは初めの頃は風雨や危険を避けつつ豊富な水を求めて、沼の端付近に住んでいたろうが、それからおそらく湖の周辺にも住居を構えるようになったものと思われる。

フランスの探検家サミュエル・ド・シャンプランは、一六一三年に出版した『航海記』の中で次のように述べている。一六〇六年に彼とフランスの航海者ポアトランクールは北緯四二度に位置するマサチューセッツ湾南部において、カプ・ブラン（コッド岬）から南の方向へおよそ五リーグ、西へ一ポイントの地点にある港（バーンスタブル港か？）を探検した時、多量で上質な牡蠣の群れを発見した。そのことから、その港を「牡蠣の港」と命名したというのだ。彼が作成した地図（一六三二）を見れば、「エカイユ川」がマサチューセッツ湾の同じ場所に注いでいることが確認できる。また、オーグルビーのアメリカ地図（一六七〇）に添付されている「ノビ・ベルギー」の地図の中には、「牡蠣の港」という文字が同じ箇所に記されている。さらに、一六三三年にニューイングランドを離れたウィリアム・ウッドは、一六三四年に出版した『ニューイングランドの未来』の中で、チャールズ川とミスティック川での船の円滑な航行を妨げているのは、「巨大な牡蠣の堤防」だと主張している。「牡蠣の中には……」と彼は述べて、次のように続けている。「靴ベラのように成長した大きなものがあり、牡蠣によっては長さが一フィートに達するものもある。干潮と満潮の差が最も大きくなる大潮の時には、まるで露出した牡蠣の堤のような形態をとって、その度に繁殖するのである。それは殻から取り出した身も分厚く、ひと口では食べられないほどのボリュームなので、口に運ぶ前に適当な大きさに切っておかなくてはならない」。牡蠣はいまでも二つの川に生息している（トマス・モートン『ニューイングリッシュ・カナン』九〇頁参照）。

この宿屋の主人によれば、ウミハマグリを採取することは、意外と難しいというのだ。水底の砂泥を掻き起こして採るのだが、大西洋側には生息せず、嵐の時の高波によって砂浜にわずかな量が打ち上げられる程度だという。漁師はその時の状況にもよるが、深さ数フィートの海中に足を踏み入れ、先端が尖った棒で手前の砂の部分を突き刺す。その棒を貝殻の間に挟めば、ハマグリは殻を閉ざす習性があるので、そのまま引っ張り上げるという算段だ。

こういった餌を啄んでいる水鳥オオバンやコガモを生け捕ることも、昔から行われている方法である。ある日のこと、ニューベッドフォードのアクシュネット河畔に腰を下ろして寛ぎながら、何気なくアヒルの戯れを眺めていた時、そこにいた人物が、私にこんな話をこっそり打ち明けてくれた。その日の朝の干潮時を狙って、若いアヒルを浅瀬に生える塩生植物サンファイアの群れの中に放して餌を探させていると、いつの間にか、一羽のアヒルが他のアヒルの後を追うことができず、雑草の中で立ち往生して身動きが取れない状態になってしまったという。それに気づいて傍に近寄ると、そのアヒルの片足がハマグリの一種のホンビノスガイの殻にしっかりと挟まれていたのだ。その人物はハマグリごとアヒルを腕に抱えて家に持ち帰り、妻にナイフで貝の殻を開けてもらうとアヒルを解放してあげた。一方、貝の方は食べてしまったということだ。この老人が言うには、この辺りでは料理をする前に必ず貝類の毒性の有無を調べて、有毒部を適切に取り除くという。「それを食べようものなら、ネコなんかはひとたまりもない」。私は老人に、その日の午後、私は大きなハマグリを一体丸ごと平らげたことについて敢えて言わなかったが、それ以来、私はネコよりも頑丈な胃袋の持ち主ではないだろうかと自信を深めた。

たまに上澄みをすくう網じゃくしを売りつける行商人がいるが、女房たちは決まって、こっちにはもっと上等の貝製のものがあると言って憚らないとのこと。なるほど、ハマグリの形は、まさにそれに相応しい。地域によっては、それを「ヒシャク貝」と呼ぶらしいが、それも頷ける話だ。彼は続けて言う。サンスコールの扱い方を間違えると毒にやられることもあるので、船乗りたちはこいつに出合うと面倒だと思い、慌てて遠くに放り投げてしまうらしい。私は今日の午後にサンスコールを手にしたけれど、いまのところ身体に何の変調もないと老人に話した。しかし、手に引っ掻き傷があると、その部分が痒くなるし、うっかり胸元に入ろうものなら、とんでもなく痛い目に遭うこと必至だ、と老人は私に言った。

老人の話だと、コッド岬の裏側では氷が張ったところを見たことがないという。たとえあっても一〇〇年に一度程度の現象で、結局、降り注いだ雪は吹き飛ばされたり流されたりして、一向に積もることはないらしい。ただし時折、冬になると、干潮時に浜辺が凍結してコッド岬の裏側に約三〇マイルに及ぶ表面が滑らかで堅い氷の道路が姿を現すことがあるというのだ。ある年の冬、少年だった老人は父親と一緒に連れ立って、「明け方近くに、コッド岬の裏海岸に出て、その凍結した道をいそいそとプロヴィンスタウンまで徒歩で進み、夕食前に戻って来た」とのこと。老人はそんな懐かしい思い出を私に語って聞かせてくれた。

耕作の目的に供される土地は少ないし、いずれも不毛の地に見えるが、そこで皆さんはその土地をどのように利用しているのかと尋ねた。すると老人は「別に何もしてないさ」と、ぶっきらぼうに答えた。

「じゃ、どうして畑に柵を作るんですか?」

「この辺り一帯まで砂が吹きつけて来るのを防ぐためだよ」

「黄色い砂には魂が宿っているが、白い砂にはそれがないからなぁ」と、老人は言葉を続けた。

老人から私の仕事に関して尋ねられたので、私は測量技師だと答えた。すると老人は、自分の耕地を測量する人たちは、地面に起伏が認められる場合、距離を測量するのに用いる鉄製の鎖をだいたい肘の辺りの高さで括るらしいのだ。それは基準の寸法値に対してズレが許される範囲を設定するためである。ところが、結果的にはいつも実際量と異なる、それはどうしてなのか、その背景を教えてほしいと老人は質問してきた。老人はオールドスタイルを堅持する保守的な測量技師たちに特段の計らいをしている様子だったが、それもなるほどと頷けなくもない。「ジョージ三世はかつてコッド岬全域にわたって道幅四ロッドの広い道路のネットワークということを思い出した。もっとも、いまはその道もどこにあるのか明確ではないという。

こうした測量に纏わる話を聞いていたら、私はふとロングアイランドにいた一人の男のことを思い出した。ある時、私が彼の小船の船首部から岸に飛び降りようとした瞬間、彼は私が目測を誤って岸辺より手前に落ちるのではないかと心配して、後で、自分の関節の具合と私の膝の弾力性を比べてレクチャーしてくれたことを思い返したのだ。いざ小川を飛び越えるとなれば、まず片足を上げて対岸の一か所にでも足が届くかどうかを見定めてみる。それで大丈夫であれば、小川を飛び越えることができるというものだ。彼がそう言うものだから、私は敢えてささやかに反駁した。「私だって、その気になれば、ミシシッピー川やそこら辺の小川どころか、空の星だって。まあ、そこまでやるつもりはないが」。ついでながら、私はこんなことを訊いてみた。では、自分がどのくらい足を持ち上げているかを、どのようにしてそれを察知するのかと。彼は自分の足を一対のねじ回しか、さもなければ天体の高度を観測するのに用いられる象限儀にも劣らぬほどの正確な道具だと思い込んでいる節がある。だから、その足が弧を描く時の精緻なあらゆる角度や輪郭をしきりに思い出そうとしていた。特に股関節の部位には何らかの決め手となる箇所があり、その動きの塩梅によって決まるのだ、と滔々と説明するものだから私はつい言い含められてしまった。私は次のような示唆的な話をした。適当な長さの紐で両足首を縛り、それで弧を描く弦を作れば、水平な地面での跳躍高を算出できるのではないか、無論、水平面に対して垂直であることが条件だが。もっとも、こんなところで仮定の話を持ち出しても仕方がない。いずれにしても、これは足の動きを絡ませた一種の幾何学的な考察であり、私の得意とするところである。

私たちが泊まっている宿屋の主人は、部屋の窓から眺められる多くの湖の名前を嬉々として語り出した。しかも、私たちが正しくその名前を覚えているかどうか確かめるため、いちいち名前を復唱させる念の入れようだ。ガルポンドという湖は周囲一マイル以上で、その青く澄んだ水面はとても美しく、水深も深くて最大級の大きさを誇っていた。その他のニューカムズ、スウェッツ、スラウ、ホースリーチ、ラウンド、へリングといった湖は、私の記憶が正しければ、満潮時になるとすべてが繋がってしまうらしい。ある時、海上の測量技師が、そうした湖の実態調査のために彼を訪ねたことがあるという。その折に、彼はこれまで測量技師たちが確認できなかった一つの湖の存在を教示したとのこと。これらの湖の水位は以前より低くなっているらしいが、それはこの老人が生まれる四年ほど前に発生した地震の影響によるものだというのだ。それによって、湖の底の鉄層に深い亀裂が入り、それが原因で水位は下がったままであるらしい。これは、いままで知らなかったことだ。

以前は、多くのカモメの群れがこうした湖の周辺に続々と飛来して集まったものだが、いまでは大型のカモメの類がめっきり少なくなってしまった。その原因は、イギリス人たちがカナダ辺りの北方のカモメの繁殖地にある巣を略奪していることではないかと、老人は憂う。彼はカモメを小屋で捕らえたり、夜になるとよく小鳥をフライパンや焚火台で調理したりしたことを記憶に留めていた。昔、彼の父親はそのせいで大事な馬を一頭失っている。ある闇に包まれた夜、ビリングズゲート島で、ウェルフリートからやって来た一団が鳥を捕獲しようと火を焚いた。ところが、それを見た彼の子馬を含む草地に放し飼いにしていた二〇頭の馬がすっかり怯えてしまい、闇夜の海の道（引き潮で浅瀬になっていた）を無謀にも渡ろうとして、結局、すべてが沖合へと流されて溺れてしまったのだ。私はいまでもなお、たくさんの馬がいわば共有地として利用されているウェルフリート、イースタム、オーリンズといった浜辺で夏の間中ずっと放牧されている光景を目撃する。続けて、老人は子供の頃、当地では「ワイルド・ヘン」と呼ばれる野生の鳥たちが森のねぐらに向けて飛び立つと、それらを追って狩った様子について雄弁に語った。多分、それは雷鳥の仲間の草原雷鳥のことだろう。

老人は畑で栽培したスナップエンドウを生で食べることが好きだが、青色を美しく湛えた茹で上がったばかりのハマエンドウも好物だと聞いた。カナダの東海岸に位置するニューファンドランド島では食用のエンドウが豊富に生育していたらしいが、どうやら植え付けに適したエンドウを入手することはできなかったようだ。私たちは案内書の中のチャタムの町について述べられている箇所で、次のような記述を目にした。「深刻な食料不足に直面した一五五五年に、イギリスのサセックス州のオーフォードの住民は、地元の海岸一帯に広く分布していたこの植物の実を食べて何とか飢えを凌いだ。ウシもウマも、そしてヒツジやヤギもこれを食べた」とあるが、この案内書の著者はバーンスタブル郡の住民が以前からエンドウを食していた事実を知らなかったと思われる。

この老人はかつて海の探検者だったのか？　なるほど、そういえば、若い頃は世界各国を飛び回っていたような風格が感じられる。たしかに、彼はいろいろな海岸沿いの水先案内人の役を請け負うのは自分しかいないと思って躍起になっていた。だが、いまとなっては、当時とは違って地名の表記もずいぶん変わってしまったので、彼は相当困惑することになるだろう。

老人は自ら「サマースウィーティング」と呼ぶ美味しいリンゴを食べさせてくれた。このリンゴは老人自らが育て、独自に挿し木の繰り返しで増やしてきたものだが、その他の地域ではあまり見かけないというのだ。ただ一度の例外として、以前にニューファンドランド島かカナダのシャルア湾辺りだったか失念してしまったが、そのいずれかを航行していた時に、その種の三本の木が生育しているのに気づいたという。彼は遠くにいても、それと判別できるような十分な視力と相当な選別能力を有しているらしい。

そんな折に、私の相棒が「魔法使い」という俗称を付けた例の知的障害の息子だが、彼はこんなことをぶつぶつ言いながら割り込んできた。「ああ、憎たらしいったらありゃしない。あの本の行商人どもめが。自分の話したい本のことばかり言いまくりやがって。奴らには、もう少しましな仕事をやってみろと言いたい。こうなったら、ただじゃおかないぞ。あいつら撃ち殺してやるからな。ついでにそこら辺にいた医者も連れて来い。そいつも同じ目に遭わせてやる」。その間、この男は一度も顔を上げなかった。息子のそうした言葉を耳にした老人は、徐に立ち上がり、大声でこう諭した。それはいつも言い諭すことに慣れているような口調で、また一家の長としての威厳と貫禄を示すことはこれが初めてではないといった態度であった。「おい、ジョン、向こうに行ってなさい。ちょっと口が過ぎるんじゃないか。そういえば前にも同じことを言ってたなぁ。どうせ大したこともできないくせに。所詮、口ほどにもない木っ端者が」。しかし、ジョンはそんなことは意に介さずに、相変わらずぶつぶつ言い続けた。それから、老人たちが席を外すと、そのテーブルに就いた。ジョンはテーブルの上の料理をすべて平らげてしまった。それでも足りないのか、年老いた母親が客人たちの朝食のために用意したアップルソース用のリンゴにまで手を伸ばす始末だった。さすがに母親はそれには手を触れさせず、向こうに行くよう促した。

翌年の夏、私が海岸沿いに広がるスコットランドの伝説の英雄詩人オシアンの生地と呼ぶのに相応しいこの地域特有の荒涼とした丘を越えて、彼らの家に近づくと、丘の中腹にあるトウモロコシ畑の中にあの魔法使いの男が相変わらず奇妙な格好で立ち尽くしているものだから、危うく案山子と間違えそうになった。

ところで、私たちはこれほど明朗快活で、しかも年の割には極めて健康そうに見える老人に出会ったのは初めてだった。老人の淡々とした語り口調は、フランス・ルネサンス文学を代表する作家フランソワ・ラブレーをも凌駕する魅力があった。それは粗野だが純朴で飾り気のないものだった。ラブレーの『パンタグリュエル物語』に登場する家臣パニュルジュに匹敵する巧みな会話術を身に付けていると言ってもよいだろう。いやむしろ、素面の時のギリシア神話のシーレーノスそのものだと言えやしないだろうか。そうなると、私たちはさしずめ、彼の話をひたすら傾聴する二人の少年クロームミスとムナシロスといったところだろう。

トラーキースの吟遊詩人もハイモニエの丘において、
あるいはまた畏怖すべきあのポイボスもピンドスの丘において
深遠な静けさと満腔の敬意をもって傾聴すべし

〔プーブリウス・ウェルギリウス・マロー『牧歌』より〕

老人は過去と現在を織り交ぜながら絶妙な調子で話したが、それはジョージ三世の時世に生きたこと、そして概してナポレオンや同時代を生きた偉人たちの活躍期を熟知していたからできたことだろう。ある日、老人はこんなことを漏らした。アメリカの独立を巡って植民地とイギリスとの間に混乱と騒乱が勃発した時、彼は一四歳の少年だったようだ。そんな折に、ピッチフォーク〔干し草を積み上げるための鋭く間隔のあいたフォークのついた長柄の道具〕で荷車から干し草を投げ下ろしていると、ホイッグ党員だった彼の父親と会話に興じていたドーンという名の古参のトーリー党員が「なぁ、ビルさん。植民地を独立させようなんて、そんな無茶なことを言うもんじゃないよ。そりゃ、あの湖をピッチフォークを使って海に向かってぽいっと放り投げるようなものだ。それはさすがに愚の骨頂だ」と言い放っている場面に出くわした。老人はワシントン将軍のことをしっかり覚えていて、ある時、ボストン市内の目抜き通りに現れたワシントン将軍の颯爽とした馬上の姿を、わざわざ立ち上がって真似て見せた。

「将軍の凜とした風貌はそりゃ立派なもので、その男っぽい顔立ちときちんとした所作につい魅せられてしまった。乗馬の時の脚なんかは、えらく格好良くて、びっくりしたものだよ」——「将軍の立ち居振る舞いはどれを取ってみてもすこぶる優雅で、こんな風なんだ」。こう言うなり、老人は再び立ち上がり、左右の大衆に向かっても丁寧にお辞儀をしてから帽子を掲げて振る仕草をして見せた。「これぞまさに将軍というものだ」と付け加えた。

老人はアメリカ独立戦争に纏わるいろいろな逸話を聞かせてくれた。私たちが「それと同じ事について書いた本を過去に読んだことがあるけど、その本といま話してくれた内容はまったく同じだ」と言うと、老人は歓喜に満ち溢れた表情を浮かべた。

「あぁ、そりゃそうだろう」と彼は言った。「わしは一六歳の若造だったが、とにかく社会の情勢に興味と関心が尽きなかった年頃で、耳も目もはっきりしていたことは事実だ。社会の動向について、どんな些細なことでも知りたかったんだよ。あぁ、私はそんな時代に生きていたんだ！」。

老人はまた、前年の春に発生したフランクリン号の遭難事故についても進んで話してくれた。朝早く、一人の少年が家に飛び込んできて、船が遭難しそうなのだが、海辺に停泊している小船の持ち主を探しているので教えてくれと急かすように言ったという。彼は老齢なので、ともあれ朝食を手軽に済ませてから海辺の丘の頂まで歩いていった。そこで心地よい場所を見つけると腰を下ろして、難破船が佇む様子を見ていたのだ。その船は老人がいる場所から四分の一マイル離れた浅瀬に乗り上げていた。小船を出す準備を進めていた海辺にいる男たちとの距離はより近かったが、何分にも強風による高潮と高波のために手の施しようがなかった。逃げ惑う乗客たちはみんな結局、船首付近に集まり、中には船窓から思い余って飛び降りようとする者まで現れたが、他の乗客たちに制されてデッキに連れ戻されていた。

「船長が小船を海に降ろすところが見えた」と、老人は言った。「どうやら小船を一艘備えていたらしい。それから、乗客たちが放たれた矢のような勢いで小船の中にまっしぐらに飛び降りていった。わしがその数を数えてみたら、全部で九名。一人は女性だったが、彼女も男連中と同様に勇ましく飛び降りたよ。小船が船体を離れたと思ったら、今度は荒波で一気に引き戻されてしまったんだ。そこに突然高波が襲いかかり小船は危険に瀕したが、依然として小船に必死になってしがみ付いていたのは六名だった。わしが数えたのだから間違いないはずだ。ところが、次の高波で残っていた全員が冷たい海中に放り出されてしまったのだよ。結局、生きて浜辺に辿り着いた者はいなかったという訳さ。他の乗客たちは全員、前の甲板に集まっていた。何しろ、船体のそれ以外の部分は沈没していたんだから、それは仕方のないことだろう。船の乗客全員は、あの小船が荒れ狂う大波に呑まれる恐ろしい瞬間を目の当たりにしていた。その直後にとうとう、巨大な大波の襲撃を受けてしまい、前部甲板が船体から引きちぎられてしまった。ただ、その部分は強烈な荒波の内側に押し出されたので、どうにかそこに救助の小船が辿り着くことができた。一人の女性を除いて、残りの生存者全員を救助できた」。

老人は、またこんなことも淡々と話してくれた。私たちがそこに辿り着く数か月前のことだが、大型汽船のカンブリア号が近くの海域を航行している光景、そしてイギリス人の旅客が老人の領地付近を散策して回っているうちに、海の見える浜辺の小高い丘に登って佇み、思わずそこからの眺望は絶景だと称賛の言葉を漏らしたこと、あるいは一人の女性の旅客が老人の手作りのすくい網を池に投げ込んで、愉快に戯れていたことなど。老人の話だと、こうした旅客の財布の中はギニー金貨でいっぱいだったようだ。それも故郷コンコードのわが父や祖父たちがジョージ三世の統治時代のイギリス人たちのことを俎上に載せて語る調子に似ていた。「いかなる理由があって、このように語るのか？」。老人の言葉を繰り返す所以はどこにあるのか？

ああ、高名なるニーソスの娘スキュラよ
いかにして、その白く輝く腰に咆哮する猛獣を絡ませ、
オデュッセウスの船を襲撃し、深海の底で、
海の猛獣たちが慄く船乗りたちを切り刻んでしまったのか

（ウェルギリウス『牧歌』より）

夕刻になって、どうやらあの時に威勢よく平らげたハマグリにあたったような症状が現れ始めた。だから、私は宿屋の主人にネコを凌駕するほど頑強な胃袋の持ち主ではなかったことを告白せざるを得なかった。まったく面目次第もないことだ。しかし、老人は私を気遣うこともなく、そんなことはないと思う、単なる気のせいだと言い張る始末。とにもかくにも、私は強烈な吐き気や嘔吐に襲われて、しばらく苦しんだ。老人はそれを見て噴き出すほど面白がって

いたが。後日、私はピルグリム・ファーザーズのプロヴィンスタウン港への上陸の模様を描写した『モートの回想録』〔*A Relation or Journal of the Beginning and Proceedings of the English Plantation Settled at Plimoth in New England*, 1622〕の中で次のような記述に接して安堵したものだ。「私たちはとてつもなく大きな貝（ベテランの編集者によれば、それは間違いなくウミハマグリだろうとのこと）を見つけた。それはとても身厚な貝で、中には大きな真珠が作られていた。しかし、その貝を食べることはできないことが分かった。つまり、毒化した貝なので人が食べると中毒症状を引き起こすからだ。食べた者は乗客に限らず、屈強な船乗りも同様に貝の毒気にあたって苦しむほどだ。思いのほか回復も早かったが」。このように私はピルグリムたちと同じ経験をしたことで親近感を抱き、一気に好きになってしまった。

しかも、そのことは『モートの回想録』の内容の妥当性や信頼性を確認する貴重な機会ともなった。いまではこの書物のすべての記述に信頼を寄せるほどの手ごたえを摑んでいる。また、同じ状況の中で人間とハマグリが依然として対等な関係を維持していることも微笑ましいことだと思った。残念なことだが、私は殻の中の真珠を確認することはできなかった。クレオパトラよろしく、私も真珠を呑み込んでしまったのだろうか〔古代エジプトの女王クレオパトラが真珠を酢に漬けて溶かして飲んだというエピソードから〕。それ以来、私はマサチューセッツ湾の海砂でこうしたハマグリを採取しては観察している。ハマグリが海砂に残した滴の跡から判断して、追い風の時にはその噴水は一〇フィートにも及んで一定の推力が発生するようだ。

「ところで、一つ質問してよいかな」と、老人は言った。

「まあ、力を貸してもらえたら嬉しい。お見受けしたところ、学問のたしなみがある方のようだが。わしなんぞは一片の知識もない人間だからなぁ。とはいっても、多様な体験や経験の中で自ずと身に付けたものぐらいはあるが」。――果たしてそうでしょうか、たまに、あなたの口から、ヨセフス〔古代イスラエルの族長ヤコブの息子〕がどうのこうのといった話が出てくるじゃありませんか、こっちはちょっと困惑しますよ、と言ってみたところで意味がなかった。

「教養が豊かな人に出会ったら、是非、聞いておきたいことがあったんだ。〈アクシー〉の綴りを教えてもらえないだろうか？　それと、その意味もお願いしたい。〈アクシー〉と言うんだ」と、老人は言う。「実は、〈アクシー〉という名の女の子がこの辺りに住んでいるんだが、一体、それはどんな意味なんだろうか？　聖書からの引用なのか？　それを知りたくて、わしは二五年間も聖書を繰り返し読んで、その名前に遭遇しないものか探し続けているんだよ。結局、一度もその名前に出くわしたことがないが」。

「そのために、え!?　二五年間も聖書をね？」と、私は言った。

「とにかく、その綴り方なんだよ、わしが知りたいのは。なぁ、ばあさんや、お前さん、何か知らないか？」

彼の妻は言う。「たしか、聖書の中で出てくるんじゃないかなぁ。わたしゃ、それを見たことがあるもん」。

「じゃ、どう綴るんだよ?」

「よく分かんないけど、A-c-h で ach、s-e-h で seh。それを一緒にすれば Achseh〈アクシー〉じゃないかなぁ」

「綴りの Axy とは違うんじゃないか? じゃ、今度はあんたに訊こうか。その意味はどうなってんだ?」と、老人は私の方に身体の向きを変えて言った。

「いや、それを訊かれても困りますね」と、私は答えた。「これまでに聞いたこともないような珍しい名前だから」。

「以前は、この辺りに学校の先生がいて、そのことを訊いてみたんだ。ところが、所詮、大した意味もないことだと言って、まったく相手にもしてくれなかったよ」

私もその先生と同じ意見だと老人に言った。私も教師をしていた時期がありますが、よく一風変わった珍しい名前に接する機会がありました。ここら辺の地域には特有の名前が多い。たとえば、その他にもゾーヘス(Zoheth)、ベライア(Beriah)、アメイジャ(Amaziah)、ベスエル(Bethuel)、シアジァシャブ(Shearjashub)など挙げ始めたらきりがない。

部屋の隅には暖炉もあったが、そこに座っていた少年は靴下と靴を脱ぎ捨て、それから足を温めたり、脚の患部に新たに湿布を施したりして寝室に入った。すると、知的障害を患った老人の息子が筋肉質でごつごつとした脚を剝き出しにして少年の後を追った。とうとう、老人までも私たちの目の前で、自分のふくらはぎの部位を剝き出しにして見せた。私たちはそれまで老人の脚をとくと拝見するような機会はなかったが、それが幼児の脚のように健康的で美しく、ぽっちゃりとしていたので驚いた。私たちはその時、老人はその自慢の美しい脚を周囲に見せたかったのだろうと思った。それから彼は老人が罹患しやすい病について、ラブレーが書いた『パンタグリュエル物語』のパニュルジュ風の自然な言い回しを楽しみながら縷々述べ終わると、寝る準備を整えて寝室へ向かった。老人にとって、私たちは希少価値の高い客人だったかもしれない。老人には牧師の他に気軽な話し相手はいなかったようだ。何しろ、一度に一〇人もの牧師らと語らうというのだから驚く。たまに、聖職者ではない一般信徒たちと気ままな会話を楽しんで寛ぐこともあるようだ。彼にとって、夜の時間は短く感じられた。私の体調も思わしくなかったので、老夫人はそれを案じてか、「そろそろお休みになりますか」と訊いてきた。気付けば、高齢者にとってはもう寝る時間帯になっていたのだ。それでも老人には話し足りない様子が見受けられたこともあり、「若いからまだ寝なくても大丈夫だろう?」と、老人は私に訊いた。

「もちろん、大丈夫ですよ。そんなに急ぐ必要もありませんから」と、私は答えた。「こうして時間が経ち、ハマグリ岬の難所も何とか乗り切ることができたようだし」。

「ああ、あれか。それにしても味は絶品だ」と、老人が言った。「いつか、わしもご相伴にあずかりたいものだ」。

「わたしゃ、食べても大丈夫だったよ」と、老いた妻が口を挟んだ。

「でも、例のネコもひとたまりもない、あの部位は取り除いたんですよね」と、私は切り返した。

仕舞には、こんな具合に口を挟んで、老人の話を途中で遮ってしまったので、その続きは明日の朝だと彼は約束した。

やがて、夜になると、炉蓋が音を立てて鳴っていたので、老人の妻がそれを閉じに私たちの部屋に入ってきた。それを終えて、彼女は部屋を出ようとする時、このままでは随分と不用心なことだと思ったのか、私たちを部屋に閉じ込めてしまった。もともとお年を召したご婦人の方が老人男性よりも強迫観念の症状が多く見られるようだ。それにしてもこの晩の強風は激しく、夜を徹して家の周辺で唸り声を上げながら吹き荒れた。とにかく、大きな風圧を受けるものだから、炉蓋だけではなく窓までガタガタと激しく揺れた。その日の夜は、どこにいてもこんな状況であったろうが、私たちには海から吹き寄せる勇ましい咆哮と、激しい風の音を適切に聞き分けることができなかった。

揺れる潮風に乗って流れてくる響きは、そこに住む者たちにとって格別な意味と興味をもたらすに相違ない。翌年の夏のこと、私はこの海岸を離れて四分の一マイルほど先にある丘を登っている時、突然、海から聞こえてきた轟音に腰を抜かすほど驚いた。それはまるで、大きな汽船が岸辺付近で強力な蒸気を放出した時に発するような強烈な音だった。私は思わず息を呑むほど驚き、一瞬恐ろしさで血の気が失せる感じがした。私はきっと大西洋の航路を大きく外れた汽船が姿を現すに違いないと、身体の向きを変えて、やきもきしながら眺めてみたら、そこにはいつもとまったく変わらぬ海の佇まいがあるだけだった。私がいるところと海との中間にある窪地の入り口には小さな砂丘が広がっていた。そこで私の脳裏を過ったのは、もしかすると、丘を登っている際に大気境界層の状態や変動により、単なる海鳴りが私の耳に届いたに過ぎなかったのか。だからそれを確かめようと、私はすぐに再び丘を降り、耳を澄ませてその音を聴き入るようにした。しかし、その丘に登ったところで聞こえてくる訳でもないし、また降りてもしかり。海はしばらく妙に静まり返り、吹き荒れる風すら起こらなかった。老人に言わせると、それはよく巷で言われる「ラット」という現象で、風向きの変動前に発生する特異な海鳴りのようだ。老人からは、その詳細な説明はなかった。老人は海鳴りの聞こえてくる方向や、その音であらゆる天気を予報することができると考えていたようだ。

一六三八年にニューイングランドの地を踏んだジョン・ジョセリン〔一七世紀に活躍したイギ

リスの旅行家〕は、気候変動の兆候に関する書物の中でこのように述べている。「沖合から聞こえてくる反響音と無風に近い森の中を静かにそよ吹く風は、大荒れの兆候である」。

その後のことであったが、これとは別の海岸で一晩を過ごした折、一マイル離れた岸辺からさざ波が打ち寄せる音が聞こえてきた。そこで住民が言うには、それは東の方で強い風が吹き荒れている兆候なので、まもなく生憎の雨模様になるだろうと。つまり、それはこういう理屈である。東方の海上のどこかでうねりが急激に高くなると、一定の状態に均衡を保とうとする性質が働き海鳴りが発生する。それによって、風よりもまず最初に白波が海岸に向かって押し寄せるというのだ。また、アメリカとイギリスの間を往来する定期船の船長が漏らした話だと、大西洋の凪いだ海をゆく時であっても、大波が風に逆らって沸き起こった状況に出くわしたことがあるという。この現象は、これとは反対側の遮るもののない遠い海上で強い風が吹き荒れている証左であり、それゆえに風よりも、うねりによる高波の方が迅速に動いているのだろう。船乗りたちは、しばしば「潮衝」とか「大うねり」とか呼んで話題にするが、こうした現象はハリケーンや地震によって付随的に発生するもので、数百マイル、いや二、〇〇〇から三、〇〇〇マイル離れた地まで到達して甚大な影響を及ぼすことがあるとのことだ。

翌朝の夜明け前に、再び気ままな時間を与えられたので、私たちは浜辺に向かって走り、海からゆっくりと昇る太陽を迎えた。浜辺から戻ると、驚くことに、もうすでに八四年の風雪に耐えた老女は朝の冷たい風に身を晒しながら、頭には何も被らず、まるで若い娘さんのように身軽な出で立ちでウシを連れ出し、乳搾りをしようとしていた。彼女は物音一つ立てず小気味よく立ち回り、てきぱきと朝食の支度を整えた。他方、老人の方は椅子に腰かけている私たちの前に立ちはだかり、そして背中を暖炉側に向けたまま昨夜の話の続きを始めた。彼は時々、後ろを振り向いて嚙みタバコによって茶色になった唾液を、めらめらと燃える暖炉の火の中を目掛けて吐き散らすのだが、たまに的を外れて周辺にも飛び散る。どうやら傍に置かれた料理のことなど眼中にないような素振りだった。

朝食としてウナギ、バターミルクケーキ、冷たいパン、サヤインゲン、ドーナッツ、そして紅茶などが用意されていた。老人は流暢で淀みなく話し続けた。彼の妻が「健康のために朝の食事は摂らなきゃダメよ」と促すと、「まあそう急かすなよ。これだけ長く生きてきたんだから、いまになって急ぐこともあるまい」と、老人は返答した。私はアップルソースとドーナッツを少しばかり頂いたが、その選択は老人の吐き捨てた唾の影響が最も少ないと思ったからだ。私の相棒はアップルソースを遠慮し、バターミルクケーキとサヤインゲンを少々食べていた。それらの食べ物が、炉端の辺りで最も安全な場所に置かれていたという理由らしい。しかし、後で、私たち二人の言い分をお互いに照らし合わせてみたら、こうである。まずバターミルクケーキが最も暴露の比率が高いと思う、と私は相棒に言った。実際、私は何度も老人の唾に曝されるのを目撃しているので、敢えてそれを避けたのだと付け加えた。これに対して、私の相棒は、いや、それは違う、あの中で最も甚大なダメージを負ったのはアップルソースだと言い張って聞かない。何しろ、この目で見たのだから。それゆえ丁重にそれを遠慮して食べなかったのだと。

朝食を済ますと、私たちは故障中の柱時計の内部を詳細に調べてみた。動かないのはオリーブ油が切れていたからだ。早速、その代わりに「メンドリの油」を注入した。老人は私たちのことを、きっとよろず修繕屋か呼び売り商人の類と思っているのだろう。その間も、老人は以前、ある日の晩に凍てつく寒さに耐えきれず、柱時計のケースに一本のひび割れが生じると、そこにいろんな幻想が映し出されたという昔話を続けて語ってくれた。彼は私たちの所属している宗派について関心を示し、素性を探ろうとしていた。老人は若い時分に、一か月のうちに一三もの異なった宗派の説教をコンコンと聞く羽目になった経験があったが、彼自身はいずれの宗派にも属さず、ただ聖書のみに拠る信仰を貫いているのだと言った。彼の聖書の教えに従えば、聖書には宗派のことについて、ことさら深く言及されていない。私が隣の部屋で髭を剃っていると、老人が私の相棒に宗派について尋ね、相棒はこのように返答した。その場の受け答えが私の耳に入った。

「そうですね、私は人類皆兄弟系の宗派に所属しています」

「なんじゃ、それは?」と言って、老人はいささか驚いた。「それは〈禁酒の息子たち〉のような類かな?」。

それから、私たちはドーナッツをポケットがパンパンになるまで詰め込んだ。老人は私たちがドーナッツのことを、そのままドーナッツと呼ぶことを知って上機嫌だった。私たちは彼らの厚いおもてなしに感謝して、そのお礼を支払ってからその場を離れた。すると、老人は扉を開けて出てくると私たちの後を追うようについて来て、フランクリン号の中に残っていた種から育て上げた野菜の名前を教えてくれた。それらはキャベツ、ブロッコリー、パセリなどであった。これまで私がいろんなものの名前を老人に訊いてきたので、その返礼だろうか。老人は野生のものだろうと、栽培だろうと、自分の庭を彩る植物の名前をすべて知ってほしいと思ったのかもしれない。彼は一人で半エーカーほどの広さの庭を耕していた。一般的な菜園の他に、イエロードッグ、レモンバーム、ミントの一種のヒソップ、ヨーロッパの芳香植物カキドオシ、ミミナグサ、ハコベ、ヨモギ、そして多年草のオオグルマ。その他にもいろんな種類の植物が生育していた。私たちがそこら辺に佇んでいたら、猛禽類に属す一羽のミサゴが空高く上から舞い降りてきて、老人の池から魚を一匹失敬するところが目に入った。

「ほら」と、私はつい言葉を漏らした。「魚を掠め取ったぞ」。

「さて、どうだろうか」。老人はじっと見つめて観察していたにもかかわらず、何も目に映っていないような様子で言った。「奴は水中に潜らず、爪を水に濡らしただけだよ」。

ミサゴはよく水中に潜って餌を捕獲するようだが、なるほど、その時は潜るまでには至らず、水面すれすれを飛翔し、その鋭い爪で獲物を捕まえて飛び去った。ところが、そのギラギラ輝く大事な獲物を茂みの中に運ぶ途中で落としてしまったのだ。その後、地面に落としてしまった獲物を取り戻した形跡は見当たらない。ミサゴにはそうした習性はないようだ。

老人はこのように家の軒下で帽子も被らずに立ちながら話を続ける。そうこうしているうちにようやく、彼が「畑を斜めに横切る道」を教えてくれたので、私たちはもう一日、浜辺で過ごそうと、再びそっちの方向に向かって歩いた。その時はすでに、午前中の遅い時間になっていた。

その日からわずか一日、二日経った頃、プロヴィンスタウン銀行に二人組の強盗が侵入し、現金等が盗まれるという事件が発生した。ちなみに、彼ら二人は内陸からやって来たというのだ。私たちを親切に遇してくれた一家は、少なくとも一瞬、私たちが犯人ではないかと疑ったらしい。

第六章　ふたたび浜辺へ

ウェルフリート、ニューカム海岸

海岸線に沿ってどこまでも続くこんもりとした砂丘については以前にも触れたが、当初の時と変わらず、私たちは次第に砂の中に埋もれるようにヤマモモが鬱蒼と生い茂る中を通過することになった。これはシュラブ・オークを別にすれば、おそらく巷間よく知られた灌木であろう。私はそのかぐわしい香りを放つ簇葉《むらは》と、ちょうど幹の下から伸びている小枝に纏わり付く小さな灰色の実にすっかり魅せられた。私の住んでいるコンコードには、この種の灌木は二か所しかない。いずれも雄株なので立派な花を咲かせるが実を付けることはない。ヤマモモの実はこの灌木に泰然とした存在感を醸し出させているし、小粒なお菓子のようにピリッとした刺激的な香料の匂いを放っていた。歴史家のロバート・ビバリーは一七〇五年に『ヴァージニアの歴史』〔*The History and Present State of Virginia, In Four Parts*, 1705〕を出版したが、その中で次のように詳述している。「この付近の河口、あるいは海岸線と湾岸、そして多くの小川や沼地には豊かに実を結ぶギンバイカが生い茂る。彼らはその実から何とも奇妙な緑色の硬くて脆い蠟を抽出する。もっとも、その製造過程で、ほとんどが透明化するが。これを原料にして作るロウソクは触ってもべたつきがなく、汗ばむ陽気でも溶けないという特性を有する。さらに、動物の脂分から作ったロウソクのようなあの特有の嫌な匂いもない。いやむしろ、何かのはずみでロウソクの火が消えた場合など、部屋の中にふわっと芳しい香りが立ち込めるのだ。だから、香りに拘る人たちは、わざとロウソクの火を吹き消して芯から上ってくる芳香を楽しむのである。こうした木の実の固い素材の溶解抽出に基づいて製造された膏薬は、ニューイングランドの医師によって発見・開発されたもので、驚異的な治療効果を上げているという」。ただ、この周辺の住民がいまもたわわに実るヤマモモの実を採取していないところを見ると、それが有用な特性を付与するものだとは思っていないのかもしれない。

私たちが先ほど暇を告げた家には、その種のロウソクが一本あった。その後、私は自分でその油脂を製造してみた。四月のある日、まだ葉の出ていない小枝の下にバスケットを置いて、両手で枝を一気に勢いよく扱くと、二〇分もしないうちに一クォートほどの量を採取できたので、さらに頑張って三パイントまで集めた。それなりの大きさの集草農具のレーキと大きめの浅い笊を活用すれば、もっと早く集めることができたと思う。オレンジがそうであるように、ヤマモモの果皮表面もすっかり独特の小突起と油脂で覆われ、それが芯まで詰まっていた。油脂の部分は表面に塗膜を作って、香り立つ濃褐色のスープのように見えた。すなわち、それは芳香を放つバルム茶か、その他の薬草茶類に酷似していると思った。製造工程に従って、まず冷やしてから果皮の表面に浮いている油脂を丁寧に掬い取る。それから、もう一度しっかり溶かして濾すのだ。三パイントのヤマモモの実から四分の一の油脂を採ることができた。しかも、果肉の中にもまだ僅かに残っていた。少量の油脂が冷えると、トウモロコシの粒状の大きさぐらいの平らな形をした半球状の結晶が誕生した（私たちは、それを果肉から取り出して小さな金塊と呼んだ)。スコットランドの園芸家ジョン・クラウディス・ラウドンは「栽培の木を使った蠟採取方法の方が、天然の木よりも多量に採れる」(デュプレッシー著『樹脂植物』六〇頁参照)と、述べている。たとえば、こんな経験はないだろうか。マツ林の中で松脂が手にベタベタ付いてしまった場合の簡単な対処法として、ヤマモモを使って、それを両手で扱いて落とし、スッキリしたこと。しかし、その一方で、私たちの前には大海原が雄大に構えていた。それが現実だった。知らぬ間に、私たちはヤマモモや人間のことなど忘却の彼方に追いやっていた。

その日は、見上げる空は澄み切り、とても美しかった。海はもはや暗くもなく、思ったより荒れていなくていい感じだった。波は崩れて白く泡立ちながら、浜辺に勢いよく押し寄せ砕け散ったが、太陽の光に照り映えて生気に満ちていた。その日の朝、まるでその懐から昇るかのように、朝日が海の上に美しい姿を見せた光景を私は眺めていた——

サフラン色に染め上げた曙光が急ぎ足で海原から姿を現した
不死なるもの、死すべき定めにあるもの、その上に光を眩しいくらい注ぎ降ろそうと

〔『イーリアス』より〕

太陽が遥か遠い海の彼方からその姿を現した。初めのうち、太陽を隠していた水平線の雲の

大きな塊は、背後から昇った太陽の光により瞬く間に矢の如く打ち砕かれ、弾けるように散乱した。そしてやっと私の目にその煌々とした姿が映った。それまでの私は陸地から昇る太陽しか知らなかった。いまや大海原の上に輝く太陽を眺めて、いささか困惑したものだ。そうこうしているうちに、果てしなく続く水平線を見渡せば、幾隻かの船が目に入った。それらは夜にコッド岬の先端を迂回して、いよいよ長い航海の途に就こうとしていた。

私たちは再びトゥルーロの南部に広がる浜辺に出た。浜辺は狭いが緩やかな勾配で沖合へと続いていた。満潮時の昼前の早い頃、私たちは浜辺を歩いた。歩いていると、砂丘の砂が高く盛られたところもあり、それは前日に歩いた場所のように平坦ではなく、浅い窪地によって分断されていた。

既述の『マサチューセッツ州のバーンスタブル郡東海岸誌』を書いた著者は、その中でこの周辺について次のように述べている。「概して、砂丘は結構ゴツゴツと高くて険しい。その端から西に向けて幅一〇〇ヤードほどの砂地が帯状に伸びている。それから先には幅四分の一マイルくらいの広さを有する灌木地帯が形成されている。したがって、人が通り抜けることすら困難な状態になっているのだ。そのさらに先は木々が複雑に密集した森林地帯となっており、一軒の人家もない。だから、船乗りたちは二つの窪地（ニューカムズ・ホローとブラッシュ・ホロー）がかなり隔たっているにもかかわらず、むやみに森に入ろうとはしない。吹雪などが来れば、ひとたまりもないからだ」。樹高が高い森林があまり存在しないことを別にすれば、この記述はいまでも適用できるだろう。

たくさんの船がカモメのように海面を引き裂きながら進んでいた。時折、波間に船体が隠れてしまうほどの高波を食らい、ドルフィン・ストライカー〔帆船の船首から突き出した船首斜檣《しゃしょう》〕を振って、まるで海面を耕すかのように航行しているかと思いきや、今度は大波の天辺にまで押し上げられてしまう。そのうちの一隻のバーク型の小型帆船が海岸線に沿って航行していたが、突然、帆を巻き上げ、錨を降ろして停泊した。私たちが佇む岸辺からほんの半マイルほどしかない位置で風とうねりに揉まれながらも向きを変えてしまったのだ。最初、私たちはこんな風に思いを巡らせた。この帆船の船長は私たちとしきりに連絡を取ろうとしていたのだが、船乗りなら理解できる遭難信号をうっかり見落としてしまった私たちのことを冷酷非道の難破船荒らしと思い込んで避難しているのではないかと。それから何時間もの間、その船舶は私たちの背後に停泊したままだった。航海の途中なのに、どうしてそうゆっくりしていられるのか、私たちは不思議に思った。もしかしたら、この船は密輸船かもしれない。だとしたら、わざと荒涼とした浜辺を選んで密輸の陸揚げをしているのではないか？　あるいは、単に魚を捕獲しているのか、はたまた船体に塗装を施しているのか？　その後間もなくして、その他のバーク型小型帆船、ブリッグ型帆船、さらにスクーナー船などがコッド岬を巡って、爽快で清々しい風を浴びながらその船の傍を通り過ぎていった。私たちの身も心も安堵感に包まれた。

船によってはその運航が遅れ気味になったり、先へ先へと急ぎ忙しない様子で運航するものもあって様々である。私たちは装備や機材の一式や船首の三角帆の形状などを丁寧に観察し、運航に必要な操船の理論まで学んだ。すべての生き物にそれぞれ違いがあるように、船にも同様にあらゆる面において相違点があった。驚くことに、彼らは外海にその身を置いていても、これまでのボストン、ニューヨーク、そしてリヴァプールへの航行の実績を明確に記憶に留めて、瑕疵なく曳航や航行の業務を遂行するのだ。その不屈の精神たるや感服の至りだ。大海原という広大な公道を航行していると、身過ぎ世過ぎに追われるわが身を忘れやしないものか。これらの船はスコットランドのウェスタンアイルズの産地からオレンジを市場に向けて運んできたのだろう。その船も帰路に就く時は、オレンジ・ピールでも積んでいるのだろうか？　それなら、むしろ永遠なる遥か海の彼方へごくありふれた罠の類でも運び去ってもらいたいものだが。そして向こう側の世界でも、こうした「取引」が盛んであればいいのだが、果たしてどうか？　天国の港とはリヴァプールの港のようなものなのか？

辺りの風景は依然として変わらぬ美しさを誇っていた。内陸側に広がる不毛地と灌木地帯、緩やかな斜面を持つ小高い砂丘と砂地、そして真っ白で幅広の浜辺、海岸の砕波、浅瀬を彩る緑色の海水、さらに広大な大西洋が醸し出す風景などが途切れなく続く。初めて歩く浜辺では心躍らせるような爽快な気分に浸ることができた。私たちはまた一つ勉強になった。海馬の鬣《たてがみ》や海牛の尻尾、クラゲやハマグリについての新しい知見を得たからだ。私たちの前方を眺めてみると、荒涼とした海の情景は前日とあまり変わらなかった。波が押し寄せるたびに穏やかになっているような気がしたが、それは期待がもたらす幻想だったのかもしれない。実際はどんなに時が経っても、その状況は変わらなかった。私たちが佇む傍では、休むことを知らない波がおぼつかない足取りで、海岸に打ち寄せては引いていく。打ち寄せるどの波も砂地に、あたかも目の粗い網目織物に似た模様を残していくかのようだ。素早い勢いで念入りに仕上げられた織り地には、くっきりと盛り上がった縁が認められた。私たちは海の景色をのんびり楽しみたかったので、無理にそう急いで進もうとは思わなかった。もっとも、柔らかい砂浜では不安定な地面に足を取られてしまい、急ぎ足で歩くこともできない。そんな状況なので、そこを一マイル歩くのに費やす時間で、他の場所であれば二マイルは進めるだろう。しかも私たちにとって厄介なことは、砂山を登り降りする度に、靴の中に溜まる砂をしばしば取り除かなければならなかったことだ。

　この日の朝、波打ち際を歩いている時に、たまたま後ろを振り返ってみた。するとちょうど、何か黒い大きな物体が背後の浜辺に打ち上げられたところだったが、あまりに遠すぎて、それが何か確認できなかった。私たちが動こうとした時だった。さっきまで誰もいなかった砂丘に突然、降って湧いたかのように二人の男が現れ、そこを一気に駆け下りて行き、その物体を再び波に攫われないようにと懸命に引き上げようとした。その物体に近づいてみると、それは巨大な魚の形に見えた。さもなければ遭難者の遺体なのか、あるいは船の帆布か、もしくは網のようなものなのか。ところがよくよく見れば、一山のタウ生地ではないか。それはフランクリン号の積み荷の一部であることが判明した。例の二人の男は、それを脇目も振らずに運搬用の荷車に積み込んだ。

浜辺に打ち上げられる物体は、それが人間であれ、無生物であれ、いずれも甚だグロテスクな様相を呈しているだけでなく、実際の大きさよりもひと際大きく見えて、度肝を抜かれることがある。ごく最近のことだが、私はここから緯度にして数度ばかり南下した海岸に足を運んでみた。およそ半マイル先の浜辺に、燦々たる太陽の光と打ち寄せる白波で漂白されたかのような断崖が見えた。それは高さ一五フィートほどで、輪郭の際立った険しい姿をさらけ出していた。ところが、さらに近づいてみると、ただの難破船の積み荷の一部で、たくさんの切れ端から出来上がった塊に過ぎなかった。実際の高さは一フィートにも達していなかった。

私は以前に、ロングアイランド沖のある灯台守から連絡が入ったことがきっかけで、海上の遭難事故から一週間後に岸辺に打ち上げられた、しかもサメに襲われ食いちぎられた遺体の身元を確認する作業を引き受けたことがある。一、二マイル前方にある海岸から一二ロッドも離れたところにある砂浜に辿り着き、そこに目印として打ち込まれた小さな棒の近くで、布でくるまれた状態の遺体を発見した。そんな小さな物体を探し当てるには、よほど目を凝らして注意深く見ないとまず分からないと思った。ところが、幅が半マイルもあり、果てしなく続く白い砂浜は、見た目も驚くほど滑らかで草木は皆無。海上に浮かぶ蜃気楼が物体を拡大する役割を果たしているので、やっと半マイルの地点まで近づいた時には、目印の小さな木片が白い帆柱のように輝いて見えた。その遺体は浜辺に静かに安置された記念碑的な残骸か、もしくは一世代もの年月を費やして積み上げた石塚のように思えてならなかった。だが近寄ってみれば、それは少し肉が付着した何本かの骨片だった。実際は、広い浜辺ではささやかな小起伏面の類に過ぎないのだ。それは絶句するようなみすぼらしい代物であり、人の感性や想像力をいたく刺激するようなものでもなかった。ところが、その傍でじっと佇みながら眺めていると、遺骨はだんだんに堂々とした存在感を放つように思えた。そっと辺りを見回してみたら、目に映るのは壮観な大海原と浜辺、そしてこの遺骨だけであった。虚しく感じる海の咆哮は、それらに呼びかけているようだった。遺骨と海との間には互いに呼応する関係がそこはかとなく構築されているようで、感傷に浸っている不甲斐ない私などは締め出しを食らいそうだ。見方によっては、この遺体は浜辺を独占しているように思えた。つまり、ある種の特権の下に、生きた人間が持ち合わせていない支配権を握っているのだ。

その後に至っても、私たちは多量のタウ生地が打ち寄せてくる様子を目撃したし、その年の一一月には、一度に六束もの分量が良質の状態で見つかることもあった。

私たちはその辺りに何気なく転がっている表面が滑らかで平たい小石をポケットに入るだけ詰め込んだ。場所によっては、平らで円形の貝殻に入り混じって、薄っぺらな小石が砂浜に散乱していた。以前、何かの本で読んだことがあるが、浜辺の小石は一旦乾き切ってしまえば美しさを失うという。だから、道々歩きながら足を止めては、ポケットに詰め込んだ小石を美しくないものから交換していくので、ポケットの中は常に選りすぐりの逸品揃いだ。荒波に揉まれるうちに、どんなものでも丸みを帯びた形態を示すものだ。中には海岸で拾ったいろんな種類の小石ばかりではなく、ある船舶が落とした黒くて硬い石炭や細かいガラス片なども含まれていた。ある時、長さ三フィートもある繊維の残った泥炭塊に出くわしたことがあるが、それまで丸みを帯びていた。ただし、いまは何マイルにもわたり、そのような物体は見られなかった。

世界のすべての大河からは毎日とは言わないまでも一年のうちに何日かは、木材が大量に海に流出して遠い外国の岸辺へと漂着する。私は完全に小さな玉石のようになったレンガや、床屋の標柱のように朱に染められた渦巻き状の縞模様を残しつつ、完全な円筒状になってしまった難破船の生分解性のカスティーリャ石鹸を見たことがある。また、積み荷の中の古着が海岸に打ち上げられると、浜辺で波に揉まれるうちに、古ぼけたポケットや袋状の部分は砂でいっぱいに満たされる。ある時、こんな場面に遭遇した。ぱんぱんに膨れ上がった遭難者のポケットを眺めていた時、漂着物を探す連中がすでに荒らした後だったが、もしかしたら、その中身を見れば所有者が分かるのではないかと淡い期待を寄せた。一対の手袋などは、まるで実際に手が嵌め込まれているかのような形をしていた。衣類に染み込んだ水分は、きつく絞れば蒸発してしまうが、縫い目の間に紛れ込んだ砂は容易には掻き出せないものだ。浜辺で海綿状の物体を手にした経験があるだろうか。最後まで頑固にへばりついてしまった砂をどうにかして落とそうとしても、なかなかすっきり落ちないものだ。

私は砂丘の頂で、巨大なハマグリの形にそっくりな灰色の濃い色合いの石を発見した。さらに驚いたことに、その半分が貝の殻のように二つに割れて破片となり、傍に転がっていた。半分はこの種のハマグリの殻と同一か、または非常によく似た形をしていた。もう半分は少しばかり大きめで、内側にはかなり黒くて硬い核のような部分が見えた。その後、私は平貝に酷似した石を見つけたが、それは分裂していない一つの塊のままだった。じっとその石を観察すると、まるで平貝の形を作る工程で砂型でも利用したかのような精密さが窺えた。あるいは、平貝を作る手法を活用して、この石を製造したようにも思えた。殻に砂がぎっしり詰まったハマグリの死骸は、「砂ハマグリ」と呼ばれている。そのような大きなハマグリの殻は浜辺の至るところにたくさん散らばっていた。時には、一度盛り上げてから、次に表面を擦り落として真っ平らにしたかのようにみっちりと、そこに砂が詰まっている貝殻を見つけることもあった。砂山の上に堆積している大量の貝殻の中から、一つの鏃を発見したこともある。

巨大なハマグリやフジツボの他にも、浜辺では小さなハマグリを見つけた。私は何度も浅瀬に足を運んで、その中に隠れているハマグリを手で掘り出したものだ。こちらの東側の海岸ではオオノガイは貴重な貝なので入手不可能なこともあり、住民はこのハマグリを食することもあるようだ。そして空になった殻は、たいていどこかに生息する天敵によって穴を開けられていた。その他の貝殻には、たとえば次に挙げるようなものがある。

エゾシラオガイ科の二枚貝。

次に黒い殻の食用ムラサキガイだが、これは岩に付着して生きる貝で、四〇個か五〇個が糸のような分泌性の足糸を絡ませ合いながら奇妙な束になって波に洗われている。

ホタテガイ。これは殻の中にカードを納めたり、裁縫用の針差しとしても使用される。

ザルガイ。これは「砂の輪」と呼ばれる実に見事な巣のような貝である。片方の側が割れた石作りの蓋のない水差しの上の部分か、もしくはサンドペーパーで磨いて作った朝顔形の胸当てのディッキーを思わせた。その他は、カンセラリア・コウトウイ？　そしてタマキビガイ？

この後に、私たちはマサチューセッツ湾側に出てみたところで、その他のいろんな種類の貝を発見した。アメリカの博物学者アウグストゥス・グールドはこんなことを言っている。「コッド岬の存在により、これまで多様な軟体動物の移動が著しく妨げられることが危惧された（一八四〇年時点において、それらはマサチューセッツ州に棲息すると記述されている）。事実、一九七種の軟体動物のうちで八三種は南の両岸まで及んでおらず、しかも五〇種類は北岸では見られない」。

ところで、甲殻類のカニやロブスターの殻が浜辺の上の方で真っ白に脱色された状態で転がっているのを見かけたことがある。そう言えば、そこに端脚類も確認できた。海生節足動物のアメリカカブトガニの殻も目にしたが、それは特にマサチューセッツ湾側で、よく見る生き物だ。どうやら、それらはブタの餌になっていると人づてに聞いたことある。かつてインディアンたちは、そうしたカニの尻尾を工夫して鏃に仕上げていたものだ。

殻の表面が鋭いトゲに覆われた冷海底に棲む魚貝類の中にはウニが存在するが、そのほとんどにトゲがない。また、表面は平らで丸みを帯びた貝はチョコレート色のトゲに覆われていたが、次第にその表面は照り映えるように白色化して、花弁の模様を発現させる。さらにヒトデもマンボウも見かけた。

海綿体動物は少なくとも一種類は存在した。通常の潮汐現象の満潮時の水位と砂丘の麓の間に突っ立っている綺麗な砂棚の方々で見かけた植物を挙げてみることにしよう。まず、海浜性一年草のシーロケット、続いてアカザ科オカヒジキ属の一年草のソルトウォート、シーバードク、シーサイドスパージ、イネ科の多年草のビーチ・グラス、セイタカアワダチソウ、そしてハマエンドウなどだ。

時々、私たちは漂着物を拾う人が目立って大きい丸太を転がすのを手伝ったり、砂丘の天辺から石ころを転がして楽しんだ。しかし、浜辺に広がる柔らかく白い砂が邪魔して、石ころは容易に海辺まで届かなかった。また、外は寒くて風が強かったけど、私たちは思い切って砂洲の内側の浅瀬で泳いでみた。波が押し寄せるたびに全身に砂を浴びてしまい始末が悪かった。暑い夏にここら辺りの浜辺に佇むと、何もできずに、もどかしい気持ちでいっぱいになる。広々として果てしない海を前にしながら、そこで引き潮に巻き込まれたりしないかという心配があったし、また後で耳に入った話だが、サメが出没するという噂が流布していたこともあり、命を危険に晒してまで大西洋側で泳ぐことはできないからである。

イースタムとトゥルーロの浜辺に聳え立つ灯台は、この界隈では唯一の建物である。翌年、灯台守たちはこのように言い放った。サメが時折、浜辺に打ち上げられ、しばらく身をよじらせながら跳ね回っている光景を目撃したことがあるという。だから、目の前に大金を積まれても絶対、そこで泳ぐことはないだろうと。他の連中はこの話を聞いても、どこ吹く風で一笑に付したが、おそらく彼らはそういう場所で泳いだ経験がないのだろう。あの漂着物拾いの老人は以前に、一四フィートもある人食いザメを仕留め、私たちが泳いだ場所から牛車に乗せて運んだことがあるという。また別の男の話だと、その人物の父親は同じように浜辺に乗り上げていた同種類の少し小型なサメを逆巻く波に持っていかれないように、その突き出た鼻口部を地面に立てるようにして捕らえたというのだ。

コッド岬のあらゆる場所にサメが出没して、しばしば小船を攻撃し、転覆させたり、あるいは人を襲ってその肉を切り裂いたというような恐ろしい話を聞いたことがあるが、私はそのことに敢えて水を差すつもりなど毛頭ない。海の驚異的な引き潮の恐怖については、まさにその通りだと肯首できるような気がするが、ただし、サメに関しては十数年に一匹出没しただけでも、一〇〇マイルにわたる浜辺一帯はその噂で持ちきりになるだろう。

わき道に逸れるが、七月に私たちは砂丘をサメと思われる長さ六フィートもある魚影と並行して四分の一マイルほどの道のりを歩いたことがある。その魚は岸辺から二ロッド以内をゆったりと徘徊していた。自然の力がこの海の申し子を上手に唆しているのか、水中では淡い褐色を呈し、とてもぼやけて見えるので、人の目が捉える範囲からは分かりにくい。だか、一旦、水面に顔を覗かせると、たくさんのどす黒い横筋と縞や輪の文様が露わになる。魚は同一の種類であっても、それぞれが棲んでいる水に馴染み、その色を帯びて育つことはよく知られている。その時点では私たちが泳ぎ終えたばかりの四、五フィートしかない水深のバスタブのような小さな入り江にあの魚は入っていき、それから大きく迂回して、ゆっくりとまた外海に出て行った。私たちはあの魚が入り江にいるかどうかは、よく分からない。何しろ砂丘の上からぼんやりと確認したのみだったからだ。その後も、私たちはそれほど気にせずに水遊びを継続して楽しんだ。どうやら、そこの海域の方がマサチューセッツ湾の水域よりも生命力に富んでいるように思えた。その理由はもしかしたらソーダ水のように酸性度が高いせいかもしれない。私たちは、若いサケのように水質に拘る方だったし、あるいはサメに遭遇して襲われるかもしれないという懸念も吹っ飛ぶほど、この海域の生命力の高い水質が好みだった。

時折、私たちは湿った浜辺に腰を下ろし、波が岸に打ち寄せ、その度に沖の方へ返る様子を眺めていた。すると、その近くに集うビーチ・バードやシギ、その他の小鳥たちが無邪気に戯れている光景が目に映った。彼らは渚の白波が朝の御馳走を浜辺に運び寄せるのを、いまか、いまかと心待ちしていたのだ。ビーチ・バードは途轍もなく速いスピードで浜辺を走るかと思えば、いきなり直立不動の姿勢をとる。そして浜辺の色と入り混じって見分けがつかなくなる。濡れた浜辺は一面、愉快に跳ね回るハマトビムシでいっぱいだ。見たところ、そうしたハマトビムシはビーチ・バードの餌の一部になっているようだ。シギはさしずめ腐肉を食う磯の小さな掃除屋さんというところだろうか。だから、浜辺に打ち上げられた大きな魚に群がって、瞬く間にそれを食い尽くしてしまう。せいぜいスズメほどの大きさの小鳥が一羽――たぶんヒレアシギだろうと思う――高さ五、六フィートの大波が砕け散る怒濤の海上に舞い下りて、アヒルのように軽快に浮かび上がった。波が砕け散る度に、二、三フィートの高さにもなる泡立つ波頭が白い城壁のようになったところまで巧妙に舞い上がったが、大波が砕け散らないことを本能的に知ると、時には想像を絶するような大波を要領よく乗り越え、ほんの数秒間、波間にその姿を消してしまうこともあった。このように海と戯れているのは、小さな生き物、つまり一羽の小鳥だ。それは砕け散る波と同様に奇態絶妙といったところか。さらに、コッド岬の全域にわたってツル目の鳥オオバンの一団が海際から二、三ロッドの波間に顔を出し、一列にほとんど切れ目なく長くつながって浮いたり沈んだりしていた。小川の浅瀬で育つミズアオイ属の水草が湖の縁に連なり、その一部と化しているように、オオバンたちの群れも海辺を飾る一部であった。ウミツバメはマサチューセッツ湾の外側だけでなく、内側にも生息しているが、その鳥の生態について書かれた次のような内容の本を読んだことがある。「ウミツバメの胸の部分は水を弾く撥水力に優れている。これはあらゆる種類の遊泳鳥と同様である。だが、逆に水に濡れにくい物質には、それゆえに最も水の表面の油が付着しやすいという性質を帯びている。ウミツバメが水面を滑空して触れる場合、胸の羽の機能はそのように自律的に働く。ウミツバメたちは水面に飛び込んで採食を行うが、それが唯一の方法ではないにしても、無論、主要な方法であることに変わりはない。上空から水中の魚めがけて飛び込んでいくことを繰り返すうちに、ウミツバメの羽に油が浸透して自然と重くなる。そうなると、彼らは波の上で足を休めて、嘴で油を取り除くのである」。

こうして、私たちは二、三マイル前方に目線を据えたまま、緩やかな曲線を描く岸辺に沿って歩き続けた。というのは、この海辺の道は、右手にいろいろな国々の航海路が延びており、左手にはコッド岬の砂の断崖が聳えていたので、どうしても道の途中から脇へ入る方法を見つけ出すことができなかったからだ。この日の午前中に、私たちはおそらくフランクリン号の残骸の一部と思われる破片の塊を見つけた。それは一五フィート四方の大きな破片で、新しい塗装を施したばかりの外壁が印象的だった。あの危機に陥った時、船を結びつけておく引っ掛け鉤〔グラップル〕と綱があったら、乗客を救い出すことができただろう。繰り返し寄せては返す波によって、その鉤が陸地に届いたかもしれないからだ。

この船の残骸の一部を三、四ドルの価格で買い取ったある男は、要領よくそこから採取した鉄屑を五〇ドルとか六〇ドルといった値段で売り捌いたそうだから、貧しい採取者にとっては大きな獲物を手繰り寄せたことになる。また別の男の話によれば、あの記憶すべき船長の手紙が収まった旅行鞄を拾った人物は、難破船から漂着したナシやモモの木を自分の庭で生育し、それらは現在すこぶる健全に成長した木々になっていると、それとなく自慢しながら私に見せてくれた。そうした木々は全部きちんと束ねられた上に、それぞれの種別に分類された状態で発見されたようで、そこからだいたい五〇〇ドル程度の収入を得ているというのである。というのは、ベルと名乗る人物がボストン近郊に苗畑の床作りのために、様々な種を買い入れていたからだ。カブの種も同じような経路で手元に届いた。ベルの庭には同じ船舶とサボテン号から持ち出された貴重な帆柱などの円材が転がっていた。つまりこういうことである。住民は漁師たちが魚を取るための簗を見回り、また木材伐採人が木材などの流送物流の際に設けられる貯留設備を点検して回るように、定期的に浜辺を逍遥しながら獲物の類を探していたのだ。コッド岬は、いわば住民にとっての貯留設備のような役割を果たしているのである。最近、ある人物が良好な品質を保持したままのリンゴに満たされた二〇個もの樽を拾ったと聞いたが、それらは甲板の辺りに積まれていた荷の一部で、激しい荒波により海中に投げ出されたものだろう。

この地にも難破貨物管理官が勤務していて、彼らは遺失者が判明しない大事な落とし物情報を提供する義務があるのだが、多くの高価なものは、こっそりとどこかへ次々と運び出されていることも事実である。しかし、私たち全員と言ってもよいだろうが、たとえば自分たちの浜辺に財宝らしきものが打ち上げられたならば、それを独占しようと虎視眈々と狙って漂着物探しをしようとするのではないだろうか？　また、世間一般の生活を維持するためのやり方は、ノーセット湾やバーニガット湾で跋扈している件の輩の習慣と似たようなものだと思えるのだが？

海は荒々しく雄大で野生的な美しさを備えているが、人間の意匠の果てに至る廃棄物や残骸を遥か遠くの海岸まで届ける特性を持ち合わせている。およそ海が吐き出さないものなどないのだ。したがって、海に静寂を求めてはいけない。海底に堆積している巨大なハマグリもその例外ではないだろう。フランクリン号の積み荷の一部であったタウ生地は、いまもなお岸辺に吐き出されているし、あるいは一〇〇年以上前に難破した海賊船の残骸でも、また岸辺に打ち上げられるかもしれない。

フランクリン号の事故から何年か後に、ナツメグをふんだんに積んだ船がこの辺りで難破した時、ナツメグが岸辺一面に撒き散らされたことがある。しかも、かなりの時間にわたって塩水に浸けて放置されていたので、その特異な風味が損なわれることはなかった。難破して間もなく、ナツメグをお腹がパンパンになるまで詰め込んだタラを釣り上げた漁師がいた。インドネシア東部のスパイス・アイランズ〔香料諸島〕の人々は、とやかく言わないで、ナツメグの樹木を揺すって実を海面に叩き落とし、それを欲するあらゆる人たちに拾わせてあげたらよろしいのではないだろうか？　しかし、私はフランクリン号に積まれていたナツメグが、一年も過ぎたら、一気にふやけてしまったことを知った。

魚が呑み込んだものをきちんと並べると、風変わりなリストが出来上がるだろう。その中には船乗り用の折りたたみ式のオープン・ナイフ、中身も分からず呑み込んでしまった光沢のあるブリキ製の嗅ぎタバコ入れ、そして水差しや宝石類、さらにヨナなどが含まれる。先日、私は次のような新聞記事の切り抜きを見つけた。

信仰心の厚い魚――つい最近のこと、わがデントン・ホテルの支配人であるスチュアートは、重さ六〇ポンドのロックフィッシュ、すなわちメバルを買った。その魚を捌いてみたら、中から次のようなメソジスト派の東方教会の会員証が出てきた。

一七八四年設立
メソジスト派東方教会
四半期の会員証
一八――年
――牧師

〈私たちの軽い苦痛、それはしばらくの間、私たちのために栄光を超えて、永遠の重みをもって働く〉コリントの信徒への手紙一第四章一七節『霊的な父として』

ああ、すべての苦難は地上から消し去られてしまうだろう、
主よ、私がご聖体を拝領することによって、
主よ、私は御前に献ぐ

魚の腹の中に捻じ込まれていたこの紙片は、もちろん、くしゃくしゃで濡れた状態であった。だが、太陽の光に当てて乾燥させてからアイロンを使って紙の皺を伸ばしたら、明瞭に判読できるようになった。

時には、私たちは自ら箱や樽といった漂着物を浜辺から拾い上げ、底の部分を地面に置いた後、十字架を真似た棒を挿して所有印としたこともある。このように取り計らっておけば、そこら辺の漂着物捜しの輩が近づいてきたとしても、それとなく配慮を払って、当分、そのまま放っておかれるだろう。あるいは再び、もっと激しい大嵐に呑まれてどこかの海岸に漂着するまで、人の手に触れることもないだろうと思う。

と私たちは、少しばかり海水に足を濡らす程度の深さまで歩いて、波に弄ばれていた引き網用の紐とブイを掬い上げた。神の思し召しならば、それがどんなに些少なものであっても拒否することは不敬な行為である。私たちはそれを家に持ち帰った。いまでは庭づくりで使用する

素材として活用している。私は半ば湿った砂の中に埋もれた一つの瓶を拾い上げた。その瓶の外側にはフジツボが一面に付着していたし、ヒノキ科に属すジュニパーの匂いを放つ赤いエール［ビール］が一杯詰まっていた。ちなみに、その瓶には栓がしっかり差し込まれていた。果たして、これはならず者連中を乗せた難破船から届いた唯一の贈り物と思ってよいのだろうか。一方には見渡す限りに広がる塩の海の景観、片方にはこの小さなエールの海が瓶の中でひっそりと佇む。異なる特性を持つそれぞれが混ざり合うことはない。幾重もの荒波に揉まれながら、とうとう浜辺に打ち上げられた瓶にその来し方の冒険談を訊くことができたら！　このような苦難の経験を乗り越えたとしても、人間ならば以前の自分を取り戻すことはできないだろう。瓶の中身を砂地にゆっくりと染み渡らせていると、ふとこんなことが私の頭を過った。人間そのものと向かい合った場合も同様で、「時間」によって中のエールが半分まで飲み干された瓶だとたとえられやしないだろうか。その後に、栓を固く差し込まれたまま大海原を浮遊している気の抜けたエールの瓶に他ならない存在ではないか。瓶の中身は周囲の波と溶け合い混じり合ってしまうか、いずれ遥か彼方の浜辺の砂地に放棄されるか、そんな儚い運命を宿しているのだ。

　夏にこの地域を訪れた時、私は二人の男がバスを釣っているのを見かけた。その餌は、イカの入手が困難であったため、ウシガエルか、幾匹かの小型なカエルを一束にしたものであった。

二人は引いていく波を追って、頭の上で釣り糸の速度を増しながらぐるぐる回し、できるだけ遠くまで投げ入れた。それから浜辺に戻り、砂地にどっかりと腰を下ろして獲物が餌に食いつくのを待っていた。それはまさに文字通り〔literary〕（沿岸通り〔littorally〕）というか、海岸に急いで行って大西洋に釣り糸を垂らす方法だった。さて、その釣り針に食いつくのが海の神プロテウスなのか、あるいはそれ以外のものなのかは神のみぞ知る。いずれにしても、強烈な引きがあったら、躊躇なく握っていた釣り竿を手放すことが望ましいのだ。この二人は自分たちの経験に基づいて、シマスズキか、いやたぶんタラか、そのいずれかの獲物が釣れることを予測していた。事実、この種の魚が海岸近くで戯れているからだ。

時折、私たちはざらざらした感触のビーチ・グラスがまばらに生えている砂丘の天辺の風下に腰を下ろして、目の前に広がる壮大な海をじっと眺めたり、南下する船舶の行方を見守っていた。そのすべてが、この湾から届けられた恵みである。私たちは半円形よりも幾分広い視野で大海原を見渡せたが、そればかりか背後にマサチューセッツ湾をちょっと垣間見ることもできた。辺り一帯を見渡したところで、海が荒れて凄まじい様相を呈しているようには思えなかった。しばしば大西洋の海上には同時に一〇〇隻ほどの帆船が浮いている光景が見られたからだ。爽快な夏の日などには、いつも八〇隻くらいの数の船舶が人の目に映るはずだ。また時には、水先案内人が陸に上がって砂丘に駆け登り、救助を求めている船舶がないかどうか見張っていることもある。

これらの船は晴天の日を見計らって、一挙にボストン港から繰り出して来たのだ。マサチューセッツ州の南東部に位置するヴィニヤード海峡付近に帆船が集結した場合も同様で、日によってはほんのごく僅かしか船舶を数えることができないが、その翌日には艦隊の姿を目の当りにする、といった具合だ。幾つもの船首三角帆のジブと支索帆のステースルを張ったスクーナー船はあらゆる航路を密になって運航し、縦と横に巨大な帆布を漲らせた横帆艤装の船舶は、時々遠い水平線から姿を現したかと思ったら、間もなくして向こう側の彼方へ消えて見えなくなった。あちらこちらで、水先案内人が船尾に小船を曳いて、合図の号砲を放ったばかりの外国船に向かって進んでいく光景が見られた。その船から轟いた号砲は砂山が陥没したような爆音で、そのこだまは岸辺一帯を包み込んだ。水先案内人が連絡を取ろうと減速している遠方の船を望遠鏡で眺めている様子が私たちの目に入って来た。水先案内人がその船に到達するためには、何マイルも先まで進まなければならない。船は裏帆に風を孕みながら横についた水先案内人と連絡を取って船長に重要な伝言を届けた。それから船は永久の別れを告げると、その場を去って行った。また別の場合には、スクリュー船が機能不全に陥った船舶や風がなくて進めなくなってしまった貨物船——船荷である果実が朽ちてしまうことが懸念される——を救出するために、全速力で現場に向かうこともある。こうした船は普段からコミュニケーションを取り合うこともなく黙々と仕事に従事しているが、お互いが気心の知れた仲であることに疑いを入れない。

　その日の海の様相は、まさに「紫色に彩られた海」と言えるほど鮮やかであった。もっとも以前の私だったら、こんな形容をしなかっただろうが。その表面を覆う白い粉を拭い取ったブドウの紫色に染まった海域がくっきりと辺りに広がっていた。このように、海はいつもいろいろな色を呈するものだ。ピクチャレスクに関する著作で知られるイギリスの牧師・教育者ウィリアム・ギルピンの「静謐な海面に常に漂う鮮やかな色彩について」と題した論文は、誠に核心を突くものである。この日の遠い沿岸域は、波も落ち着いて荒れた様子は窺えなかった。ギルピンが言うには、「時として山の頂で微かに仄めく色彩の妙は実に美しい。だが、しばしば広範囲にわたって、虹のように時々刻々と変化を自在に繰り返す海の色彩に比べれば、山の色合いの美しさなど及びもしないだろう」。海上に風がなく穏やかな状態では、普通、岸辺から半マイル以内の海は海底の色を反映した反射光の緑色か、それに近い色彩を呈する。それは湖の場合と同じ道理だ。数マイル先までは青色に輝いているが、たまに紫色系の配色を帯びることもあり、光沢のある銀色に近いストライプが境界線となる。さらにその向こうには、よく地平線上に描かれる山の稜線に酷似した濃紺の縁のようなものが見えた。同様の現象なのか、それも大気に入射した光が屈折して生じる色合いのようだ。別の日になると、風も波もなく水面は鏡のように滑らかな海上になるし、あるいは水面がざわざわと波打っている海域とに分離する。また、明度差の大きい色の縞模様を呈することもある。河川の氾濫で牧場が浸水状態となると、水面にさざ波が立って風向きが分かることがある。そんな情景と似ていた。
こうして私たちは白い渦が泡立つ浜辺に座って、ワインカラーに染まった大海原を眺めていた——

灰色の浜辺に佇み、ワインカラーの大海原を眺めた。
〔『イーリアス』より〕

海面のあちこちには黒い雲が点在し、どんよりと垂れ込めていた。しかし、不思議にも大空はさわやかに晴れ渡っていたので雲の存在を気に留めるような人はいなかった。また、陸地では一度に見渡せる範囲がかなり限定的なので、黒い雲が視界に入るようなこともなかったであろう。一日のうちで、どのような場所にいても、船乗りは、自分がいる場所を悪天候に晒すとは限らない遥か遠い海域に浮かぶ雲や驟雨の様子も、しっかりと見極めることができるのだ。それは七月のことだったが、私たちはニシン科に属するメンハーデンの群れが海面にさざ波を立てることで、およそ雲の影とは別のパターンの濃紺色に染まった海域を見つけたことがある。なるほど、その海域はメンハーデンの群れによって広範囲に変色したかもしれないが、見方によっては、海の恵みを無尽蔵に享受していることにならないだろうか。そのすぐ近くでは、とても長く伸びた黒くて鋭いメンハーデンの背びれが二、三インチも海面に現れるのを見たし、岸辺で戯れているバスの白い腹を目撃したこともある。

その個性的な名前が神秘的な響きを伴って私たちの耳を擽《くすぐ》る、半ば伝説的な港に向けて遥か沖合を航行している帆船を眺めていると、どこか清冽な詩情を震わせるものがある。彼らが向かおうとしている港とは、ファイアル、バベル・マンデル、そしてチャグレスなどである。パナマ運河は名高いサンフランシスコ湾や砂金探しで知られるサクラメント川、サンホアキン川、さらにサッター砦が建つフェザー・リバーやアメリカン・フォークといった川へと通じていて、内陸にはロサンゼルスの町が佇む。人は高邁なる大志を抱いて大洋を目指すべきだろう。およそありふれた傍観者としての脆弱な心では偉業というものは達成されないものだ。注目すべき偉人たちや有名な探検家たちは、同時代の人たちが夢想したよりも、あるいは自分たち自身が見出したものよりも遥かに壮大なことを期待したものだ。言い換えれば、彼らは真理と真摯に向かい合う状況に立ち入った時、それを超越する何かを発見できたのだろう。世の常識に照らせば、彼らはいわば狂人に過ぎないかもしれない。粗野で教養がない人たちでさえ、そのことをそれとなく承知していたはずだ。博物学者でもあったドイツのアレクサンダー・フォン・フンボルトは、新世界のアメリカに向かおうとしているコロンブスについて、このように語っている。「夕べの心地よい涼しさ、星煌めく蒼穹の清々しさ、吹きわたる陸風に誘われて辺りに漂う花々の芳香、こうしたものすべてがコロンブス本人に人類最古の聖地であるエデンに足を踏み入れつつあることを期待させていたのであろう（その当時、スペインの歴史家で年代記作家アントニオ・デ・エレーラ・イ・トルデシリャスが書き伝えるところによれば）。創世記に従えば、エデンの楽園から流れ出て地表を潤し、そこから分かれて四つの川が形成されると言われるが、南米大陸で第三の大河であるオリノコ川はその一つであると目されるだろうし、いろんな植物が新たにそれを飾り立てているように思われた」。こう考えると、黄金郷の「エルドラド」や伝説上の神秘の泉「青春の泉」を発見しようとする遠征は報われることはなかったかもしれないが、真実への旅であったことは疑いない。

遥か一点を凝視すると、遠い水平線上に船のマストの天辺がどうにか確認できる船の影を捉えることができた。それには高い視力と瞬発的な目の動きが要求されるだろう。自分のまつげの数でも数えているのか、時にはそう疑いたくなるほどの集中力が発揮される。あのイギリスの卓越した自然科学者チャールズ・ダーウィンは「チリ中部にあるバルパライソ湾に停泊中の船のマストが二六海里以上も離れたアンデス山脈の麓からも確認できた」と言う。一方、イギリスの海軍に所属する著名な軍人のジョージ・アンソンは、「遥か遠方にある海岸から敵軍に自軍の艦隊を発見されて、とても驚いたことがあるが、それは先方の陸地の標高と大気の透明度を勘案しなかったからだ」と述べている。蒸気船の方が帆船に比べれば、遠方からでも見つけられそうだ。それについては、ある人物がこのように説明している。つまり、木鉄交造船の船体とマストは低めに設定されてはいるものの、燃焼排気の煙突と吹き流しによって所在が容易に認識できるのだと。その人物は続けて言う。蒸気軍艦の場合、煙の多い炎を上げて燃える瀝青炭より、石炭化度が高い無煙炭の有用性が際立っていると判断して、このように述べている。「イギリスのケント州のサネット島の海岸沿いにあるラムズゲート港にいても、彼方の水平線上に立ち上がる煙の柱を眺めていれば、フランス北部のカレー港に停泊している蒸気船の動向をつぶさに把握することができる。それは石炭焚きから出航後の消火に至るまでの細かな状況を読み取ることができるからだ。アメリカにおいては、油性の強い瀝青炭を燃料とする蒸気船は、その船体が姿を現す前に煙突から大量に排出される黒い煙の柱が水平線の上を横に長く引くので、少なくとも七〇マイル離れた海岸からでもそれと確認できる」。

遥か彼方の水平線上には、数え切れないほど多くの船の影が網の目のように張り巡らされていたが、それぞれ相互の間隔は星と星の距離にも似てあまりにも広大である。それは私たちがいる地点からの距離と同じくらい、というか、時にはその二倍の距離にもなる。私たちは世間一般が言う「不毛の海」の壮大さを感慨深く思った。と同時に、地球に比べれば、人間がどれだけちっぽけな存在であるかを思い知らされた。時々、遠くに視線を移して、広く果てしない海を眺めていると、その色が徐々に暗く深みを帯びて、ついには血も凍るほど恐ろしい色合いに変化していく。そうなると、もはや海岸とか海底といった、いわば友情の絆で固く繫がっていた大地とは趣が異なるのだ。そもそも、人間の視覚で捉えきれない海底がどうしたと言うのだ。所詮、人間は海の表面から水深二、三マイル辺りの等密度線に到達する前に溺死してしまうのだから。だとすれば、それが故郷の土壌と同質だとしても何の役にも立たないではないか。ベイダーが言う「支えてくれて、寄りかからせてくれるもの、そして、しがみ付くことができるものすらない」海の景色を眺めながら、私は、自分が陸上の生き物であることを、つくづく実感したものだ。一般的に、気球に乗っている人間でさえ、しばらくすれば地上に降りて来るものを。船乗りの唯一無二の願いといえば、遠く離れた海岸に辿り着くことである。

こういう観点からすれば、私はニューファンドランドに北アメリカで最初のイギリス植民地を建設した、かつてのイギリスの海洋探検家ハンフリー・ギルバートの偉業に躊躇なく敬意を表したい。ギルバートは一五八三年にアメリカからの帰国途中、私たちがいた岬よりも遥か北東方面の海域で大嵐に遭遇した。彼は一冊の書物を片手に握りしめて船尾に腰を下ろしていたが、巨大な波を前にしていまにも呑み込まれてしまいそうになった時、後ろの方から声の届くところまで近づいて来た小船の同僚たちに向かって、「天国はそう遠くないぞ。陸上にいても海洋にいても同様だ」と、叫んだ。このような理念に深く共感するようになるには容易なことではない。

コッド岬の極東にある隣接した陸地と言えば、カナダの南東部のセント・ジョージズ・バンクである（漁師たちは、しばしば訪れる「ジョージズ」、「カシャス」、その他の陥没した土地のことを話の俎上に載せる）。コッド岬の連中はみんな、セント・ジョージズ・バンクが、かつて陸地であったと信じている。彼らの話によると、その深さは六尋〔三六フィート〕から徐々に五尋、四尋、そして二尋と浅くなり、仕舞には誰かが浅瀬に生息するアジサシが砂地の一角で休んでいるのを目撃したなどと、どこか自信ありげに言う始末である。この辺りで発生した海難事故について考えを巡らせていた時、私はウィレム・ブラウによる一六六五年の『アメリカ最新地図』という古地図にも登場するカナダのニューファンドランド付近のクワポン島（悪魔の島）のことが脳裏に浮かんだ。もし海岸から一、〇〇〇マイルも離れたどこかの浅瀬に立って、海底の様子を覗き込むことができれば、怪物のような息を呑む恐ろしい存在が目に飛び込んでくるだろうし、架空のものと思われがちな底なし沼の恐怖を凌駕するだろう。溺死体が鉛色に腐敗して鼻孔から泡沫が漏出しているような悲惨な光景に接するよりも、溺死した大陸は海の底に横たわって、その実態を知る機会などない方がましだと思う。

私は以前に蒸気船で旅をしていた時、マサチューセッツ湾付近の水深があまりに浅いことに度肝を抜かしたことがあった。ビリングズゲート岬の沖合では、棒の先で海底の感触を探ることができそうだったし、岸辺から五、六マイル離れた地点では海底が海藻の群生により、いろいろな異なる色を呈している様子が見えた。なるほど、この付近が「岬の浅瀬」と呼ばれることも何となく頷けるような気がする。道理で、マサチューセッツ湾内の他の水域が内陸の湖よりも必ずしも深くない訳だ。イギリスのドーバーの近くにあるシェイクスピア・クリフとフランスのグリネ岬の間で、最も深い海溝は一八〇フィートとされている。アメリカの地理学者アーノルド・ヘンリー・ギヨーは「バルト海の深さは、ドイツの海岸とスウェーデンの海岸の間ではたった一二〇フィートほどしかないし、アドリア海の深さはイタリアのベネチアと北東部の港湾都市トリエステの間で、ほんの一三〇フィートしかない」と言う。私が生まれた町コンコードにあるウォールデン湖の全長は、僅か半マイルで最深部は一〇〇フィートを少し超える程度である。

海は大きな湖と考えればよい。真夏を迎えると、鏡のように滑らかな筋状の水域が現れることもある。それは幅二、三ロッド、長さが数マイルにも伸びていて、まるで表面を軽く油で覆ったような、いかにも内陸の湖と同じような情景を醸し出す。ちなみに、このような現象は二つの気流が出合うか、あるいは分割されるかの地点で生じた、いわば一時的な無風状態を表すものである(もっとも水面下に静かなる海流が存在する兆候ではないとすればの話だが)。その理由は、船乗りたちの語らいに耳を澄ますと、このような理屈になる。海風と陸風が船の前部にある帆柱と後部のそれとの間で衝突すると、後者は大丈夫だが、前者は逆風をもろに受けてしまうことがあるという。一九世紀前半のアメリカを代表する政治家の一人であるダニエル・ウェブスターは、コッド岬の南海岸沖にあるマーサズ・ヴィニヤード島付近の青色の魚アミキリ漁業の様子に触れた手紙の中で、漁師や船乗りが「スリック」〔表面に凹凸がなく滑らかな様子を表す語〕と呼んでいるこの光沢のある滑らかな表面に言及して、次のように書き記している。「私たちは昨日も、スリックに遭遇したが、小船の船頭はその領域を見つける度に、その適切な方向へと漕ぎ寄せた。彼の話だと、アミキリが餌となる対象の魚を捕らえて食いちぎってしまうことが原因だというのだ。この領域に潜む貪欲な魚たちは、ニシンの群れの中に突入しても、それを丸ごと呑み込むには大きすぎるため、食べやすいようにズタズタに嚙みちぎるのである。この殺戮行為によって流れ出た油が水面に表出して〈スリック〉になるのだという」。

　ところで、いまは航行や停泊水域、あるいは通商の場所となっている、いわば都会の港のように静かな風情を漂わしている海であっても、間もなくして猛烈な勢いで荒れまくる。そうなると、あらゆる洞窟や断崖がお互いに激しく鳴動し合うことになるだろう。海から打ち寄せる荒波は船を容赦なく前後に大きく揺さぶり、その衝撃で砂や硬い岩あごで船体を粉々に砕き、乗組員たちを海の怪獣の生贄として捧げることになる。荒れ狂う海は人間を海藻のように弄び、そしてカエルの死体のようにお腹を膨らませる。それを水中で縦横無尽に引き回して、魚の餌食にさせるのである。この温和な海が突如として牡牛の姿をした凶暴な魔獣と化して、人の肉体を上空へ放り上げたり、豪快に引き裂いたりする。そうなると、身内の者たちは、亡骸を探し求めて何週間も浜辺をあてもなく彷徨う羽目になる。彼らは内陸のどこか知らない小さな村から駆けつけて、最近一人の船乗りが埋葬されたばかりの、これまで聞いたこともないような浜辺の真ん中に呆然として立ち尽くして泣く。

巷間よく言われることだが、長年にわたり海と深く関わってきた人たちは、涯から響く海鳴りや海鳥が醸し出すある種の兆候を透かし見て、海面が穏やかな状態から嵐へと一気に暗転する瞬間を予知できるらしい。しかし、果たしてそうした老練な船乗りは、いまでも存在するのだろうか。少なくとも、私たち全員が一歩を踏み出した人生という船旅に関しては、彼らを軽々と凌駕することはできないだろう。それにもかかわらず、老水夫たちが語る古くからの言い習わしに耳を傾けたり、まったく科学性に立脚しないような自然現象に絡んだ話を聞くのが、私たちは好きだ。彼らは長い間、船の舷縁に座って海原を眺めながら、ただ無為に生きてきた訳ではないからである。スウェーデンの博物学者ペール・カルムは、フィラデルフィアでコックという名の人物から漏れた話を幾度も繰り返して語っている。ある日のこと、コック氏はその周辺の海を知り尽くした一人の老人と一緒に西インド諸島に向かう小船に乗り込んだ。「海の深さを計測していた老人が、近くにいた航海士に向かって、すぐに小船を降ろし海に浮いたら、船員をたくさん乗り込ませて凪のうちに曳航されるようにコック氏に伝えてほしいと言った。すなわち、できるだけ早く島に辿り着かなければならないのだ。二四時間も経たないうちに、猛烈なハリケーンの到来が予想されるからだ。コック氏がその理由を訊くと、老人は水深を計測していたら、いままでよりもずっと深いところで目盛を施した鉛製のおもりが見えたという。したがって、これは海が突然、青く澄んできた証拠で、遠からずハリケーンが襲来する恐れがあるのだと言うのだ」。この話の続きはどうかというと、幸いなことに、彼らは例の小船を健気に一生懸命漕いだお陰で、ハリケーンの猛威が最大級の勢力に達する前に、乗組員全員どうやら無事に港に避難することができたというのだ。しかし、その後が大変だった。そのハリケーンは猛威を振るったために、多くの船は甚大な被害を受け、また家々の屋根が剝ぎ取られてしまったという。それればかりではない。湾内に停泊中の彼らの船も海岸から遠く離れた場所に打ち上げられてしまい、出航できるまでに数週間を要したようだ。

昔のギリシア人たちが、科学的な知見の根拠に基づいた観点で海を眺めていたならば、たとえ海が小麦粉を生産しなくても、それを「不毛な存在」とは呼ばなかったであろう。実際、博物学者たちは「生命の源は、陸ではなく海で生まれている」と、主張している。ただし、植物はその限りではない。チャールズ・ダーウィンは、「過剰に茂る最も密集した森林地帯であっても、それと類似する海の密集地帯と比較してみれば、せいぜい砂漠程度の意味合いしかない」と、断言している。スイス生まれのアメリカの博物学者ジャン・ルイ・ルドルフ・アガシーと前出のアウグストゥス・グールドは「海は多種多様な生物で満ち溢れている。陸地で繁殖する裸子植物、被子植物の種類を問わず、いずれもその比ではない」と、言い放ち、このように言葉を続けた。「深い海の底を浚ってみて分かったことだが、そこはまさに砂漠化している状態だった」。スイスの地質学者エドゥアール・デゾールの研究成果を引用すれば、「最新の学術調査により、海は万物の生命の源であるとする古今東西の詩人や哲人たちが説いた広漠たる偉大な思想、それは事実であることが立証されたのである」。とはいうものの、海域の動物や植物などの生物群は陸域のものと比べると下等な存在だと見なされている。これに関してデゾールの見解はこうである。「陸域で下位の生態系にあったものが、完全な状態で海洋の水生生物群へと変態した例はない」。オタマジャクシを例に取れば、「生物は例外なく海から陸へ進出して進化を遂げるものだ」。要するに、陸それ自体は水域から派生し、そこから台頭したものだ。それはつまり、「地質時代まで遡及して鳥瞰と虫瞰の妙を駆使したところで、およそ乾いた大陸すら見えない。ただ地球の表面がすっかり水に覆われた状態の時代に行き着くことになる」。このような事情もあり、私たちは海を単なる「不毛な存在」としてではなく、より適切な表現をすれば「諸大陸の進化の過程を解析する実験室」として受容し、改めてもう一度じっくり海の景観を眺望したいものだ。

　さて、私はこれまで悠長に構えてしみじみと物思いに耽ってきたが、読者の皆様におかれては、その間にも、激しく打ち寄せて岩壁に砕ける波の咆哮が、絶え間なく聞こえてきたことを忘れないでいただきたい。できることならば、耳に大きなほら貝でも当てて、この本をお読みいただければ幸いである。その日は久しぶりにかなり寒く、風も強かったけれど、塩分を含んだ潮風が吹きつけたことや、緩やかに乾燥した大地の温もりのおかげで、どうやら悪天候に晒されても風邪を引かなくてすみそうだ。だが、かつての『ウェルフリート地誌』の著者は、次のように述べている。「大気中には多量の海塩粒子が含まれている。この周辺の住民が他の地域の人たちより咽頭痛や喉の違和感を訴えることが多いのは、たぶんこのことが原因だろうと思う。しかも、魚類の摂取量は多いものの、リンゴ酒やトウヒの木の樹液などで風味付けされた飲料スプルースビールを適度に嗜む習慣がないことも、もう一つの理由だろう」。

第七章　コッド岬を渡る

追われて打ち上がったゴンドウクジラ（1885年撮影）

海岸から戻ってくると、私たちはどうしてもっと長く時間をかけて美しい海の景色を楽しまなかったのかと、こんな感慨に耽り思わず自問することもあった。しかし、それも一瞬のことで、旅人はたちどころに空を見なくなるし、海にも関心を寄せなくなってしまう。コッド岬の内側の様子に言及すれば、その前に大西洋のど真ん中にこんもりと隆起した砂洲にも内陸部と称される環境が整っていればの話だが、その周辺はお世辞にも耕作地とはとても言えない荒廃農地のような有様で、見たこともないような殺伐とした風景が広がっていた。村落は言うまでもなく、人家さえどこにも見当たらなかった。ただし、それらは大抵、マサチューセッツ湾側の地域に形成されているようだ。いまや秋色に染まった灌木が生育する丘陵や渓谷が、気が遠くなるほど果てしなく続いていた。地表面の性質に影響されたことも大きいが、この辺りには極端に小さな木々や低木状のクマコケモモがたくさん生育しているために、まるで自分がどこかの山の頂上にいるような不思議な感覚に襲われた。

イースタムで唯一の森林地帯はウェルフリートの外れにひっそりと存在していた。常緑針葉樹のヤニマツは、一般的に一五フィート、ないし一八フィートの高さまで伸びる性質を持っていない。巨木は大抵、木の幹がかさぶたのように生える地衣類に覆われていて、サルオガセ属の灰色の苔が長く垂れ下がっていた。

コッド岬の前腕部では五葉松の一つであるホワイト・パインが見られなかった。翌年に、私たちはイースタム北西部の地域にある野外集会地の近くで、オーク、ニセアカシア、ウィスパリング・パイン（マツ科）などの木々が風でざわめきながら群がる小森まで足を運んでみた。そこで、私たちはその辺りのまったく平坦な場所にささやかな楽園が形成されている、いかにも田舎風といった感じの牧歌的な閑居の地を見つけた。これはコッド岬付近の光景としては稀有なものだった。それぞれの家の周辺には、各地から移植されたものと元々自生した二種類のニセアカシアが鬱蒼と繁っていて、その他の植物群を圧倒しているように思えた。ウェルフリートやトゥルーロといった大西洋の海岸沿いから一マイル以上遠く離れた地域では、幾つかの細い帯状の森林地帯が展開されていた。そのほとんどの木々の間からは、遥か遠くに広がる水平線を望むことができた。

たしかに森は広範囲に及んでいたが、樹木はそれほど大きくなかった。オークもマツも、リンゴの木と同じように、しばしば平坦な形をしていた。オークが生い茂る森は、樹齢二五年の木でも九フィート、ないし一〇フィートの高さまでしか成長しないのが普通である。すなわち、それほど痩せた低木地帯なのだ。だから、場合によっては、人の手がその天辺の葉に届くこともある。「森」とは言っても、その木の多くは普通の森林の半分ぐらいの高さで、シュラブ・オーク、シロヤマモモ、ビーチ・プラム、あるいは野バラなどがたくさん群がり生えて、ウッド・バイン〔スイカズラ科のつる性低木〕が一面に蔓延って一角を占めているに過ぎない。野バラが咲き始めると、砂地の木立は夥しい数の花々で彩られる。するとシロヤマモモの芳醇な香りと優雅に混じり合うのだ。イタリア風のバラ園などの人工的な庭園よりも優れていて、とても比べものにならないだろう。これこそ至上の理想郷であり、夢想した砂漠に輝くオアシスではないだろうか。ハックルベリー・ブッシュ〔コケモモ類の一種〕が豊富に茂り、翌年の夏を迎える頃になると、「ハックルベリー・アップル」と呼ばれる瘤状の果実をたわわに実らせ、しかも可憐で奇妙な花を咲かせて美しい姿を披露する。しかし、ここで気をつけなければならないことは、この低木にはウッド・ティックという名前で知られるダニが寄生していることだ。不用意に接触すれば、ダニが皮膚に食い込んで重篤な症状を誘発する原因ともなる。しかも、指先で潰そうとしてもそう容易く潰せない厄介な寄生虫である。

町の住人は樹木に対して敬虔の念が深い。彼らが抱く樹木の大きさと高さに関する定義は必ずしも明確ではない。たとえば、昔、ここには大きな木があったと言えば、それは絶対的な基準に照らして大きいという意味ではなく、いまの凛として立ち聳える木に比べて大きいということを承知しておくべきだろう。住民は樹木を「勇壮なるオークの古木」だと称して、ありったけの敬意を込めて語る。しかも、古代の森の生き残りで樹齢は一〇〇年、一五〇年、いやたぶん二〇〇年にもなる老い木だと矜持をもって指差す。ところが、いまでは滑稽なほど小さく見えて、思わず微笑を漏らさずにはいられない。住民が案内してくれた最も大きな樹木であっても、せいぜい高さは二〇フィート、ないし二五フィート程度であろうか。

私はトゥルーロの南部に生育しているオークの古木に格別の関心を抱いている。それはジョナサン・スウィフトの『ガリバー旅行記』に登場する小人の国（リリパット）の話を想起させるようなオークの古木で、目にした時には特に気分が高揚したものだ。無知蒙昧の徒にとっては、そんな老木でも国王を救ったしかるべき大事な木のように思えるに違いないが、その大きさを測定してみれば、鹿の朝飯程度の地衣類が蔓延るくらいのお粗末さであることが分かるだろう。すると、住民はかつてウェルフリート産の加工木材を使って大型スクーナーを建造したものだと雄弁に語る。立ち並ぶ昔からの家々はコッド岬で入手可能な木材で建築されたものである。初めの頃は巨大な苔むした木々が鬱蒼と生い茂る森林だったが、それに代わって、いまではヒースに留まらず海岸に生える白い綿毛で覆われたポバティー・グラスが生育する不毛の荒れ地がコッド岬の両側に長々と続いている。最近設計された家は、メイン州から持ち込まれた、いわゆる「ディメンション・ランバー材」〔構造用製材〕を使用して建てられたものだが、それは予め製材によって形状などが決められているので、以前のように改めて削り直す必要もない。燃料用の短材や端材は船や潮流によってほとんど運び込まれているし、無論、すべての石炭も同様である。私が聞いたところによると、北トゥルーロ付近で使用される燃料の四分の一と、大量の材木は流木の類らしいのだ。だから、そうした燃料となる良材を身近な浜辺で手に入れている人たちも多いと聞く。

マサチューセッツ州の内陸部——少なくとも私の住む町コンコードの付近——にはおよそ棲息しない希少鳥類の中で、その夏はノドグロホオジロの鳴き声が灌木の茂みの中から聞こえてきた。また、平らに広がった土地から届くマキバシギの囀りが耳に心地よい。だが、その澄んだ綺麗なマキバシギの鳴き声には、どこか物悲しい響きが残る。仕舞には、タカのような鋭い鳴き声に変貌して、どこからともなく断続的に聞こえて来る。その鳴き声は一マイルも離れた遠くの方から聞こえてきたように思えたが、実はすぐ傍の野原の一角に潜んでいたのかもしれない。

その日、私たちは一、八〇〇人の人口を擁するトゥルーロの町を徒歩で通過した。私たちはすでにパメット川付近に到達していたのだ。その川はコッド岬湾に流れ込んでいた。パメット川はピルグリム・ファーザーズが居住地として相応しい場所を探していた時、プロヴィンスタウンの地点から開始したコッド岬探索の旅の終着点となったところである。この川は大西洋岸の僅か二、三ロッド内側にある窪地の湧水から始まっているようで、その水源近くの住民は、高潮になると海水が一気に流れ込んでくると考えていたが、実際には強い風や高い波が両者間の障壁を乗り越えることはなさそうだとも言う。川全体は一貫して西側に向かって流れているが、他方、窪地からの湧水による固有な水源や起点となる水路や灯台などは、すべて一か所に集中しているらしい。

　午後の早い時間に、私たちはハイランド灯台に辿り着いた。それは一、二マイル前方の砂丘の上に白く聳え立っていた。その場所はノーセット灯台から一四マイル離れたクレイ・パウンズと呼ばれる土地で、大西洋に隣接する巨大な粘土層の領域である。灯台守の話に耳を傾ければ、この地層はここら辺の二マイルほどの幅のコッド岬を一直線に横切っているというのだ。私たちは、土質の違いを容易に識別できた。それは砂浜が途切れて、二日間も見ることができなかった芝土が、自分たちの足元に僅かに顔を覗かせたからだ。

　私たちは灯台に宿泊する段取りを怠りなく整えると、コッド岬を横断してマサチューセッツ湾に向けて気ままに歩き出した。それには地質学者が洪積層の隆起扇状地、あるいは陥没と定義する丸みを帯びた丘や窪地が多く分布する不毛の荒れ地を通過しなければならなかった。この辺りの風景には、昔から三角形の白波が立つという現象も伝えられているが、そうであれば急激な断層運動によって地殻変動が活発化したように思えて仕方ない。マサチューセッツ州の地質に関する既出のヒッチコックの研究には――少なくとも、この本自体の厚さも洪積層の隆起を思わせるほどの大著だが――この風景に纏わる微細な描写が連なっている。灯台のある位置から南の方に目を移すと、コッド岬は海抜一五〇フィートほどの大西洋の海岸沿いに広がる砂丘の縁からマサチューセッツ湾側へと続いて、僅かながらも一貫して下る勾配を成す台地のように見えた。ところが、いざ実際に横断してみると、暴風の時などに海水が押し寄せて来れば、およそ砂丘の窪地と化してしまいそうな広大な渓谷や海水でできた雨裂に行く手を遮られてしまったのだ。それらは普通、岸辺に対して直角に延びているのだが、たまにコッド岬を真一文字に横切っているものもある。だが、渓谷の中には出口も見当たらず、深さが一〇〇フィートに達する円形のものもあった。それはあたかも岬の一部が陥没してしまったのか、あるいは砂が流れ出たような状態であった。私たちが道行く途中、偶然に見つけた数軒の家などは、そよ吹く風を防ぐことができ、土壌も肥沃という理由のもとに、そうした窪地の底に建てられたのだろうが、その姿はまるで大地に呑み込まれたかのようで、私たちの視界に入らない。私たちのすぐ隣に見える教会堂を持つ小さな村であっても、まるで尖塔も何もかも地中に埋もれてしまったような光景を呈して、その両側に大地の表面と海を眺めることができる程度だった。私たちはそこに近づいてみた。そこで目に映ったのは教会堂の鐘楼だったのに、どういう訳か平原に建つサマーハウスと見間違えてしまった。こんな調子だと、蟻地獄に落ちて、もがき苦しむちっぽけな蟻のように、どうしてもそこから這い上がれない苦悶に苛まれるだろう。どうやら、私たちも知らぬ間にどこかの村に滑り落ちるかもしれないと、いささか不安を抱き始めた。陸の上で最も景観的に目立つものと言えば、遠くに見える風車か、それともぽつんと佗しい風情を醸し出して佇む教会堂だろうか。言ってみれば、こうした建物だけが吹き曝しの場所を独占しても許されるのである。しかし、村はほとんど役に立たない不毛の荒れ地のような土地で占められており、おそらくその三分の一は個人名義の土地であっても共有の持ち分として扱われているのではないか。

『トゥルーロの地誌』の著者は、ここの土壌について次のように触れている。「雪は平坦に降り積もれば大きな恵みとなって大地を潤すが、ここでは強風によって積もった雪も海に吹き飛ばされてしまう」。随所に灌木の茂みが点在する、この地面が剝き出しになった奇妙な荒れ地は、南側のパメット川から北側のハイヘッド川に至るまで、そして大西洋沿岸からマサチューセッツ湾岸まで延々七マイルにわたって続いている。この辺りを歩いて渡るとなれば、経験がほとんどない人にとっては海上にいるような感覚になり、天候の状況にかかわらず正確に距離を測定するのが困難になる。風車かウシの群れが遠い地平線の上に見えるかもしれないが、実際は少し前に進むだけでそこに辿り着いてしまうだろう。

ところが、別の蜃気楼的な現象に惑わされることもある。たとえば、その年の夏、私は自分の足の踝よりも低い背丈の灌木の茂みの中を駆けずり回りブルーベリーを採取する家族と遭遇したが、彼らは少なくとも身長二〇フィートの巨人族に見えた。これにはいささか驚いた。

大西洋側に隣接する最も海抜が高くて堆砂量も多い砂丘には、ビーチ・グラスやインディゴ・グラスがまばらに散見された。さらにその先には、粒の大きさが粗い塩に似た白砂と砂利から形成された台地の表面が見えたが、そこからほんのごく僅かな草が顔を覗かせていた。鳥類学者諸氏にその不毛の実態を十分に把握し評価してもらうために、一言申し上げれば、私は多くの植物が生長期を迎える翌年の六月に、ヨタカの卵を見つけたが、大まかに言って、その周辺の一ロッド平方の敷地面積は産卵には好適な広さであったと思う。このような土壌を好み、鳴き声に特徴のあるフタオビチドリは、そこに卵を産み抱卵する。すると、けたたましい鳴き声を上げながら飛び立ち、上空いっぱいに鳴き声を響かせながら旋回するのである。この台地にもハナゴケの地衣類、ポバティー・グラス、芳香を放つアスター（キク科の草）、多年草のヤナギタンポポ、クマコケモモなど多種の植物が生育していた。一方、二、三の丘の傾斜面にはアスターとヤナギタンポポだけが密集して草原を形作っていた。中でもアスターが美しい花を咲かせる時の様子は何とも魅惑的だ。どこかまた別の場所では、二種類のポバティー・グラス——もっとマシな名前にしてあげたらよかったのに——が苔によく似た小さな半円形のヤブから小島のような形を成して、何マイルにもわたり荒れ地や自然が失われた場所のあちこちに大量に繁茂していた。この種の植物の花の見ごろは、例年七月中旬あたりまでだろうか。時々、浜辺の近くにはこうした、やや丸みを帯びた花壇が誕生していたが、それは海辺で見られる雑草の花壇と同様に一番上の一インチの部分を残して砂洲の中に埋もれていた。全体が柔らかい砂に囲まれているにもかかわらず、そこだけがアリ塚を築き上げたように硬くなっていたのだ。

ここら辺の夏の風景を綴れば、ポバティー・グラスが海を望む窪地の天辺の強風が吹き荒ぶ厳しい環境下で生育している場合、草むらが生えている北側、もしくは風に晒されている半分の側は、時によってカマドの掃除に使われる箒のように草の頭からすっぽり黒く変色するか、枯死してしまっているかであろう。その一方において、反対側の半分は黄色い花が咲き誇っていて、その情景は誠に鮮やかである。そうなると、丘の斜面に蔓延るポバティー・グラスの部分からの視線によるか、それとも華やかに彩られた側面から眺めるかによって、驚くほど対照的な風景が目に飛び込んでくる。この植物は、本来であれば、地域によっては観葉植物として珍重されるかもしれないが、この付近では不毛地帯に生える類だと思われて、周囲から軽々に扱われている。果たしていかがなものだろうか、この植物などはマサチューセッツ州南東のバーンスタブル郡の紋章に採択されても結構な代物だろう。私だったら間違いなく自慢の対象にする。アメリカ産のセイタカアワダチソウやハマデンドウに混じってビーチ・グラスがその付近一帯に生育していた。その情景が私たちに海の存在をより印象付けたのだ。

私たちが読んだ文献には、トゥルーロの町には川が一つも流れていないと書かれてあった。だが、この周辺には昔、シカがたくさん棲息していたのだから、彼らは喉の渇きをどのように潤したのかと想像してみたくなる。後日談になるが、パメット川の南側に注いでいる淡水を思わせる小川を見つけた。その時、迂闊にもその水を吟味することを失念した。いずれにしても、近くにいた少年が言うには、すでに彼はその水を飲んでいるとのこと。目の前は見渡す限り果てしなく続く台地の連続で、一本の木も生えていなかった。台地は何マイルにもわたって一定の高さを維持していた。私たちは大西洋側にいるにもかかわらず、マサチューセッツ湾の情景を真下に見下ろすことができた。そればかりか、その辺りの標高の高さを利用してプリマスのマノメット・ポイントをより鮮明に眺めることができた。荒漠と広がる剝き出しの大地は目新しくて、どれも美しい景色に映った。まるで船のデッキからの眺めのような風情だ。湾内に南下する船があると思えば、追い風を受けて大西洋の海岸沿いを北上する船もあった。

コッド岬を南北に貫く一本の道は、微妙な曲線をもって、うねりながら平地を通過したと思うと、今度は馬車の車輪を巻き込んだり、擦るようなこともある灌木地を抜けて走っている。それから砂地との隣地境界線の柵標示もない、ただの細いでこぼこ道へと繫がっていた。時には硬い岩盤層の上を通り、また時には高波の被害に遭わないような海岸沿いの道へと変化をもたらしていた。しかしそんな環境の中でも、住民は巡礼杖のような棒を支えにしながら、砂の流出により表土が剝き出しになった細い小径を行き来していたのだ。それはこの荒れ地のあちらこちらでよく見かける光景だ。もし自分が実際に思い切って、こんな荒れ果てた土地を選んで生活するとしたらどう感じるのだろうか、午後のまったりした時間に散歩をするとなれば、あの不毛の丘を歩くことになるのだ。それを想像するだけで思わず戦慄を覚えた。こうした不毛の土地では、たとえば散歩に出かける前であっても、外の様子が手に取るように分かってしまうのだ。したがって、待ち受ける運命を覆い隠すには霧か吹雪か、そうした自然現象に頼るしかないだろう。そんな環境に置かれると、やがて心の奥底まで蝕まれやしないだろうか。

町の北部付近まで足を延ばすと、一つの海岸ともう一つの海岸に挟まれながら数マイルも続く土地に一軒の人家も見当たらない侘しい情景に出くわした。そこには昔の西部の大平原を想起させるような殺伐とした雰囲気が漂っていた。実際にトゥルーロの町に住んでいる人の数を調査してみれば、その想定外の多さに驚くはずである。しかし、この小さな町の五〇〇人くらいの男衆の多くはその時に漁に出ていたのだ。だから、ほんのごく僅かな男連中だけが居残り、砂地を耕したり、クジラの出現を見張ったりしていたことになる。ここでは農民とは言っても、同時に漁民でもあり、彼らはむしろ大地よりも海洋の耕し方を熟知しているのだ。彼らが砂地の地表面をかき乱すことはない。海岸には言わずもがな、時々クジラが打ち上げられて腐敗し、死骸が散乱している。また、小湾には海藻類がたくさん繁殖していた。

ポンド村とイースト・ハーバー村の間には、以前に馬車の車窓から眺めた景色とよく似た二〇エーカーから三〇エーカーに広がる、葉が三本ずつ束生する大型のリギダマツの群れを垣間見ることができ感激したものだ。近隣の人の話だと、この土地は二人の男が一エーカーにつき一シリングか二五セントの価格で購入したものらしい。ここは面倒な土地売買契約書の価値もない土地だと思われていたのである。ポバティー・グラスやビーチ・グラス、そして多年草のギシギシなどで一部区間が占められている砂地には、約四フィートの間隔で耕された畑の畝が作られ、種は専用機器を使って蒔かれた。マツの木は目ざましく成長し、最初の一年で三、四インチ伸び、二年目には六インチ以上も高く伸びた。最近、種が蒔かれたばかりの場所では、地盤より深く掘り下げられた窪地の斜面の辺りを螺旋状にぐるりと取り巻きながら限りなく続くあぜ溝に、白浜が初々しく顔を覗かせて独特な風情を醸し出していた。それはまるで広大な縞模様のある盾の裏側でも眺めるような感じだった。コッド岬付近において大きな意味を持つこの種の栽培実験は大きな成果を収めているようだから、フランスの場合と同様にバーンスタブル郡の大半の土地が主要なマツの人工林地帯となる時が訪れるかもしれない。一八一一年、フランスのバスクの中心都市であるバイヨンヌ近郊に佇む一万二、五〇〇エーカーの砂丘にマツ林が造成された。ちなみに、そこはピニャーダと呼ばれるマツ林として親しまれており、既出のラウドンの説によれば「昔、そこは地形がいつも変化する砂漠に過ぎなかったが、いまでは住民の貴重な資源となり、彼らはその恩恵に浴している」。いわばマツはトウモロコシよりも気品を備えた農作物のように思えた。

二、三年前まで、トゥルーロはコッド岬周辺の地域の中でも、とりわけヒツジの飼育が盛んな場所だった。ところが、私たちが訪れた時に耳にした話だと、ヒツジの飼育頭数も激減し、ヒツジ飼いはたった二人とか。一〇歳になる少年が私に語ってくれたところによれば、一八五五年になると、誰一人としてヒツジ飼いの姿を見かけることがなくなったという。以前は、ヒツジを柵のない土地や野原で放牧していたが、最近は土地の所有者が譲受人などに対して、しきりに借地権を主張するようになったようだ。そこで柵を設置しようとすると、何かと費用が嵩むという課題に直面する。柵の横棒に使用するのはメイン州産のヒマラヤスギで、一般的な飼養管理としては横棒が二本もあれば十分だが、ヒツジの場合は、その倍の四本の横棒が必要となる。羊飼いがその仕事を手放す理由も、そんなところにあるのかもしれない。何しろ柵用の横棒はとてつもなく値が張るので、横棒を一本しか使用していない柵もあるほどだ。しかし、多くの壊れた柵の本体部分は紐で丁寧に括られていた。

翌年の夏、六ロッドの長い綱に繋がれたウシを目撃したが、餌の草が短く、少なくなるにつれて綱を延ばしていたらしい。この調子でいけば、この付近では六〇ロッド、いやコッド岬全体に及ぶ長い綱を使用する覚悟で対応しないとウシの体調に影響するという。ウシが「幸福なアラビア」、すなわちアラビア半島南部にでも逃げ込まないかと心配するがゆえに砂漠にそのまま引き留めておくとは！

ある時、一人の男が近所の人に売りつけようとしていた一束の干し草の重さを秤で量っていたが、私はそれを手伝ったことがある。なんと、それは総収穫のちょうど半分であった。それほどそこは不毛な痩せた土地のようなので、私は住民から僅かな紐や包み紙を受け取る場合でも、もしや奪い取るような形になりやしないかと気が引けたものだ。もちろん、こうした品物は横棒と同様に外部から買い入れることになっていたし、新聞配達の少年を見かけないので、包み紙どころか古紙さえ入手困難だと察した。

岸辺の漁師たちが何とかその場だけを取り繕って済ませた道具が周りに転がっていたが、それらを眺めていると、私たちは果たして海ではなく陸地にいるのか、戸惑いを隠し切れなかった。どこの井戸においてもバケツを引き上げるのに普通の荷揚げ機の代わりに、船に搭載された滑車装置が使用されていたし、またほとんどどこの家にも、難破船から持ち込まれた錐を使って自在に開けられた穴が散見される円材や厚板が幾つか置かれてあった。ついに風車までそのような材料を部分的に活用して建てられていたが、公共の橋の建造に関しても同様の材料が使用されていたのには驚いた。屋根の葺き替えをしていた灯台守が思いかけず私に漏らした言葉だが、それによると昔は一本のマストから三、〇〇〇枚もの屋根材が取れたそうだ。そう言えば、古いオールが柵の横棒に使われていたのを時々目にしたことはある。さらに海岸の付近で嵐に遭遇して船体からちぎり取られた単なるお飾りの装飾品が、屋外に設けられた便所の壁に釘付けされ飾られている光景もよく見かけた。私は灯台付近の小屋に頑丈な金具で釘付けされた「アングロ・サクソン号」という大きな文字が輝く、細長く真新しい標識を見つけたが、船乗りたちが水先案内人と一緒に陸揚げさせられた船にとっては、もはや役に立たない標識ではないだろうか。そうはいっても、この標識はギリシア神話に登場するアルゴ船がシムプレゲイド岩礁を通過する際に、大きな岩に衝突して海底に沈んでしまった船体の折れた一部のようであった。あたかも、それを眺めているような気分になって興味をそそられた。

漁師たちの立場からすれば、コッド岬自体が補給部品を搭載した一種の物資輸送船といったところだろう。したがって、この岬はいわば女性や子供や高齢者や病人などの社会的な弱者を乗せた安全と安心を担保する粋な船にたとえられよう。実際にここでは船上と同様に独特な漁師言葉が飛び交っているのだ。海洋の人々とは、そういう要素を脈々と受け継いできた民である。古代スカンジナビア人たちは、決まって自国の「竜骨を支える尾根」について口にするが、それは紛れもなくノルウェーのドフラフィールド山脈の尾根のことを指し、自分たちの国家を転覆させた船体にたとえた言葉である。私はここでスカンジナビア人について、深く考えを巡らせたものだ。前にも触れたように、コッド岬の住人は農耕民族であると同時に海洋の民でもある。彼らは湾内でのヴァイキングや王様といった覇者の現状をいいことにして驕り高ぶるだけでなく、外海の領域にも勢力を拡大しているのだ。

後日談になるが、私はウェルフリートのある農家に一泊お世話になった。家主は前の年にコッド岬の農産物の生産量としては多い五〇ブッシェルのジャガイモを収穫したという。また、彼は兼業として大規模な製塩業を営んでいた。それもあってか、家主はその地点からも認められるスクーナー船を指さして、話を続けた。時折、部下や仲間たちと一緒にあの船に乗り込んで沿岸を下って遥か遠方のヴァージニアの岬まで交渉に赴くのだと言う。このスクーナー船は、いわば市場に向かうための荷馬車の役割を果たすもので、雇われ人は馭者の任を務めているらしい。このようにして、彼は二つの馬車を荒野に追いたてたのだ。

波高き海原も見えぬ間に、暁の目覚めの瞼の下で　〔ジョン・ミルトン『リシダス』より〕

おそらく彼がヴァージニアに向かう途中、「アブ」の羽音が耳を擽ることはなかったろうが〔先のミルトンの『リシダス』の詩行の続きに「アブの暑くるしい羽音を聞き」とあることを受けて〕。このように、コッド岬の住民の大部分は、外洋に出る航路などにその身を置いて留守の時間が多い。彼らが淡々と語る航海に纏わる話には、アルゴ船の遠征逸話を凌駕するような面白みが感じられる。少し前に聞いた話だが、コッド岬のある船長が西インド諸島から冬の初めの頃に帰還することになっていたが、いつまで経っても帰らないので、これは仕方ないと思って諦めていたところ、そこに願ってもない朗報が親族に届いた。それによると、船はコッド岬の灯台からあと四〇マイルの海域で、次々と連続する強風によって九回も押し戻され、フロリダとキューバの間に位置するキーウエスト辺りまで漂流した挙句、やっとの思いで帰途に就いたというのだ。このようにして、彼はその冬を海で過ごしたのである。これが大昔の話であれば、二、三人の男たちと少年たちの冒険談は神話的な興味を十分そそる素材になったであろうが、そうした物語もいまとなっては「シッピング・ニュース」の中で代数の公式のように、たった一行の速記文字の形で集約されるに過ぎない。

「世界のどこへ行こうとも」と、アメリカの歴史家ジョン・ポールフリーはマサチューセッツ州の南東に位置するバーンスタブル郡で行った講演の中で語った。「星条旗が翻るところであれば、バーンスタブルやウェルフリートやチャタムなどの港の水深を教示してくれる人、つまりその情報に通じた人物が必ずいるものだ」。

私はある日、たまたまプリマスの海岸沿いを逍遥していた折に、はっきりした持ち主は分からないが誰かの家になっているアンクル・ビル号の前を通り過ぎた。それは一隻のスクーナー船だった。泥の上に半ば転覆したような状態で佇んでいた。私たちは真昼なのに、ぐっすり眠り込んでしまっていると思われる船長を叩き起こそうとして船底を叩いてみた。すると、船長がハッチに姿を現したのである。私たちはハマグリを掘る道具を貸してほしいと頼んだ。翌日の朝、再び船長を訪ねてみると、ああ、何ということか！　彼は東方面から襲来する嵐を恐れるあまり、昨夜のうちにマツ林の中に逃げ込んでしまっていたのだ。一八五一年の春、彼はプリマス湾であの曰くつきの大嵐に襲われた経験の持ち主だった。その時は辛くも難を逃れているが、その体験が心に重くのしかかっていたのだろうか。いまでは海藻を採取したり、荷物を積んだ運搬船での仕事や難破船を救助する仕事に携わっている。その船が依然として水平線の彼方のマツ林の泥の中に横たわっている姿が見えた。潮が動かないと船も動けないのだ。もしかしたら、潮が満ちても動けないかもしれない。万事において、浜辺付近では潮の動きによって左右される特異な生活を余儀なくされるものだ。「そうだね。二時間は出航できそうもないだろうな」という言葉がよく飛び交う。陸地の人たちは待つことにあまり慣れていないので、最初のうちは準備に何かと手間取ることにかえって気疲れしてしまうだろう。歴史が語るには、「トゥルーロの土地から二人の男たちが初めてフォークランド諸島まで危険を覚悟してクジラを捕獲すべく大海原に乗り出した。この捕鯨航海は一七七四年にイギリス海軍のモンタギュー提督の庇護を受けて敢行されたもので、結果的には大成功を収めた」という。

私たちはポンド村で、全長八分の三マイルほどの湖一面を覆うように生い茂っている背丈七フィートのミズクサの群を見つけた。物の隙間を詰める役割を果たすミズクサが、これだけたくさんあれば、ニューイングランド地方の樽類製造者にとっては願ってもないことだろう。

コッド岬の西岸側は東岸側と比べて大差なく砂地が多い地域だったが、打ち寄せる波は凪いで穏やかであった。海底の一部は細い草の葉のような海藻に包まれていて、大西洋側ではおよそ見られない光景だった。浜辺には質素な魚釣り用の小屋が二、三軒建っていた。それらは荒涼とした景色を和らげてくれる存在でもあった。その近くの幾つかの沼地を歩いていると、間もなくして海岸などに育つ塩生植物サンファイア、ローズマリー、その他の、内陸から来た者の目には奇異に映る様々な植物に出合えた。

夏の時期になると、たまに秋頃までずれ込むが、全長一五フィート余りのゴンドウクジラ（ソーシャル・ホエールとも呼ばれ、リスボン生まれのアメリカの動物学者ジェイムズ・E・デ・ケイはヒレナガゴンドウと命名している。その他にもブラック・ホエールフィッシュ、ハウリング・ホエール、ボトル・ヘッドなどの名称もある）と見られる鯨類の群れを海岸に追い込んでいる、なかなか壮観な眺めである。私は一八五五年七月に自分の目で実際にそれを見た。ここの灯台で働いていた大工が、その日の朝早く到着するなり、こっちの仕事を優先したばかりに五〇ドル余り損したかもしれないとぼやいていた。というのは、海岸沿いを歩いて仕事場の灯台に向かっていた折に、漁師たちがゴンドウクジラを海岸に追い込む様子に接したので、その手伝いでもして分け前を貰おうかと思案したが、結局、仕事場にまっすぐ来る羽目になってしまったからだというのだ。

朝食後、私は二マイルほど離れたその場所に向かい、浜辺の近くで例のクジラ追いから帰ろうとする漁師たちに出会った。浜辺の周辺をぐるっと見渡したところ、一マイルほど先の南側の砂浜にゴンドウクジラと思しき大きな黒い塊が幾つか目に入った。その傍には二、三人の人影がうっすらと見えた。そっちの方に興味が湧いて近寄ると、幾週間か前に頭部を切断され脂肪部を剝ぎ取られた一頭の巨大なゴンドウクジラの死骸に遭遇した。その時はちょうど潮が満ちてクジラを動かそうとしていたところだった。何しろ近づくほどに異臭が濃くなっていくものだから迂回路を進むしかなかった。

私がグレート・ホローに辿り着いた時、一人の漁師と幾人かの少年たちが見張り番をしていた。捕獲屠畜されたばかりの三〇頭ほどの新鮮なゴンドウクジラの死骸には傷が幾つも認められ、海水も多少血で赤く染まっていた。それらのゴンドウクジラの死骸の一部は海岸に打ち上げられたものもあれば、海に浮かんでいるものもあったが、いずれにしても潮に持っていかれないように、すべての尻尾が一本の綱で繫がれていた。ゴンドウクジラの尾びれの直撃で破損したと思われる小船が一艘あった。ゴンドウクジラは天然ゴムのように表面がつるつるして黒色に輝いていた。哺乳動物としては体型がいかにも丸々として単純で、さすがにクジラだけあって鼻も頭も丸く膨らんでいるのが特徴である。ひれ足は見た目も屈強そうだった。最大級のものは、体長一五フィートくらいで、中にはたった五フィートくらいの大きさの口の中にまだ歯が生えていないクジラも少数混じっていた。

漁師はナイフで一頭のクジラを解体し、その脂皮の厚さを見せてくれた。それは約三インチほどだった。切り口から指をそっと入れてみたら脂がべっとりと絡みついた。脂肪部の濃厚さはポークの風味に似ていた。この漁師の話だと、クジラ解体の作業をしている最中、たまに片手にパンを握った少年たちが近寄って来ては、もう一方の手で一切れの肉の切り身を貰い受けて、それをパンに乗せて食べるようだが、ポークよりこちらの方が断然旨いとご満悦の様子。彼は脂肪層より下にあるビーフより筋肉質でやや硬い赤身肉にまでナイフを入れた。彼自身は新鮮であればビーフの味わいよりもこちらの方が好きらしい。ゴンドウクジラに関しては、一八一二年にフランスのブルターニュ地方の貧困層の食卓に並んでいたという記録が残っている。彼らは潮によってクジラが海岸の波打ち際に打ち上げられるのを待ってそれを捕獲する。その後、解体する際に脂肪層を切断し、浜辺で鯨油精製機を使って他の異物を除去した鯨油を回収するのだ。普通、クジラ一頭につき一バレル程度の油が回収できるようだが、それは一五ドルから二〇ドルに相当する分量である。

小船の中には私が想像していたよりも遥かに細い槍や銛がたくさん積んであった。荷車を牽引するウマを連れて、一人の老人が漁師たちに食事を配りにやって来た。それはポンド村にいる彼らの妻たちから託された手作りの弁当や水筒だった。この報酬として、老人は油のおこぼれに与っているらしい。漁師は自分の配分の弁当が見当たらない時は、手近にあった弁当を見つけて食べていた。

その場所に佇んでいたら、「また別の群れが見えたぞ」と甲高い叫び声が響きわたった。一マイル北方でウマのように海面から跳ね上がり、その巨体を空中に踊らせているゴンドウクジラの黒々と輝く背中と、そこから吹き上げる潮が見えた。その時はすでに、幾艘かの小船がゴンドウクジラの動きに合わせて追跡し、その群れを海岸へ追い込もうとしていた。その現場にその他の漁師たちや少年たちが駆け寄ると、近くにあった小船に素早く飛び乗ったり、あるいは砂浜から小船を一気に押し出しながら足を踏み入れたりした。あっという間に、二五艘か三〇艘くらいの小船がクジラの追跡に加わった。大型の船は帆に風を受けて航行し、他の者たちは全力を尽くしてオールを漕ぎながらクジラの群れの外側の位置まで到達した。群れに最も近い者たちは、船縁を大きく叩き角笛を吹き鳴らしながらクジラを浜辺へと追い込むのである。それはまさしく勇ましく興奮を呼び起こす伝統競技のようなものだ。もし、クジラを首尾よく浜辺に打ち上げることができれば、成功した小船や男たちが丸々一頭相当の分け前にありつけるのだが、沖合で銛を打つことを余儀なくされた場合、仕留めたクジラをみんなで等しく分け合うのである。

私が駆け足で浜辺を北に向かっていると、一刻も早く仲間たちと合流しようと、小船がスピードを緩めることなく接近して来る光景が目に映った。たまたま私の傍を歩いていた少年は父親の小船が水飛沫を上げて、また他の小船を追い抜いたと歓喜の大声を上げてはしゃいでいた。

私は道の途中で出会った一人の盲目の老いた漁師から声をかけられた。「奴らの状況はどんな具合かな？　わしは目が不自由なのでよく分からんが、上手い具合に物にできたかな？」と尋ねてきた。その間に、クジラの群れは急に方向転換して、北のプロヴィンスタウンの方に逃げようとしていた。海面から丸い背中を大きく持ち上げる回数も少なくなっていた。そうなると喫緊の対応が必要となる。すなわち、その群れの最も近くに位置していた漁師たちは、ひたすらクジラを追いかけて銛を打ち込むことになるのだ。すでに幾艘かの小船は銛が届く至近距離まで獲物に忍び寄っていた。クジラは小船を曳きながら、まるで競走馬のように四、五ロッド前方の浜辺を目指して突進していた。クジラは背中の穴から空高く血汐と潮を吹き上げながら、また海面上では絶望の淵に半身を躍らせ、白く泡立つ水脈を後に残した。クジラが追い上げられた北の浜辺は、私たちからあまりにも遠い位置にあったが、それでも漁師たちが小船から降りて砂地に移り、そこでクジラを解体する光景を目で捉えることができた。その様子を眺めていたら、昔見た生々しい捕鯨の絵画をふと思い出した。一人の漁師が、これは危険を伴う仕事であると、しんみりした口調で私に語ってくれたことが印象的だった。その漁師も初めての時の興奮感は尋常じゃなかったというのだ。その時は気が急いていて穂先に鞘を付けたままという醜態だったが、それでも槍はクジラの体を深く貫いたそうだ。

その数日前には、一度に一八〇頭に及ぶゴンドウクジラの群れが少し南下したイースタムの岸辺に追い上げられたという知らせが届いた。ビリングズゲート岬の灯台守は、ある日の朝に私とほぼ同時刻に出かけて、夜間に早々に打ち上げられたクジラの大群の背中に自分の名前のイニシャルを刻み込んで、その権利をプロヴィンスタウンに一、〇〇〇ドルで売り払ったという逸話がある。どうやら、プロヴィンスタウンの側でもそれに見合う対価を得たようだ。別の漁師が語るには、いまから一九年前に三八〇頭のクジラが一気にグレート・ホローの岸辺に追い上げられたことがあるらしい。ウィリアム・ジャーディンの『博物学誌』には一八〇九年から一八一〇年にかけての冬季に、一、一一〇頭のゴンドウクジラが「アイスランドのフヴァルフィヨルド海岸に相次いで漂着した後に捕獲された」と記されている。前出のデ・ケイは、どうしてこのように岸辺に打ち上げられたか、なんとも理解に苦しむ話だと語っている。しかし、ある漁師が私に言うには、クジラたちはイカの群れを追っているうちに、いつの間にか陸に打ち上げられてしまうのだというのだ。普段見かけないそのような現象が起こるのは七月の末日あたりらしい。

それから一週間ほど経った頃に、私は再び海岸に行ってみた。双眼鏡で遠景一帯を眺めていると、分厚い脂肪層を剝ぎ取られ、頭部を切断されたゴンドウクジラの死骸が散乱していた。私は視野を埋め尽くすその光景に圧倒されてしまった。頭部が幾重にも重なって、高く積み上げられていたのだ。その悪臭は酷くなるばかりで、浜辺を気ままに散歩することなど論外だった。プロヴィンスタウンとトゥルーロの区間では、クジラの死骸が馬車道を覆うかのように無様な形で転がっていた。散乱したクジラの死骸を取り除く必要な措置を講ずることなく、陸地に近い沖合ではいつも通りのロブスター漁が盛んに行われていた。人づてに聞いた話だと、時には漁師たちがクジラの死骸を海中まで引きずり込むらしい。だが、死骸に括りつけて海中深く沈ませるような大きな石をどこから入手するのだろうか。もちろん堆積肥料として施用する手段もあるはずである。そもそも、コッド岬はこのような腐植を放置できるほど肥沃な土壌に恵まれている訳ではない。しかも死骸から発生する恐ろしい感染症のリスクについては言うに及ばずのことだ。

私は家に帰還してから、ゴンドウクジラについて周知の事実をより詳しく調べたくなった。そこで、マサチューセッツ州発行の『動物学調査報告書』を丁寧に読んでいくと、アメリカの自然科学者ハンフリーズ・ストーラーの見解に出くわした。それによると、クジラは魚類の範疇に入らないので、その項目に関する報告から除外されていた。それはそれで一つの見識だと思う。次にアメリカの動物学者エビニーザ・エモンズ著『哺乳類に関する報告書』を紐解いてみると、驚くことに未観察の範疇であることを理由にアザラシとクジラが項目から削除されていたのである。マサチューセッツ州が良港を有し、捕鯨や漁業基地として発展したことに思いを馳せてみるがよい。『動物学調査報告書』を発行したマサチューセッツ州の立法機関は、タラの紋章のもとに議会運営委員会の招集を請求すべきだ。まず捕鯨で知られるナンタケット島とニューベッドフォードがマサチューセッツ州政府の統治下にあることを想起すべきだろう。早起きが得意な人ならば、朝のうちに一、〇〇〇から一、五〇〇ドル相当の躍動するゴンドウクジラを海辺で観察できること請け合いだ。ピルグリム・ファーザーズはプリマスに到着する前に、コッド岬のイースタムの海岸でインディアンたちが夥しい数のゴンドウクジラを解体する光景を見るなり、海岸の一部をそれに由来する名称「グランパス湾」〔グランパスとはゴンドウクジラの意〕と命名した。その当時から今日に至るまで、このクジラは幾つかの郡に多大な恩恵をもたらし続けている。朽ちた死骸が放つ強烈な悪臭は、三〇マイル以上にわたって大気を汚染している。それにもかかわらず、この種の動物に対する学名表記も、また一般名ですらも『哺乳類に関する報告書』――陸水を生息域とする動物に関するカタログ――に記載されていないことに驚く。

この場所に佇めば、コッド岬の対岸一帯に留まらず、プロヴィンスタウンの美しい情景まで容易に眺望することが可能であり、独特の景観を楽しむことができる。その町は西方の海の向こうの五、六マイル離れた灌木がたくさん生育する砂山の下に位置しており、港には船がびっしりと停泊していたが、そのマストが教会の尖塔と混じり合ってトゲのように立っていたので、かなり規模の大きな港町だと思われた。

このように、コッド岬の下方の地域に住む人たちは、二つの海の景色を眺めて楽しむことができるのである。住民はまず西岸、すなわち左舷側の岸辺に立って、遠くに霞むマサチューセッツの本土を眺めながら、「あれがマサチューセッツ湾」だと指差す。次に一時間ほどの逍遥の後に、右舷側に立ってから、陸地などまったく存在しない大海原を指さして、「これが広大な大西洋だ」と叫ぶのである。

船乗りたちが夜の灯台の明かりを頼りにして航行するように、私たちもあの白く塗られた風格ある灯台へ戻る途中にある墓地を目印に、その傍らを何事もなく通り過ぎた。その墓地は板状の墓石にしっかり守られて暴風にも吹き飛ばされずに済んでいたようだ。なにしろ、コケモモの深い根から叢生した灌木が蔓延っていたのだから、なるほどもっともな話だ。ここは多くの人々の尊い命が失われた被災地なので、その墓碑に刻まれた銘は一読に値するものと思っていた。だが墓碑銘はあるにはあるものの、生命と肉体を失ったことにより遺体の身元を確認できないままの状況だったことも理由だろうか、真剣に読む価値のあるものは意外に少ない。大洋に生きた船乗りの墓地は海である。墓地の東側に忍び寄ると、その気配を察したのか巣穴から一匹のキツネが飛び出してきた。私たちが近くの沼地を散策していた時に見かけたスカンクを除けば、それは唯一の野生の四肢動物であった（もっとも、アメリカ産の陸生のカメを四肢動物として認めれば話は別だが）。それはふっくら丸々とした大柄の毛深いキツネであった。どこか黄色いイヌに似ていて、やはり尻尾の先が白かった。どうやら見た感じでは、コッド岬で毎日楽しく暮らしていたようだ。そのキツネは偶然にもそこに生育していた低木状のオークやヤマモモの茂みの中に駆け込んでみたが、その姿を隠すにはあまりに灌木の丈が低過ぎた。翌年の夏、私は別のキツネが、少し北側にある小さい暗紫色の果物ビーチ・プラムの灌木の上を勢いよく飛び越えるのを目撃した。このようにキツネが小さな弧を描いて飛び跳ねる一瞬一瞬（いまも継続中）のすべての軌跡を、その生涯に照らし合わせて計算してみたが、それは所詮無謀な考えだった。どうやら知られていない不思議な現象が多いことを勘案すべきだったかもしれない。私はさらにもう一匹のキツネの屍が砂丘にすっぽり埋められている状態に接した。ちょっと思うところがあって、私はその頭部を自分の収集物に加えた。こんな経緯もあり、この辺りにはキツネが豊富に生息しているという確信がつかめた。しかし、概して、旅人というものは珍しいルートを横断したりするので、そこの住人よりキツネに遭遇する機会が多いかもしれない。住民から聞いた話だと、それから数年も経たないうちに、多くのキツネは原因不明の奇病に侵されて死んでしまったというのだ。その病に罹患すると、キツネは自分の尻尾を追いかけてぐるぐると回る尾追いなどの反復行動を示す、いわば特異な神経疾患の兆候を現したというのだ。グリーンランドに関する記述の中で、著者のクランツはこのように記述している。「キツネは主に鳥の卵などを食べて生活環の維持を図っているが、その他としては黒い球状の果物がなるクロウベリー、ムール貝、カニ、あるいは海岸に打ち上げられたいろいろな食用生物が挙げられる」。果たして、こうした食べ物を媒介とする感染症なのだろうか。

灯台に到着する直前であったが、私たちはマサチューセッツ湾に沈みゆく夕日に照らされて朱色に染まる壮大な光景を存分に堪能することができた。すでに述べたように、コッド岬が狭くなっている辺りに佇むと、三〇マイル先の沖合を航行する船のデッキ、いやむしろ、軍艦のマストの先から眺めるような壮大な気分に浸ることができる。実は、その瞬間に、太陽はあの方向の水平線の真下に位置する私の故郷コンコードの丘の向こう側に沈もうとしていることが分かっていた。もはや脳裏を過るものはなくなった。すると、ホメロスと波打つ大洋が再び激しく押し寄せてきた。

太陽という煌々と輝く篝火は海に没したのだ

〔『イーリアス』より〕

第八章　ハイランドの灯台にて

コッド岬の灯台

船乗りたちの間ではコッド岬灯台、あるいはハイランド灯台として知られているこの灯台は、アメリカでも「主要な岬の灯台」の一つに数えられ、ヨーロッパ諸国からマサチューセッツ湾口に接近しようとする人たちの目に真っ先に飛び込んでくる航路標識の建設物である。この灯台はアン岬灯台から四三マイル、ボストン灯台から四一マイルも離れた距離に位置している。この辺りの砂丘は堆積した粘土層から形成されていることもあり、ハイランド灯台はその砂丘の端からおよそ二〇ロッド離れた場所に建っている。私は近くで屋根の葺き替え工事をしていた大工から木材の表面を薄く削るための切削工具と定規と水準器と二本の針状の脚をもつ分割器ディバイダーを借り受けて、船のマストの一枚の屋根板を工夫して使い、照準器と旋回軸にはピンを代用して安直な四分儀を制作したことがある。あの灯台の先にある砂丘の水平を基準とした上下方向の角度を測定したのだ。それに加えて、砂丘の斜面と長さが等しい二本のタラ釣り用の糸を活用して屋根板の上で標高も測った。砂丘を麓から測定すると、標高一一〇フィートの丘状を成していた。平均的な水位時だと、約一二三フィートの高さを維持している。ただし、コッド岬の先端部分を丹念に計測したアメリカの地形学者ジェイムズ・ダンカン・グラハムは、平均的な水位時の標高を一三〇フィートとしている。私が計測した地点は粘土層と砂層の互層地盤の丘であった。それは水平線に対して四〇度の鋭角を成していたが、一般的に粘土層だけの場合は急勾配である。そうなると、ウシもメンドリも降りることは困難だ。半マイル南側では砂丘の高さが一五フィート、ないし二五フィートの地形を成しており、北トゥルーロではそこが最高地点となっているようだ。粘土層が厚く堆積した広大な丘も、急速に地層の傾斜方向に削り取られている。二、三ロッドの間隔を維持して流れ下る小さな川が、中間部分の粘土層を高さ五〇フィート余りの急鋭尖形なゴシック系の屋根のような形態に変形させたために、ごつごつとした急峻な岩峰のような破断面を形成するようになっていた。砂丘が巨大な半円形の噴火口に似た歪な形態に浸食されている場所も散見された。

灯台守の話だと、この辺りの岬は今日まで両側から白波に浸食され、脆くも崩れ落ちる現象が続いているらしい。特に東側は激しい浸食作用が働くために、海岸浸食も甚だしいとのことだ。なんでも昨年一年で、大規模な土地面積が失われたので、灯台もいずれ移転を余儀なくされることになるだろうと語った。この灯台守の独自のデータをもとに、コッド岬が浸食されてその姿をすっかり消してしまう日はいつなのか、私たちは現時点で計算してみた。「その理由かね？　それはだね、わしは六〇年も前に起こったことまで記憶しているんだよ」と、灯台守は言い放った。私たちはこの言葉に唖然とした。この情報提供者である灯台守の滔々とした、しかもたゆたうような生命の時間の流れと活力の減退の緩やかさには、コッド岬が消耗するスピードに比べて、いささか驚きを禁じ得なかった。彼はせいぜい四〇歳くらいのお若い風貌にしか見えなかったからだ。もしかすると、コッド岬よりも灯台守の方が、かなりの確率で長寿に浴すかもしれないと思った。

この年の一〇月から翌年の六月までの期間で、私はハイランド灯台の向こう側に佇む砂丘の一部が四〇フィートほど摩滅していることに気づいた。つい最近のことだったが、その砂丘の縁から四〇フィートにわたって亀裂が生じて、海岸一帯に土砂が流れ出ていた。しかし、私にはこの辺の砂丘の膨大な量の砂が削り取られていることなど知る由もなかった。それは年間、全体をざっと大まかに捉えると、六フィートにも及ぶのだ。数年に及ぶ時間、あるいは一世代程度の期間を要して、単に経過観察だけに頼って安易に結論を導き出すことほど危ういことはない。もしかしたら、コッド岬は持ち前の胆力を発揮し、大方の予想を覆して、これからもどっこいしぶとく生き続けるかもしれない。場所にもよるが、漂着物を拾う者たちが歩いた小径ですら、数年間もの長きにわたって砂丘の斜面に残っていることも稀にあるのだ。この土地に長く住む老人が語ってくれた話だと、一七九八年にこの灯台は建設されたが、その時の試算としては、毎年じわりじわりと柵の高さくらいの分量の砂が斜面を流れ下るとしても、その先四五年までは何とか持ちこたえることができるだろうと、その耐用年数を割り出したというのだ。「けれども」と、老人は言った。「実際、灯台は未だに健在な状態じゃないか」（ただし、これはこの砂地の近くに存在する別の灯台について語った言葉だが、それは砂丘から二〇ロッドも離れていた）。

コッド岬全域にわたって、海岸浸食が顕在化している訳ではない。ある人はこんなことを言っている。随分と以前にプロヴィンスタウンの北側で座礁した船の遺骨（彼の言葉を援用すればだが）が、現在の海岸線からかなり陸地に入り込んだ場所に半ば砂の中に埋もれている状態で確認できるという。これは推測だが、多分、クジラの骨格を構成する湾曲した肋骨材の隣にでも転がっていたのだろう。住民の話の概要を掻い摘んで説明すると、コッド岬の両岸付近はたしかに浸食が進んでいるが、チャタム・ビーチ、モノモイ・ビーチ、さらにビリングズゲート岬、ロング岬、レイス岬などの南側と西側の地域では、むしろ土地面積が拡大しつつあるらしい。アメリカの地誌学者ジェイムズ・フリーマンは、その時代の五〇年間に三平方マイル以上もの陸地面積が増加したというのだ。驚くことに、現在も相変わらず土地は広がり続けているらしい。一八世紀発行の『マサチューセッツ・マガジン』の中で、一人の執筆者はこう記している。「イギリス人が初めてコッド岬に定住した頃、チャタム沖から三リーグ離れた場所に針葉樹のレッドシダーに覆われた広さ二〇エーカーに及ぶウェブ島と呼ばれた孤島があった。ナンタケット島の住民はそこから必要な薪などを運び入れたものだ」。しかし、彼の時代になると、一つの巨大な石だけがかつて島があった場所を示す目印になったというのだ。ちなみに、その付近の水深は六尋だと、彼は述べている。昔、イースタムにあったノーセット港の入り口は、現在、その南側に位置するオーリンズに移動しているし、ウェルフリート港内に点在する島々は以前砂洲で一つに繋がって浜辺を形成していた。いまでは小型の船舶が各島の間を往来している光景が見られるが、その他の場所でも、このような形態が数多く見られる。おそらく、大洋は岬の一部から奪ったものを他に与えているのだろう。たとえて言えば、ピーターなる人物から奪ったお金を、ポール何某に与えているようなものだ。

アメリカ東部の海岸を眺めてみると、どこの海岸も等しく浸食されているように見える。地層が波食によって削り取られ、海溝斜面から崩落した堆積物が海流によって運ばれるだけでなく、浜辺から高さ一五〇フィートの険しい砂丘の上に砂粒が直接吹き上げられる。そうなると、元の地面を数フィートも覆ってしまい、さらに厚みを増すのである。もし、あなたに機会があるならば、砂丘の縁に腰を下ろしてみるがよい。瞬く間に、眼内が砂で占められてしまうだろう。つまり眼球そのものが証明してくれることになる。このようにして、砂丘の標高が低くなると、一瞬でまたその高さを取り戻すのだ。

この砂地は驚異の速度で絶えず西方に向けて動いているので、現在の住人の記憶でも「一〇〇フィート以上は動いた」と、言われている。その結果、湿草の泥炭地は砂の下深くにすっぽりと埋もれてしまっているので、仕方なく泥炭を掘り出している場所も散見される。ところが、別の場所では、広い面積を占める泥炭地が何フィートも深い岸辺の砂の中から露出しているので、そこから泥炭を採取しているのだ。こうした観点から判断すれば、以前、私たちが打ち寄せる波の泡の中に見た大きな泥炭の塊についても合点がいく。牡蠣の養殖業に携わる古老の話だと、彼の家の東側の大西洋岸に近い沼沢地で、一頭の家畜がそのぬかるみに落ちて沈んでしまったことがあるという。二〇年前にはその沼沢地は完全に姿を消してしまっていた。ところが、その後になって、同様の沼沢地がまた現れそうな気配があるというのだ。古老はこんな話もしていた。ある天気の良い日に、彼はたまたまビリングズゲート岬から三マイル離れた湾内にいて、小船の縁から身を乗り出して海の底を覗き込んでいたところ、そこに「荷馬車の車輪ほど大きなヒマラヤスギの切り株」が沈んでいることに気づいたらしい。どうやら、その辺りは最近まで陸地だったらしいというのだ。別の人の話を聞くと、何年も前のことらしいが、トゥルーロのイースト港の湾側、すなわちコッド岬の幅が極端に狭くなっているところに一艘の丸太式のカヌーが沈んでいたという。それが遂に大西洋側に出現したそうだ。ということは、岬がこのカヌーの上を転がって移動したことになる。地元の一人の老夫人が言う。「ほら、ね。コッド岬は動いていると言ったでしょ。それは正しかったわ」。

嵐に見舞われる度に、海岸沿いの砂洲はそっと少しずつ移動しているのだ。中には完全に消滅してしまうところもたまに見受けられた。一八五五年七月のことだったが、私たちも自ら夜の高潮に加えて嵐も発生した状況を目撃することができた。その結果、広域かつ極めて甚大な被害がもたらされた。嵐は深さ六フィート、幅三ロッドにわたる灯台の向こう側の浜辺の堆砂をあっという間に持ち去ってしまったのだ。それは私たちの目が届く南の端から北の果てに至るまでの広範囲にわたる面積だった。そして、嵐は何処ともなく消え去ってしまった。それによって、ある場所では、以前には視野に入らなかった高さ五フィートもある大きな岩盤が露わになった。ただし、その分、浜辺の幅が狭くなっている。すでに触れた通り、コッド岬の裏側では乱流状態で流れが激しいために、せっかくの海水浴も楽しむことができないのが一般的である。私たちが少し前にそこを訪れた時には、その三か月前に沿岸流の影響を受けて、灯台の近くに長さ二マイル、幅一〇マイルにわたる砂洲が形成されていた。それは一種の防波堤の役割を果たすので、そこを越えて海水が流れ込むことはない。そうすると、砂洲と海岸の間の地域が四分の一マイルにわたる狭い入り江に変貌するのである。その結果、それが海水浴に快適な場所となる。この入り江では砂洲が北方へ動くにつれて、時として海水の侵入が阻止されることもある。ある時などは、四〇〇匹から五〇〇匹のタラなどの魚類が死滅するといった事態を招いたこともあった。そこでも海水の満ち引きは激しく、いつの間にか砂浜が入り江になっていた。住民たちはいかにも自信ありげに語る。この砂洲も二、三日中には完全に姿を消すだろうと。そして水深六フィートの海岸に変貌しても不思議ではないというのだ。

これも灯台守の話だが、強めの風が陸地から海辺に向かって吹き付ける時は、白波が砂丘の砂を徐々に浸食するという。その逆の風向きだと砂粒を奪い去ることはないというのだ。前者の風向きだと、湧き上がった気嵐《けあらし》が水面を高く盛り上げる。その一方で均衡を保とうとして強い引き波が砂粒や船の残骸を海へと持ち去ってしまうから、浜辺を逍遥することは困難である。また後者の場合は、引き波が岸辺に打ち寄せる時に豊富な砂を運び入れてくれるというのだ。そうなると、風が陸から岸辺に向かって吹く時、海の遭難者がその岸辺に辿り着くことはさらに困難を極めることになる。したがって、その逆の場合は容易だ。自らが形成した砂洲の上で次の水面波と衝突する引き波は、ダムのような形態の一部を形成する。それは水面波が砕け散って作られた垂直な壁なのだ。海は砂洲を呑み込む前に、まるでネコがネズミと戯れているかのように、それを咥えて陸地とはしゃいで楽しむのである。だが、やがて砂洲を巡って致命的な思わぬ事態が必ず巻き起こる。海は強欲な東風を見送って陸地を奪い取るが、その餌食を遥か遠くに持ち去る前に、陸地は正直者の西風を送って一部の失地回復を行うのだ。しかし、アメリカの海軍士官デイヴィス中尉が漏らした話によれば、砂洲や砂丘の形態、規模、分布状況は風や波の影響ではなく、主として潮流の流速と流向によって決まるものだという。

宿屋の主人はこんなことを言っていた。ハリケーンが一直線に陸地に向かって襲撃してくると、一本の流木すら浜辺に打ち上げられないが、潮汐に由来する海面変動で上げ潮になると、直接北方向に流れる沿岸の潮流に乗って、すべてのものが人の歩く速度を保ちながら北方向を目指して運ばれていくのを眺めて驚いたというのだ。どんなに泳ぎが得意な人でも、この潮流には抗えず、一インチたりとも浜辺に接近できないだろうと言い切った。巨大な岩塊であっても、浜辺に沿って半マイルも北方に動いたことがある。宿屋の主人はさらに次のように力説した。コッド岬の裏側で渦巻く海のうねりは、なかなか鎮まらないという。常に人間の背丈ほどの荒れ狂う高波が押し寄せているので、安易に小船を出すこともできない。風が止んで海面が最も静かになる時が訪れると、あるいは船板に摑まって海の方へ出ることは可能だろうが、それでも六フィート、ないしは八フィートの高波が襲いかかる場合もあると言うのだ。既出のシャンプランもポアトランクールも、一六〇六年には高波の影響を受けて、自力では上陸することはできなかったが、幸いにしてインディアンたちが彼らの船までカヌーで漕ぎつけたと記録に残っているようだ。フランスの航海者シュール・ド・ラ・ボルドは、自分の著書『カリブ海のことども』（私の手元にあるのは、アムステルダムで出版された一七一一年度版である）の五三〇頁に次のようなことを記述している。

「クルモン・ア・カライブは、いわば星であり神のような存在なのだが、彼は大波を発生させてインディアンのカヌーを転覆させる。大波とは長い切れ目のない波を意味し、浜辺の端から端まで一直線上の大波を形成して陸地に押し寄せるので、その時いかに海が凪いでいても小船やカヌーは太刀打ちできずに転覆沈没してしまうだろう」。

しかし、マサチューセッツ湾側の状況と言えば、海面は湾の端であっても、穏やかな湖面のようにさざ波一つなくひっそりと静まり返っている場合が多い。また、大西洋の浜辺の側においては、小船を漕ぐ機会はまずない。ハイランド灯台近くの沖には一艘の小船が停泊していたが、灯台守の業務を引き継いだ後任者の話だと、この一年間でその小船を使用したことは一度もないという。岸辺の付近は魚がたくさん獲れる良い漁場に恵まれているというのに。およそ救命用の小船は緊急時の対応などできないのだ。潮位が高くなれば、どんなに巧みに小船を操る技術を持っている人であっても沖に乗り出すことは不可能である。次から次へと続けざまに押し寄せる湾曲した形状の砕け散る波がアーチ状に盛り上がり、その煽りを受けて小船が浸水して浮力を失う。あるいは船首が大きく空中に持ち上げられた後、小船の中のものはすべて放り出されてしまう。長さ三〇フィートの帆を支えるための垂直な円材も同様の運命だ。

ある人に聞いた話だが、何年か前の波が凪いで穏やかな日に、二艘の小船に分かれて乗り込んだ人たちはウェルフリートの裏海岸から離れて釣りに出た。やがて魚をいっぱいに積んだ二艘の小船は岸に戻ろうとした。その時、晴天で風もないのに大波が海岸に押し寄せ、恐怖に度肝を抜かれてしまい、なかなかその中に突入できないままでいた。当初は乗組員のみんなで相談して、プロヴィンスタウンの方向に舵を取ろうとしたが、すでに宵闇が迫っており、しかも目的地は遥か彼方にあった。もはや施す手段もなく万策尽きた状態に思えた。岸辺に近づいた瞬間、岩場に砕け散る波の飛沫が行く手を阻む恐ろしい光景に乗組員全員は戦慄した。つまり、彼らはすっかり怯えきってしまい肝が縮み上がってしまったのだ。結局、片方の小船は捕獲した魚をすべて海中に投げ捨てて、波の動きを睨みつつ、巧みな操作と運を天に任せて陸地に辿り着くことができた。しかし、彼らはその責任を取らされることを案じて、もう一方の小船には適切な指示を送らず、しかも舵取りの技術の未熟さもあって、もう一つの小船はたちまちのうちに浸水してしまった。だが、そんな劣悪な状況下であっても何とか全員が救出されたという。

比較的小さな風浪であっても、船の木材に打ち込まれた鉄釘が腐食したことで生じる「ネイル・シック」によって、船の不規則な揺れは続くようだ。灯台守の話だと、最大級の風が長時間にわたり吹き寄せた後には、三つの大波が連続して押し寄せて来るらしい。しかも、波のスケールはだんだん大きくなる。それからしばらくの間、荒れた大波は静まると言われている。小船で陸地に接近する場合は、最後の大波に乗って上陸することが肝要とのことである。一七世紀イギリスの著作家サー・トマス・ブラウン（ジョン・ブランド『民間古俗』三七二頁引用）は、「一〇番目の大波がどの波よりも大きくて危険である」という事象に関して、古代ローマの詩人オウィディウスの次の詩を引用して、このように述べている。

すべてのものを呑み込んでしまう大波は来りぬ、
それは九番目に続いて一一番目にも

〔オウィディウス『哀歌』より〕

「とはいうものの、これは明白な誤謬である。海岸や海上での観察によって立証されたものではないからだ。私たちはその両方の場所において波の変動性について探求心をもって取り組んだことがある。潮が満ちたり引いたりする現象に関して、一般的には恒常的な事象が特定の結果をもたらすものだ。そこには常に付随性が伴う。だが、それと同様の規則性を海で発生する特殊な現象に適用して期待することはできないだろう。潮汐現象は付随的な動きに過ぎないし、風、嵐、岸辺、浅瀬など、その中間に存在するあらゆる障害によって不規則変動を誘発するからである」。

クレイ・パウンズという名の地名だが、それは「船が疾風に煽られて衝突するという意味から派生している」と、こんな記述をかつて読んだことがある。しかし、その由来はどうも怪しいと思う。この付近には粘土層が厚く堆積する小さな湖が点在するが、以前は「クレイ・ピッツ」（粘土層の窪地）と呼ばれていた。おそらく「クレイ・ピッツ」とか「クレイ・ポンズ」といった名称がクレイ・パウンズの原型だろう。地表水は粘土層の上でたゆたう。ある男が砂丘で井戸を地中深くまで掘ってみたが、一滴の水すらも出て来なかったと嘆いたそうだ。

すっかり露わになったハイランドの土地の上を一陣の疾風が吹き去っていく。七月を迎えても、強い風は若い七面鳥の羽を瞬時にして頭部に被せて覆ってしまう。怒濤の如く渦巻く疾風は家の戸口や窓までも粉々に破壊してしまうし、大西洋の方向へ吹き飛ばされないようにするためには灯台にでもしがみ付いて離れないようにするしか術はないほどだ。この辺の土地では冬の嵐の日には浜辺に佇むだけでも、動物愛護協会から表彰されそうだ。嵐の本当の恐ろしさを知りたければ、アメリカ北東部の最高峰ワシントン山の頂上か、トゥルーロのハイランド灯台の麓辺りに住居を構えることだ。

一七九四年には、マサチューセッツ州の南東に位置するバーンスタブル郡のどの地域よりもたくさんの難破船が、トゥルーロの東海岸に打ち上げられたと言われている。こうした海難事故をきっかけに灯台が建てられた後でも、嵐の後の海象を一因とする海難事故は続いており、いまでも一日に一、二隻の船が難破したという記事を目にすることがある。また一日に一二隻もの船が難破し、その残骸が目撃されることも稀ではない。ある時などは、住民が暖炉を囲んでのんびりと憩いのひと時を楽しんでいると、船が嵐に遭遇して難破してしまい、粉々に砕け散る音が聞こえて来たという。そうすると、彼らはそれを忘れ難く思い、暦に刻むのである。もし浜辺の歴史を最初から最後まで書き記すことができれば、通商産業政策史に関わる資料群の中でも貴重な頁を担うことになるだろう。

トゥルーロに入植が始まったのは一七〇〇年である。その当時は「デインジャラス・フィールド」〔危険な荒野〕という名称であった。何とも当時の土地柄を反映した命名のようだ。その理由については、私は後日、パメット川の近くの墓地で、次のような墓石に刻まれた文字を見て知った。

あの忌まわしい荒天に襲われ、
海底に沈んだ七隻の船、それと運命を共にした
トゥルーロの五七名の聖なる市民に捧ぐ
一八四一年一〇月三日

彼らの氏名と年齢は、遺族により墓石の側面に刻まれた。彼ら乗組員はジョージズ・バンクで遭難したと思われており、唯一、一艘の船がコッド岬の裏側に辿り着いたが、乗組員の男子はキャビンに閉じ込められたまま溺死したと伝えられている。海難事故に遭った人たちの家は、すべて「二マイル以内の範囲」にあったようだ。同様の強風の被害により、デニスの住民は二八名が亡くなっている。ちなみに「コッド岬付近では、この嵐の直後に一日で一〇〇人に及ぶ屍が埋葬された」という記録が残っている。トゥルーロの保険会社は、専属の船長不足のために事業活動の停止と破産を余儀なくされた。それでも、遭難からの生存者は、翌年になるといつもの通り漁に出た。コッド岬の周辺では、その海難事故のことに触れることは禁物のようだ。

どこの家族も身内から何人かの犠牲者を出しているからだ。「あの家には、どんな方が住んでいるのですか?」と私は訊いた。すると「三人の後妻だ」と答えが返ってきた。余所から来た人と住民は、それぞれ岸辺を見る視線がまったく違う。前者は容赦なく襲い来る嵐の海を見渡して感動するかもしれないが、後者は肉親が遭難した場所として悲痛な思いで眺めるのだ。軽度の視覚障害を持った漂着物拾いの老人が、砂丘の縁に腰を下ろしてマッチで火を点けたばかりのパイプを吹かしていたので、私は敢えて波の音を聞くのが好きなようだけど、と彼に尋ねた。「いや、そんなことはない」と、老人は答えた。この老人は前述の「あの忌まわしい荒天」により、愛息を一人失っていたのだ。この付近での海難事故に纏わる目撃証言なら、彼はいくらでも語れるだろう。

一七一七年のことだったが、ベラミーという悪名高き海賊は自ら襲撃した二本のマストを持つスノー帆船の船長をこんな風に威嚇して脅した。プロヴィンスタウン港の方向に舵を取ってくれたら、この船を返してやってもよいと。ところが、船長は船をウェルフリート沖の砂洲へと向けたのだ。言い伝えによれば、船長は炎を上げて燃えさかるタールの入った重い樽を海中に投げ込んで岸辺の方向へと流した。海賊たちはその樽の後を追った。ところが、激しい嵐に巻き込まれてしまい、船全体は粉々に破壊されてしまったという。その結果、一〇〇体を優に超える遺体が岸辺に流れ着いたと伝えられている。そして、この遭難から生き残った六名は刑場の露と消えたのだ。ウェルフリートの歴史家はこのように述べている。「現在（一七九三年）でも時折、ウィリアム＆メアリー銅貨やコブ銀貨が発見されることがある。海が大荒れになると砂洲の砂が動くので、引き潮の時になると、この船〔ベラミーの私掠船〕の鉄製の調理室を覗き見ることができる」。別の人物の話だと、「この海難事故発生後から何年もの間、とても怪しげな格好をした一人の強面の男が、決まって毎年春と秋にコッド岬周辺を訪れ、方々を旅している様子が目撃されている。この男は例の海賊ベラミーの子分だと思われていた。巷の噂では、急場を凌ぐための策として海賊の隠し金を目当てに、その秘かな隠し場所にやって来て適当な金を持ち出しては不足分を補塡していたようだ。その男の死後に、いつも着用していたガードルの中から大量の金貨が見つかった」とのこと。

前回、ここを訪れた時は、浜辺を気ままに逍遥しながら美しい貝殻や小石を探して楽しんだものだ。既述したように、あの忌々しい嵐が大量の砂を海底に運び去った直後でもあり、まさかコブ銀貨を見つけ出すことができるなんて想像もしなかった。ところがそれだけではない。砂丘の砂が深くえぐり取られた基底部の真下にある、まだ湿り気を保ったままの高水位を示す砂の上で、私は実際に一ドル六セントの価値はあるだろうと思われるフランスのクラウン銀貨を拾い上げたのだ。それは黒みを帯びた石盤色で、平坦な小石のような形をしていた。その銀貨にはいまでもルイ一五世の凜々しい顔が鮮明に残っているし、その裏側には〈主の御名は褒めたたえられよ〉と、例の有名な文句が刻まれている。いかなる物であっても、海岸の砂地の中に埋もれていた文字を読むのは実に愉快なことだ。しかも、私は一七四一年という年号まで判読できたことが嬉しい。最初のうちは、いつもの通り、せいぜい古いボタンの類だろうくらいにしか思っていなかったが、ナイフで削っているとすぐに銀だと分かった。その後で、のんびりと引き潮の砂洲を歩いていたら、友人を見つけたので一泡吹かせてやろうと思い、指で円形の貝殻を挟んで高々と上に差し出したところ、彼は着ている物を脱ぎ捨てて、急いで私を目掛けて駆け寄って来た。

アメリカの独立革命の時代に、サマーセット号というイギリス軍艦がクレイ・パウンズの近郊で難破し、乗員の数百人が捕虜となった。この件に関して縷々語ってくれた人物は、この事件に纏わる歴史書をこれまで見たこともないと言った。とにかく、捕虜の一人が偶然にも残した銀製の懐中時計が存在することは承知しており、それがその事件のことを雄弁に語るだろうと言うのだ。実のところ、この事件に関心を持っている作家は幾人もいる。

翌年の夏、私はチャタムから来航したスループ型帆船が、近くの沖合で錨と鎖を見つけ出そうと海底深くを探している光景に遭遇した。この船は何艘もの小船を海上に下ろして作業を遂行させていたが、船本体はいろんな方向に針路を変えながら、何かを見つければそれを引き揚げて船内にばら撒いていた。男たちはその種の業界で契約社員として働いており、今日のような晴天の日に海底に沈んだ錨や海の藻屑と消えた船乗りたちの信念や夢の欠片を探していたのだ。何とも奇妙な仕事があったものだ。この錆び付いた錨は何かの理由があって二〇〇年ほど前に鎖が切れてしまい沈没した古い海賊船のものか、あるいはノルマン人が操った漁船のものだろうか。次の錨は仕事ぶりが良かったカントンかカリフォルニアの船の上等な船首の錨だったかもしれない。もし、精神という海の停泊地で、こんな調子で何かを捜して水底をさらってみれば、希望を纏い錆びた錨掌や欺かれ裂断された信仰という名の鎖などが次々と船内に引き揚げられ、ついには拾得者の船はその重さで沈没してしまうだろう。あるいは、最後の日が到来するまで新たな貯えとなるかもしれない。海底にはその深浅にかかわらず、たくさんの錨が転がっている。そうした錨は砂を被ったものや、そうでないものなど、様々な形態が存在する。ひょっとすると、短い鎖が付いたままのものもあるかもしれない。そうすると、その鎖のもう一方の端は果たして何処に？　それに関しては様々な角度から考察したが、どうにも埒が明かない。もし海中に吊り下ろすダイビング・ベルを使って精神の海底を探せば、鎖が巻き付いた錨をきっと見つけ出すことができるだろう。その様子は、まるで酢漬けのウナギが抗うように身をよじりながら海底に引っ掛かろうとしているかのようだ。しかし、他人が失ったものは、私たちの財宝にはなり得ない。むしろ、誰も見つけられなかったもの、見つけることができないものを探すことだ。海底に沈んだ錨鎖を貪欲に求めるようなチャタムの男たちにはなりたくないものだ。

この貪欲に富を求める浜辺の歴史を誰が書くというのだ。およそ難破に遭遇した船乗り以外にいないだろう。深刻な危険に晒され、悲惨な状況にあった者がその末期の眼差しを浜辺へ向けたとすれば、その人数はどれほどだろうか？　たった一つの浜辺が、どれほどの数の人間の悲惨と困苦の有様を目撃してきたことだろうか。古代の人たちであれば、それをギリシア神話に登場する海の魔物スキュラやカリュブディスよりも恐ろしい、歯をむき出しにして口を大きく開けた海のモンスターとして描写することだろう。トゥルーロの住民の一人が語ったところによれば、セント・ジョン号がコハセットで座礁して二週間ほど経過したある日、彼はクレイ・パウンズの岸辺に漂着した二名の遺体を発見したそうだ。一人は男性、もう一人はまるまると肥え太った女性の遺体だった。男の方は大きめの長靴を履いていたが、頭部は切断されていた。「すぐ傍に放置されていた」。その光景にショックを受けた彼は、立ち直るのに何週間もかかったようだ。多分、二人は夫婦だったのだろう。縁結びの神の御利益を得て夫婦となった二人を海流も引き離すことができなかったのだ。果たして小さな偶然の悪戯なのか、どうして二人が一緒になって漂流できたのか。乗客の遺体の中には、遥か遠方の海上で発見され、棺に納めてから海中に沈められたものもあれば、漂着した岸辺で埋葬されたものもある。いかなる海難事故の場合であっても、海上保険業者の目論見を凌駕するような複雑な因果と利害関係が背後に潜む。メキシコ湾流は遭難した遺体を潮の流れに乗せて故郷の岸辺に送り返すこともあれば、誰も知らない暗い洞窟の中に押し込んでしまうこともある。いずれにしても、時間と外的要因によって人骨は変容し、後世に新たな謎を提供することになる。さて、話を本題に戻そう。

厚い粘土層が堆積した上にある砂丘で、その年の夏に数えてみたら、小型のショウドウツバメの巣穴が六ロッド平方の範囲の中に二〇〇か所も見つかった。その三倍にも及ぶ地域には少なくとも一、〇〇〇羽に達する親鳥が棲み着いていたのだが、たまに磯波帯の上で声高に囀ることもあった。以前なら、このような鳥の多く棲む砂浜の情景を想像すらできなかった。ツバメの巣を探していた少年は八〇個ものツバメの卵を見つけたことがあるという。この件、どうか愛護団体には内緒にしていただきたい。巣の下の粘土層の上には、たくさんの雛が落下して死んでいた。その他にも、多くの黒い羽毛を持った長い尾のクロウタドリが乾燥した野原をおろおろ飛び回っていた。灯台の近くでは、大型のマキバシシギが繁殖している様子を観察することができた。灯台守は、以前に草刈り中に鳥が卵を温めているにもかかわらず、片方の羽を切り落としてしまったことがあるらしい。秋のシーズンともなれば、この辺りはチドリ科ムナグロ猟で大いに賑わう。猟師たちの格好の狩りスポットなのだ。湖の岸辺の周辺ではトンボやチョウが羽ばたく姿が見えるようになるが、驚くことに、この辺りでも同じ季節になると、もう一回り二回りほど大きなトンボが砂丘の縁に沿って忙しく飛び回っていたし、チョウも砂丘の上で、ひらひらと優美に舞っていた。私はこれまで、羽でブーンと音を立てるカナブンや多種多様の甲虫類が、これほどたくさん浜辺に散らばっている光景にめぐり合えたことはない。こうした昆虫たちは、夜の間に砂丘を越えて飛び込んで来たのだろうが、それ以上舞い続けることができず、力尽きて海中に落下し、岸辺に漂着したと思われる。その中には灯台の明かりに導かれるように飛び込んで来た昆虫もいたようだ。

クレイ・パウンズは他の地域よりも肥沃な土壌に恵まれている。私たちは、ここでトウモロコシや根菜類などによって彩られた立派な野菜畑を見つけた。コッド岬周辺の植物は総じてそうであるように、土壌中に茎や葉物はうまく育たないが、蒔いた種はしっかりと実を結ぶ。トウモロコシの背丈は内陸産のものより半分も伸びていなかったが、トウモロコシの実は大きく先まで詰まっており、ある農夫の話だと、人が肥料を与えなくても、一エーカーにつき四〇ブッシェル、肥料を与えた場合は六〇ブッシェル分の収穫量になるという。ライムギの穂もだいぶ大きめであった。華麗な白い花を付けるザイフリボク、ビーチ・プラム、そしてブルーベリーなどはリンゴの木やオークの木と同じように背丈が低く、砂地に繁殖していたが果実もたわわだった。ブルーベリーの背の高さは、ほんの一、二インチ程度で、その実は地面に接している場合が多い。だから、草木の一本も生えない殺伐とした砂山であるにもかかわらず、不用意に踏んでしまうまでは、そこに灌木が存在していることに気づかないものだ。

この土壌が非常に肥沃である理由は何か、それは空気中に含まれる水分量の多寡に由来するものだと思う。というのは、朝早くに、そこにわずかに生育している草の葉が朝露にびっしりと濡れている情景を見たことがあるし、また夏になれば辺り一面にもうもうと立ち込める濃霧が真昼まで晴れないのだ。そうなると、まるで顎鬚が喉の辺りまで湿ったナプキンのようになる。こんな霧に包まれると視界は真っ白になり、ここに一番長く居る人であっても、すぐ近くにある家を目前にしながら道に迷ってしまい、仕方なく道しるべとなる浜辺に沿って歩くより方法はなかった。灯台の近くに佇むレンガ造りの家は、そのような湿度が高くなる時期になると、たとえば室内に置いた便箋などはまったく使い物にならなくなってしまう。近くで泳いで楽しんだ後にタオルを乾かしたり、カビに悩まされないように押し花を作ることも難しいだろう。湿った空気の影響で唇は塩の味がしたけれど、不思議なことに喉はあまり渇かなかった。塩が頻繁に食卓に供されることはないし、宿屋の主の話だと、家畜のウシに塩分を補給しようとしても、だいたいはそっぽを向かれてしまうらしい。何しろ、いつも草や空気に含まれる塩分を過剰に摂取しているからだ。しかし、病気に罹ったウマや地方から来たばかりのウマは、大量に塩分を摂ることもある。どうやら彼らは塩味好きで、それによって体調にもよい影響があるらしい。

七月の初旬の頃だったろうか、セイタカアワダチソウの穂先の芽の部分がたっぷりと水分を含んでいたり、カブ、ビート、ニンジンなどが、すべて乾燥した砂状の表土にもかかわらず、すくすくと成長しているのを眺めていると、私は内心驚きを隠せなかった。私たちよりちょっと前にその砂地付近を通りかかった旅人の一人は、ちょうど満潮時における海岸線の辺りに何か緑色のものが生育しているのに気づいたようだ。そして、彼は徐にそこに近づいた。それは難破船のフランクリン号から零れ落ちたと思われる種がすくすくと育って苗になったものだったという。さらにビートやカブは、コッド岬の周辺では肥料として使用されている海藻の中でもとりわけしっかりと成長していた。なるほど、いろいろな種類の植物が島や陸地を問わず世界中のあらゆる場所で広く繁殖している様子が窺えるのも当然だ。種々雑多な植物の種を積んだ船が目的地の港を目指し、各地の寄港地を巡っている最中に嵐に遭って難破し、無人島に漂着するという不運に見舞われた。その際に乗組員は全員死んでしまったが、船に積まれた種の一部だけが生き残る場合もある。希少種を含む夥しい種類の種の中で、一部のものはそれに適した土壌と気候を探し出して生息し、本来自生していなかった帰化植物となる。ついには在来種を排除してしまい、そこに住む人々の環境に適するように変化を遂げることになる。「甲の損は乙の得」、すなわち誰の得にもならない風は吹かない。どんな風でも誰かには幸運を運ぶものである。深い悲しみに包まれた不慮の事故が、こうした形で新種の植物が大陸の種苗に混入し移植されることになると、結局は住民が自然環境の恵みを享受することにもなるのだ。

あるいは、風や海流の影響によって、人間の介在もないままに同様の結果をもたらすこともある。たとえば、浜辺に広く生育しているみずみずしい植物はその好例だろうし、ビートやカブもそうした類の植物群の中に含まれるのではないだろうか？　もしかしたら、それらの種は元々、別の地に移植して生育させるために海に投げ込まれたのかもしれない。もっとも、フランクリン号のようにその正体は詳らかでないが。遥か昔の話になるが、ベルなる人物は園芸植物とされるハナダイコン、塩性植物のオカヒジキ、ユキソウ、ビーチ・グラス、セリ、ヤマモモ、小さなヒースのようなポバティー・グラスなど、いろんな種類の植物の種を船に積み込み、それぞれの種に適切な説明書を添付して、どこかに相応しい苗床を作ろうと、渡来したのである。彼はその目論見が外れ、落胆したようだが、結果的には苗床の計画は成就したことにはならないだろうか？

私はその夏に、灯台の周辺でヒメハギや白いマキバアザミの平らな花々が地面を隠すかのように放射状に広がっているのを見た。また、灌木の中には多年生植物のシオデが顔を覗かせていた。このシオデは、一般的には寒さの厳しい北方では育たないと言われている。およそ半マイル南方に位置する砂丘の端辺りには、紫色の花に黒い球状の果物が実るツルコケモモが直径四フィート、ないし五フィート、高さ一フィートの大きさに成長していた。その辺りを眺めていると、瑞々しい新緑が映え渡る小さな丘のように思えた――それはマサチューセッツ州では、普通、プリスマ付近にしか見られないと言われているのだが——。これなどは旅人用のスプリングの効いたふんわりしたベッドとしても役立つかもしれない。私は、その後、プロヴィンスタウンでそれを見かけたが、緋色の花を持つ草本で、「貧しき人たちの晴雨計」と揶揄される華やかなルリハコベが、からっとした晴天の日には砂地の一ヤード四方にわたって咲き誇り、私たちを快く歓迎してくれた。マサチューセッツ州のヤーマスから先では、金色のアスター、あるいは食べることはできないが、時にはクランベリーほどの大きな実にまで成長するディアベリーに遭遇した（九月七日）。

私たちが滞在していたハイランド灯台は、頂に鉄の帽子を被ったような感じで、全体が白塗りの、見るからに静かな存在感を放つレンガ造りの建物だった。それに付属する灯台守の家は政府機関が建てたもので、やはりレンガ造りの平屋だった。灯台に宿泊することが決まった時点で、この稀有な機会を逃すまいと灯台に明かりを灯すところを見たい旨を主人に申し出た。すると、灯台守の男は夕刻早めに日本製のランプを取り出すなり、いつもよりもたくさんの煙をくゆらせながら灯台の明かりを灯すと、自分の後に付いてくるように合図した。最初に灯台に一番近い灯台守の寝室を通り抜け、それから監獄の入り口のように白塗りの壁に挟まれた、しかも低い天井に覆われた狭くて長い通路を通過して灯台の下層部に入った。そこにはオイルの入ったたくさんの大樽が所狭しと並んでいた。その辺りからオイルとランプの煙の臭いが次第にきつくなってきた。その臭いを嗅ぎながら簡素な鉄製の螺旋階段をひたすら登っていくと、鉄の床のトラップドア、すなわち開き戸に行き着いた。そこを通り抜けると、とうとう灯室という明かりを灯す部屋に到着した。そこは隅々まで整理整頓の行き届いた部屋で、付属品などがオイル燃料の不足により錆びる心配はないだろう。灯火は直径二一インチの滑らかな球面の凹面側を鏡面とした反射鏡に内蔵された一五個の石油ランプの一種であるアルガンランプから成っていた。それらが上下二段の水平構面を構成するように配置されていて、そのすぐ下のコッド岬は別にして、灯台の明かりは四方を照らしていた。灯火は二、三フィートの間隔をあけて大きなガラス窓で囲まれていた。また、そうした窓は鉄製の屋根を支えている鉄製の窓枠によって激しい風雨から守られていた。床面を除けば、すべての鉄構造物は白いペンキ塗装が施されていた。灯台はこのようにして造られていたのである。

私たちは灯台守が一つ一つのランプに火を灯していくのを追って、狭い空間をゆっくり進んだ。そして、海洋に出ていた大勢の船乗りたちがハイランド灯台の明かりを目にしてから、やっとのことで灯台守と言葉を交わすことができた。灯台守の務めはオイル量が不足していれば補充し、灯油ランプの芯の先をカットして整え、火を灯すことである。それに加えて、常に反射鏡を磨いて綺麗にしておくことだ。彼は毎朝、オイルを補充し、いつもは夜のうちに芯をカットして整えていた。彼は供給されるオイルの劣化やそれに伴う不具合について不平を漏らしていた。ハイランド灯台は年間およそ八〇〇ガロンのオイルを消費するので、一ガロンの価格が一ドルを上回ることはない。しかし、良質な燃料オイルを使用して、その性能を一段と向上させることができれば、幾分でも多くの人命救出に役立つであろう。別の灯台守の話だと、寒い日に固まったり白濁したりしないように調製された冬期用のオイルがアメリカの最北端の地域にある灯台と同じ割合で最南端の灯台にも使用されているようだ。

以前、この灯台の窓ガラスが薄くて小さかった時分には、激しい暴風雨に見舞われると窓ガラスが割れてしまうこともあった。その場合には、灯火と反射鏡を保護するために急いで木製の雨戸を閉めることになる。時折、大嵐が容赦なく襲いかかってきて、船乗りたちが灯火による道しるべを何よりも必要としている時には、まるでいまにも火の消えそうなランターンのようなもので、ほんの僅かな弱々しい光の明滅を陸地や風下に向けて発している存在に過ぎなかった。強風が吹き荒れる寒い冬などの場合、灯台守は到底その責任を果たせないのではないかと、不安を募らせていた。海難の憂き目に遭っているたくさんの哀れな船乗りたちが灯台守の自分を頼りにしているのに、それに十分応えることもできず、オイルは凍りつこうとしているし、ランプの灯はいかにも細くて暗い。何と心細いことか。時々、彼は真夜中に家でオイルを湯沸かし器の中に入れて温めてから、ランプのオイル補充を幾度もしなければならなかった。灯台の内部で火を燃やすと、窓に発生した結露でびしょびしょになってしまうからだ。灯台守の職務を引き継いだ次の人物の話だと、このような場合、火力はあまり強くならないようだ。それはすべてオイルの質の劣化が原因だという。地方行政の目論見としては、経費削減の一事。これに尽きるということになる。だから、夏期に使用する燃料オイルで冬の沿岸付近を照らし、遭難船の曳航を指示するのだろう。

翌年、私たちを厚く遇してくれた後任の灯台守の話だと、星凍る厳寒の夜にもかかわらず、ハイランド灯台に留まらず、それと隣接するすべての灯台も夏期用のオイルで対応していたが、彼は危急の事態に備えて僅かばかりの冬期用の燃料オイルを蓄えていた。ちょっとばかり心配事が頭をもたげて目を覚ますと、ランプのオイルが凍結してしまい、その明かりがほぼ消えかかっていることに気づいた。それから彼は何時間もかけてタンクの中身を冬期用のオイルと入れ替えて、何とか火を点けると外に目を向けた。近隣の灯台の灯は、いつもはよく見えるのに、その時は消えてしまって目に映らなかった。後で聞いた話だが、パメット川やビリングズゲートの灯台の灯も消えていたようだ。

私たちの宿屋の主人は、窓を濡らす霜も不安や悩みの種だし、蒸し暑い夏の夜には、蛾が窓に蔓延ってしまい明かりを遮断してしまうことにも頭を痛めているらしい。時たま、いきなり小鳥が飛んできて分厚い窓ガラスに衝突し、運悪く首の骨を折って翌朝には地面に落ちてピクリとも動かなくなっていたという。一八五五年の春、黄色い羽毛を持つアメリカ・フィンチやキヅタアメリカムシクイと思われる一九羽の小鳥が、この灯台の周辺に落ちて死んでいたのが見つかった。秋の季節になると、背中に金黄色の斑紋があるムナグロが夜、ガラス窓にぶつかり、その表面に柔らかい毛と胸の脂肪の一部を残していたという。

このように、灯台守はその尊い光を人の前に届けようと手段の限りを尽くした。なるほど、灯台守の仕事は大したことではないかもしれないが責任は重大である。ランプの灯が消えたら、彼も消えることになるのだから。もし瑕疵が許されるとしたら、せいぜい一度ぐらいだろう。

いままで気にも留めなかったが、よく考えてみれば、貧乏な学生が灯台の明かりの恩恵に浴することができずに、そこで生活しているとは、何とも身につまされる思いになる。別に船乗りたちの何かを奪い取る訳でもなんでもないのに。「そう言えば」と、灯台守は取って付けたような言い方をした。「そりゃ私だって、人目が煩ければ、たまに灯台の上に登って新聞を読むこともありますよ」。一五個ものアルガンランプの明かりを借りて、新聞を読むなんて、なんて贅沢なことだろうか。それも政府が配給したオイルを使ってまでして。せめて合衆国憲法を真面目に読んでほしいものだ。また、この人物には灯台の灯の下で世のつまらない本よりも、聖書のような啓蒙の理念を漂わせる書物を読んでほしいと思った。私の大学時代のことだが、クラスメートの中に大学の構内で広く使われている照明よりもずっと明るいと思われる、こうした灯台のランプの下でせっせと勉学に励んだ男がいたことを思い出した。

灯台から降りて、そこから一二ロッドくらい離れた場所まで歩いてみた。灯台と岸辺に広がる狭い帯状の土地は、反射鏡によって集められた光が焦点を結ぶまでの距離としては低過ぎた。したがって、私たちは灯台から放たれる潤沢な光の恩恵に浴することができなかった。ただ強烈な光を放つこともなくたゆたう弱々しい星影が目にたくさん映るだけだった。しかし、内陸の方へ四〇ロッド歩き進むと、不思議にもたった一つのランプの反射光の威力だけで文字を読むことができた。それほど良好な明るさを保っていたのだ。それぞれの反射鏡は個々に扇状の明瞭な光を発して、風車や窪地を照らしていた。他方、その間に挟まれた空間は影の中に埋没していた。この程度の明るさであれば、海抜一五フィートに佇む人なら、二〇海里遠方を眺め見ることができるだろう。私たちがいるところからは、コッド岬の先端に位置するおよそ九マイル離れたレイス岬の回転灯の明かり、プロヴィンスタウン港の入り口に位置しているロング岬の明かり、少し離れたマサチューセッツ湾の対岸付近のプリマス港の灯台の明かりが水平線上に浮いて見える星のように輝いていた。灯台守が語るには、もう一つのプリマス灯台はロング岬の灯台と同じ範囲を照らすために、その背後に隠れてしまい見えなくなってしまうらしい。船乗りたちは、時折、闇夜に刻々接近し、衝突されることを恐れるサバ釣りが乗る船の明かりや、農家の窓明かりによっても自分たちの航路を惑わされることがある。つまり、それらをよく知られた沿岸灯台の一つと取り違えてしまうことがあるようだ。彼らは自らの間違った思い込みや勘違いにもかかわらず、他人を理不尽な目線で捉えて、真面目な漁師や夜の団らんを楽しむ農夫たちに対して罵詈雑言を浴びせるのだ。

遥か昔、果たして天の摂理だったのか、神は灯台を建設するために、ここに大量の粘土質の土壌を投入したと言われている。灯台守に言わせると、本来この灯台は半マイルほどさらに南側に建てるべきものだったようだ。海岸はそこら辺りでやや深く湾曲し始めて、照らす明かりがノーセット灯台と同時に見えるだけでなく、その二つを見極めることもできるからである。現在、そこに灯台を建設する計画が進んでいる。コッド岬の最先端に建つ灯台は、近頃、他の灯台が周辺に幾つも建設されるようになったこともあり、その有用性を失いつつある。

この建物の壁には、灯台事務を主管する部局から届いた多くの服務規律を徹底する旨の通知が掲げられているが、それらはまるで一個連隊が駐屯して警備と訓練に励まなければならないような規則内容だ。その中には、このような事項もある。灯台守には日が高い時間帯に、沖合を通過する船舶数を記録に残す義務がある。ところが難儀なことに、一度に視野の範囲内にある船の数は一〇〇隻以上もあり、それもあらゆる方向に複雑に航行し、さらに水平線に向かって疾走する船も多い。そのような状況だと、灯台の前を航行する船を正確に数えるのは至難の業だ。ギリシア神話に登場する一〇〇の目を持つ巨人アルゴスよりもたくさんの目を持つことが要求される。しかも、動体視力が優れていることが条件だ。海の上で頭を前後に振りながら弧を描いて盛んに飛び回るカモメのような習性を身に付けていることが大事かもしれない。

後任の灯台守が私に語って聞かせてくれた。翌年の六月八日は、とても美しく晴れた朝だった。日の出とともに空が明るくなるのを待って灯台の明かりを消すことを日課としていた彼は、日の出の約三〇分前に目を覚まし、少しばかり時間があったので海の様子を見ようと海岸に向けて歩いて行った。砂丘の縁に辿り着いたので、ふと見上げてみると、驚いたことに、太陽はすでに水平線上にその姿を一部現していた。自分の時計の針に不具合が生じたものと思って、彼は急ぎ引き返した。実際、まだ時間的には早すぎた。だが、彼は灯台の灯をすべて消し終わると、下に降りて窓の外に目を向けた。すると、さらに驚くことに、太陽は前とほぼ同じ位置にあり、水平線上に三分の二ほど昇った程度であった。彼は部屋の向かいの壁の、どこら辺りに光が届いたかを教えてくれた。それから、彼は暖炉に火を入れる作業に取りかかった。それを終えて外を眺めると、太陽は依然として同じ位置のままであった。すると、彼はもはや自分の目が信じられなくなり、妻に声をかけてその位置を確認してもらった。やはり、彼女にも同じ様子が目に映ったようだ。海洋では何隻もの船が運航しているのが見えたので、その乗組員たちも太陽の光がその上に注いでいることに気づいていたに相違ないだろうと、彼は言葉を漏らした。時間的に言えば、太陽はおよそ一五分間、同じ位置に留まっていたことになるが、その後はいつものように天高く昇ってゆき、これと言って特別な変化は起きなかったという。海洋付近で起こる様々な現象には慣れている彼も、そうした事象にはこれまで出くわしたことがなかったようだ。私は敢えて口を挟んだ。水平線上にあなたに見えなかった雲がかかっていて、それが太陽とともに上昇したのだろうし、また、あなたの時計も他の時計と同様にそれほど正確ではなかったと思われるが、いかがだろうか。これに対して、彼はそんなはずはないと言わんばかりに、すぐさま首を横に振った。それでは、北アメリカの巨大湖スペリオル湖などで起こると言われる太陽浮上の磁場現象をどのように説明するのか。あるいは、それに類似した特異な事象ではないだろうか。たとえば、イギリスの著名な探検家サー・ジョン・フランクリンは、その探検記の中で北極海の沿岸にいたある日の朝、水平線上の海水と大気に大きな気温差が生まれる現象により、「太陽は正しい上昇の軌道を描く前に、その上部を二回水平線上に現した」と述べている。もともと何百万人の人の目には、太陽が地平線の下に沈む光景しか見えないか、あるいは日の出から一時間くらい経たないとそれを見ることができないと相場が決まっているのに、この噂の灯台守の目には、太陽がぬっと姿を現して浮上する光景が映し出されるのだ。そうだとすれば、彼は紛れもなくローマ神話に登場する曙の女神オーロラの息子に違いない。しかし、私たちのような世慣れた人間は、太陽浮上磁場の現象などに安易に惑わされることなく、燃料ランプの芯を適切にカットして整え、しっかりと最後まで灯りを照らし続けることだ。そんなところが、己の分に相応しいというものだろう。

この灯台守は次のような説明を施した。ランプの焰の中心部分は反射鏡の中央に寸分の狂いもなく適切に設置されなければならない。したがって、もし朝、不用意にも灯芯を適切な位置まで下げずにおくと、真冬の極寒の日に灯台の南側にある反射鏡を照らす太陽光が狭い範囲に集まって高温状態を作り出すレンズを通過したように灯芯に火を点けてしまう事態に陥るらしい。だから、正午などに上階を見るとすべてのランプの明かりが煌々と白く輝いているというのだ。発光しやすいという一定の条件の下では、太陽光エネルギーですぐに火を点けることができる。ただし、後任の灯台守の話を聞けば、そうした状況で火が点いたところを目撃したことはないが、ただ煙が上がったことは実際にあったようだ。

私は何とも不思議な土地へ誘われたものだ。翌年の夏も、私はそこに身を置いたが、どんなに空が晴れ渡っていても、潮の流れが変わったり、地表に薄い霧が煙のように立ち込めたりすれば、二〇ロッド離れた砂丘の端の景色が、あたかも地平線の上にある山の牧場のように思えたのである。私は完全に一杯食わされてしまったと思った。特に夜ともなれば、船乗りたちはたとえ陸地が見えていても、それは遥か遠くにあるものと錯覚してしまうのだ。なるほど、それで時々、浅瀬に座礁してしまうという訳だ。私はその意味するところがやっと理解できた。そ

れ以来一度、私は深くて暗い闇夜に、牡蠣採取の大型船に乗り込んでみた。そして、二〇〇マイル、ないし三〇〇マイル離れた沖合まで出た。間もなくして、儚くも海面から立ち上る薄

い霧に陸上も包まれ、船長がそれに気づく前に、船は衝突する可能性のある危険な領域にまで接近してしまい、とうとう唸るような磯波の音を至近距離で聞いて、私は初めて恐怖を感じた。私たちは大急ぎで大きく舵を切って、どうにか座礁の危険を免れた。私たちが五、六マイル先方に位置する灯台からのものだと見誤っていた遠い明かりは、どうやら六ロッドくらいしか離れていない漁師の宿屋の隙間から漏れた明かりであった。

灯台守は静かにぽつんと佇む小さな海の家で私たちを厚く遇してくれた。彼は忍耐と知性を持ち合わせた稀有な人物で、私たちのぶしつけな質問にも嫌な顔もせず当意即妙の答えを返した。数フィート離れたところにある灯台の明かりが部屋の中まで射し込んだ。そのお陰で部屋の中は昼間のように明るくなった。それにより、ハイランド灯台が一晩中照らしてくれたこと、だから間違いなく私は難破の危険から免れることができることを確信したのだ。前回訪れた時と異なり、今回は夏の夜のようにひっそりと静まり返っていた。私はうとうとしながらベッドに横たわり、窓を通して頭上を走る灯台の閃光のような煌めきを見上げると、海上遥か彼方にあって、果たして何人の船乗りたちが私の休み処に視線を向けているのだろうか、と夢想してみた。そこには寝ずの番を務めるいろんな国の船乗りたちが長話に興じて舞い戯れる姿が垣間見られる。

第九章　海と砂漠

コッド岬の海岸

私は海から神々しく昇る太陽を眺めてみようと思い朝早く起きた。ハイランド灯台の明かりは美しい光沢を放つ銀色を帯びて、力強く辺りを照らし続けていた。私たちから見ると、太陽は東の方にあって、いよいよ顔を見せようとするところだった。しかし、私は太陽が海からその姿を現しても、実のところは、ギリシア神話に登場する海神オーケアノスの彼方にある乾いた寝床から頭をもたげて起き上がったであろうと実感したものだ。

太陽は再び原野に触れる
その美しく深い流れは、
空高く昇ろうとしている

〔『イーリアス』より〕

いま、海上には数えきれないほどたくさんのサバ漁の漁船が、その帆を高く張っている姿が見える。北側では一隻の船が、ちょうどコッド岬を迂回して威勢よく大海に繰り出そうとしているところだ。その一方では、別の船がチャタムに向けて出航しようとしていた。灯台守の息子も、湾内で出航準備を整えた所属する船に乗り込むと威勢よく大西洋に向けて出ていった。

灯台を後にする際に、私たちは靴にまんべんなく油性のクリームを塗りまくった。海岸の浜辺を歩くと塩と砂の影響を受けてしまい、靴の変色と革のこわばりを招いてしまうからだ。何らかの均衡を図るためなのか、海岸はこの辺りの環境とは異なり軟弱な泥に覆われていた。不思議なほど清潔に保たれていたと言ってよい。とうとう私はそのことに気づいた。小船との間を往復する時も海水や泥の跳ね返りを受けたり、ハマグリの大量の潮吹き噴射を浴びせられたりしても、丁寧に身繕いした黒ズボンにシミや汚れが付着することはない。そこが内陸での散策と違う点であろう。

巷の噂では、この数日後にプロヴィンスタウン銀行に強盗が押し入ったらしい。初動の素早さには驚くが、プロヴィンスタウンの管轄部署から派遣要請を受けた私服刑事が、ハイランド灯台での私たちの動静を事細かに探っていたそうだ。実際に、彼らはコッド岬全域における私たちの事件前の足取りを辿っていた。二人の男がコッド岬の裏側を敢えて歩いて下った理由は、その仕事を終えた後に、強奪金を背負って逃走しようとする魂胆があったのではないか、そのような結論に達したらしい。コッド岬は細長く続く地形で実に狭い。しかも砂漠に近い不毛の地だ。夜に座礁や転覆の災難に見舞われた時は別にして、ここら辺の住民のことをよく知らないとなれば、余所から訪れた旅人にとってはあくまでも未知の地である。そのような状況の下に強盗事件が発生したとなれば、当然のように世間の厳しい目は、先ほど岬を通過したばかりの私たちに向けられる。もし、私たちがあれほど迅速に岬を去っていなければ、おそらくお縄を頂戴していたかも知れない。結局、真犯人は大工道具の一つである回し錐《きり》を持って、周辺をうろついていたウスター出身の二人の若者だった。その種の仕事にかけては見事な出来栄えだったようだ。ところで、私たちが漁った唯一の銀行〔バンク〕と言えば、偉大なるコッド岬の砂丘〔サンド・バンク〕である。そこから失敬したものは、昔のフランス製造のクラウン銀貨が一枚、そして幾つかの貝殻と小石、さらにこの物語を創作するための素材といったところだろうか。

私たちは、一〇月一三日に再び浜辺へと足を運んだ。海鳴りが響く波打ち際を歩きながら、浜辺を自分たちの中に取り込んで同化してみたいと決意した。内陸に暮らす人々の意識の中にある湖のイメージが感じられなくなるまで、とことん海に親しもうと思ったからである。私たちは海の別の姿を見たかった。穏やかな海が太陽に照らされてキラキラと輝いていた。前日の情景に比べれば、なおさらそのような印象を受けた。私たちは「揺らめく波面に尽きない微笑みを湛えている」光景に心打たれたのだ。その中には、口を大きく開けた豪快な笑い顔も見かけたが、それは凄まじい風をその身に纏った荒波が浜辺に沿って泡立ちながら粉々に砕け散ったからである。私たちがいる位置から東側になるが、その最も近い対岸の浜辺はスペイン北西に位置するガリシア海岸で、その州都はサンティアゴ・デ・コンポステーラである。古代の詩人たちの予測によれば、そこには伝説上の広大な島アトランティスかギリシア神話に登場する黄金のリンゴを守る宵の明星の娘たちの園のヘスペリデスが存在することになる。だが、そうした楽園はその位置よりも遥か西の方に佇む。最初、私たちはポルトガルのドウロ川とミーニョ川の間を歩いていたことになるのだろうか。さらに歩を進めると、ガリシア地方とポンテベドラの港が見えて来た。だが、私たちはその港内に足を踏み入れなかった。その理由は、波頭が白く泡立ち始めて砕波が高く走っていたからだ。その少しばかり北東の側では、ガリシア州のフィニステレ岬（スペイン語で「地の果て」という意味）が、大胆にもその崖の先端部分を隣のこちら側に向けてぐいっと突き出していたので、私たちも負けじと「こちら側はコッド岬だ。大地の始まりの岬だぞ」と、やり合って一歩も引かなかった。いつもの蜃気楼が姿を現したので、私たちは曖昧で不確かな感覚で、陸地の状態を想像するしか術はなかった。北に少し引っ込んだところが、どうやらビスケー湾らしい。そこでふと口をついて出た歌が次の歌詞だった。

私たちは、とうとうやって来たぞ！
このビスケー湾に。翌日まで愉快に憩おうじゃないか！

ビスケー湾から東側に進路を取って少々南に下れば、コロンブスの出港地パロス・デ・ラ・フロンテーラがある。さらに東に進むと、ヘラクレスが建てたと言われる巨大な二本の柱に突き当たる。そこにどのような文字が刻まれていたのか分からなかったので、ありったけの声を張り上げて訊いてみた。朝日が眩しくてよく見えなかったからだ。すると、向こう側にいた住民から「これを超えるものはない」(Ne plus ultra) と、大きな声で返事があった。しかし、風は「これを超えるものは……」という真実の部分だけを私たちに運んできた。西側にあるマサチューセッツ湾では「これを超える……」とこだまして響いた。私たちは打ち寄せる波と真の西方の地を意味するヘスペリア、また一日の終焉、すなわち太陽が太平洋に沈むところに存在すると言われる「こちら側に在る日没の国」について彼らに語ってあげた。そこで、私たちは彼らにこんな知恵を授けた。かつてアメリカの人民が大挙してカリフォルニアに進出したが、あなた方もそこに赴いて海岸にでもヘラクレスの柱を建てたらいいだろうと。いまはそこだけが、いわゆる「これを超えるものはない」場所なのだから。その瞬間、断崖の上で彼らはすっかり元気をなくしてしょげてしまった。なるほど、もっともな話だ。出端を挫かれてしまって言葉を失ったからである。

一体何が流れ着いたのか、てんで分からなかった。そう言えば、ポンテベドラで失くした子供のおもちゃの小さな壊れた小船を一つ見つけた。

トゥルーロとプロヴィンスタウンの間に挟まれたコッド岬の手首の部分に近づくと、その幅はますます狭くなり、海岸は明確に西側へと湾曲していた。イースト・ハーバー川の源流付近では、大西洋は六ロッドほどの砂地によってマサチューセッツ湾の潮位から分離しているに過ぎないのだ。クレイ・パウンズ辺りから後半の一〇マイル先の方では、砂丘がレイス岬の先端部にかけて平坦段丘を成している。だが、遠く離れた海上から眺めれば「島」に見える最も標高の高い部分は、大西洋上にさらに七〇フィートから八〇フィートくらい隆起していた。周囲には視界を遮るような木々や丘がないために、マサチューセッツ湾の見事な絶景を楽しむことができる。それだけではなく、眼前に美しい大西洋が広がる景色も堪能できる。次第に砂地が大地に侵入して形態の変形が著しくなる。仕舞には、最も狭い部分では、両方の海岸に挟まれた領域が完全に砂地化されてしまっている。トゥルーロとプロヴィンスタウンの間を占める三、四マイルに及ぶ海岸付近には、すでに人影がなく閑散としていた。さらにその先を見渡してみても、僅かな人家が見えるだけだった。

　私たちは打ち寄せる波をすっぽり呑み込んでしまうような砂浜が広がる海岸に沿って、また砂丘を乗り越えながらとぼとぼ歩き続けた。その間にも、サバ漁の漁船がコッド岬の北側を迂回して一〇マイル、ないし一五マイル離れた遠方の沖合へ出て行く様子が見えた。数えきれないほど多くのスクーナー船で海上はいっぱいになり、あたかも大西洋上に一つの町が出現したような錯覚に見舞われた。そこは夥しい数の船が行き交う過密な海域だったので、衝突事故が多発しても不思議ではないと思われた。船の針路も、一旦こちら側に取ったと思ったら、次はあちら側とまさに自在だ。ニューイングランドの人たちは、ポカホンタスの美談でも知られるイギリスの探検家ジョン・スミス船長が書いた一六一六年刊行の漁業に関する『ニューイングランド地誌』から得られた示唆を心に留めて、いささか意味深長な言葉だが、彼の言う「健全さを失った低劣な仕事」に従事したのだ。その結果、いまとなってはスミス船長がイギリス人の手本になるだろうと確信していたオランダ人のそれと肩を並べる状況になっている。それにもかかわらず、彼が言うには、「オランダ人たちは漁業の技術や知識をすっかり身に付けてしまい、入り江のことも知り尽くしている。彼らを一人前の水兵、船乗り、兵士、商人などの職人に大事に育ててくれるのは、二、〇〇〇隻とも三、〇〇〇隻とも言われる漁船、平底船、つるぎ型巡視船、そして小型な漁船などだ。それらを保有するに至った現在、同業間の激しい競争も影を潜めるだろう。また、その仕事から手を引く勇気もないし、他の仕事にありつくこともできないと思われる」。私たちが見た凄まじい数の漁船の種類の名前を記すとなると、スミス船長が記述した数を遥かに上回ってしまうと思った。

「一世に高名を馳せた殿方たち」が「絶世の美貌を持つ夫人たち」を伴って、一六二〇年にメイフラワー号からプリマスに上陸した際、乗船していたピルグリムたちの中の一人のうら若き女性（当時一三歳のメアリー・チルトン）が入植の象徴でもある「プリマス・ロック」（現在、ピルグリム・メモリアル州立公園内のウォーター・フロント付近に建てられたモニュメントの内部に展示されている）の上に小さな一歩を踏み出す何年も前に、彼はこのように書き記している。「ニューファンドランドは、毎年、八〇〇隻近い帆船に大した価値もない痩せた干ダラや塩漬けのタラを積み入れている」。実際のところ、毎年の食料品の多くはヨーロッパからの輸入に頼っているところがあった。それでは一層のこと、植民地の牧草地や植林地で農園でも営み、そこから何でも好きなものを調達すればよろしい。「これまで広く世界を見て来た経験から言わせてもらえれば、私は他の植民地に身を移すことなく、ここに留まることを決断するだろう。それでも一旦は順風満帆な生活を享受していたとしても、ちょっとしたキッカケで生活に窮することも承知している。そんな時は飢餓と貧困に耐えるしかない」と、彼は述べている。そうなったら、「毎日、魚でも食べて暮らせばよい」また、「景気よく暖を取り、丘の上で家族と共にぬくぬくと幸せな気分で眠れるに相違ない」。彼はすでに「昔の呼称を冠したニューイングランドの新しい町の誕生」を予言していたのだ。たとえ些細なことのように感じられる事象でも、この国に潜む大きな特質の発見に繋がることもある。

彼の言い放った予言は、ことごとく的中した。では、オランダのいまの状況はどうだろうか？　オランダは自国の自治充実の鍵を握っているではないか。スミス船長の提言からイギリスの政治家エドモンド・バークの賛辞に至るまでの間には、それほど長い時間は存在しなかったことになる。

サバ漁のスクーナー船の一群は、相変わらず「すべての青い海の航路を白く染めながら」、コッド岬の先端部を迂回して次々と姿を現した。私たちは強い好奇心に駆られ、脇目も振らず一心不乱に集中して、しばらくの間、一隻一隻が行き交う様子を眺めていた。それは何かの素晴らしい競技を思わせる感動的な光景だった。この辺りの田舎町では、雨の日に釣りを楽しむのは怠け癖がついたごく僅かな少年か、暇を弄ぶ道楽者と相場が決まっている。ところが、こうした湾内付近に住んでいる心身ともに健全な男たちや威勢のいい男の子たちは、全員がヨットに勝手に乗り込み、セーリングを存分に楽しむのだ。その後は、みんなでコッド岬に上陸して貝や魚肉などを煮込んだチャウダー料理を堪能する。地名辞典を紐解けば、こうした町でクジラ、タラ、サバなどの漁業に従事する人たちは正確には何人いるのか、はたまたニューファンドランドの岸辺やカナダ東部のラブラドル半島や、この半島とニューファンドランド島北部の間にあるベルアイル海峡、あるいはシャルールル湾（船乗りたちはシャロア湾と呼んでいた）などに向けて出航する漁師たちは何人いるのか、そんな事項がそれなりに記されていた。この要領に従えば、これまで統計というものにきちんと取り組んだことがない私の故郷のコンコードにおいて、夏期にペルカ属ヨーロピアンパーチ、カワカマス、淡水魚のブリーム、アメリカナマズ、ヤナギバエなどを捕まえる少年の数を計算しなければならない。私は思うのだが、コンコードの辺りの田舎町での魚釣りにおいては、釣り人の特性を生かして知性を育むことに貢献しているのではないだろうか。しかも、その身を危険に晒すことも少ない。

私の大学〔ハーバード大学〕のクラスメートの中に、一風変わったお調子者がいた。彼は某印刷関係の会社に就職していたが、ある日の午後、会社の上司に釣りに行く許可を取り付けて出かけた。しかし、その後の三か月間というもの音信不通のままであった。周囲の心配をよそにやっと戻ってくると、彼はタラ漁業で有名なグランド・バンクスで釣りを楽しんでいたと告白した。まるで特段何事もなかったかのような平然とした顔つきで、再び仕事に取りかかったのである。

告白すれば、私はこれほどたくさんの人たちが、たかが魚釣りに一日、いやほぼその生涯を費やしていることに驚きを隠せなかった。男たちが夕食にありつこうという魂胆で、かくも上手に怠慢と卑屈さを隠し、また一転、彼らのアリのように実直な奮闘ぶりを目の当たりにすると、さすがに開いた口が塞がらない。貪欲に魚釣りにご執心ならば、むしろ夕食抜きの方がよいのではないだろうか、と私はつい思ってしまった。無論、浜辺から眺めれば、私の田舎の営みもあまり褒められたものではないが。

昔、私はサバ漁の船に乗って三マイルほど海に出たことがあった。それはジメジメした蒸し暑い日曜日の夕方のことだったが、その日はたびたび激しい雷雨に見舞われた。私はコハセットからダックスベリーまでの海岸沿いをずっと歩き続けた。ダックスベリーから湾に浮かぶ小さな島であるクラークス島まで辿り着きたかったけれど、運悪く高波や潮流の影響で小型船が出航できない状態が続き、船はみんな岸に乗り上げていた。ところが、とうとうその時が来た。何でも宿屋の主人ウィンザーが、その夜に七人の男連中とサバ漁に出るらしいのだ。そこで、私もそれに便乗してもよいとのこと。当初の予定よりだいぶ遅れたものの、私たちは満ち潮でも待つかのような気分で、一人、そしてまた一人と戸惑いつつも岸辺に降りて、そこでゴム製の長靴に履き替えてから手に靴を持ち、いよいよ小船の方に近づいて行った。男たちは、それぞれが一束の薪を小脇に抱え、その中の一人は畑で収穫したばかりの新鮮なジャガイモが入ったバスケットを携えていた。さらに、みんなで薪をもう一束ずつ持ち込むことにした。それで用が足りた。すでにひと樽分の水が用意されていたし、スクーナーにはそれ以上の水樽が積み込まれていた。私たちは泥水の上にあった小船を一二ロッド先まで押して海に浮かべた。それからスクーナー船まで三マイルほど漕いで乗船した。船名は失念したが、このようにして、私たちは四三トンの頑丈で立派なサバ漁用のスクーナーに乗船したのだ。釣り針の先に付した疑似餌には、まだ湿り気があった。船の中にはサバを細かく磨り潰す粉砕機、餌入れの桶、海中に投げ込むための柄の長い釣り竿などが備えてあった。私は湾内ですでに小さなサバの群れが局所的に海面にさざ波を立てている様子を監視していた。乗組員たちは静かに錨を巻き上げ、二本のマストを高く上げた。天気は晴れわたり、微風は静かに吹いていた。太陽は雷雨が過ぎ去った後でもあり、いままさに海に沈もうとしながら船を赤々と照らし出していた。事の初めに当たって何か良いことが起こりそうな予感がする、とても幸先の良い出航だった。彼らは四艘の平底船を所有しており、大抵はそれに乗船して魚を捕るか、あるいは一人が二本の釣り糸を垂らすのに適した船尾の右舷に身を移して釣りを楽しむかのいずれかだ。帆柱に配設した下帆桁（ブーム）が一、二度回転して、宿主のウィンザーは桶に残っていた雨水と綯交ぜになって悪臭を放つサバの搾り汁を海中に注ぎ入れた。それから、私たちは舵手の周囲にたむろして他愛もない会話に興じた。私は羅針盤が周辺にある鉄製の何かに反応して何度か機能しなかったことを覚えている。この船に乗り合わせた人たちの中にカリフォルニアから帰還したばかりの一人の男がいたが、彼は観光客として乗船し、心身の疲れをリフレッシュするための旅に出かけるところであった。彼らは一週間で巡るクルーズを予定しており、翌日の朝から釣りを開始して、水揚げした漁獲物を新鮮なままの状態でボストン港に運ぶのである。彼らはピルグリム・ファーザーズが初めてアメリカの地を踏んだとされるクラークス島に寄港して私をそっと降ろしてくれた。それはつまり、私の乗船仲間たちが、このクルーズで必要なミルクを調達したかったからである。しかし、私はこの航海のすべての様子が見えてしまった。もうこうなったら、ただひたすらサバを釣り上げることに専念するしかなかった。彼らの糧食の乏しさを考慮すれば、さらに行動を共にしなかったことは賢い選択だと思った。

最初は気づかなかったけれど、ようやくいまになって私はこのサバ漁の船が漁場付近にいることが分かった。私のサバ漁に関しての経験だが、これで一通りのことを滞りなく終えたことになる。

その日の天候は荒れ気味で、前日よりも寒くて、風も強かった。私たちはそんな強風と寒さを避けようと、しばしば砂丘の裏側に回って、そこでうずくまっていた。動かないものは存在しなかった。浜辺では、嵐、静寂、冬、夏、夜、日中、そのいずれにおいても、たえず何かが動いて変化し、休むことを知らなかった。ここにただじっと座って憩う人がいたとしても、一瞬の動静感を捉えた一幅の風景画のような景色を堪能しているに過ぎない。天候がよければ、誰もが一切の例外なく、マサチューセッツ湾の対岸に位置するプリマスの町を見渡すことができるだろうし、大西洋の遥か向こう側であっても、目線を向けるだけでその景色を想像力の及ぶ限り遠く広く見渡せるであろう。よしんば、何も目に映らなくとも、そして怠惰な時間に流されていたとしても、人の耳には絶え間なく押し寄せて砕け散る波の咆哮がたしかに届くだろう。疲れを知らない海のことだ、いつクジラや難破船を身近な海岸に打ち寄せるか分かったものではない。世界中のニュースの最前線を飛び回っているどんな報道関係者であろうと、あるいは優秀な速記者であっても、海が運んでくるニュースをいちいち報道で追えるものではない。このように多様な生命体で満ち溢れている場所では、いかなる生き物でも悠長に動き回ってはいないものだ。僅かな漂着物拾いの人たちであっても、船もシギも、また頭上を甲高く鳴きながら飛び回るカモメたちもそうであるが、そこでは彼らは幾度となく同じ行動を繰り返しているのが見られる。したがって、岸辺以外に動きを止めないものはないのだ。小さなビーチ・バードが水際をすっと掠めたと思ったら、一瞬にして、餌を一気に呑み込もうと周りの動きに歩調を合わせるかのように静止した。こうした鳥たちが戸惑うことなく波打ち際ではしゃぐ様子を見て、いつの間に海との関係に警戒心がなくなり慣れ親しむようになったのか、ちょっと不思議な気がした。

この陸地には、キツネは別にして何とも小さい動物が生まれている。あそこに見える小高い砂丘の上から大西洋をぼっと眺めているキツネに、一体何ができると言うのだろうか？　キツネにとって海が意味するものは何か？　私たちは、時々イヌを連れて荷車を引いた漂着物拾いの男に出くわすことがあったが、私たちのような旅人に向かって吠えたてるイヌの鳴き声は、波の咆哮と入り混じってしまうと、何とも弱々しく聞こえるものだ。海辺を彷徨う細くて、いかにも華奢な印象を与える小さなイヌが、大西洋の咆哮に包まれ、ぶるぶると身を震わせながらビーチ・バードに向かって遠吠えする虚しさよ！　どうせ吠えるなら大きなクジラに向かって放て！　イヌの甲高い吠え声は、そもそも農家に馴染むものだ。海辺を彷徨うすべてのイヌは、どこか警戒心が乏しく、その場にそぐわない存在だ。そして、広大な海に恐れおののいているかのようだった。飼い主の顔色や様子を窺うイヌの行動だろうが、そうでもなければ、こんな場所にいるはずがない。ネコの場合は言うに及ばず。ネコが浜辺にやって来て、大西洋に足を濡らして震えている光景など想像もつかない。ところが、驚くことに、そういうことがたまの機会にあるようだ。

ある夏の日、私はたまたま小型チドリの雛を見たことがある。それは孵化したばかりの初生なひよこのような姿をしていた。まだ羽が生えそろっていない小型チドリの雛たちは、波打ち際をか弱い鳴き声を発しながら複数の群れを成して、よちよち歩いていた。私は以前にニューヨークのスタテン島の南側の海岸で、半ば野生化したイヌたちが集団を形成して岸辺に打ち上げられた魚の死骸を貪っていた光景をよく見かけることがあった。いまも私の記憶に残っていることだが、ある時に沼地に高く生い茂る草むらの中からイヌのけたたましい鳴き声が長く響いていた。どうやら六匹ほどの大型犬の群れが一匹の子イヌを追いかけて浜辺にやって来たようだ。子イヌは私に助けを求めて脇目もふらずに駆け寄って来た。だから、私は石を投げつけるなどして大型犬の群れを追い払い、体を張ってその子イヌを守ってあげた。ところが、翌日、助けてあげたその子イヌは、真っ先に私に対して繰り返し吠え続けるではないか。この状況を鑑みて、私はあの詩人の言葉を思い浮かべざるを得なかった。

吹けよ、吹きたまえ、冬の風よ

お前はそんなに無慈悲ではないはずだ
恩知らずでいるほどに
お前の歯はそんなに鋭くない
お前には見えないのだから
なるほどお前の息づかいは荒っぽいが

凍れよ、そして凍りつけ、寒い空よ
お前が嚙みついたところで、どうということはない
恩を忘れてしまうよりは
水を凍らしてしまうが
お前の一刺しは、それほど痛くない
友を思い出さなくなるよりはましだから

〔シェイクスピア『お気に召すまま』より〕

時々、私は浜辺でウマやウシの死骸を目にすることがあった。それらに近づくと、生き物がいる気配など皆無なのに、いつの間にか一匹のイヌが思いもよらず姿を現し、その腐肉をめいっぱい咥え込むなり、いそいそとその場を去って行った。

海岸はいわば中立地帯のような場所であり、この世界について熟考するにはとても適していると思われる。と同時に特段珍しくもないありふれた場所でもある。いつまでも尽きることなく陸地に打ち寄せる波は遥か遠方まで漂うので、どうにも意のままにすることはできない。私たちは局地的な大雨に見舞われたり、波の白い飛沫や泡を浴びながら、浜辺を這うように進んだ。その際に、私たち人間も海成軟泥から生まれた産物であると、そうつくづく思った。

海岸は荒々しい景観を醸し出す場所で、しかも悪臭が漂う。誰かを讃えて媚び諂うような代物でもない。そこにはカニ、ホースシュー（蹄鉄）、平貝、その他、浜辺に打ち上げられたあらゆるものが散乱している。いわば広大な遺体安置所といった感じがする。そこでは腹を空かせたイヌが群れとなって餌を求めて徘徊し、カラスは毎日、海が放出した僅かな餌などを漁っている。浜辺には人間と動物の死骸が悠然と横たわり、それらが太陽の強い陽射しと激しい荒波に晒されて腐敗し、やがて色が漂白されていくのだ。泡立つ高波の襲来の度に、浜辺の死骸は寝返って、その下に新鮮な砂の敷布が挟み込まれるのだ。そこでは、ありのままの自然が息づいている。すなわち、それは冷徹とも思えるほどの誠実さを露わにし、人間への配慮に対して無頓着である。しかも、カモメたちは打ち寄せる波の飛沫を浴びながら垂直に切り立った断崖を飛翔するが、それを徐々に浸食させているのが自然である。

その日の午前中であったが、私たちは遠方に風雨に晒された一本の丸太のような形態をした物体を見つけた。それにはささやかな枝が付いていた。だが、それはクジラの主な骨格の一部であることが判明した。海面に浮くクジラの死骸は脂肪部を剝ぎ取られ、そのままの状態が何か月間も続いた挙句、やっと浜辺に漂着したのである。この骨の存在により、コペンハーゲンの古物学者たちが、この付近を「自然の驚異に満ち溢れた浜辺」だとする見解と整合する証拠を突きつけるには最も効果的なタイミングであろうと思った。何しろ、アイスランドの探検家ソルフィン・ソルザルソンの相棒のトルハルは、一〇〇七年に北アメリカのヴィンランドを巡る探検を敢行した際、フルドゥストランダス付近を過ぎると思わずそのあまりの悪臭に顔を背けてしまったというのだ。彼らはコッド岬を離れると、今度はその南端のストラウム・フィヨルドドル（バザーズ湾）周辺の土地を探検した。しかし、トルハルはワインの入手が困難であることを知り、失望の念を背負ったままヴィンランドに向けて再び針路をとった。古物学者たちは、アイスランド語でこれに纏わる詩を綴っているが、私としては敢えて、コッド岬を表象したラテン語の詩として綴らせていただく。それは私が知る唯一のラテン語の詩である。

"Cum parati erant, sublato
velo, cecinit Thorhallus;
Eò redeamus, ubi conterranei

sunt nostri! faciamus aliter,
expansi arenosi peritum,
lata navis explorare curricula:
dum procellam incitantes gladii
moræ impatientes, qui terram
collaudant, Furdustrandas
inhabitant et coquunt balænas."

これを要約すれば、次のようになる。「出航の準備を万端整え、帆柱の前に帆布が張られた。すると、トルハルは船出を奏でる旋律を添えた。さあ、同胞が待つ故郷に帰ろうではないか。砂の天空を疾走する軽い翼を持つ鳥を導き手として勇気ある航海の旅に出ようではないか。中世の剣の嵐が渦巻く戦場に赴く騎士たちは、大地を称揚し、奇跡の地の住人となった。そして、クジラを食の糧とした」と謳われている。古物学者たちが記した資料によれば、こうして彼らはコッド岬を北上したがゆえに、「アイルランド付近で難破の悲劇に見舞われた」ということだ。

昔、この辺りで打ち上げられたクジラはもっと多かったに違いないが、いまほど海岸付近が荒れ果てた感じではなかったと思われる。海を絡ませて、昔はこうだったという固定観念に捉われることはない。陸地の場合とは別に、一、〇〇〇年前の海の風景など想像もつかないのではないだろうか。海は昔からいままで、常に荒涼とした風景を呈して、つくづく御し難い存在だと思う。かつてのインディアンたちは海に何の痕跡も残さなかったが、いつの時代であっても文明人と未開人を問わず、誰に対しても等しく海はその表情を変えることはない。しかし、岸辺の風景だけは著しい変化を遂げた。海は地球の表面を覆う荒れ野のようなものだ。海はベンガルトラが生息するジャングルより広く、そこに棲む怪物も実に多種多様である。海は都市の埠頭を水に浸し、海辺に立ち並ぶ家々の庭を潤す。ヘビ、クマ、ハイエナ、トラなどの生物種は文明の進歩につれて生態系に急速な変化が起こり、深刻な絶滅の危機に晒されてしまうが、最大の人口と高い文明を誇る都市においても、依然として埠頭からサメを遠くへ追い払うことはできないのが現況である。その観点からすれば、ここら辺の都市は未だにトラが出没するシンガポールを上回るほどの進歩状況ではないことになる。私は港内にアザラシが来遊しているという情報について、これまでボストンの新聞で接する機会はなかった。私はアザラシやエスキモーなどと言えば、つい異国の文化を想起してしまう。ところが、湾岸沿いに佇む家の窓からならば、誰でもアザラシの家族が湾内を回遊する様子を眺めて楽しむことができるのだ。私にとって、アザラシは人魚のような野生の珍獣の類に思えてならない。およそ森の中に足を踏み入れて逍遥することなどないだろうと思われる淑女たちが、こともあろうに乗船して海に乗り出そうとしているのだ。あの大海原へ！　それはノアの箱船の経験ともなろうか。場合によっては、大洪水を実体験できるかもしれない。なるほど、海洋に浮かぶどの船も一つの箱船に過ぎない。

浜辺を歩いていても、どこにも柵らしきものは見当たらない。ましてや、ウシがあまり動き回らないようにするために、海に向かって突き出た丈の高い樺材製の欄干の手すりなどもない。したがって、見たところ人間が浜辺の所有権を堂々と主張できるようなものは皆無である。しかし、あるトゥルーロの住人の話だと、実際にはこの町の東側の土地を所有している人たちがこの浜辺の所有者らしいという。つまり、彼らが砂粒やビーチ・グラスなどの不適切な侵入を厳重に監視して土地を守っている限り、この浜辺を適切に管理する権利が認められているからだという理屈だ。ビーチ・グラスの砂草も時には外敵とみなされることもある。しかし、トゥルーロに住む男の話だと、マサチューセッツ湾側ではそのようなことはないと聞いている。事実、私も湾側に広がる風雨を遮るような浜辺では、臨時に設置された柵が低水位線まで延びて、その支柱がそれと交わるように設置され土台か枕木の上に備えられている状態を見たことがある。

私たちが何時間も歩いた後にもかかわらず、未だにサバの漁船団が北の水平線上に見えたのには驚いた。しかし、やがて船は遠退き、船影はだんだん視界から消えていった。だが、その漁船団はマストを高く張っているのに、さらに遠退くこともなく、かといって停止する訳でもなかった。四方に帆を開きながら湾内の安全な場所に停泊中の船舶のようにしっかりと寄り添っていたので、私たちはおそらく東向きの逆風に辛抱強く立ち向かっているのだろうと勝手に決め込んでいた。しかし、後で分かったことだが、サバの漁船団はその時、漁場に留まり、マストも錨も下ろさず一斉に操業を開始していたのだ。というのは、ある人の言葉を鵜呑みにすればの話だが、漁業上好ましい風が吹けば、本格的な操業に入ることは定石だというのだ。それは「サバ漁の風」と呼ばれるものだと言った。私たちは水平線が描く丸い小さな弧の中に約二〇〇本のサバ漁船のマストを数えることができたが、それとほぼ同数の船が南下し、姿を消していった。このようにして、彼らはロウソクの灯に誘われて集まる蛾のように、コッド岬の最先端の周辺を彷徨っていたのだ。夜の帳が下りれば、レイス岬とロング岬の灯台の灯が、彼らにとってのロウソクの輝きとなるだろう。このように遠く離れて眺めると、船は未だかつて光り輝く中に飛び込んだことのない蛾のように青白く美しく見えた。しかし、後でより接近してみて驚いたことに、翼や体は以前の痛ましい痕跡が浮き彫りになっていた。

このように、ある村では屈強な男たちが一丸となり、広い海を共有の畑とみなして農作業に従事している模様が透けて見えた。北トゥルーロ付近では、家の主婦や娘たちが戸口に座って夫や兄弟たちの仕事風景を眺めていた。それは一五マイルから二〇マイル離れた沖合で何百もの白い作業車の装置を稼働させながら、男たちが精を出しているサバ漁の光景だった。田舎の農婦たちが時折、向こう側の小高い丘の中腹の畑で夫たちの農作業を眺めているのに類似している。ただし、夕食を知らせる笛の音が彼らに届くことはない。

私たちはコッド岬の手首に当たる一番狭い部分を通り過ぎたが、トゥルーロの町が海岸に沿って約一二マイルの範囲にまで広がっているので、行政的には依然として同じ町の中にいたことになる。私たちは半マイルも離れていないマサチューセッツ湾側に渡り、アララト山と呼ばれる海抜一〇〇フィートの砂山に登って午後のひと時を過ごそうと思った。そこはプロヴィンスタウンに最も近く、こんもりと灌木が繁っていた。そこに向かう途中、私たちはいろいろな美しい形態と色彩を有する砂山にしみじみと感じ入った。さらに、かつて例のヒッチコックもコッド岬の砂山で眺めたと思われる興味をそそる蜃気楼を目にした時は、とても感動的だったようだ。私たちは「砂漠」と言われる砂地の中にある浅い谷状の部分を横切って進んだ。その周辺では滑らかで美しい砂地があらゆる方角に延びる水平線に向かって、やや小さな勾配を成していた。最も深い底の部分には、清く澄んだ浅い水溜りが幾つか長く連なっていた。私たちは水を飲もうと谷状の部分を斜めに横切ってそこに近づくと、そうした水溜りが地平線に向かって、微かだが明確な角度で傾斜しているように思えた。水溜りは単に大雑把な形で繋がっているに過ぎないし、水がさらさらと流れているような音も聞こえなかった。そんな形状の影響もあってか、私たちがとりあえず快適な場所に辿り着いた時には、何となく数マイルも登ったような気分になり疲れ切ってしまっていた。それらは魔法の力でも借りたかのように、渓谷沿いの斜面にへばりついている水溜りのように見え、あたかも斜面に張り付いた鏡のようだった。それはプロヴィンスタウン付近の砂漠にしては、とびきり美しい蜃気楼だったと言えるだろう。谷底には本物の水が湧いていたので、喉の渇きを癒すことができた。もっとも梵語の聖典が述べている「ガゼルの渇き」とまではいかなかったが。

コペンハーゲンの古物学者カール・ラフン教授の見解によれば、私が目撃した蜃気楼は、件の「自然の驚異に満ち溢れた浜辺」と何らかの関係があるのではないかということだ。だが、プロヴィンスタウンの古老の話によると、彼はそれまでそういった現象を見たことも聞いたこともなかったらしい。すでに触れたことだが、この岸辺の呼称は一〇〇七年に刊行されたソルフィン・ソルザルソンによるヴィンランド遠征に関する古代アイスランド語の記述の中に見られるように、彼が上陸した海岸の一部の場所を巡って命名されたものである。しかし、こうした砂地は砂漠などでよく見られる蜃気楼よりも長く帯状になっていることに注目すべきであり、また命名儀礼を持つ古代スカンジナビア人が自ら名付けたあの呼称の故事来歴を辿れば、すなわち「砂浜を通り抜けるのに何時間も要した」の方が、よっぽどこうした岸辺の環境にしっくくり適応するだろう。グリーンランドからバザーズ湾に向かって海岸沿いを航行するとなると、旅人は随分とたくさんの砂浜に出合うことになる。いずれにしても、あのソルフィンがここで蜃気楼を目撃したかどうかは別にして、少なくともその同族の一人である私ヘンリー・デイヴィッド・ソローは、直接この目で見たのである。それは紛れもない事実である。「幸運なるレイフ」と呼ばれたアイスランド生まれのノルマン人航海者レイフ・エリクソンが、かつて航海の最中に、ソラー(*Thor-er*)とその一族を無理やり連れ去ってしまったので、その後に私ソロー(*Thor-eau*)が誕生して蜃気楼を見る羽目になったということだ。

私がコッド岬付近で、蜃気楼を見たのはこれが初めてではない。コッド岬の地形は、砂丘に接している浜辺の半分がほぼ平坦になっているが、それ以外の部分は海岸寄りへと傾斜している。落陽の頃、ウェルフリートの砂丘の縁を歩いていた時、私には浜辺の内側の半分の部分が海の水辺に向かって盛り上がり外側部分と接しているように見えた。それは海岸線の全体を覆うように一〇フィートから一二フィートくらいの背丈で、私がいま立っている場所よりも高い、一つの尾根を形成しているようだった。そのことについて、私は砂丘を降りて確認してみるまで自分ではなかなか確信が得られなかった。もっとも、下り斜面を半分ほど降りた辺りに認められる前回の満ち潮が残した深い波跡に気づいていたならば、そのようなことはなかったであろう。場合によっては、ここを訪ねて来た土地勘のない人の方が、この土地に長く住む古老よりも容易に見つけ出すことができるかもしれない。それこそ人の目利きの技とでも言おうか。牡蠣の養殖に携わった老人とカモメ撃ちの話を織り交ぜながら話に興じていた時に、彼は砂丘の風上からカモメを射止めるには、その下の部分に狙いを付けて弾を発することだと言ったことを思い出した。

私の隣人の一人が、八月のある日、マサチューセッツ州の南東部に位置するノーション島から望遠鏡でマーサズ・ヴィニヤード島付近を航行する船を眺めていた時のことに触れた。その辺りの海面は船影が鮮やかに描き出されるほど、まるで鏡のようにまったく滑らかであったという。とはいうものの、船の帆が風を受けて膨らんでいるところを見ると、そこには、ささやかなさざ波くらいは立っていたのだろう。だが、彼と一緒にいた連中の目に穏やかな海面だと映ったのは、紛れもなく蜃気楼であったというのだ。つまり、霞から透過した景色が反射され、重なったものと考えられたようだ。

先に触れた砂山の頂から、私たちはプロヴィンスタウンの景色と船が出航した後の漁港と洪波洋々と広がる海を何気なく眺めていた。とても寒くて風も強かった日だったけど、私たちは夜の帳が下りるまではプロヴィンスタウンの町に入りたくなかった。だから、私たちは「砂漠」を横断して大西洋側に戻った。なおも海の匂いをじっくりと無性に嗅ぎたくなっていたので、再び、レイス岬まで浜辺を歩き続けた。読者の皆様はその間、海の景観はいかにも穏やかであったと思われるだろうが、それはまったくの見当はずれの解釈で、誤解されている。実際には、その間にも海の咆哮と風を切り裂く轟音が絶え間なく押し寄せてきていた。そんな悪条件が重なった中を歩き続けたのである。いまや海岸は東西の方向に延びていた。

それは日没前のことだった。すでにサバ漁の船団が湾内に戻ってきていた。それを眺めながら、私たちはプロヴィンスタウンの北側の海岸から離れて「砂漠」を横切り、町の東側に向かって歩いていた。まず砂地の外れに佇むその頂までビーチ・グラスと灌木に覆われた小高い砂山の上に立った。そして、プロヴィンスタウンの北側を取り囲み、せめても砂の侵略を阻止しようとしているかのように灌木が生い茂る丘や沼地を眺めていた。いずれも不毛の地という印象が強い地域で、相変わらず砂地が長く続くだけだった。それにもかかわらず、こんなに綺麗に色づく素晴らしい秋の景色を、私は知らない。それはちょうど緩やかな起伏を示す地面に広がった想像を絶する敷物のような風情を醸していたし、たとえダマスク柄の織物やベルベットやティルス紫、そしてそれらの生地であっても当然見劣りする景観である。ツツジ科のハックルベリーの名状し難いほどの鮮やかな緋色、小さいリギダマツの明るく鮮明な緑色と入り混じったシロヤマモモの赤みを帯びた褐色、ヤマモモ、匍匐性のボックスベリー、スモモなどの渋い薄緑色、灌木のシュラブ・オークが放つ淡い黄色みがかった緑色、さらにシラカバ、メープル、ポプラなどいろんな種類の金色や黄色や静かで淡く沈んだ色合い。こうした植物が纏う色彩には、それぞれ異なる特性がある。その風景の中で、砂丘の側面に窺える幾つかの崩れ落ちた跡は、自然美に輝く敷物の裂け目を通して見える白亜の床のようだ。私のようなマサチューセッツ州の片田舎の町コンコードからやって来た者にとって、秋が醸し出すコッド岬の紅葉の風景は、実に美しく忘れ難いものだった。私はそれなりに、以前から色彩豊かな秋の景色に慣れ親しんできたつもりだが、秀逸を極める鮮明な色彩は、この地域を囲むように広がる砂地と対照を成して一層その度合いを高めていたように思える。まるでコッド岬を美しく飾る調度品の一部のようでもあった。私たちは大西洋側の海岸に沿って長々と続く荒涼とした回廊を数日かかって上方に向かって通り抜け、さらに広間に敷かれた砂の床を通過して、いまこうしてやっと寝屋に導かれようとしているのだ。正面から眺められる色彩豊かな丘の景色の向こう側で、一〇〇本から成る白帆が窮屈そうに、そして無邪気に戯れるかのようにロング岬を迂回しながらプロヴィンスタウンに向けて入港する模様は、あたかも暖炉の上の壁の突き出した部分のマントルピースに並んだおもちゃの船のような情景だった。

この地域固有の秋の景観的な特性を効果的に活かしている要因は、色みが明瞭で彩度が高いだけに留まらず、周囲を飾る灌木の丈の低さと密度に関係している点も看過できないであろう。それはまるで厚い毛織物か、もしくはフリース地の衣服のような印象を与えるもので、巨人ならばその縁を摑んで、ひょいとそのまま持ち上げるだろう。別にそうしなくとも、砂地に横たわる房飾りのようなものだとすれば、巨人はそれを戯れに振り動かすこともできるかもしれない。しかし、もしもそんな事態になれば、灌木の下に積もっていた膨大な量の砂塵が上空に舞い上がることは間違いない。私はふとこんなことを考えた。もしや、敷物やカーペットの明るい鮮明な彩色は、このような秋の色彩豊かな風景から有用な示唆を得たものではないかと。今後、とびきり豪華な敷物などに出くわして、その形態を丁寧に見定める機会があったら、私はきっと、ハックルベリーに覆われた丘、ボックスベリーとブルーベリーが生い茂る沼地、シュラブ・オークやシロヤマモモが生育する土地、メープルやシラカバなどの形跡をその生地の中に見つけ出すことができるのではないかと思う。もし、それらに匹敵する染料があるならば識者の教えを乞う次第だ。それらのものは、ニューイングランドの海岸の景観を彩るものより、遥かに暖かみを帯びた色彩をしていた。

私たちはボックスベリーが溢れんばかりに生育している湿地帯を通り過ぎて、海難事故に巻き込まれてしまい夜間に海岸に打ち上げられた者が生命の危機に瀕するほど厄介なシュラブ・オークに覆われた、人の通り道もないような丘を幾つか踏破し、プロヴィンスタウンの全長にわたって敷かれた四枚の幅広い床板の東側の先端に何とか辿り着いた。コッド岬で最終的に辿り着いたこの町は、だいたいが南東の方向に顔を向けて湾曲した浜辺に沿って延びる一本の道に立地している。低い樹木群に覆われ、沼地や湖があちらこちらに佇む砂山が町のすぐ裏手に三日月のような形態で、こんもりと盛り上がっていた。砂山の幅は、その真ん中の部分が半マイルから一マイルくらいの長さであった。これを越えた向こう側は、土地のほとんどを覆い隠すような砂地だった。それは東と西と北の方向へと広がりを見せていた。港と砂山の間を縫って、一〇ロッドから一五ロッドの狭い土地に形成された小規模な町がある。その当時はおよそ二、六〇〇人の住民がそこで生活をしていた。かつてのこぢんまりとした漁村集落に代わって、いまや現代風の小洒落た家々が優位を占める区域となっていた。それらの家々は街道の内側、すなわち床板が敷いてある側に立ち並び、海辺側には絵のように美しい風車が設えられた海産物を取り扱う製塩工場の貯蔵倉庫が立っていた。その間の浜辺の一部は一八フィートほどの道幅の狭い街道になっている。それは細くなっているものだから、どう見ても一台の荷馬車が反対方向から来る別の馬車とすれ違うことができる程度の唯一の街道であった。もっとも、この町に荷馬車が一台以上あればの話だが。端的に言えば一目瞭然で、私たちがこれまで歩いて来たどの浜辺や砂地よりも「辛い思い」を強いられそうだ。街道は満潮時の潮位よりも上の部分にあるものの、たまに旅人がそこを通る度に、足元に亀裂が入り崩れかかるからである。広く周知された事実だが、私たちが歩いていた四枚の幅広い床板の設置費用は、マサチューセッツ州の余剰収益より充当されたものであった。その財政上の配当金の転用についても、そして使途に関しても、住民間の軋轢の構造の要因となっていたが、結局、それを足で踏みつけるという揶揄も込めて床板を設置することに決定したのである。それでも、住民の中には配当金の一部が自分に還元されないことが分かると、床板の歩道が設置された後でも、意地でもそこを歩くものかと決め込んで、長い間砂地を歩き続ける人たちもいたようだ。余剰収益が、こうした地方自治体に恵みをもたらした例は、私の知る限り、この町だけである。国の財務省の政策上の決算により配当されたドル余剰額の恩恵を享受して、海がもたらす砂という余剰収益、つまりそうした災禍を堰き止めることができたのだ。住民は通行用の床板がすり減って、果ては素材の経年劣化に繋がる前に、快適な道路の機能強化を推進することになった。事実、私たちの訪問後には、すでにその増強に向けた工事に着手していた。いまや、砂の洗礼を受けていた記憶など忘却の彼方へ消え去っていたのだ。

私たちはその街道を通過する際に、住民が魚や塩生植物の保存処理を行っているところに遭遇した。それらは彼らが家に持ち帰り、家の前庭に広がる砂地の上に置いたもの、あるいは海のあちこちからかき集めた黄ばんだ類のものだった。前庭とはいうものの、実のところは浜辺の一部を柵で囲った程度のもので、時々襲来する高潮や高波に備えをしているのか、ビーチ・グラスがたくさん生い茂っていた。そんな環境なので、いまでもそこら辺りでは美しい貝殻や小石を拾い集めることができそうだ。家々の周辺には、ヤナギ科のシルバー・アベレス、一般のヤナギ、常緑樹のギレアドバルサムノキなどの樹木が幾本か生えていた。ある男がリンゴの木だと勘違いして、町の裏手側の土地から引き抜いて植え替えたというオークの若木があり、彼はそれを私に見せてくれた。しかし、世の中には「物事はそれぞれの分野の専門家に任せるのが良い」という諺がある。つまり、この男の森林に関しての知識は大したことはないが、天気については一家言の持ち主だった。だから、彼は私たちにその知識の一端を披露してくれた。たとえば、彼の観察したところによれば、満潮時にところどころで雨雲や雷雲が湧いてきても、雨は降らないのが当たり前らしい。

プロヴィンスタウンは、私たちがこれまで訪れた町の中で、最も海の町という印象を強く放つ地域だった。そこは重厚な城壁に囲まれている訳でもないし、単に乾き切った陸地が取り囲む良好な港というだけで、人家が佇み魚などの保存処理や貯蔵を行っている、いわば港湾事業で持っているありきたりな浜辺といったところだろうか。住民は陸に上がると、決まって床板の上を闊歩していた。規模の小さい二、三の沼の埋め立て地があったが、そのいずれも広さは五、六平方ロッドほどである。私たちは四つの垣に囲まれた干拓地が目に入った。地面に突き刺しただけの大樽の板の柵もあった。プロヴィンスタウンで農耕作業が可能な土地といえば、こうした干拓地に限られていた。土地は全部で、三〇エーカー、ないしは四〇エーカーに及ぶと聞いていたが、見たところ、その四分の一ほどもなく、それ自体すっかり陥没し切っていた。ここではどうやら砂地が羽振りを利かせていたようだ。住民はいま、幾つかの沼地を広大なクランベリーの牧草地に変えようとしている。プロヴィンスタウンは遠く離れたところに位置しているという訳でもなく、言うなれば船の行く手を阻む位置にある。闇夜でこの海岸に衝突しない者があるとすれば、その人物は純然たる幸福者だ。そこは主要な通商航路の途上に位置しており、年間を通じて地球上のあらゆる場所からの船舶が通過している区域なのだ。

その日は土曜日の夜ということもあり、朝方にチャタムに向かった一つの分隊を除いて、ほとんどすべてのサバ漁船団は、私たちのいる漁港に帰港していた。私たちはマサチューセッツ湾に夕日が沈む瞬間を眺めようと丘の上に登った。そこからいろんな角度と距離を変えて、湾内に停泊しているスクーナー船を眺めてみたら、おしゃれで粋な佇まいの船が二〇〇隻あまり集結していた。さらに、次から次へと遠洋漁業を終えてコッド岬を迂回しながら、たくさんの船が帰港の途に就いていた。帰港した船は、いずれも投錨すると帆をたたみ、風の力を借りて向きを変え静かに小船を降ろした。大部分のスクーナー船は、ウェルフリート、トゥルーロ、そしてアン岬に属していた。これが水平線上にマストを翻して白い帆布の都市を創り上げていた正体であった。しかし、帆柱だけを露わにした全容だが、その近くに寄ってみると、案外黒っぽい船であることが分かった。ある漁夫が語るには、このサバ漁船団は一、五〇〇隻から構成されており、プロヴィンスタウン港だけでも、一度に三五〇隻の船が帰港することもあるという。海岸付近の水深が浅い領域になっているために、かなり離れた錨地に停泊しなければならない。そのため、こうした船は大都会の波止場に停泊する船よりもずっと大型の印象を私たちに与えていた。そのいずれの船も、私たちが大西洋岸沿いを北西方向へ気ままに歩いている間は、海洋にその姿を現して、一日中私たちの目を楽しませてくれていたが、夜になって暗くなると、私たちの到着の時刻に合わせるかのように、一斉にプロヴィンスタウン港に帰港する。すると、まるでこちら側を丁重に出迎えてくれて軽く会釈でもしてくれそうな雰囲気が醸し出されていたのだ。また、それぞれ一定の速度を維持しながら、レイス岬やロング岬の近くを走り抜ける船団は、残照が空を染める中を自分のねぐらに帰る鳥の群れのようにも思えた。

これこそが、まさに正真正銘のニューイングランドの船の姿なのだ。年代記の作成に携わったトマス・プリンスの弟モーゼス・トマスが、一七二一年にマサチューセッツ州の北東部グロスターを訪れた時に残した日記には、こんなことが述べられていた。すなわち、スクーナーと呼ばれる縦帆の帆装を特徴とする帆船は、それから遡ること八年前にアンドルー・ロビンソンという人物によって初めて建造された背景が綴られていたのだ。さらに、一八世紀の後半期にコットン・タフツなる人物が例のグロスターを訪れた際に取材した町の来歴についても詳細に書き記している。それによると、特殊な方法を駆使して船に帆を張ったり、索具を付けたりする装備を整えて完成させたロビンソンは、船が進水する際にその場に居合わせたある人が「なるほど、疾風の如く速く走る船［スクーン］だね！」と思わず口走ると、それに応えて、「ちょうどいい。じゃ、それをスクーナーと名付けよう」と言った。続けてタフツはこう述べている。「その時から、そのようなマストと索具を完備した船は、すべてスクーナーという呼び名になった。その前には、この種の船はヨーロッパでもアメリカでも知られていなかった」(『マサチューセッツ史料編纂集』第九巻第一号、および第一巻第四号参照)。しかし、私はこの叙述に関して信憑性が高いと思わない。スクーナーは私にとって、いつも典型的な船舶のイメージしかないからだ。

ニューハンプシャー州マンチェスター出身のチャンドラー・イーストマン・ポターによれば、そもそもスクーナーという言葉そのものはニューイングランド発祥のものであり、インディアン語で突進を意味するスクーン、あるいはスクートに由来するというのだ。激しく水が流れる場所を意味するスクーディクが、スクートやオークという単語から派生しているのと同じケースである。たしか『ボストン・ジャーナル』誌によると、一八五九年三月三日にグロスターの某氏が系譜学の研究団体において、これに纏わる論文を発表したはずである。

外出するとなれば、誰もが決まって既述した四枚の幅広い床板を敷いた歩道の上を歩くことになる。そうなると、昼日中、だいたいの人が外にいるプロヴィンスタウンの人たちと出くわすのだ。その晩の床板の歩道はサバ漁の漁師たちで賑わいを見せていた。私たちは彼らとすれ違うのに道を譲ったり、譲られたりしながら宿屋に戻った。この宿屋は、あるテイラー〔仕立て屋〕によって営業されていた。建物の片側に自分の仕立ての店、その反対側には宿屋があった。この男の日課は、調理された肉を切り分けること、それと広幅の織物を丁寧に手縫い仕立てにすることであった。

　翌日の朝はその前日よりもさらに風が強まり、一段と寒く感じられた。だが、私たちは再び「砂漠」に向かって出発した。天気の良し悪しにかかわらず、毎日戸外で自然に触れて心地よく過ごすことにしていたからだ。私たちはいつの間にか町の南西の外れにあるシャンク・ペインター沼〔シャンク・ペインターとは錨を錨床に固定する短いロープや鎖の意味〕の西側の灌木に覆われた丘の周辺を歩いていた。このシャンク・ペインターという名前だが、あの時は別にあまり気にも留めなかったけれど、やがて何となく意味深長な名称だと思った。それから、私たちは砂地を横切り、レイス岬の南側の付近に到達した。そこは町から三マイルほど離れた岸辺だった。次に私たちは東の方に少し回り道をして砂地を通り抜け、前夜に海辺を後にしたところまで戻った。私たちは町を後にしてから、曲がりくねった道を辿りながら、これまで五、六マイルほど歩いたことになる。さらに白い砂で覆われた広大で平滑な円盤状の場所を九、一〇マイルくらい歩き続けた。砂地の真ん中には、植物の気配をほとんど感じなかった。ただ、ビーチ・グラスがところどころに生い茂る砂地が遠くにぼんやりと見えた。それがあらゆる方向に向かって上がり勾配を成している砂地の尾根を創り出していた。その間ずっと、私たちは一月を思わせる身を切るような冷たい風に吹かれていた。正直なところ、私たちはその後の二か月近く、これほど酷い天候に遭遇したことはなかった。

この砂地はコッド岬の先端からプロヴィンスタウンを経てトゥルーロまで続いていた。酷い寒さで身体は冷え切っているにもかかわらず、私たちは思い切って砂地の横断を敢行した。そんな折、アラビアの砂漠地帯で囚われの身となった人物を描いたジェイムズ・ライリー著『ライリーの物語』を幾度となく思い起こしたものだ。私たちの目には、ビーチ・グラスが生い茂る狭い土地が、地平線上にいっぱいに広がるトウモロコシ畑のように映し出されていた。蜃気楼が発生した影響も働いて、たぶん尾根の高さは想定を超えていたと思う。後日、カームの『北アメリカ紀行』を精読していたところ、その中にセント・ロレンス川下流域の住民は、この草（*Calamagrostis arenaria*）や多年草のハマニンニクのことをウミライムギと呼称していると いう記述があった。それを知って、なるほどと合点がいった次第だ。カームは、さらにこんな風にも述べている。「ニューファンドランドにおける、この種の植物の生育面積は膨大な規模になっている。それ以外のアメリカ北部の海岸沿いには見られないだろう。辺り一面に青々とこの草が生い茂った場所は、遠くから眺めると、まるでトウモロコシ畑のようだ。北方の畑で栽培されたブドウから造られる他を圧倒するような堅実で卓越したワイン。その素晴らしい産地について一七四九年に書き残した一節。住民は昔、広くて雄大な自然の中に野生のコムギが生えている原野を見ている」。

　ビーチ・グラスは「海緑色を帯びて、二フィート、ないし四フィートの背丈である」。それは世界中に広く分布していると思われる。スコットランド北西部のヘブリディーズ諸島では、この草がウマの荷鞍、バッグ、帽子などを作るのに使用されていることが知られている。ドーチェスター州では紙を作るための原料となっているが、まだ柔らかいうちはウシの餌代わりでもある。この草はライムギに形の似た六インチから一フィートくらいの穂先を有しており、地下茎と種子で繁殖する。砂地の畑に適した植物であることから、「砂地」を意味するギリシア語に「砂が豊富である」を表すラテン語を合わせて、プサンマ・アレナリア、すなわち「砂が豊富な砂地」という学名をつけた植物学者もいた。根がしっかり張っている状態である限り、風に吹き飛ばされそうになりながらも、まるで製図用コンパスで描いたように正確な円を創り出す。

　その景観は想像を超えて実に荒涼としたものであった。その時、私たちが砂地で見た唯一の動物はクモだった。クモは雪の上であろうと、氷の張った冷たい水の上であろうと、あるいは砂の上であろうと、ほぼどこでも棲息することのできる生命力の強い生き物である。この一見毒々しい色をしたすばしこく長細い虫は、多足類の生き物、つまりムカデやヤスデの仲間に属する。私たちは浮遊砂を伴う流れの中に石壁の角のように縁を持ったクモの巣を発見していささか驚きを覚えた。

六月になると、夜にはいろいろな大きさのカメが沼から出没する。砂地にはそうしたカメの歩いた跡が延々と残されていた。この砂地の端っこで「農場」を営んでいて、プロヴィンスタウン周辺の噂話にも明るい、自称「大地の息子」が私に漏らした話では、その前年の春に、その周辺で二五匹ものカミツキガメを捕まえた猛者がいたようだ。彼独特の簡単なカメ捕獲用の罠の作り方だが、それはまずサバ漁に使う釣り針の先にヒキガエルを括り付けて沼に投げ込む。そして、釣り糸を岸辺の切り株や杭に結わえておく。カメは釣り糸にかかると、例外なくその釣り糸を頼りに切り株の場所まで這い上がっていく習性があるので、ずっと後になっても、そこで捕まえることができるという道理だ。彼はさらに続けて言う。その辺りにはミンク、マスクラット、キツネ、アライグマ、野ネズミなどの小動物はいるが、リスは見当たらないというのだ。私たちは浜辺やイースト港の沼地に行けば酒樽並みの大きなウミガメに遭えると聞いていたのだが、地元のウミガメであろうと、詳細不明な船から零れ落ちたウミガメであろうと、とうとういずれの顔も見ることがなかった。遥か北の方に棲息しているとなれば、おそらくヌマガメ科の塩水テラピンかスムーズ・テラピン辺りではないだろうか。ヒキガエルというと、砂やビーチ・グラスしかないような場所であっても、よく出くわしたものだ。トゥルーロでは、砂地の色や周囲の環境に同調するかのように体色変化した大きなヒキガエルの大群が、あちこちの乾燥した砂の上で、ぴょんぴょん跳ね回っていた。私はその光景を見て驚いた。こうした荒砂に満たされた広い浜辺ではヘビも観察できるのだ。夏になるといつも蚊に悩まされるが、私はこの地でこれほど辛い思いをしたことはない。この季節を迎えると、砂地の外れには、割とこぢんまりとした窪地があり、そこにはビーチ・グラスと入り混じって旬のストロベリーがたくさんが生育していた。地元の人たちは、それをジョウダンナシと呼んでいる（果汁が豊富だからか？）。バラ科のアメリカザイフリボクの実も丘陵地帯にたくさん見ることができた。たまたま傍にいた面倒見が良さそうな男にお願いして、ストロベリーが豊富に生育している場所に案内してもらった。私が単なる闖入者で妙な面倒をかけるような人物ではないことを承知していたので、ここに案内したまでだ、と彼は言葉を漏らした。したがって、私としては、相手からの信頼を裏切ることにもなりかねないので、ここでその場所を明らかにすることを差し控えさせていただきたい。ある池の辺りまで足を運んだ時、彼は敬意を表して私をシンドバッドのように肩車してくれた。人にかけた情けは、巡って結局は自分のためになる。彼が私の元に立ち寄った際には、この厚意に対して、その時は私が心からのお返しをする番だろう。

ある場所で、私たちはどこまでも続く砂地から樹木の枯れた梢が突き出ている光景を見た。後で聞いた話だが、三〇年あるいは四〇年前まで、その辺りは木々が鬱蒼と生え茂る森林地帯となっていたようだ。毎年、樹木が成長して剝き出しの姿を呈しているが、住民によって短く切り揃えられた梢は燃料として使用されているという。

その日、私たちは町の外れにいたこともあり、誰にも会う機会はなかった。過去にコッド岬の裏側付近を彷徨したことがある人、あるいは、そんな気持ちなどまったくない大半の人々にとっても、このように遠出するにはあまりにも寒々とした天候だった。この砂地を誰か人が歩いたという痕跡すらも覆い隠されていた。ちょっと耳にした話だが、コッド岬の裏側では、どんなに過酷な天候であっても昼夜を問わず、いつも誰かが浜辺に流れ着く新たな漂着物を物色しているようだ。その背後には船舶系の陸揚げの仕事にありつきたいという魂胆が垣間見えた。それによって、時には船舶や積み荷が海難に遭遇した場合、遭難者たちを救助することができるというのだ。そんな事情もあってか、概してこちら側の砂地を訪れる人は少ない。三〇年間という長い年月にわたってプロヴィンスタウンで生活している人物が私に、こんなことを語り聞かせてくれた。彼はそれまで一度としてコッド岬の北岸まで赴いたことはないという。時折のことだが、ここの住民であっても、町の裏手で猛吹雪の中で道に迷い、危うく遭難することもあるらしい。

この周辺に吹き寄せる風は、砂漠というイメージから連想されるようなシロッコとかシムーンといった種類のものではなく、ニューイングランド特有の北東からの突風であった。実際、私たちは風を避けようと砂丘の下に身を潜めてみたが、所詮無駄なことだった。風は砂丘をまるで円錐形でも作ろうとしているかのように渦巻き状に吹きまくっていたのだ。だから、私たちがいずれの側に佇もうと、必ず風の餌食になってしまう。時々、私たちは地面に這いつくばって砂地まで進み、その僅かな水溜りの水を啜ったものだ。果たして、そこは湖なのか、沼であったのか。いずれにしても綺麗で新鮮な水で満たされていた。大気中の空気は砂が舞い上がって雪のように見える砂埃、そして顔を刺すような砂粒で満ち溢れていた。空気もさらに乾燥気味で、風も一段と強い時に、自分の身に着けている衣をちぎっては投げ捨てながら前に進んでいくような、そんな激しい砂嵐に身を晒すことを想像したら耐え切れないと思った。それは殺さず生かさずという目的のために考案された「九尾どころか、無数の結び目を付けた猫鞭で打つ」拷問のように過酷なものだ。しかも、それには鋭いトゲが付いているとなれば、なおさらだ。ウェルフリートで、かつて牧師の任にあったホイットマンという人物が内陸に住む友人宛てに書き綴った手紙によると、激しく吹き付ける風塵により窓が傷だらけになってしまう。そうなると、目を外に向けるためには、毎週一度は窓ガラスの取り換えをしなくてはならない、と苦渋の思いを吐露している。

灌木が生い茂る小森の外側では、土砂が洪水のように勢いよく押し寄せて、いまにもその低木林をすっぽりと覆い隠すくらいの大波と化している。砂地の端の側では、灌木の背丈よりも何フィートも高い急傾斜の砂丘地が形成されており、灌木の一部が埋められているような状態である。こうした砂丘地はイギリスの動く砂丘と呼ばれる「デューンズ」とか「ダウンズ」と類似しており、海岸に打ち寄せられた砂か、さもなければ最初に風などで舞い上がった砂がより深い内陸で少しずつ積もったものか、そのいずれかである。この地域では、波と風によって内陸へと運ばれた砂が、ゆっくりと町に向かって潮の流れのように渦巻きながら押し寄せる。北東から吹き寄せる風は最も強いと言われるが、北西の風は最も乾燥しているので大量の砂を移動させる風力を保持している。以前、ビスケー湾側の海岸付近の多くの村は、このような状況下で一瞬にして壊滅状態に追いやられてしまった。ビーチ・グラスが深く繁っている尾根の中には、プロヴィンスタウン港とコッド岬の最先端を保護する目的で何年か前に政府の政策の一つとして植え付けられたものもある。私はその職務を担った幾人かの職人たちと言葉を交わす機会があった。先に触れた『東海岸誌』の中に、次のような記述がある。「ビーチ・グラスは春と夏が巡ってくる間に、約二フィート半の高さまで成長する。それが露骨に剝きだした砂地に覆われた時には、秋と冬の突風により周辺に砂が堆積して、この草の頭付近まで砂に埋められてしまう場合がある。そして、春が再び巡ってくると、萌え出でて新たな草の芽を現す。しかし、冬になるとまた砂の中に埋もれてしまうのだ。このようにして、浜辺の砂山や尾根は、それを支える地盤がしっかりしていれば安泰であるし、加えて、ビーチ・グラスに守られた周囲の砂地が風力に屈服しない限り、大きく成長していくだろう」。このような過程を踏んで形成された砂山は、時折、一〇〇フィートの高さにまで達することがある。砂山は飛雪の吹きだまりか、あるいはアラブ遊牧民のテントのように多種多様な形状を成して常に移動していると言ってよい。

この草は根を深く強固に張っている。私は思い切ってそれを引き抜こうとしたが、ほとんどの場合、地表から一〇インチ、ないし一フィートのところで折れてしまう。その周りにはたくさんの新芽が出ていたことから、途中で折れた茎の高さが前年は地表だったに違いないと思った。こうした草の茎は真っすぐ伸びて、基部が硬く丸みを帯びた形状であった。その長さを測定することによって、一年間でどれぐらいの深さまで浜辺に根を張ったか、それが分かった。時々、前年の枯死株が腐った茎だけでなく、新しい茎を付けて砂中のかなり深いところから引き上げられることもあった。砂丘の年齢と浜辺の砂の蓄積率が、このような方法で極めて正確に刻まれるのだ。

イギリスの植物学者ジョン・ジェラードは、その著書の一、二五〇頁で次のように述べている。〔イギリスの歴史家ジョン・ストウの『年代記』を読むと、一五五五年の項目に空前の食糧危機に瀕していた当時の貧しい民を奇跡的に救ったのは、パルスとビーズと呼ばれた豆類だったと記されている。サフォーク州のオーフォードとオールドバラの二つの町の間に位置して、地元の人たちが「棚」〔シェルフ〕と呼ぶ小さくて硬い石ころばかりがごろごろ転がっている浜辺の近くの土地は、かつて雑草も砂礫層も見当たらない不毛地だったが、一五五五年八月になると、土を掘り返したり反転させたりして耕すこともせず、また播種も行わないのに、突然大量のエンドウが生えてきたというのだ。そこの貧しい住民は一〇〇クォーター（彼らの推定によれば）以上もの量をかき集めたが、それでも以前と同様にたくさん実ったり花を咲かせたらしい。ノーフォーク州の都市ノリッジの司教とウィラビー公が大勢の人たちを引き連れて馬でそこに駆けつけると、エンドウの根の下は三ヤードの深さまで硬い石ころばかりの層になっていて、その根は大きくて細長く、しかも甘みが感じられた」という。また、この著者はスイスの博物学者コンラート・ゲスナーから、そのエンドウは数千人の人たちを養うのに、誠に結構な量であることを聞かされていたらしい。ジェラードはさらに続けて言う。「エンドウはたしかにかなり以前からそこに生育していたのだが、飢餓に瀕するまで、誰もその存在に気付かずにいた。また、それを食用として重宝するまで相当の時間を要した。そうなると、わが国民は愚鈍だと言えやしないだろうか。私の敬愛する友人アージェント博士の話を持ち出せば、こうである。彼はかなり以前に、この場所を訪れたことがあったという。エンドウの根を掘り出そうと助手に命じて、手で大量の小石を取り除きながら自分の身長ほどの高さまで掘らせた。それでもまだエンドウの根の先まで届かなかったというのだ」。ジェラードはそれまで一度も実物を見たことがなかったので、果たしてどのような種類のものなのか一向に分からなかったらしい。

　アメリカの神学者ティモシー・ドワイトの『ニューイングランド紀行』によると、トゥルーロに住む人たちは、毎年四月になると、他の町では道路整備を求められるだろうが、条例の規定に従いビーチ・グラスを植え込むことを通告されるという。彼らは草を掘り出して何本か束ねる。その後で、さらに小さな束に分けてから、その間隔を三フィートに空けて土壌に植え付ける。つまり、風の通り道を塞ぐ遮蔽物として何列にも並べるのだ。草の繁殖力は強く、あっという間に群生化する。やがて、ずいぶんと穂が大きくなって頭を垂れるようになる。すると、地面に種が零れ落ち、そこからまた生えあがってくる。このようにして、トゥルーロとプロヴィンスタウンの間に挟まれる前世紀に海域が分断したコッド岬のあの部分を再生させたのである。現在、その付近にはたくさんの根が付いた芝が青々と繁っており、傍らを公道が走っている。そうした根に絡みついた藪は砂地の上にこんもりと繁殖し、道路の真ん中では二倍の厚さになって成長していた。そこから道路の両側に向かって六フィートくらい砂地の上に蔓延っていた。先に触れたように、砂の上には幾列にも整然と並ぶビーチ・グラスが輝き、窪地には藪の柵が作られていたのだ。

　マサチューセッツ州政府から任命された特別委員がコッド岬港周辺の危機的状況に立たされた砂浜を守るために海岸浸食の現状を把握し、その調査と対策に乗り出したのは三〇年前のことだった。彼らが作成した一八二五年六月付の報告書によると、「コッド岬港の反対の大西洋側では、一部の大きな樹木が伐採され、藪も撤去された結果、ビーチ・グラスは絶滅の危機に陥った」。それによって過去一四年間の間に、「砂浜の幅半マイル、長さ四・五マイルの広い範囲に及ぶ地表面が破壊され」、やがて風の力で港の方へ移動したことになる。数年前までは、「コッド岬付近で最も標高が高く、樹木や灌木に囲まれていたこの土地」が、いまとなっては「起伏に富んだ荒れた砂地の形状」を呈している。この一二か月の間に「砂地は四・五マイルの長さにわたって平均五〇ロッドまでコッド岬に近づいているのだ！」。この状況が続く限り、進行する海岸浸食への対応を講じないと、数年もしないうちに港と町は荒廃壊滅の危機に瀕するだろう。そこで、住民は幅一〇ロッド、長さ四・五マイルにわたる地面に円を描くようにビーチ・グラスを植えた。さらに、ウシ、ウマ、ヒツジなどの放牧飼育を行い、住民による藪の伐採を禁ずることを州政府に強く進言した。

仄聞するところによれば、事業計画の目標を達成するために総額三万ドルが投入されたとのこと。ただし、大部分の公金を巡る不透明な使途について不満が漏れたことも忘れてはならない。マサチューセッツ州政府はこの港の保護の措置を講じるために町の裏手にビーチ・グラスを植えた。その一方で、住民は新たに宅地造成をしようと、それぞれ手荷物車を押して大量の砂を運搬することで港を埋め立てたようだ。最近、マサチューセッツ州の特許局は、この草の種をオランダから輸入して州内のあちらこちらに、まんべんなくばらまいているが、いつの間にかオランダのそれを凌駕しているのではないだろうか。

このように、コッド岬はいうなれば数多のビーチ・グラスという小さい錨綱によって天空に繋ぎ止められているとになる。もしも、その錨綱が不意に切れてしまえば確実に難破船の憂いを被ることになる。そうなると、ほどなくして深い海の底に落ちるだろう。かつては、ウシが広範囲にわたって気ままに闊歩することができたので、コッド岬を係留している錨綱のビーチ・グラスを喰い尽くしてしまい、危うく岬を遠くに流してしまうところであった。それはまるで、ウシがビーチ・グラスという繋ぎ止める綱を食べてしまい、岸辺から小船を漂流させてしまうようなものだ。だが、ウシたちはもはや、勝手に動き回ることはできなくなった。

つい最近のことだが、多額の課税財産を抱えるトゥルーロの一部が、プロヴィンスタウンに分割・併合された。トゥルーロに住む人の話によると、住民はそれに隣接する一マイル範囲の区域もプロヴィンスタウンに加わることが必要であろうと、行政府に編入の依頼を申し出ているらしい。魚にたとえると、脂が乗った脂身だけでなく痩せた赤身も一緒に引き取ってもらい、そこも区有通路として管理してもらいたいのではないだろうか。本来、その全般的な領域を対象とする価値は、文字通りコッド岬との一体化にあるはずだ。ところが、それが頓挫したままなのだ。だが、プロヴィンスタウンは頑固にもそのような贈り物を受け取ろうとはしない。

北東からの疾風が強く吹き付けて、寒さも一段と厳しくなっていたが、私たちは午前中、絶え間なく咆哮を放ち続ける砕波を見に行くことにした。私たちはいつもの「砂漠」を通過して東の方向に進み、再びプロヴィンスタウンの北西部の浜辺に到着したが、吠え狂う強風に身を晒す羽目になった。その辺りは遠浅で海岸の傾斜が緩やかであったこともあり、その上で波が細かく砕け散っていた。海辺から半マイル辺りまで白い砕波が塊となって打ち寄せていた。風を伴って繰り出す波の咆哮には、お互いの声を揉み消してしまうほど凄まじい力があった。この周辺に広がる海岸については、こんなことが言われている。「北東から吹き抜ける風は最も激しく、船乗りにとっては危険な風として知られている。時折、雪交じりの強い風が直接、陸地に向かって吹き寄せることもある。しかも、岸辺沿いには荒れ狂う海流が渦巻く。こんな悪天候の中、船が湾内に寄港しようとする場合、進行方向北に舵を転ずることになるだろう。もしも、船がレイス岬を首尾よく切り抜けることができなければ、風で岸辺へ押し流されて岩礁や岸辺に乗り上げたり、あるいは危殆に瀕することになりかねない。浜辺のあちらこちらに難破船の残骸が見られる所以である」。しかし、ハイランド灯台が設置されて以来、この辺りの海岸の危険性は低くなった。むしろ、以前には海難事故の少なかった灯台の南側に頻繁に見られるようになったことが懸念される。

私たちはこれほどまでに凄まじい海の様相を目の当たりにしたことがない。私の相棒の話だと、それはナイアガラの滝よりも雄大で、言わずもがなだが規模も大きいというのだ。よく晴れた青空のもと、突風が吹き荒れる海上には、たった一隻の船しか見当たらない。船は港を探し求めて艱難辛苦に耐えているように見えた。私たちが岸辺に到着した時は、まさに満潮時であった。場所によっては、かなり遠方まで高波が打ち寄せていたので、岸辺と砂丘の間を通り抜けるのは困難を極めた。さらに南下すると、砂丘地の比高は一層高くなる。だから、砂だらけの道を踏破するには、危険度の高まりを感じるだろう。コッド岬に住むある男の話だと、近所の遊び仲間の三人は難破船が打ち上げられたウェルフリートの浜辺へ行ったという。三人は波が引くと難破船に近づいた。周期的な波が磯に押し寄せると、その直前に砂丘を目指して速攻で走って逃げた。だが、その後に襲いかかってきた大波による砂丘斜面の崩壊によって、彼らは砂の中に呑み込まれてしまったらしい。それが荒れ狂う海の正体なのだ。

海の咆哮に応えて、
砂丘はその頂から響き返す

〔『イーリアス』より〕

私たちが目の前でくり返す壮大な自然の情景を眺めながら立ち尽くしていると、こんなことが切々と胸に迫ってきた。たとえば、釣りの世界を例にとっても、海釣りと湖畔の釣りは同様に見なして談ずべきことでないし、風もなく寒くもなく好天に恵まれても、滅多にサバを釣ることができない希少さよ。また、タラなども州会議事堂に飾られた木製の紋章以外に拝むことはない。そんな諸々について感慨深く思った。

私たちは吹き荒ぶ冷たい風に晒されて身を震わせながら、「慈善の家」にでも駆け込みたくなるほど浜辺を心ゆくまで歩き回った。思わず、風雪に耐えた顔をプロヴィンスタウンとマサチューセッツ湾の方向に再び向けてみた。コッド岬を回航したいという思いに駆られたからだ。

第十章　プロヴィンスタウン

ケープ・コッド運河と船舶

翌日の朝早く、宿屋の近くのフィッシュ・ハウスに歩いて行ってみると、三、四人の男たちが塩漬けのピックルド・フィッシュを載せた手荷物車を転がして外に運び出していた。そして、地面にそれらを広げて天日干しにした。彼らの話だと、最近、ある船がタラの漁獲量としては比較的多い四万四、〇〇〇匹を積み込んで、バンクスから戻って来たばかりだったというのだ。神学者ティモシー・ドワイトによれば、プロヴィンスタウンに辿り着く直前に「一隻のスクーナー船が一度の操業で五万六、〇〇〇余りと大量に漁獲した。その重量はおよそ一五〇トンで、船はグレート・バンクからの帰りであったという。帰港の際、風が凪であったにもかかわらず、メイン・デッキが八インチも海面下に没していた」という。塩漬けしたばかりのフィッシュ・ハウスのタラは、数フィートの厚さになるまで詰め込まれていた。そこにいた三、四人の男連中は牛革の靴を履いたままその上に立ちはだかり、鉄製の尖塔が付いた道具を扱いながらタラを手荷物車の中に放り込んだ。ある一人の若者が、嚙みタバコを口の中に含んで嚙み終わると、幾度も魚の上に吐き出していた。まあ、仕方ないか、と私は思った。だが万が一、村の長老にでもそんなところを見られてしまったら、それこそこっぴどく叱られるだろう。ところが間もなくして、そうした長老たちも同様のことをしていることに気づいた。果たしてスミルナ産の乾燥イチジクもこんな調子で製造されるのだろうか、いささか心配になった。

「魚の乾燥にかかる時間は、どのくらいですか?」と、私は訊いた。

すると、「天気が良けりゃ、二日もあれば十分だよ」と、相手からの返事。

私は朝食を摂ろうと、再び通りを横切って宿屋に戻った。宿の主人が「朝食は魚を煮込んだハッシュド・フィッシュにしましょうか、それとも煮マメでも作りましょうか」などと尋ねてきた。マメ料理はそれほど好きではないが、私は仕方なくそれを所望した。翌年の夏に行っても、宿屋のメニューの内容は依然として変わらず、煮魚か煮マメの二者択一に限られていた。主人は相変わらずこの二つのワードを上手に操って料理を提供していた。さすがに魚料理には旬の魚がたっぷり盛られていた。内陸に深く入り込むにつれて、いよいよジャガイモがたくさん見られるようになってきた。私はコッド岬で新鮮な魚を口にする機会がなかったが、どうやらここら辺の人たちは内地の人より魚を食べる頻度が低いのではないかと思った。ここは魚の保存産業がさかんな土地であり、旅人は時に保存加工された魚を食す羽目になる。プロヴィンスタウンでは、新鮮な肉を得るために地元の家畜を食肉用に屠畜することはない。宿屋で提供されるごく少量の肉は、ボストンから汽船で直送されたものである。

この周辺の大抵の家には、敷地と玄関の間に二、三フィートの通路幅が狭いアプローチがあったが、その辺りは敷居まで周囲のすべてにわたり魚の片身で覆われた棚でいっぱいだった。したがって、外を見渡せば、色とりどりの季節の花が咲き誇る花壇や青々とした芝生が広がっている訳ではなく、水揚げされたタラの開きが一面を埋め尽くしているのだ。こうした外庭は真夏の魚干しの時期ともなれば、一般の花壇とはまったく異なった様相を呈するようだ。魚干し棚は年季の入り方も型も様々であった。干し棚によっては、古びて何かとガタがきてしまい緑藻が蔓延っていた。ここら辺に住んでいた大昔の漁夫が使っていたのだろうと思われるほど時代にそぐわないものであった。あるいは、繰り返して毎日使うものだから、いつの間にかその重みで棚が劣化し、ガタガタになっているものもあった。当時の住民の主たる仕事は、朝を迎えたら手押し車を出して漁獲した塩漬け魚をそこに広げ、夜にそれらをせっせと取り込むことであった。

たまたま晴天の日に朝早く起きたものだから、隣人に手を差し伸べ、例の手押し車で運搬する作業を担って一儲けしようと、大勢の暇を持て余している連中が躍起になって右往左往している光景に出くわした。私が初めて塩漬け用の魚を捕獲する場所を知ったのは、この時であった。そうした魚は至るところで仰向けに並べられ横たわっていた。それらは水兵のジャケットのカラー〔上襟〕のように、鎖骨をピーンと高く張り、求めるものすべてを胸元に招き入れるかのようだ。少しばかりの例外はあったかもしれないが、ほとんどすべてがその招きに応じたと思われる。ところで、小柄な少年の身を大きな塩魚の皮で包めば、それは専ら軍隊に召集された多くの兵士たちの姿のように見えるだろう、と私は思った。たくさんの塩魚は、シラカバやキハダカンバの樹皮を纏っていた。それらは割られて束ねられた薪のひとまとまりのように波止場に積み上げられ、見る者にとっては実に壮観だった。私も最初は薪の束と間違えたほどだ。まあ、そう思うのも無理はない。魚は人間の生命を維持するために欠かせない糧、すなわちある意味で火をおこす薪の役割を果たしているからだ。あるいはまた、グランド・バンクスに生育する東方の生命の樹木と言っても差し支えないだろう。他方、巨大な鉢植えのような形に積み上げられた魚もあった。それらはそれぞれの魚の尾を外側に向けて、ちょうど小さな円を描くように並べられ、その上に次から次へとより大きい魚を積み上げて規則正しい輪郭線が描かれていた。ついに三フィートか四フィートの高さまで到達した後に、唐突に輪郭を縮めると、最後には円錐形の屋根が形作られるのだ。ニューブランズウィックの岸辺では、魚をキハダカンバの樹皮で包み、その上に石を載せる。このような状態のまま風雨を遮断し、時機を見計らって発送に向けての準備に取りかかるのだ。

地元の人の噂によると、この地域では、秋になると、時としてウシがタラの頭部を食べてしまうことがあるらしい！　そこはタラという魚の中で神聖視される部分で、人間の頭部とさほど変わるものではない。加えて、タラは奇妙にも人間の脳との類似性が高いにもかかわらず、どうしてそんな酷い仕打ちを受けることになるのか！　ああ、ウシなどに勢い込んで食べられてしまうとは！　私はその悲惨な状況に同情するあまり頭が割れて脳みそが飛び散ってしまうのではないか、それほどの苦痛を感じた。もし仮に、切断された人間の頭部が、天空のどこかの島に棲息する上等なウシの餌にでもなるようだとしたらと考えただけでもぞっとする。本能と思想を司る素晴らしい人間の脳が、どこか知らぬところに持ち去られ、反芻動物種の腹を肥やす餌に成り下がるとは！　しかし、別の住民は、タラの頭部がウシの餌になることはまずないだろうと言い放った。ウシの方が、時折、気が向いたらタラを食べる程度で、たとえそこに佇み、ずっと観察していたところで、そのような場面には遭遇しないだろうと言うのだ。ただし、塩気を欲するウシが魚干し棚に並んだタラをすべて舐め尽くした例はあるらしい。これがこの魚に纏わる「フィッシュ・ストーリー」〔ホラ話〕の一端で、話の出所であると言うものの、これを信じろといっても無理だろう。

この国やあの国ではウシやウマやヒツジが魚を餌にしているという、いわば海を越えて届く噂話は、古代ローマの著述家クラウディオス・アイリアノスや古代ローマの博物学者ガイウス・プリニウス・セクンドゥスの著書にも書かれているように、何千年もの遥か昔からローマ人やギリシア人による旅行談義に幾度となく登場するもので、たぶん誹謗中傷に関する実情などを語った類であろう。だが、古代ギリシアのアレクサンドロス大王の統治下の提督として紀元前三二六年にインダス川からユーフラテス川まで航海したクレタ島出身のネアルコスの書き残した『ジャーナル』によれば、その両側にまたがる沿岸地域に住む人たちの一部のイクテュオパゴイ族、つまり漁食民族と呼ばれる人たちは、生魚をそのまま食べたり、あるいは乾燥後にすり鉢の代わりのクジラの脊椎に詰め込んで潰して食べるだけでなく、海岸砂地に植物が生えていないこともあって、ウシの餌にもしたようだ。またポルトガルの探検家ドゥアルテ・バルボサやドイツの探検家カールステン・ニーブールといった著名な旅行探検家たちの報告書にも同様の記述が認められる。こうした証拠を照らし合わせてみると、私の中ではプロヴィンスタウンのウシに関する事案にも疑念が燻って消えない。その他の家畜について言及すれば、一七七九年にクック船長の『ジャーナル』を書き継いだキング船長が、カムチャッカのイヌについて、こう書き記している。「イヌの冬期の餌は、干した加工品として保存しておいたサケの頭、内臓、脊椎に限られていた。しかし、こうした餌でさえも、その量はささやかなものである」（クック『ジャーナル』第七巻三一五頁）。

こんな胡散臭い話に接したのだから、ついでに前出のガイウス・プリニウス・セクンドゥスの言葉を引用しておこう。「アレクサンドロス大王の連合艦隊の司令官たちの話だと、アラビス川の両岸に住む中東のジュロジア人は魚の顎骨で家の戸を作り、魚のいろんな部位の骨を屋根の垂木として活用したという」。ローマ時代のギリシアの地理学者・歴史家ストラボンも、漁食民族のイクテュオパゴイについて同様なことを言っている。「フランスの博物学者ジャン・アルドゥインによると、当時のバスク人たちは、時には二〇フィートを超えるクジラの肋骨を利用して庭園の柵を作成することもあったという。フランスの博物学者ジョルジュ・キュヴィエが述べているところによれば、ノルウェーではクジラの顎骨が建築物の主要な骨組みである梁や柱として使用されている（ボーン編訳セクンドゥス著『博物学』第二巻三六一頁）。ギリシアの歴史家ヘロドトスもトラキアのブラシアス湖では、杭上家屋の住民がウマをはじめとする荷物運搬用としての家畜等に魚を餌として提供している」と、述べている。

プロヴィンスタウンは繁栄に沸く町のように見えた。住民の中には、こんなことを私に訊いてくる者もいた。民衆の暮らし向きがいいとは思わないかと。私もそう思いますと答えた。ところで、救貧院には何人が収容されているのか、と私は訊いた。「そうだね、寝たきりの患者か知的障害のある者、それを数えても一人か二人といったところだろうか」という返事だった。一般の家宅や店屋の外見はしばしば粗末でみすぼらしいという印象だが、屋内の暮らしは心地よく、豊かさを感じさせる住空間だ。安息日の朝などには、とても上品なよそ行きの服を着込んだ女性が教会から姿を現し、こんもりとした砂山の間を重心のバランスを整えながらしんどそうに歩いている姿を見かけるだろう。その辺りには彼女の清楚で上品な外見に相応しい家など皆無だ。だが、家の内部は彼女の外見の美と調和している様子で、優雅な雰囲気が醸し出され、とびきり素晴らしいのだ。私には地域住民の内部というか、その特性に関しては、謎が残ったままでよく分からない。私は偶然居合わせた地元の方々と意気投合して、少しばかりの語らいを楽しんだこともあるが、彼らは総じて気性が荒く、先行きが案じられるような連中だと思いきや、意外にもどこか知的なところが見受けられた。当てが外れていささか落胆したが、妙な嬉しさもこみ上げてきた。いや、それどころかこんなことも経験した。私は翌年の夏に特別な招待を受けて、ある住民の家を訪れることになった。それは安息日の夕刻だった。彼は私の来訪を玄関に腰を下ろして、いまかいまかと待ち受けていた。ところが遺憾ながら、客人を温かく迎えるという好ましい評判を毀損するかのように、戸口には円を描くようにとてつもなく大きなクモの巣が張り巡らされていたのだ。ちょっと薄気味悪かったので、私は裏手からお邪魔することにした。

その月曜日の朝は、陸地も海も美しく穏やかで静かだった。それは湾内での安穏な航行を約束する天候であったが、漁師たちは魚干しをするには前日のような寒くて風の強い日の方が望ましい、と愚痴を零していた。天候の激変をこれほど実感するのは珍しい。その日は今年初めてのからりと晴れたインディアン・サマー〔小春日和〕だった。とはいっても、この町の裏手の砂地にある幾つかの井戸は、昼の時間が近づいても、昨夜に張った氷が覆ったままの状態だった。激しい風と強い日差しをたっぷり浴びて、私は鼻が高く彫りが深い顔立ちだが、その皮膚はすっかりむけてしまっていた。そんな状態になっても、私の彷徨癖を癒すには、魚干しに適した晴天の日和が二日以上必要だった。シャンク・ペインター沼付近の小さな丘を逍遥しつつ、ちょっとした所用を済ませてから、私たちは町を見渡すことができる最も高い砂山に登った。そして、二つの砂塚の間を渡す一枚の長い板の上に腰を下ろして、空中にふわふわ浮いているような感覚を楽しんだ。その近くでは、子供たちが凧を揚げようと躍起になっていたが、どうもうまくいかないようだった。私たちは、その日の午前中は波も静かな港内を眺めたり、あるいはウェルフリートから入って来る一便の船舶を待ち受けながら時間を過ごした。ロング岬沖で汽笛が鳴ったら、そろそろ乗船の支度をするつもりでいた。

その間にも、少年たちの話にじっくり耳を傾け、いろいろな事を聞き出してやろうと思った。プロヴィンスタウンの少年たちは当然の如く全員が船乗りであり、またそのような眼差しを浮かべていた。私たちが昨年、プロヴィンスタウン港から七マイル、あるいは八マイルほど離れたハイランド灯台にいたある日曜日の朝、世に名を馳せたヨットのオラータ号に乗船して帰ろうと思っていたので、それがボストンから帰港しているかどうか知りたかった。そんな折、たまたま同じテーブルの席にいたプロヴィンスタウン出身の一〇歳くらいの少年が、すでに入港していると言った。どうして船が港に着いていることが分かるのか、と尋ねたら、「実際、さっき船が港に入って来るのをこの目で見たから」と、少年は答えた。それにしてもよくもまあ、あんなに遠くにいる船を他の船と見分けられるものだと私が感心していると、中檣帆《ちゆうしようほ》を二つ持つスクーナー船はそんなに多くないので、すぐに識別できるという答えが返ってきた。ポールフリーはバーンスタブルでの講演で、こんな内容に触れている。「アヒルであっても、バーンスタブルの少年よりも鋭い本能的な確実性を働かせて、水辺には近寄らないものだ（コッド岬の少年たちも同様だろうが）。この辺の無垢の男の子たちは、よちよち歩きの段階からマストに繋がる縄梯子に飛び移ることができる。すなわち、戯れに興じる母親の膝の上からマストの先までは一飛びという訳だ。彼らは幼少のみぎりに羅針盤の使い方を知る。凧揚げができる頃には、帆を張ったり、たたんだりすることができるようになるし、舵も取れるようになる」。

丘に佇んで眼下の陸地と海を見下ろしながら瞑想に耽るには打ってつけの気持ち良い天気だった。サバ漁船団を構成するスクーナー船は、次から次へと小気味よいテンポで出航し、コッド岬を迂回して大西洋に向かって行った。それはちょうど、朝に巣を離れて遠くの原野に向かって羽ばたいて行く野鶏のような様子だった。ウミガメのような格好をした幾つもの製塩小屋が、町のすぐ裏手の丘をすべて埋め尽くすように建っていたし、いまは使われていない風車群が海岸砂丘の上に林立している光景も眺められた。日常の必需品が何とも大胆で簡素化したプロセスで生産される。あたかも太陽を匠に見立て、大型設備の面倒を一人の徒弟に任せているようだ。そんな風景に接することも一興であろう。製塩作業は日照時間の長いことが好条件なので、どこか熱帯地域の労働風景を想起させる。遠くからその作業を眺めていると、金やダイヤモンドを選鉱する模様に酷似しているが、やはりこちらの方が興味をそそられる。生活に必要なものを生産する過程において、自然は人間の仕事に有形無形の援助を惜しまない。自然の恵みを享受している一例として、私はハルでコンブの茎を焼き、その粉末を煮込んで炭酸カリウムを抽出する工場を見学したことがある。もっとも、その種の工場に現場経験の浅い未熟なアイルランド人の職人が五、六人もいれば、およそ仕事上の微妙なさじ加減など端から無理な話だが。砂山の表面からの太陽の反射が強い上に、川が港に淡水を注ぎ入れている河口部がないことも手伝ってか、この地域の塩の生産量は国内有数である。多少の降水量は大気中の汚染物質濃度を下げる働きがあるし、高品質な塩の生産に必要だと考えられている。それは夏の最も暑い時期だと、塗装した塗膜が乾かないのと同様に、水も蒸発しないという理由による。しかし、現在ではコッド岬の他の地域と同じように、こうした建造物は人為的に取り壊され、木材にされている。

あの高台から眺めていると、家の屋根をめくって中を覗いているかのように、住民の日常の動静を垣間見ることができた。彼らは各自の家の周辺に設置してある籐細工用の棚に慌ただしく塩魚を並べていた。どうやら裏庭も前庭と同じ要領で使用されていることが分かってきた。つまり、そこに魚を並べ終えたら、そこから次の者が続けて並べ始めるということになる。間近で見て分かったことだが、ほとんどの家の庭には小さな小屋があり、そこからこうした宝物が手押し車を使って運び出され、棚の上にきちんきちんと並べられるのだ。その様子をよく観察していると、魚の広げ方にも、それなりのコツと技術が必要であることが分かる。しかも、そうした作業を役割分担することで効率化を図っているのだ。隣のウシが柵越しに首を伸ばし、並べられた魚を巧みにせしめようとする瞬間、ある男がウシの鼻先からほんの数インチほど魚を手前に引き寄せた。それは洗濯物を乾かすような日常生活でよく見かける仕草に思えたし、事実、郡内の一部の地域では、女性もこの種の作業に携わっている。

コッド岬付近の幾つかの場所で、私は物干し棚の一種と思われるものを見かけたことがある。地面に小枝が広げられ、その周辺を柵で囲み込んでいる。辺りの砂が付着しないように注意して、小枝の上に衣服を掛けるのだ。これがコッド岬流のやり方だ。

ここでは砂が大敵である。砂山の頂を柵で囲んで立ち入り禁止という看板を立てた場所が幾つもあるほどだ。すなわち、人の足が砂を舞い上がらせたり、あるいは風に吹き飛ばされたり、崩れたりする危険性も孕んでいるからだ。住民が魚干し棚を作ったり、またソラマメやエンドウを栽培するために町の裏手の木々を伐採する時には、当局の許可を得る必要がある。ただし、町内の木々をある場所から他の場所に植え替えすることに関しては、そのような手続きは不要のようだ。海の風に煽られて浜辺に届く砂は雪のように吹き付けるものだから、時として建物の一階付近は壁で守られていても砂に埋もれてしまうこともある。そもそも、昔の家は基本的には杭の上に建てられ、その下を砂埃が通り過ぎたものだ。その周辺で杭の上に建てられている古風な家を幾つか見かけたが、それらは何時とはなしに板塀に囲まれ、新たに建築された隣家によって守られていた。私たちが腰を下ろして憩っていた丘のすぐ下には学校が見えたが、教室の机の上まで砂で埋もれていた。もちろん、教師も生徒もとっくに立ち去っていた。そのような事態になったのは、迂闊にも窓を開けたままであったのか、あるいは壊れた窓の修理を怠ったか、そのいずれかの理由によるものだろう。

ある場所で「細砂の販売致します」という看板を見かけた。私は思わず自分の目を疑ったものだ。——おそらく、そこら辺で、巧妙にふるいにかけた粒子の細かい砂に過ぎないものだろう。ありきたりのつまらぬものでも肝心な時には千金の価値を持つという、人間の仕業に絡む好例の一つだ。この論に従えば、コッド岬の裏側には、すべてにわたり莫大な価値が潜んでいることになる、そう思わざるを得ない。せめて「養分を含む肥えた土有り」とか、「粗い部分を取り除いた良質の砂有り」、あるいは「靴の砂落とし」といった粋な広告でもあれば、それなりに興味をそそられるものだが。

気まぐれに町を見下ろして憩っていた時、私は板敷きの通路を外れた辺りに住んでいそうな一人の男が滑り止めの雪用靴を履いて、くねくねと闊歩している姿を目撃したが、何かと見間違えたのか、あるいは私の錯覚なのか。プロヴィンスタウンの風景を描いた絵画の中には、住民の踝から下が描かれていないものがあった。たぶん、その部分が砂に埋もれているからではないだろうか。だが、生粋と呼べるプロヴィンスタウン出身の人たちが力強く言うには、スリッパを履いて道の真ん中を歩いても、まったく違和感を覚えないらしい。足を上下に動かしながら、靴の中に砂が入らない砂浜の歩き方を心得ているからだろう。ある男などは、こんなことを言っていた。夜の晩餐会用のパンプス〔舞踏靴〕の中に五、六粒の砂が紛れ込んでいようものなら驚きを隠せないというのだ。若い女性たちは、歩みを進めるごとに巧みな仕草で靴の中の砂を取り除いていた。地元以外の者にとって、その術を身に付けることは容易ではない。

その辺りを往来する駅馬車のタイヤは幅五インチくらいあった。コッド岬の周辺では、駅馬車のタイヤの幅が地の地域より一、二インチほど広めに設定されている。それは砂も同様に一、二インチ分も深いことを物語っているのだ。私は砂の表面をコロコロ転がるような仕様の幅六インチのタイヤを付けたベビーカーが通り過ぎるのを見たことがある。車輪踏面が摩耗すれば、ウマも体力を消耗するという道理だ。プロヴィンスタウンに滞在した二日間に、私たちが出合った荷馬車はたった一台で、それも棺桶を積んだものだった。この地域で普通の日常生活を営んでいれば、めったに荷馬車など使うことはない。翌年の夏、私は汽船に乗船するために港までの三〇ロッドほどの距離を行くのに二輪馬車を使ったが、それは私が見た唯一の馬車だった。ある書物によれば、一七九一年当時、ここには二頭のウマと二対のウシがいたと書かれている。また、私たちがそこに滞在していた時には、駅馬車用の一組以外にも何頭かのウマやウシがいたようだ。アメリカの歴史学者ジョン・ワーナー・バーバーは『コネティカットの歴史コレクション』と題した本を作成したが、その中で「この地域にいれば、めったに四輪馬車を見かけることはないので、地元の若者たちにとっては、そのことが好奇心の対象だった。陸の旅より海の旅の知識に長けている若者が、路地を馬車で駆る人を見て、よくもまあ方向舵もなく真っすぐ走れるものだと驚異の眼差しを向けていた」と述べている。プロヴィンスタウンでは馬車のガタガタと鳴り響く音が聞こえてこなかったし、たとえ馬車が走っていたとしても、そのような雑音は立てなかったのではないだろうか。夕刻時に宿屋の前を幾頭かの乗用馬が小気味よく歩いていたが、それは作家が原稿用紙のインクを吸い取るための砂を撒くような趣に似て、実に柔らかい音がするだけで蹄の音は皆無であった。現在は間違いなくウシや馬車の数が増大しているだろうが。冬のソリなどコッド岬ではほとんど見かけないし、もし見る機会があっても珍奇な存在として映るだろう。つまり、この地域に舞い降りる雪は、砂の中に吸収されてしまい、それほど積もらないか、せいぜい吹き溜まりになってしまうからだ。

ところが、コッド岬の住民は、こうした土壌について不平を漏らすことはない。むしろ、魚干しに関しては誠に適切な土地柄だと自慢しているほどだ。

砂がすべてを呑み込んでゆくような土地にもかかわらず、町には教会が三つ設立されており、またそれに匹敵するような大きさの学校も四校あった。ただし、そのうちの幾つかの建物は、平坦で硬化層から成る敷地を保護するため、周囲に隙間なく板塀が設えられていた。こうした塀は一様に、多くの一般の家でも一フィート以内のところに張り巡らされていたものだ。そのために、明るい印象の景観が著しく損なわれてしまったことは残念だ。住民の話だと、ウシが自由気ままに歩き回らないようにするために、砂の移動を食い止める措置が講じられて以来、この一〇〇年間は砂地の進出が見られなくなったようだ。

一七二七年、プロヴィンスタウンは一層の発展を促進するために「様々な特権を与えられた」。この地域は一度ならず二度までも見捨てられた存在に成り下がったが、いまでは道路に面しているなどの特性を持つこの付近の公示価格は高値を更新し続けている。そもそもだが、町それ自体はマサチューセッツ州の行政管理下に置かれていることを忘れてはいけない。したがって、かつては土地の所有権を取得する場合、そこに在住すれば可能であったし、現在でもなお権利譲渡の証だけで土地の売買ができるようになっている。しかし、地価公示による土地の価格が上がったとは言え、近くの土地に長く居つくことができれば、多くの砂地などの所有権が取得できると言われている。

コッド岬には、めったに石が見当たらない。私は歩いている途中、舗道整備や堤防保護を目的とした高水護岸のために、ごく僅かな小石が運び込まれて使用されている箇所を幾つか見つけたものの、その量はあまりに少ないものだから、船舶の重量を増したりそのバランスを取ったりするために積み込む重し、すなわちバラスト用に浜辺から小石を持ち逃げすることは禁止されている。昔の話だが、船乗りたちは夜陰に乗じて浜辺に忍び込み盗みを働いたようだ。

オーリンズから先の地域では、普通の石垣さえまったく見ることはないという。しかし、イースタムでは、ある男が新築の家の土台となる基礎工事を行う際に、「ロック〔岩〕」と呼ばれる石を使用しているのを目撃したことがある。その男の話によれば、隣人が何年もかけて苦労しながら拾い集めた石の中から幾つかを譲ってもらったとのこと。これは記録に残すべき価値を秘めた貴重な贈り物であり、カリフォルニアの「金鉱」の一部を譲り受けたようなものだと言っても差し支えないだろう。その男の傍にいた自然観察者風のもう一人の男は、この近くにあるという「周囲が四二歩、高さが一五フィート」の大きな岩塊の所在を教えてくれた。そもそも私は余所者であり、無断でその石を持ち去るようなことをしないと踏んだからであろう。しかし、私は思うのだが、コッド岬の前腕部にある幾つかの巨石の所在は万人周知の事実ではないだろうか。私は鉱物学について思慮が浅く薄っぺらな知識を振り回す男に出会った。大切なのは、彼がその知識をどこで仕入れたかだが、私にはまったく見当がつかなかった。もし、この男がたとえばコハセットやマーブルヘッドなどの陸地に足を踏み入れていれば、興味深いが手に負えない地質学上の難問を抱え込むことになるだろう。

ハイランド灯台の井戸に使用されている石は、プリマス郡北部にあるヒンガムから運び入れたものである。コッド岬の井戸や地下室の建築には、だいたい外国産のレンガが使われている。

井戸同様に、地下室の造り方も砂による壁の倒壊を防ぐために円形工法となっていた。地下室の直径は九フィートから一二フィートくらいで、とても安価な立ち造りであった。もっと規模の大きな地下室造りであっても、レンガの一列積み上げ張り工法を採用すれば十分可能だ。もちろん、砂地での生活において、根菜類などを貯蔵するための大きな地下室などは不要である。プロヴィンスタウンでは、昔は砂が家屋の下を通り抜け、地下室の基礎部分を埋め尽くしてしまうので、道理としてそこに貯蔵するような保存野菜などあるはずがない。ジャガイモを五〇ブッシェル収穫したと言われる地元ウェルフリートに住み農業を生業とする住民の一人は、家の一角に佇む直径九フィートあまりの貯水槽のような地下室に案内してくれた。この人物は、この他にも納屋の下に同じ規模の地下室を持っていた。

コッド岬の浜辺の近くでは、どこでも二、三フィート掘るだけで天然水にありつける。試みに、その水を一口含んだ途端、不味過ぎてプッと吐き出してしまった。住民は美味しい水だと言い放ったが、もしかしたら塩水と比べて美味いと言っているのだろうか。トゥルーロについて述べられた文章によると、「浜辺の近くで掘削された井戸は水位が低い、いわば若潮時には水源が枯渇してしまうが、満潮の頃になると元の状態に戻る」というのだ。砂地の遥か下のところで蠢く塩水が天然水を押し上げるのだろう。プロヴィンスタウンの浜辺に佇む庭園は乾季にもかかわらず、青々とした瑞々しさを湛えている。人はその光景を眺めながら改めて驚きの気持ちを抑えることができないと思うが、それは潮の力によって水分が押し上げられるからだ、と住民は言う。興味深いことに、海の中でも低い位置にある砂洲は、おそらく干潮時にしかその姿を露わにしないものも含めて、大量の天然水を保有しているものと思われる。だから、そこは船乗りたちのオアシスとなって、彼らの喉を潤しているのだ。砂洲はいわば巨大な天然のスポンジ〔海綿〕のようなものであり、降り注ぐ雨水や露の滴りを貯えることで、毛細管現象の原理により周辺の塩水と混合することはないらしい。

私たちは高台で憩う時には、マサチューセッツ湾一帯やパノラマサイズに広がる壮大な大西洋の景観を眺めながら、プロヴィンスタウンの港に目を注いでいたが、そこはそれ相応の名声を得た港町なのだ。プロヴィンスタウン港は、南の方に向かって開けている。しかも岩礁域ではなく、また凍結に悩まされることもない。港内結氷と言っても、それは時としてバーンスタブル、あるいはプリマス辺りから流れ着いた氷のみらしい。ドワイトの説によれば、「アメリカの海岸を襲う嵐と言えば、普通、東方面から吹き寄せるものが多い。ただし、二〇〇マイル以内の海岸の港はここしかない」。プロヴィンスタウン港をはじめとして、その周辺の海域を入念に調査したJ・D・グラハムはこのように記している。「船を収容する能力、水深の適正性、錨地の底質、そして優れた耐風性が考慮されて、プロヴィンスタウン港はわが国有数の重要港湾の一つとして指定された」。プロヴィンスタウン港はコッド岬の港湾だけでなく、マサチューセッツ州全域の漁師たちにとっても優良な港であろう。一六二〇年にメイフラワー号でプリマスへの入植が始まる数年前から、この港の存在は航海者たちの間では知られていた。ジョン・スミス船長が一六一四年に作成したニューイングランドの地図には、プロヴィンスタウンはミルフォード・ヘブンと記されており、マサチューセッツ湾はスチュアート湾となっていた。チャールズ王子はコッド岬をジェイムズ岬と変更したが、いくら王子というお偉い立場にある方でも地名の改悪は権利の濫用に当たるもので好ましくない。ニューイングランドの社会に影響力のあるピューリタンの教役者コットン・マザーは言う。「コッド岬は決してその名前を失うことはないだろう。この岬の一番高い丘の上で大量のタラが大きな群れを作って回遊でもしない限りは」。

かつての航海者たちは、図らずもコッド岬という釣り針にかかってしまい湾内に引き込まれたものだ。コッド岬が属する地方の名称が、ニューフランス、ニューホーランド、そしてニューイングランドといった風に変遷すると、地図のこの岬は次から次へとフランス語、オランダ語、英語と様々な名前を冠して呼ばれるようになる。昔のある地図には、プロヴィンスタウン港は「フェイック湾〔ロブスターを捕獲する籠〕」、バーンスタブル湾は「スタテン湾」、北側の海は「マーレ・デル・ノールト」、つまり「北海」というように記されている。また別の地図には、コッド岬の先端部分は「スタテン・フック〔合衆国の釣り針〕」と呼称されている。一九世紀のアメリカの歴史学者アレキサンダー・ヤングの作成した地図には、それはノールト・ゼー、スタテン・フック、あるいはウィット・フックと記載されているが、マサチューセッツ州ケンブリッジにあるハーバード大学の復刻版は日付が不明である。コッド岬全体はイギリスの探検家ヘンリー・ハドソンに因んで「ニューホーランド（新しいオランダ）」と呼称された。さらに別の地図では、レイス岬とウッド・エンドに跨る浜辺を「ベヴェヒール」と記しているようだ。現在のニューイングランド海岸を描いたと思われる馴染み深い最古の地図が含まれているシャンプランの秀逸なニューフランスの地図には、コッド岬を浜辺の砂の色に因んでカプ・ブラン（白い岬）と記していた。一方、マサチューセッツ湾はベイ・ブランシュ〔白い湾〕となっていた。

コッド岬には一六〇五年にド・モン卿ピエール・デュグァとサミュエル・ド・シャンプランが訪れている。翌年には、ポアトランクールとシャンプランが探検を敢行している。シャンプランはその著書『航海記』の中で、この探検について詳細に記述している。それればかりではなく、海図と二つの港の測鉛で測深可能な水域については別紙添付されていた。これらの港だが、その一つはマル・バル（ノーセット港のことか？）であり、以前、これはフランス人がカプ・バテュリエと呼んでいた港だ。もう一つは、ポール・フォルテュヌである。これは現在のチャタム港を指すのだろう。この二つの名称はオーグルビーの著書『アメリカ』の中で、「ノヴィ・ベルギー」の地図に転載されている。シャンプランは、この地域に住む未開人の風習についても事細かに記述している。さらに、彼らがフランス人を奇襲して、その幾人かを残虐な手口で殺害した様子を描いた版画も掲載している。その後、もっともフランス人もそのことに対して報復措置を講じ、未開人を幾人か殺害しているが。また、彼らはそのうちの何人かをジャマイカ南東部にあった港湾都市ポール・ロワイヤルまで連れ出し、そこで粉挽きの労働に従事させたのだ。

当時のフランス人探検家たちが一六〇四年と一六〇八年の間に敢行した調査、つまり現在のニューイングランド地方における生活実態の記録に関する詳細で正確な英語版の報告書が存在しないことは、どうも腑に落ちない。実際、フランス人たちはセント・オーガスティン以北のアメリカ大陸に最初の永続的なヨーロッパ系の植民地を建設したにもかかわらず、そのような状況にあることが不思議だ。もし、ライオンが画家のような優れた描写力を持っていたら、そのような事態には陥っていないだろう。このような不作為によって深刻な結果を招いた原因は、おそらくシャンプランによって書かれた前出の『航海記』の初版を参照していなかった事由によるものだろう。この初版本には、ピルグリム・ファーザーズのプリマス上陸以前のニューイングランドの歴史的な変遷が描かれており、それも非常に精緻な筆致で書かれた中立的な記述態度が認められる。私の勝手な見解を吐露すれば、延々一六〇頁以上にわたるその四つ折り版の一章を占める箇所は、実に興味深い。だが、著名な歴史研究者もプリマス・ロックの礼賛者も、この書物の存在を知らないというのだ。そればかりか、あの有名なアメリカの歴史家ジョージ・バンクロフトに至っては、ド・モン卿ピエール・デュグァの遠征に関する研究の権威者の一人であるシャンプランのことにも言及していないし、彼がニューイングランドの沿岸付近の探検を行ったことにも触れていない始末だ。シャンプランはド・モンの導き手として担うべき役目を負っていたが、別の意味においては、この遠征に関する歴史記述者であり指導者でもあったはずだ。アビエル・ホームズ、リチャード・ヒルドレス、ジョン・ステットソン・バリーといったすべての歴史家たちはシャンプランの『航海記』に触れて、一六三二年度版の本を参考にしているが、その本はニューイングランド地方の各港名が記載された海図と探検記録に関するおよそ半分の記述が欠落したものである。著者のシャンプランはあまりに多くの国を訪れて調査を行ったので、そのことをいちいち覚えていないのだろう。ヒルドレスはド・モン卿ピエール・デュグァの遠征に言及して、「彼はイギリスの探検家マーティン・プリングが二年前に発見したペノブスコットを調査した」と記述している。しかし、シャンプランが一六〇四年にド・モンとともに行った広範囲に及ぶ植民地の探索活動については触れていない（ただし、歴史家のアビエル・ホームズは、この探検の時期を一六〇八年と記して、その際にイギリスの聖職者サミュエル・パーチャスにも言及している）。ヒルドレスは、さらにド・モンがマーティン・プリングの特異な航跡を辿って、「コッド岬（彼の言うマル・バル）まで進出した」と述べている（一九世紀のカナダの著述家トーマス・チャンドラー・ハリバートンは、それ以前の一八二九年にこの探検に関して記述しているが、コッド岬をカプ・ブラン〈白い岬〉と呼び、マル・バルという名称はコッド岬の東海岸にある港に付している）。プリングはコッド岬を流れる川について、まったく言及していない。アメリカの歴史家ジェレミー・ベルナップによると、イギリスの探検家ジョージ・ウェイマスが一六〇五年にその川を発見したと主張している。イギリスの海軍司令官などを歴任したフェルディナンド・ゴージス卿は、一六五八年に刊行された探検記（『メイン州の史料集成』第二巻一九頁参照）の中で、こう述べている。「マーティン・プリングは一六〇六年にすべての川と港を発見している」と。私としては、ここまでの調査で精一杯である。ジョージ・バンクロフトはシャンプランがメイン州の西部の奥地にある川を発見したと述べているが、ペノブスコット川のことにはまったく触れていない。しかし、彼はこの川の支流に当たる流域を発見したに相違ない（ベルナップ一四七頁参照）。プリングがイギリスを離れてから六か月の月日が流れていた。その付近には香料の原料として用いられるサッサフラスが見当たらなかったので、彼はコッド岬（マル・バル）の流域を通過してしまったのだろう。フランス人の探検家たちは、こうしたプリングの事情など承知するはずもなく、彼らは数年間にわたり、移住の地を探し求めて沿岸付近を探検し、なおかつ港内の測深および底質調査を継続的に行っていた。

一六一四年から一六一五年にかけての入念な調査や観察で得られた結果を纏めて作成され、

一六一六年に刊行されたジョン・スミスの地図は、一般的にニューイングランド地方全域を網羅する最古の地図だと言われている。これはスミスの命名により、ニューイングランドと呼ばれるようになった以後の最初の地図である。

一六一三年版のシャンプランの『航海記』（ちなみに、フランスの歴史家マルク・レスカルボは、一六一二年の時点において、この版より以前の『航海記』からの引用を行っている）には、ニューイングランドの地名がキリスト教の社会ではニューフランスという名称で一般化されていた時代に作成された地図が載っていたが、それは一六〇四年と一六〇七年に探検を敢行した彼の観測・調査に基づくものであった。「シャンプラン船長は四海王として誉れ高いフランス王家の家臣としてサントンジュに生まれる。これは彼が一六一二年に作成したニューフランスの地図である」と題された一文が掲載されている。この地図はカナダ東部のラブラドル半島からコッド岬、そして西方の五大湖に至るまでの地域を包括的に表示したものだし、しかも、地理学的、民族誌学的、動植物学的といった総合的な情報を提示するものであった。シャンプランは、当時たくさんの沿岸地域で自ら観測した羅針盤の自差と偏差についても詳しく解説している。この自差と偏差は、一六一三年度版には掲載されているが、一六三二年度版にはそのデータの記載は見当たらない。これはそれぞれの港ごとの海図と大規模にわたる観測・調査結果——（キニビア〈ケベック〉、シュアコ川〈サコ川〉、ル・ポー・ポール、ポール・サン・ルイ〈アン岬近郊〉などのニューイングランド沿岸地方）が中心であった——と相まって、その半世紀後にもう一人のフランス人ジョセフ・F・W・デ・バールが新しい地図（それに代わるものとしては、最近実施された沿岸測量調査のみが残されている）を作成するまでは、シャンプランのものが完璧にニューイングランドとその近隣地帯を表示した地図であるという高い評価が与えられていた。事実、その後も引き続き作成されたこの沿岸付近を含む地図は、シャンプランの成果を享受するものである。

彼はフランス王の直属の家臣団の一人であり、円熟した経験を有する航海師、科学者、そして地理学者でもあった。シャンプランは大西洋を二〇回も横断したが、そんなことは大したことではないと思っていた。それも、いまなら御免こうむりたいような小さな船で、よく大海原に乗り出したものである。ある時など、ケベック州のタドゥサックからフランス北西部のサン・マロまでの航海を一八日間で無事成功させている。彼は一六〇四年五月から一六〇七年九月までのおよそ三年半の時間を要して、この付近、つまりメリーランド州中央部の都市アナポリスからカナダ東部の大西洋に面したノバスコシア、さらにそこからコッド岬に至る海岸地帯への渡航を鋭意敢行し、陸地の自然観察と地域住民の生活環境の調査を断行した。その成果を沿岸地図の作成に反映させたのである。それに加えて、自ら行った港湾内の測量法に関しても詳細な記録を書き残している。彼の地図の一部は作成した人物の所感を付して、一六〇四年（？）と刻まれた。一六〇六年にフランソワ・G・デュポン一団がフランスに帰国した後も、シャンプランはポアトランクールと共にポール・ロワイヤルに残った。その理由は、彼自身の言葉を借りれば、「神の恩恵の名のもとに、私がすでに着手した沿岸地図を完成したいがためです」であった。ジョン・スミス船長がアメリカに渡来する以前に出版された本の中で、シャンプランは、次のように述べている。「私のこれまでの観察成果を遺漏なく精密に記述することができたとすれば、また、これまでの他の調査成果だとしても、それを大幅に凌駕するほどの精緻で特異な知識を民衆に提供できたとすれば、そのことに喜びを実感する。これで自分の役割を忠実に果たしたことになるだろう。ただし、過去一〇年間の努力は必ずしも報われていない。これはあくまでもささやかな分量に過ぎないことを申し述べておきたい」。

入植したばかりのピルグリム・ファーザーズが新世界での記念すべき最初の冬を過ごしている時、その場所に隣接するかのように、僅か三〇〇マイル離れた（プリンスは約五〇〇マイルと想定していたが）ポール・ロワイヤル（現在のノバスコシア州のアナポリス）にはフランス人たちの植民地があった。ピルグリムたちの子孫にはその知識があったものの、ほとんど失念していた。およそ一五年間という四季折々の移ろいを経て、フランス人たちはその地域での生活基盤を構築していたのだ。彼らは一六〇六年に早くもトウモロコシ粉砕所を建設している。ウィリアムソンによれば、同年一六〇六年に、川のほとりでレンガの製造や松脂を水蒸気蒸留することによって得られるテレビン油の生産に成功している。プロテスタントの牧師であったド・モン卿は同派の牧師を召喚したが、その牧師は宗教上のテーマを巡ってカトリック系の司祭と妙な不和の種を蒔く原因を誘導してしまった。こうしたメイン州東部とカナダのノバスコシア州に相当する地域アカディへの最初の植民者たちは、ピルグリム・ファーザーズに負けずとも劣らない堅忍不抜の精神を発揮して植民地建設に先んじたが、後者よりも一六年早い一六〇四年から一六〇五年にかけての最初の冬にセント・クロイで七九名中三五名が命を落とす（ウィリアムソンの『メイン州史』では、七〇名中三六名と記されている）という悲惨な状況に陥った。これはいわばプリマスの犠牲者に相当する数字である。私の知る限り、彼らの事業の功績を讃えた人物は皆無だ（ウィリアムソンの『メイン州史』での記述は例外的だ）。他方において、イギリス人移住者たちの支配下に入った後継者や子孫たちが被った幾多の試練と困苦の歴史は、歴史家や詩人に誂え向きのテーマを提供したことは事実である（その例としては、ジョージ・バンクロフトの代表的著書『合衆国の歴史』やヘンリー・ワズワース・ロングフェローの詩『エヴァンジェリン』など）。彼らの砦の跡地であるセント・クロイは、前世紀末に発見された。それはセント・クロイの真の所在地としての意義と国境線を引く上で有用な発見に繋がったことになる。

こうしたフランス人たちの墓石だが、これこそがエリザベス諸島以北、いやニューイングランド全域にわたって散在するイギリス人たちの墓石よりも一層古く、おそらく史上最古の墓である可能性が高いだろう。たとえ既出のバーソロミュー・ゴズノールド船長の倉庫らしき跡が残存していたとしても、とうの昔にあの見事で頑強な要塞ともども跡形もなく消えてしまっているだろうから。一八三四年にバンクロフトが敢えて思慮深く表明するには、「砦の遺跡を発見するには、それを見極めるたしかな眼力が必要である」とのこと。しかし、一八三七年には、砦の遺跡は何一つ発見されていない。アメリカの地質学者チャールズ・T・ジャクソン博士が私に語るには、一八二七年に実施した地質調査の際に、博士はノバスコシア州のアナポリス（ポール・ロワイヤル）の向こう側に位置するゴート島で一枚の火成岩で作られた墓石を発見したが、そこには石工の紋章と一六〇六年という年号が刻まれていた。これはピルグリム・ファーザーズがアメリカ大陸に上陸する一四年前のことだった。ちなみに、この墓石は後にノバスコシアのハリバートン判事の所有物となったという。

その後、ニューイングランドと呼ばれるようになった地方には、イエズス会の神父たちがいた。一六一三年当時、彼らはセント・セイヴィアと呼称されたメイン州の奥地のマウント・デザートに住む未開人たちの改宗に携わったのだ。神父たちは一六一一年にポール・ロワイヤルにやって来たのだが、その後間もなくしてピルグリム・ファーザーズがその土地を占領するなり一定規模で持続的に宗教の教義を広め、儀式行事を行うようになった。ところが、神父たちはそれ以前からイギリス人たちによる直接的な妨害行為に翻弄されていたのだ。これはあくまでもシャンプランの見解だが、フランス人のイエズス会宣教師ピエール・フランソワ・ザビエル・ド・シャルルボワも同様な論を展開している。彼らは一六一一年にフランスから渡航した人たちで、翌年の一六一二年にポール・ロワイヤルから海岸沿いの道を辿り西方面に向かい、ケベックに辿り着くとポール・ロワイヤルとマウント・デザートに送られて来たのだ。

実際は、イギリス人たちの入植に伴うニューイングランド史は、ニューフランスの消滅と同時に始まったのである。最初に北アメリカ大陸を発見したのは、一六世紀のイギリスの航海者セバスチャン・カボートであったが、シャンプランはニューイングランドに入植した初期のイギリス人たちがケベックとポール・ロワイヤルを一時的に占領した後の一六三二年に出版された『航海記』の中で、少なからぬ正義感を振りかざしながらこう述べている。「ヨーロッパ全土の人々が等しく同意しているのは、少なくとも北緯三五度から三六度に当たる地域はニューフランスと表示することである。事実、スペイン、イタリア、オランダ、フランドル、ドイツ、そしてイギリスで発行されている世界地図にはそのように記載されている。ところが、彼らはアカディ、エトケミン（メインおよびブランズウィック）、アルムシショー（マサチューセッツ?）、グレート・セント・ロレンス川などのニューフランス一帯の名称をニューイングランドとかスコットランドといった地名表記に強引に変更したのである。キリスト教圏のすべての人たちの記憶から、そうした事実を完全に消し去ることは容易ではない」。

カボートがラブラドル半島の無人の海岸に上陸したという事実だけでは、イギリスの入植者たちがニューイングランドや合衆国全土の領有権限を有することにはならないだろう。それは彼らが南アメリカのパダゴニアの領有権を持たないのと同じである。カボートの生涯を克明に描いた伝記作家ビドルによれば、いつの航海において世の中に流布されている合衆国沿岸一帯の探検が行われたかは未確認と記されているし、また何を発見したかも不明であるという。サミュエル・ミラー著『ニューヨーク史料集成』（第一巻二三頁）によれば、カボートは大陸のいずれの場所にも上陸していなかったと記されている。ところが、最初にニューヨーク湾を発見したイタリアの探検家ジョバンニ・ダ・ヴェラッツァーノは、ニューイングランドの沿岸のある場所に上陸するなり、そこに一五日間逗留しながら内陸に幾度となく探検を試みている。ヴェラッツァーノが一五二四年にフランスの王フランソワ一世に宛てた手紙の中には、偶然にも合衆国の大西洋岸に関して現存する最古の体験記が含まれており、北部の大西洋側はフランスの領土と認められつつあったことが分かる。この領土の一部は、ニューイングランドと呼ばれる以前にはニューホーランドと呼称されていた。イギリス人たちは、ようやく辿り着いた大陸での探検や調査をするために試行錯誤を繰り返した。しかし、その進捗が予想以上に遅れていたことは否めない。一方、フランス人たちは北アメリカ（一五六二－六四：カロライナとフロリダ）での植民地の建設活動と最初の恒久的な定住（一六〇五：ポール・ロワイヤル）に向けた環境構築に鋭意勤しみ、イギリス人たちより一歩抽んでていた。イギリスはヘンリー七世の統治時代より、スペイン、ポルトガル、さらにフランスの領有権に関する主張に対して尊重と承認の姿勢を崩すことはなかった。

フランス人の探検家たちの類まれな功績によって、こうした沿岸地域における貴重な地図が初めて世界に披露されたのである。また、フランス北西部オンフルール出身のジャン・ドニが一五〇六年にセント・ロレンス湾の地図を作成していることも付言しておきたい。一五三五年にフランス・ブルターニュ地方出身の探検家ジャック・カルティエが、セント・ロレンス川周辺を周到な準備を積み重ねて探検すると、間もなくしてその同胞たちはモントリオールに至る川に関する極めて精緻な水路図を一五三五年に公にした。それから数十年後には、フロリダ以北のほとんどあらゆる沿岸地域が海図に表記されるようになった所以だ。イタリアのヴェラッツァーノがフランス政府の援助を受けて作成した大雑把な印象を与える地図については、一五二四年の彼の航海から五〇年以上も経って、イギリスの地理学者リチャード・ハクルートが東部沿岸付近に関する最も精緻な地図であると称賛の言葉を捧げている。いまでもフランス人たちが辿った足跡は明確に残されている。彼らは測量業務に従事し、水深および測深位置を確定した。母国に帰還すると、航海記や探検記を世に送り出した。カボートの例を引き合いに出すまでもなく、海図が行方をくらますことなどない。

その当時、最も卓越した航海術を操る船乗りと言えばイタリア人で、それにポルトガル人が加わった。フランス人とスペイン人は前者の民族に比べれば、航海術の点で劣っていたと思われる。ただし、その想像力や冒険心はイギリス人を遥かに凌駕していたと言えるだろう。一七五一年に至っても、新大陸の探検者としてより優れた特性を示していたことがその証左である。

あれほど早い段階で、フランスの入植者たちを五大湖や北部ミシシッピー川への探検に駆り立て、またスペイン人たちをミシシッピー川の南部へと追い立てたのは、まさしくあの進取の精神である。それは西部開拓の波が押し寄せる遥か以前のことで、いまでも西部ではフランス系移民である毛皮の運び屋や無頼な毛皮商人たちが私たちの道案内の手助けとなってくれている。たとえば、「大草原」（プレーリー）は元々フランス語由来の言葉だし、山脈の「シエラ」はスペイン語から派生している。フロリダ州のオーガスティン（一五六五年にスペイン軍元帥ペドロ・メネンデス・デ・アビレスによって建設された）とニューメキシコ州のサンタフェ（一五八二）は、いずれもスペイン人たちによって建設された町で、合衆国でも最も古い町と考えられている。町の古老の記憶を辿れば、つい先ごろまで、アングロ・サクソン系のアメリカ人たちはアパラチア山脈と大海の間に挟まれた幅二〇〇マイルくらいの地域に限定された生活圏で日常を過ごしていたらしい。一方、ミシシッピー川は両国間の条約によりニューフランスの東側の領土に包括され成り立っていたという（この件に関しては、アメリカ合衆国の植物学者ジョン・バートラムの『旅行記』〈*Diary of a Journey through the Carolinas, Georgia and Florida*〉とともに編集され、一七六三年にロンドンで出版されたオハイオ川流域への定住環境に関する論文参照）。内陸部における様々な発見に関する限り、イギリス人たちの一日の上陸探検に限定された行動は、ある意味で船乗り気質そのものであった。そして、彼らの事業感覚はまさに貿易商のそれである。ある人物がアメリカ大陸の発見に関して語るには、こうである。カボートはこの大陸が北の方向に延々続いていると考えて、インド航路への障害を引き起こしかねないと懸念し、大いに落胆したようだ。無論、私たちはこの大陸の発見者の偉大な功績に対して敬意を表することに躊躇がないのは当然だ。

アメリカの歴史家サミュエル・ペンハロウは、その著書『ニューイングランド史』（ボストン―一七二六）の中の五一頁で「ポール・ロワイヤルとノバスコシア」に言及し、後者のノバスコシアについて「その地域はセバスチャン・カベット卿〔カボートのこと〕によってヘンリー七世の統治時代に占領区とされたが、一六二一年までは実質的に休止状態にあった」と、述べている。一六二一年にスコットランドのウィリアム・アレクサンダー卿が、国王から付与された特許状に基づいて数年間にわたりその土地を所有したのだ。その後、デイヴィッド・カーク卿に譲渡されている。すべての識者の驚きと心配をよそに、「間もなくして土地所有権はフランスのものになった」と記している。

さらに後年の一六三三年になっても、マサチューセッツ湾植民地知事ジョン・ウィンスロップまでもが、コネティカット川とポトマック川の源流である「グレート・レイク〔大きな湖〕」と「周辺に点在する恐怖の沼地」について縷々語る始末だ。誠に誤謬を犯したとしか思えない。彼は誤情報に惑わされない立場の人物であり、しかもワチューセッツ山（四〇マイル内陸に存在する）を発見したという名誉に浴していたのだ。また、一六四二年の特記すべき事柄として、彼はアイルランド人のダービー・フィールドによる「白い丘」への遠征について語っているが、フィールドがその丘の頂から東方を眺めると、「カナダ湾と推測されるもの」が確認できたというう。さらに西方に目を向けると、「カナダ川の源流と推定される巨大な湖」が見えたと言うのだ。そこからは白雲母の最大の生産地であるロシア特有の窓ガラスのようなものがたくさん発見され、「長さ四〇フィート、幅七、八フィートの塊を除去できた」と記されている。ニューイングランドの人たちが、一〇〇マイルほど内陸部に潜む「まだ見ぬ土地」に纏わることで、事実をねじ曲げて伝えていた頃、いや、というよりも、彼らがアメリカ大陸に上陸する遥か以前に遡るが、カナダの初代総督に任命されたシャンプランは、すでにイロコイ族と森林の奥地で武力衝突を繰り返したり、さらに五大湖まで歩武を進め、そこで冬を越しているのだ。ただし、ここでは前世紀におけるジャック・カルティエやフランスの軍人ジャン・フランソワ・デ・ラ・ロック・デ・ロバーヴァル、その他による内陸の発見、そしてシャンプランによって敢行された初期の航海については差し控えさせていただきたい。こうした特定の状況や出来事が見られたのは、ピルグリムたちがニューイングランドについて知る前の時期だった。一六一三年に発行されたシャンプランの『航海記』には、プリマスへの入植が始まる一一年前の一六〇九年七月に、ニューヨーク北東部にあるシャンプレーン湖の南端近くにおいて、彼がカナダのインディアンに援助の手を差し伸べてイロコイ族と戦う場面を描いた版画が掲載されていた。歴史家のジョージ・バンクロフトによれば、彼はイロコイ族が率いる五族の連合部隊と戦うアルゴンキン系の部族の遠征に加わり、ニューヨークの北西部まで進出したようだ。このことが「グレート・レイク」と呼ばれ伝説化されたと思われる。イギリス人探検家たちは、後年にフランス人から真偽の不確かな情報を聞いて、それが例の「ラコニアと呼ばれる幻の国」だと思い込んでしまったのだろう。「一六三〇年頃には、彼らは血眼になってその発見に努め、年月を費やした。結局、すべての努力は徒労に終わった」（フェルディナンド・ゴージス卿著『メイン州の史料集成』第二巻六八頁参照）。初期入植者トマス・モートンは、「グレート・レイク」について、その著書の一章を割いて具体的に記述している。一六三二年版のシャンプランの地図には、ナイアガラの滝が表記されている。また、メール・ドゥーシュ（ヒューロン湖）の北西にある巨大な湖には、一つの島が描かれていて、その上に「銅鉱の島」と記されていた。われらがマサチューセッツ湾植民地初代知事ジョン・ウィンスロップの言う「ロシア製ガラス」の逸話が生まれたのはこの辺りだろう。こうしたすべての旺盛な好奇心や比類なき探求心と発見について、私たちは詳細かつ信頼できる情報を素早く手に入れられる。しかも、いずれも海図や測深値に加えて、フランス人独特な要件事実と日付など付した科学的な仕様が施されている。当然、そこには架空の話や気まぐれな旅人の話など皆無である。

おそらく、ヨーロッパ人たちは一七世紀より遥か以前にコッド岬を訪れていたであろう。カボート本人も、そのことを承知していたかもしれない。ヴェラッツァーノはその報告書によると、一五二四年に北緯四一度四〇分の位置にあるアメリカ東部海岸（ニューポート辺りだろうか）で一五日間を過ごしているのだ。その間にしばしば五、六リーグほど内陸の奥地に足を踏み入れているし、またそれから北東の方向に向かって、いつも海岸を視野に入れながら一五〇リーグもの距離を航行したようだ。イギリスの地理学者リチャード・ハクルートの『航海記叢書』には、称賛に値する情報の充実度と正確さを伴ったヴェラッツァーノの偉業を基にして作成された海図が盛り込まれているが、コッド岬の文字を確認することはできない。ただし、ロードアイランド州の沖合約一三キロの大西洋上にあるブロック島と想定される「クラウディア」の一〇度西方向に存在し、正しい緯度の付近に位置する「アレナス岬」がコッド岬だとすれば、いかがだろうか。

『万国伝記辞典』によると、「一五二九年に、宇宙構造論に精通しているスペインの科学者ディオゴ・リベイロが作成した古い手書きの海図には、ゴメス（カルル五世）が辿った航跡が記されている。つまり、ニューヨーク、コネティカット、ロードアイランドなどの州の下には〈一五二五年、エチエンヌ・ゴメスの発見に拠る領土〉と書かれている」この海図は、回想録と一緒に一八世紀にワイマールで出版されている。

一五四二年にカナダで前出のロバーヴァルの案内役を担ったジャン・アルフォンスは当時、最も熟練の域に達した航海者の一人だった。彼が作成したセント・ロレンス川周遊に関わる精緻を極めた素晴らしい案内書には本人の体験談が赤裸々に述べられているが、その著書『航路図』（リチャード・ハクルート『航海記叢書』収録）の中で、次のように述べている。「私はノリンベーグ川（メイン中部のペノブスコット川?）とフロリダに挟まれた湾に入り込んで、北緯四二度辺りまで進んだことがある。ただし、その水深を計測することを怠っていたし、湾が一つの国から他の国（たとえばアジア諸国など）へと繋がっていることすら分からなかった」。この意味するところが少し南方向に湾曲し、海岸が西方向に傾斜しているのであれば、それはマサチューセッツ湾についての言及かもしれない。「私はノリンベーグ川がカナダの川に入り込んでいることを、まったく疑わない」と発言しているので、アルフォンスは、おそらくセント・ロレンス川からセント・ジョン川、ペノブスコット川、もしかするとハドソン川を通過して大西洋に出るルートに関してインディアンのちょっとした一言を真に受けたのだろうか。

私たちは幻の町「ノルムベガ」と、それに関係する大都市の噂話を多方面から耳にした。イタリアの地理学者ジョヴァンニ・バッティスタ・ラムージオの書いた『航海と旅行記集成』（一五五六－六五）の第三巻に登場する偉大なるフランス人船長の話では、この地名は地元の人たちによって命名されたもので、元々はヴェラッツァーノがその発見者とのことだ。また、一六〇七年に出版された別の本では、その地名、もしくは河川の名は住民たちによってアグンシアと呼ばれていたし、それに付随する海図の中では一つの島として表記されている。昔の歴史家たちはそれぞれの本の中に、それをカナダとフロリダの間に広がる無限に生成された土地であると書いている。リチャード・ハクルートの『航海記叢書』の中に盛り込まれたヴェラッツァーノの地図において、東の端にブレトン岬を持つ巨大な島がノルムベガと記されている。たぶん、こうした地図や虚偽の風説が流布されたことにより、初期の入植者たちはニューイングランドは一つの島から成り立っているのだという考え方に、一片の疑問も抱かなかったのだろう。ノルムベガとその周辺の都市は、フランドル人の地理学者アブラハム・オルテリウスが作成した地図（『世界地図帳』／アントワープ－一五七〇）では、現在のメイン州辺りになると思われる。「グランデ川」は、ペノブスコット川かセント・ジョン川が流れる付近だろうか。

一六〇四年、シャンプランはド・モンの命を受けて、ノリンベーグ沿岸の探検事業に加わることになり、ペノブスコット川を「イル・オート」から二二リーグ、ないし二三リーグほど航行したが、船は行く手を滝に阻まれ進めなくなってしまった。「私はこの川こそが多くの水先案内人たちや歴史家たちがノリンベーグと呼んでいる川であると思うし、その大半の人たちが幾つもの島を有する大河だと呼ぶ川であろう。河口は北緯四三度、あるいは四三・五度辺りに位置しているだろうが、人によっては四四度だと主張する者もいる」とシャンプランは述べている。そこに大都市が存在すると言い張る人たちの大部分は、実際にそれを目撃した訳ではなく、単なる流言飛語に惑わされているだけだと彼は言う。ただし、河口については、たまたま彼らの認識と一致するので、実際にそれに遭遇した者もいたであろうと考えられる。

一六〇七年と刻まれた下に、シャンプランは次のように記している。「ポワトリンクール岬（ノバスコシアのファンディ湾の末端近くにある）から北方向へ三、四リーグ進んだ辺りで、全体を苔に覆われ、ほとんど朽ちた古い十字架を見つけた。それは以前、そこにキリスト教徒がいたという紛れもない証拠であった」。

さて、次のフランスの歴史家マルク・レスカルボの記述も一六世紀のヨーロッパの探検家たちが盛んにこの付近の沿岸に足を踏み入れていたことを物語っていると言える。彼は一六〇七年にポール・ロワイヤルからフランスに帰還する際のことに触れて、このように述べている。「やっとの思いで、私たちはカンソー（カンソー海峡のこと）から四マイルの場所にあるノバスコシアの港に辿り着き、いろんな魚を捕獲していた。セント・ジョン・デ・ルス出身のサヴァレと名乗る紳士気質の老船長に歓迎され丁寧に遇された。この港は規模が小さかったが優れた機能を有していたにもかかわらず、それに相応しい名称がなかったので、私はサヴァレと命名して地理学上のチャートに表記した次第だ（それはシャンプランの地図にも記載された）。この教養の高い立派な紳士が言うには、これで航海は四二回目を数えたが、ニューファンドランド人の探検家たちがここに来るのは、年に一回程度の機会を利用する時のみだ。彼は、この付近で見られる漁に大いに満足していると述べている。何しろ、毎日五〇クラウン分の量のタラが捕獲できるし、また一回の航海で大量の魚を積み込んで一万フランくらいはしっかり稼げるので満足らしい。一六名の雇用人数を常態化しており、船の規模は八〇トンなので、一度の航海で一〇万匹のタラを輸送できる」（『新フランス史』一六一二年版より）。彼らは浜辺の岩礁の上で捕獲した魚を干していた。

「イゾラ・デラ・レナ」（セイブル島を指すのだろうか？）という名称は、先のイタリアの地理学者ジョヴァンニ・バッティスタ・ラムージオ著『航海と旅行記集成』の第三巻の序章に付された「ヌーヴェル・フランス」とノルムベガの海図に表示されている。シャンプランによれば、一六〇四年当時のセイブル島には、「ポルトガル人たちが六〇年以上前（すなわち、シャンプランの『航海記』〈一六一三〉の初版の出版より以前）に持ち込んだたくさんの雄ウシや牝ウシが放牧されている草地があった」らしい。それより後に出版された重版によると、それらのウシはカナダ東部大西洋岸にあるケープ・ブレトン島に着岸を試みたが座礁沈没したスペインの大型船から脱出したものだと記されている。さらに、ド・ラ・ロシュの部下たちは一五九八年から七年もの長きにわたり、この島にかくも無残に取り残されたが、その間に命からがら生き延びたたくさんのウシたちを食べて生命を支える糧としたようだ。また島（おそらくギルバート島のことだろうか）には適切な木材も石材も見つからなかったので、難破船の木の残骸で家を建てたと言われている。フランスの歴史家マルク・レスカルボは、このように言う。「彼らは魚類を食料とした。それればかりかフランス人のバロン・デ・ルリとサン・ジュストが八〇年ほど前に島に残したウシのミルクも生活の糧にしていた」ようだ、と。シャルルボワによると、あるだけの牛肉すべてを食べ尽くしてしまうと、次には魚に移ったという。ハリバートンなどは、こんな風に言っている。ウシが残っていたというのはばかげた戯言に過ぎないと。シャルルボワの説に感化された歴史家ジョージ・バンクロフトによれば、前出のバロン・デ・ルリとサン・ジュストは一五一八年（一五〇八年?）に、早くもセイブル島の植民地化の機会を虎視眈々と狙っていた様子が窺えるらしい。もっとも、そのことに関する根拠は希薄だが。

コッド岬は一六〇二年に発見されたと世間一般で言われている。歴史上の出来事としては明確に定義されていることだが、最初に入植したイギリス人たちは、いかなる事情を背負い、いかなる夢や希望を抱きながらニューイングランド沿岸海域に接近し、ついには到着したのかを詳細に調べてみようと思う。バーソロミュー・ゴズノールド船長に同行したガブリエル・アーチャーとジョン・ブレレトンによると、旧暦の一六〇二年三月二六日にゴズノールド船長はコンコード号という小さなバーク型の帆船に乗り込んでヴァージニアの北部付近を目指してイギリスのファルマス港を出港した。一部の記録によると、「帆船の乗組員は全部で三二名。その内訳は八名の船員と海員、一二名は目的地を発見次第、そのまま帰港の途に就く予定の者たち、その後の残りはヴァージニアに移住して植民地を開拓する人たちだった」。これが「最初にニューイングランド地方の限定的なエリア内への移住を試みた」イギリス人たちだと見なされている。彼ら一行はアフリカ大陸の北西沿岸に近い大西洋上にあるカナリア諸島を経由するという稀有な最短コースを辿り「翌月の四月一四日には、大西洋の中央部に位置するポルトガル領のアゾレス諸島の一つであるセント・メアリー島を遠方より望み見た」。船乗りの数も少なく、その上「優秀な船乗りは皆無という劣悪な状況にあった」(これは本の著者の言葉であるが)。しかも彼らは「人跡未踏と思うような未開の海岸に降り立つ」とあって、「天気が良くなければ上陸したくないと厚かましくも言い放つ始末」。そんな事情も絡んで、せっかく新大陸への上陸寸前だったにもかかわらず、彼らは船から水深を測るだけに留めざるを得なかった。

四月二三日、沖の海上が黄色く見えたので、思わず海水をバケツで汲み上げてみた。すると、「その色も味も何ら変化がない、いままでと同じ紺碧の海のものだった」。五月七日、言わずと知れた身近な鳥たちだけではなく、「英語圏では見慣れない鳥もたくさん見かけた」。五月八日

「海水が黄緑色に変化したので、水深を測ると七〇尋だった」。五月九日に測深調査を行っていると、「たくさんのキラリと光る石」が見つかったものだから、「深海底には長く眠る豊富な鉱物資源があるのではないかと思われた」。五月一〇日、船はセント・ジョーンズ島の西端付近と想定される辺りで浅海域を通過する折に魚群に遭遇した。五月一二日「船縁の辺りをコンブが潮の流れに合わせてブラブラ踊っている姿がいつも見かけられ、それらは北東方向に流れ去って行ったようだ」。五月一三日「海底に広範囲に繁茂し、群落を形成する海草、海面に漂う大量の流木、そして潮流とともに流れ去る様々なものなど」を目の当たりにした。また「スペインの南端の岬やアンダルシア地方の浜辺の香りが鼻腔をくすぐった」。五月一四日の金曜日の早朝、北緯四三度辺りの北方地域で、メイン州沿岸の一部と思われる陸地を発見した。ウィリアムソンは自著『メイン州史』の中で、そこがショールズ諸島の南側に位置しているとは考えにくいと言っている。ベルナップは、それをアン岬の南岸であると認定したいらしい。同日の一二時頃、彼らは海辺の近くに投錨したところ、八名の未開人たちの訪問を受けた。彼らは「帆とオールが整備された浅瀬用の小船に乗り」、「鉄製の引っかけのフックと銅製のバケツを持って」訪ねて来た。船の船員たちは当初面喰らい、彼らを「貧困に喘ぐキリスト教徒」だと見間違った。その中の一人は、船乗りが纏うようなウェストコート、そして黒い綾織の布で作られた半ズボンを穿いていたし、靴下や靴もしっかり履いていた。その他の者たちは裸だった

（青い布で作られた半ズボンを穿いていた人物を除けば）。彼らは「セント・ジョン・ド・リョスのバスク人たち」と何かの交渉をしていたらしく、「言葉が何故か上手く通じなくて戸惑っている私たちよりも、様々な事象に通じていたようだ」と、イギリス人の観察者は述べている。そして間もなくして、「彼らはその海岸を後にし、西の方向に向けて出航した」（これは彼らにとって重要な発見だった）。

「五月一五日の日付の項」、ガブリエル・アーチャーはそのように書き記している。「私たちの視界に前方の陸地が再び入り込んだ。西方の陸地と大陸の間を縫ってかなり大きな波の音が耳をついたので、そこに島があると踏んだのだ。西の端に来てみると、広い入り江が見えてきた。そこで、私たちはそこをショール・ホープ〔希望の浅瀬〕と名付けることにした。ところが、その岬の近くの水深一五尋の岸辺付近に投錨して佇むと、コッド・フィッシュ〔タラ〕が大きな群れをなして回遊しているのが見えたので、素早くコッド岬と呼び名を変更した。その付近にはニシン、サバ、その他のいろんな種類の小魚がたくさん泳いでいた。ここら辺は地盤高が低い砂洲部になっているが、危険を伴うことはない。私たちはさらに北緯四二度に位置する陸地のすぐ近くまで進み出て、水深一六尋の海域に錨を降ろした。この岬の幅は一マイル以上あり、東北東の方向に向けて広がっている。船長がまず岸辺に降りた。辺り一面を包み込むようにエンドウ、イチゴ、野生のビルベリーが生育しているのが船長の目に映った。しかし、いずれも未熟な状態だった。海辺に広がる砂地は幾分深かった。私たちが焚火をするためにかき集めた木々はイトスギ、シラカバ、アメリカマンサク、ブナなどの品種だ。手製の弓と矢を携えた一人の若いインディアンが船長に会いにやって来た。彼の耳には粋なアクセサリーだろうか、銅板のようなものがぶら下がっていた。この若いインディアンが進んで私たちの仕事に援助の手を差し伸べてくれたことに驚いた」。

「五月一六日、私たちは海辺に沿って南下した。岸辺はどこもシャンパンのように白くてきめの細かい泡が立っていし、一面に草が繁っているところもあった。そして、かけがえのない森林が失われていない島の様子をじっと眺めていた」。

あるいは、ジョン・ブレレトンが残した記録を辿れば、「彼らが初めて地元のインディアンたちと言葉を交わしたのは、たしかこの辺りだった。そこは環境が整備された優良な港ではなかったし、その上、途中から雲行きが怪しくなってきたので同日の三時頃に錨を上げると、その日の夜にかけて爽やかな微風に撫でられながら海を静かに南下して行った。ふと気が付くと、翌朝に私たちはすでに巨大な岬の湾内に入り込んでいるではないか。だが、その日の午前九時頃だったろうか、岸辺から一リーグほど離れた位置の海で投錨し、浅瀬用の小船を降ろしてバーソロミュー・ゴズノールド船長、そして私と他の三人が小船にそっと乗り込んで海辺に向かった。やがて眩しく輝く白い砂浜が広がる切り立った海辺の岩場に辿り着いた。到着したその日の午後は、マスケット銃を首からぶら下げたまま一番高い海岸砂丘を歩き回った（その日は酷暑だった）。その甲斐もあってか、ようやく私たちにも状況を呑み込むことができた。すなわち、この岬は大陸の一部を形成しており、周囲を無数の小島に囲まれているということだ。夕刻近くになったので、私たちは小船に戻ろうとした（その頃までには、別の小船も岸辺に着岸していた）。その時だった。私たちががっしりとした体格の感じのいい若いインディアンと遭遇したのは。私たちは彼と親しくあいさつ程度の言葉を交わした後、彼を海辺に残して小船に戻った。そこでは私たちが留守をした五、六時間の間に捕獲した大量のタラの取り扱いに悩まされていた。結局、それらを海に破棄することになった。この辺りの沿岸は三月、四月、五月の好ましい季節が到来すれば、大きな魚群が群生し、あるいはそれが回遊するなどして最良の漁場となる。その漁獲量も誇れるもので、おそらくニューファンドランドを上回るだろう。岸辺の往復の折に、毎日見かけるサバ、ニシン、タラ、その他の魚群が来遊する光景は実に感動的で素晴らしい」。

「私たちはこの場所を後にして、コッド岬の最先端に行き着いた。そこでグルッと一八〇度回ってみたら、白い浜辺が広がり、とても険しい断崖など迫力ある景色が見られた。しかし、どの海岸にも危険はつきもの。この海岸も例外ではない。陸地は周囲と比べてやや低いが、緑豊かな潤いある森林の景観が形成されていた。一方で、広々とした地形となっている陸域もある」。

彼らがコッド岬のどちら側に上陸したかは、どうにもはっきりしない。ジョン・ブレトンの「グルッと一八〇度回ってみた」という先の記述を参考にすれば、たぶんコッド岬の内側であったろうか。そうだとすれば、それは西岸のトゥルーロかウェルフリートのいずれかだったに相違ない。コッド岬に沿ってバーンスタブル湾に向かい南下する際に、旅人の目に映る「白い浜辺が広がり、とても険しい断崖」は、この二つの町に特有なものだ。もっとも、この砂丘は東岸より低い。四、五マイル離れて眺めると、砂層の岸壁は黄色い砂岩で構成された細長い砦のような格好をしており、特にウェルフリートでは形が整って平坦な地形面を成しているので、大海原の浸食に対して自らの保身を図ろうとしている。そうだとすると陸地の砦のように思える。まるで赤い外壁塗料で施したように、断崖の砂の層があちらこちらで縞模様を呈していた。さらに南下すると、浜辺は一層平坦になり、以前ほどはっきりと険しい迫力に富んだ砂丘は見られなくなってしまう。あちらこちらに見える小さな緑色に染め上げられた沼地は、船乗りには貴重で高価なエメラルドのように華やかな輝きを放つものに映るだろう。しかし、その翌年に発行されたプリングの『航海誌』（プリングに同行したロバート・ソルターンは、ゴズノールド船長の探検団にも参加していた）には、このように記されている。「このサベージ・ロックを起点として出発した私たちは、ゴズノールド船長が前年に通過したあの巨大な湾の中に入り込んでいたのだ」。

こうした一行はコッド岬を迂回して、その南西の端を「ケア岬」と名付けた。それから漂い流れて近くの島の岸に着くと、そこにマーサズ・ヴィニヤード（現在のノーマンズ・ランドと呼ばれる島）という名称を付けた。彼らはそれから時のイギリス女王の名を冠してエリザベス島と名付けたもう一つの島に上陸して、そこでしばらく生活を営んだ。この島は群島の一つに数えられ、いまではインディアン名が付されたカティハンク島として知られている。彼ら一行はこの島に小さな倉庫を建てたが、これがニューイングランド地域でイギリス人の手によって最初に建てられた建築物である。浜辺から持ち込まれた石材の一部を利用して深基礎をつくるような構造で作った地下室は、つい最近までごく普通に見ることができた。バンクロフトは（一八三七年度版の自著において）、砦の遺跡と呼ばれる構造物は、もはや見つからないだろうと述べている。新大陸に残る腹積もりだった人たちも諸々の不満が募り、結局、彼ら全員は母国イギリスに向けて帰航することになった。それは同年六月一八日のことだった。帰航に際して、彼らは香料のサッサフラスやその他の物資を船に積み込むことを忘れなかった。

翌年、イギリスの探検家マーティン・プリングがサッサフラスを探し求めて渡来している。サッサフラスが香料原料としての評判を下げてしまった後も、長年にわたって船舶の往来が絶えなかったことも事実だ。

以上、これまで縷々述べてきた事柄がコッド岬に纏わる最古の記録に基づくものである。ただし、人によってはこんな推測をする者もいる。コッド岬は「キアル・アル・ネス」、すなわちキール岬のことを指すというのだ。アイスランドの古い文書史料によると、赤い髪のために「赤毛」と呼ばれたノルウェーの探検家エリック・ザ・レッドの子息トールバルトは、グリーンランドから南西に向かって幾日もかけて航行した後の一〇〇四年に、船がキール岬に誤って乗り上げてしまったという。ついには船舶の構造材の一つである竜骨（キール）を粉砕することになったというのだ。信憑性という点ではいささか希薄だが、別の古文書によると、トルフィン・カールセフニ（つまり、「将来を嘱望された有能な人物」。彼にはニューイングランド生まれの息子がいて、その子孫の一人がデンマークの著名な彫刻家ベルテル・トルバルセンだという）は、妻グドリダ、そしてスノーレ・トルブランソン、ピアルネ・グリモルフソン、トルハル・ガムラソンなどの名の知れた古代スカンジナビアの人たちを交えた「一六〇名の人間とあらゆる種類の家畜」（これは推測だが、最初のノルウェー産のネズミも含まれていたろう）を三隻の船に分けて乗せ、一〇〇七年にこの岬の付近を通過したことになっている。間もなくすると、「船の右舷側」に陸地が見えたので、端艇に「小船を降ろして漕いで上陸した」という。そこには「人間が誰一人として侵入したことがないような秘境的な砂漠」と「細長く続く浜辺や砂丘地帯」が広がっていた。「海辺に沿って航行を試みたが、それが果てしなく続いていたので、そこを〈不思議な岸辺〉と呼ぶことにした」と言われている。

したがって、先のアイスランドの古い文書史料を解読する限り、トールバルトなる人物が最初にコッド岬を発見したことになる。ただし、ここにきて新たな可能性も浮上してきた。流浪の旅人としての渇望と誘惑に駆られたピアルネ・ヘリウルフソン（ヘリウルフの息子）が、すでにグリーンランドに移住している父親と「いつものように冬を一緒に過ごそうと思い」九八六年にアイスランドからグリーンランドに向けて出航した。古い記録によると、彼の乗った船は猛烈な暴風と波によって南西の方向に押し流された。天気が回復すると、遠方にぼんやりとコッド岬がその姿を現した。だが、それはグリーンランドの土地のありさまと違うので、船の舵を操り進行方向を変えて海岸沿いを北上し、ついに父親が待つグリーンランドに到着したのだ。いずれにしても、彼がアメリカ大陸の発見者であるという栄誉を与えられても不思議ではない。

古代スカンジナビア人たちは勇猛と胆力に満ち溢れた人種で、その子孫たちは代々にわたり海という財産を相続している。彼らは海図も羅針盤もなく、未知の世界に深く踏み込んだのだ。また、「帆船の運航技術と知識を最初に習得した民族」だったと言えるだろう。彼らには家の戸口の側柱（ドアポスト）を徐に船から海に投げ捨てて、それが流れ着いた場所に定住するという奇妙な習性があった。先に触れたピアルネ・ヘリウルフソンもトールバルトも緯度と経度の境界座標の値が不明確であるので、いまのところ地形図等から判断して、果たしてどの岬を見たのかを読み取ることは困難である。無論、二人とも熟練した航海者であることに異論はない。私たちが想像するに、彼らは意外と北方向の地に流れ着いたのではないだろうか。

もし、時間と紙幅が許せば、コッド岬の発見を巡るしかるべき来歴がある人物を何人か紹介できるのだが。一六〇九年にフランスの歴史家マルク・レスカルボが、こんな風に言い切っている。フランス人の船乗りたちは遠い昔から、ニューファンドランド・バンクスに漁に出ることを習慣化していた。「ほぼヨーロッパ全域の人たちと、あらゆる遠洋漁業者たちの求めに応じて、そなえあてがうことができるほどの大量のタラを捕獲していた」というのだ。「その付近の人たちがバスク語訛りの言葉を話す」所以らしい。彼はさらに、バスク人、ブルターニュ人、ノルマン人がグランド・バンクスとその周辺の島々を発見したと言われる年から数えて僅か六年後の一五一〇年に生まれたフランス人の著述家ギヨーム・ポステルがその『地図』（実物は未見だが）の中で記している言葉を引用してこのように言っている。ちなみに、この人物は幅広い知識を身に付けているが、奇抜な行動で注目を引いた稀有な男だった。「有史以来、とりわけ一六〇〇年前からガリア人たちは頻繁にこの付近を訪れている。それにはそれなりの理由があった。そこは漁業に携わる者たちにとって紛れもなく垂涎の土地だからだ。何しろ莫大な額の純利益を叩き出していたというのだ。しかし、そこは都市集落もないし、草木も生えないような荒涼とした土地が広がり、土壌劣化も深刻だったので、人々はその価値や影響力を軽視した」。

この手の話はよく耳にする。ボブ・スミスが鉱山を発見したが、そのことを世間に広く知れ渡らせたのは私だとする。すると、今度はボブ・スミスがその権利を行使する、そんな図式である。

しかし、ポステルとその幻想を嘲笑の対象にすることはやめよう。あるいは、彼の方が私たちより遥かに効率よく質の高い情報を入手する方法を身に付けていたかもしれない。彼が仮にそのような過度に誇張した話をしたとすれば、遥か大西洋の対岸まで、それを届けなければならなかった理由があるのではないだろうか。多くの人たちの思惑に振り回される訳ではないが、アメリカ大陸の至るところで新しい発見とその仮説を覆してしまうというような出来事が繰り返し行われたとすれば、あるいは特にアメリカ大陸発見を巡る初期の記録があまりに脆弱で不透明である以上、改めて、その部分に歴史的な照射を施してもよいだろう。この際、歴史を創り上げる素材とは一体何か、じっくり考えてみようではないか。もちろん、歴史の大部分の記述は、単に後世の人たちによる論理的構成の物語に他ならないことは承知している。一八五五年に勃発したチョルナヤ川の戦いにおいてロシア軍に従軍した兵士の数さえ詳細に伝えられていないのが現状だ。ところが、ひとたび歴史家の手に落ちれば、たちまちの内にその人数が確定し、その数字が後世の人たちの脳裏に焼き付けられるのだ。これは疑いない事実である。そこで敢えて問いたい。ペルシア戦争の最中であった紀元前四八〇年九月にギリシアのサラミス島の近海でギリシア艦隊とペルシア艦隊の間で行われたサラミスの海戦において、従軍したペルシア人兵士の数は何人だったのか？　私が読んだ歴史書の著者は、この海戦における両軍の位置や戦略にかかわる情報を事細かに収集して徹底的に分析し、戦争の詳細な現況報告が届く前に、たしかな資料に基づいて大胆な筋道を立て、その顚末を早速記事にしてしまうという荒技を繰り出すものだから何とも始末が悪い。さすがに昨今の記者も、まるで顔色なしといったところであろう。これまで人類が歩んできた歴史をいま一度、辿り直すことができたとしても、（私としては御免蒙りたいが）果たして諸々の事実がどうであったか、知る由もないだろう。

いずれにしても、既述のギヨーム・ポステルが言及したずっと以前から、毎日、太陽は東の海から昇り、コッド岬の上空を通過して西側の湾に沈むのが常だったが、当時この岬は文明を享受する世界の中にあって、時の流れに埋もれた未知の存在だった。そこは岬と湾、すなわちコッド岬とマサチューセッツ湾が織り成す世界だったのだ。

現在により近い旧暦の一六二〇年一一月一一日にメイフラワー号に乗船したピルグリム・ファーザーズの一団がコッド岬港に投錨したことは、よく知られた事実である。彼らは同年の九月六日にイギリスのプリマス港を出港した。『モートの回想録』からの引用に頼れば、こうである。「幾度もの激しい嵐に揺さぶられながら、様々な困苦に耐え忍んだ末、ご神意により一一月九日を迎えると、ようやく遠方に陸地が見えてきた。その時は、たぶんコッド岬だろうと思った程度だったが、後になってそうであることが判明した。私たちは一一月一一日に湾内に入って投錨した。そこは幅四マイルほどの広さを有する湾口を除けば、周囲を陸地に囲まれた内湾で、心地よい良好な港湾環境が形成されていた。周囲に広がる陸地にはオーク、マツ、ヒノキ科のジュニパー、サッサフラス、そして月桂樹などが海辺近くまで豊富に生育していた。これほどの規模の港ならば、優に一、〇〇〇隻くらいの船が錨を降ろせそうだ。とりあえず、私たちは船の燃料である薪と船員のための水の補給を行った。船員たち一行に束の間の休息をとらせる一方で、居住地を探し求めて小船で湾内を回ることにした」。私たちはついピルグリム・ハウスを通り過ぎてしまった。その理由は価格が法外に高いと勝手に思い込んでしまったからだ（後になって思うと、それほど神経質にならなくても良かったようだ）。結局、フラーズ・ホテルに泊まることにした。そこで煮魚とマメ料理を食べて、さらにノンアルコールの飲み物で喉を潤して心身のリフレッシュを図った。やがて脚全体の疲労感も癒えて、再び大西洋沿岸を歩き回ることを可能にしたと思う。ピルグリム・ファーザーズは、さらにこのように記述している。「水深が浅いこともあり、私たちは岸辺から四分の三マイルくらいのところまでしか近寄れなかった。これは思いがけず身にふりかかった不幸な出来事だった。つまり、彼らは矢の届かぬ距離にある岸辺まで歩いて渡らなければならなかったからである。ところが、そのような行動によって風邪をこじらせて咳の症状が酷くなる者が続出したのだ。それは凍てつくような寒い日が続いたことに原因があった」。後日談としては、彼らは「激しく体力を消耗し、心身の過労と喪失感に陥った者も出た」と語っている。それはプリマスにおける死者数に歯止めがかからなくなる原因でもあったことに疑いない。

プロヴィンスタウン港の地形はとても遠浅で、特にピルグリム・ファーザーズの一団が上陸した先端部の地域はそうである。翌年の夏、私はこの町を去ろうとしたところ、諸条件によって汽船の接岸は難しいことが分かった。それでしかたなく、近くにいた少年たちと戯れながら浅瀬に沿って三〇ロッドもの距離を馬車で目的地に向かった後に、大型の船に乗り移らされてロープで汽船まで引き寄せられた。繰り返すが、この港は遠浅で、しかも岸辺は砂地だったのだ。そのために沿岸航行船は頻回にここに入港し、大きく潮が引く頃になると、水面上に船体が乾いたまま露わになるので改めて塗装を施すことになる。

ある日曜日の朝のことだった。私がその辺りを漫《そぞ》ろ歩きしていると、思いがけず波止場に積まれた板の上でタバコを吹かしながら雑談を交わしている連中に出会った。そこでその駄弁りの仲間に加えてもらった（「私は人間だから、人間に関わることで私に無縁なものは何一つない」テレンティウスより）。その時だった。周辺の取りまとめ役を担っているような風体の宿屋の主人が、船の塗装に労苦をいとわず精を出している船乗りたちのもとにつかつかと近寄って来るなり、その仕事を止めるよう言いつけた。時折、人によっては起き抜けの寝ぼけ眼をこすりながらやって来て、私たちの仲間に加わり気楽な雑談に興じたことがある。一人の老人が近づいて来て、私にこんなことを言った。日曜日は安息日だから寝坊してしまっても結構なんだよ。ここではそういうことが習慣になっていると。でも、そんなに塗装の仕事をしたいなら、どうぞご随意に。それで結構ではないかと思う、と私は心の内を相手に素っ気なく伝えた。船の塗装をするだけなら、特段大きな音を立てる訳でもないし、人の邪魔にもならないのだから。そこに仲間の集団から一人の若者が顔を出すと、口からそっとパイプを離し、こんなことを言った。聖書の言葉を引用しながら、それは地元の人たちの目には神の律法に背く行為として映るし、何か適当な決まり事でもないと往来する船が遠慮なく入港してしまい、仕舞には船の塗装や設備の作業に追いやられて、安息日など一日として味わえなくなるだろう。宗教の名に触れなければ、なるほどそういう考え方もあるとすぐに納得した。翌年の蒸し暑い夏の日の午後、ある丘の上に腰を下ろして寛いでいると、開けられたままの教会の窓から聞こえてくる牧師の大きな声が私の耳をつくものだから、せっかくの瞑想気分が損なわれてしまった。まるで甲板長が大声で叫んで各船員へ指示を送る時のような大音量を撒き散らして、澄んだ静謐な空気をけがしていた。この分だと、上着を脱いで熱弁を振るっているに相違ない、私はそう思った。これほど不快と感じて気分を害する行為はない。例の宿屋の主に頼み込んでみよう。牧師の声が煩くて我慢できないので何とかしてほしいものだと。

ピルグリム・ファーザーズが残した記録には、こんなことが記されている。「この地には私たちがこれまで見たこともないような、いろんな種類の家禽類が豊富に存在した」と。

いろいろな種類のカモメなら別だが、私たちはその他の野鳥など、まったく見かけなかった。誰も見たことも聞いたこともないような珍しい種類のカモメは、港の東側の僅かに水面下に沈んだ状態にある浅瀬にたくさん棲息していた。ある時、一人の男が小船から静かに浅瀬に降り立ち、カモメを捕獲しようと気付かれないようにそっと忍び寄る姿が私たちの目に映った。ところが、その男が御馳走のカモメを仕留める前に、カモメたちはご馳走を食べ終えるなり、そそくさと大群を成して退散してしまったのだ。

これは注目すべきことだが、ピルグリムたち（もしくはその記録者たち）は、コッド岬のこの地域一帯は健全な森林生態系と豊かな土壌に育まれていると述べているが、記録書の中には砂という文字はほとんど見当たらない。すべての航海者が強い印象を抱かざるを得ないのは、この辺り一帯に広がる不毛で荒涼とした風景だと思う。ところが、彼らが実際に目撃したのは、「この砂丘地帯はオランダのそれとの類似性が高いが、むしろこちらの方が遥かに優っている。土壌は良質の黒色で、耕起するための十分な作土の深さが確保されている」という状況だった。私たちの観察では、陸地の表面を覆っている上層の土はなく、（以前に存在していたとすれば別だが）等しく土壌と呼べるものは皆無だった。つまり、その辺りに点在する沼地を除けば、プロヴィンスタウンには一つの植木鉢栽培に適した条件を満たす黒土すら存在しなかったのだ。彼らはこのように言う。「その地域一帯には、オーク、マツ、サッサフラス、ジュニパー、シラカバ、ヒイラギ、ブドウ、トネリコ、そしてクルミなどが豊富に生育していた。その大部分の地域では草木などが隙間なく生えることもなく、木々の下に生えている草や低木も見当たらない。したがって、人間の足でも馬の足でも通り抜けることはできない」と。私たちは樹木と呼べるようなまともな木には、めったにお目にかかる機会はなかった。もっとも、町の東外れまで足を運べば、ちょっとした低木くらいは見られるだろう。また、その裏庭には僅かばかりの観賞用の樹木が幾本か立っているが、それも裏手の砂山に生えている小さめの鑑賞用の低木と同類である。その一帯は低木地といった景観を呈し、高い樹木など一本も生えていなかった。これではたしかに人も馬も通り抜けするのは極めて困難である。陸地の大部分の黄色い砂の表面には、波のような模様が美しく映し出されていた。その至るところにはビーチ・グラスが生えているのみだ。その当時の人たちはイースト・ハーバー川の源流付近を通り過ぎた時、枝や灌木によって「身に纏っている鎧ごと無理やり引き裂かれてしまった」と述べている（実は私たちも好奇心から、そこを通り過ぎた時に同じ目に遭っている）。また、彼らは「灌木やウッド・ゲイルや丈の長い草などの植物がたくさん生い茂っていた」深い渓谷に分け入った。そこで「こんこんと湧く清らかな泉」を発見した。

　私たちはそれ以外のどの地域でも衣服を引き裂かれるような尖った枝や灌木などを見かけることはなかった。だから、たとえばヒツジだって、たまたま枝や灌木に引っ掛けて羊毛をむやみにむしり取られる心配もないだろうと思う。せいぜいビーチ・グラスやポバティー・グラスが僅かに地表から顔を覗かせて彩りを添えていたくらいだ。私は思案するのだが、果たしてウッド・ゲイルというのはヤマモモのことだろうか。

　コッド岬に纏わる歴史のあらゆる記録を紐解いてみて一致する結論だが、この辺は一世紀前、比較的たくさんの樹木でいっぱいだったということだ。しかし、この周辺の森林環境の大きな変化が生態系に多大な影響を与えたことは認めるとしても、どうしてピルグリム・ファーザーズには青々とした森林が広がる絶景に見えたのか。その件に関しては、たぶん彼ら自身がまだ青かった、すなわち生半可な知見を綴り合わせたのだろうと思わざるを得ない。樹木はひと際高く大きく聳え立ち、先述のように「土壌は良質の黒色で、耕起するための十分な作土の深さが確保されている」というが、現実にはそんなことがあり得るはずがない。彼らが書き残した記録は、特定分野に限れば正しいのかもしれないが、物事を俯瞰的に捉えれば間違っている。ピルグリムたちは比喩的な表現を使ったというだけではなく、実際には文字通りコッド岬の一側面しか覗いてなかったのではないか。彼らは不安と苦難に満ちた長い航海の後、やっとの思いで新大陸に辿り着いたのだ。その時の感激に咽びながら、この美しい魅力的な地を眺めたに相違ない。そして、思わず誇張した表現となって口から漏れたのだろう。なるほどそれなら頷ける。彼らの目にはすべてがバラ色に映ったし、ジュニパーやサッサフラスの香りに魅せられたのだ。ピルグリム・ファーザーズがアメリカ大陸に辿り着く六年前にジョン・スミス船長はこの海岸に足を踏み入れていることは既述の通りである。大雑把に観察したことを書き留めたスミスの手記は全体として、まったく趣を異にしている。彼の手記の随所に見られる表現は、あたかも熟達した老練な旅行家、航海者、兵士といった人物像を朧げに浮かび上がらせるものだった。つまり、本人の輝かしい経歴が物語るように、人生の幾多の辛酸をなめてきたので、その一部分について誇張して語ることなどできない、そんな雰囲気が滲み出ている。スミスが一六一六年に出版した『ニューイングランド地誌』の中で、彼は後世においてプリマスと呼称されることになるアコマックについてまず触れ、続けてこう述べている。「いよいよコッド岬が見えてきた。それはマツの低木やハーツ（あるいはハイデルベリーとも呼ばれる植物）などが鬱蒼と茂る高めの砂山が散在する岬であったが、あらゆる天候に対応できる質の高い港湾空間が形成されていた。コッド岬は草刈り用の鎌の形をしており、片側は大西洋に臨み、もう一方側は大きな湾となっていた」。シャンプランは既述のような記録を残している。「私たちはカプ・ブラン（白い岬）という名称を付した。白い砂地と砂丘から成り立っているからである」。

ピルグリム・ファーザーズがプリマスに到着した時、それを記録する人物も先に述べた言葉を繰り返している。「陸地の表土を耕起するための十分な深さが確保されていた」。これは土壌に関する彼らの常套句のように思えて仕方ない。さらに「良質の黒色の土壌に恵まれた場所はたくさんあった」とか。しかし、『モートの回想録』の執筆に加わった一人であるメイフラワー号の船長ウィリアム・ブラッドフォードは、次のように言っている。翌年の一六二一年にフォーチュン号でアメリカ大陸に渡来した人たちは「コッド岬に入港したが、思いがけず目前に広がる不毛な光景を見て驚き、呆れ果ててしまった」という。彼らにとって、およそプリマスは「良質の黒色の土壌に恵まれた場所」などではなく、それとは正反対であったことをすぐに察知できたようだ。それから数年の歳月が流れた。彼らは自分たちが選んだ土地が劣化土壌地域であることを思い知ったのだ。そのような事情を背景にしたメイフラワー号のブラッドフォード船長の手記によれば、「大部分の人たちは、ノーセットと呼ばれる土地に移ることに同意を示した」という。そして、その者たち全員がノーセット（現在のイースタム）に移ったのである。ところが、ここもまた「フライパンから飛び出して火の中へ入る」（一難去ってまた一難）の諺通りの荒廃した土地だった。何しろ、その中にはプリマスでご本尊のように崇められた人物も行動を共にしているのだから困惑する。

ピルグリム・ファーザーズは、いまでいうパイオニア精神の微塵も持ち合わせていなかったことを神の前で打ち明けるべきだろう。彼らが辺境に住む人たちの始祖と称することは誤りであると思う。意気揚々と上陸してすぐさま、斧を手にして森林に分け入った訳でもない。ピルグリムたちは家族を持ち、教会に属していたが、敢えて新世界であるアメリカ大陸各地の探検を敢行したり、植民地を建設しようとする進取の気性に乏しかったと言える。むしろ、あわよくば崩れやすい砂地にでも一家を構えて生活を営もうとする集団だったと言ってよい。こうした一団がイースタムの町に移住した時、ブラッドフォードに言わせれば、「子供たちに見捨てられ、年老いて役に立たなくなった老母のように」、まさに後顧の憂いを孕んだ状況だったということだ。彼らは旧暦の同年の一二月九日にプリマス港湾にあるクラークス島に上陸し、一六日に全員がプリマスに到着した。そして、一八日には陸地の探検に精魂を込めて取り組み、一九日にそこに定着することを決めたのだが、翌年の一月八日になってやっとのことで、当時少年だったフランシス・ビリントンが船員の一人と連れ立って徐に外に出た。そこから二マイルほど離れたところで「ビリントンの湖」と呼ばれる大きな湖沼を発見したのだ。彼にはそれを樹木の天辺から見下ろして眺めた景色だったこともあり、つい大西洋のそれと見間違えるほどの大きさに見えたという。三月七日には、「プリマス植民地の初代総督に選ばれたジョン・カーバーは他の五人を引き連れ二マイルほど歩き、最良の釣り場と思われる大きな湖を見つけた」。いくら荒れ地であっても、普通であればどちらでも午後の散歩コース程度の距離にあった。きっと最初の頃は家を建てるのに何かと忙しかったろうし、強風や大雨のような荒天に悩まされもしたろう。だが、カリフォルニアやオレゴンの方面に向かい未踏の領野に挑んだ移民たちの一団ならば、同様に過剰な仕事量をこなし、インディアンの脅威に日々晒されながらも、上陸したその日の午後にはプリマス移民たちが行った程度の探検は難なくやり遂げていたと思われる。もしシャンプランであったならば、ビリントンがもたもたと手こずりながら木に登る間にも、未開人たちと接触して口説くなり、コネティカット川辺りまで踏査したことだろうし、それを反映した地図も作成したことだろう。あるいは、一六〇三年に北アメリカの大西洋岸にあるファンディ湾付近において、インディアンのガイドを雇い、銅鉱を目指して小さな川を遡行したフランス人の移民者たちの動きと比較してみてはどうだろうか。このような実態にもかかわらず、ピルグリム・ファーザーズは、ある意味で国家規模の事業にかかわる辺境地の開拓者となり、またその始祖となったのだ。

この頃になると、小型の汽船ノーション号が入港する風景に出くわす。やがて汽笛がさらに近くに鳴り響いてきたので、私たちは丘を降りて波止場に向かい汽船を迎えた。このようにして、私たちはコッド岬とその住民に別れを告げることになったのだ。現地の滞在期間が短かったが、その経験からちょっと言わせてもらえれば、私たちは地域住民の生活習慣にとても好感を抱いた。何よりも、彼らは明るく素直で純朴な人たちだった。老人たちは大気中に含まれる塩分濃度が適切なのか、それによって保湿ケアが行き届いているのか、肌の機能が美しく保たれていることもあり、つい本当の年齢を取り違えることもあった。だから、果たして自分が祖父母と同じような年齢の人と語り合っているのか、あるいは自分と同年代の人と話しているのか、まごつくことも事実だった。彼らピルグリム・ファーザーズの子孫はマサチューセッツ州のどの地域の住民よりも純朴で一途な性格の持ち主だと言われている。以前に、こんな面白い話を聞いたことがある。「たまにバーンスタブルで法廷が開かれるが、驚くことにそこには検察官が訴える被告人が一人もいなかったことがある。しかるに、刑務所の扉は固く閉ざされたままだ」と。私たちがその刑務所を訪れた時は、独居房に「貸し室あり」と表示されていた。つい最近まで、オーリンズの地域より先には、弁護士が常駐することはなかった。そうであるならば、大西洋岸に人食いザメが出没した場合には、誰が不平を零し、どのように行政対応するのだろうか？

トゥルーロに住むある牧師に漁師たちは冬の間中、一体何をしているのか、と私は尋ねたことがある。平素はお互い気ままに立ち入るなどして愉快に時間を過ごすが、たまの機会に車座になって何気ない雑談に花を咲かせることくらいだろうか。ただし、夏を迎えれば遮二無二働くのだ、という答えが返ってきた。彼らの休暇は長くはない。冬、トゥルーロまで足を延ばしたのに、彼らの冒険談を聞くこともできなかったことは、返す返すも残念なことだ。岬の男は、大部分が何らかの船を操舵できる船長なのだ。少なくともそれなりの生業に携わり、その主導権を握っている人であれば、誰でもそうだ。しかし、図らずもその例から外れたものもある。いわゆる否定を武器にする人物がいるのだ。そうした輩は、自然がもたらす成果に対して、むやみに否定を繰り返すのである。大半の男たちは、現場仕事に従事する肉体労働者に過ぎない。人から船長と呼ばれる人士なら、親しく語りかけて話に興ずるだけの価値があるだろう。比喩的に言えば、持ち船が深い海の底に長いこと眠っていたとしても、あるいは、いまとなっては壊れたパイプを口にくわえ、一見落ちぶれてみすぼらしい姿になっていたとしても、それなりの存在意義があると思う。やがて、彼は必ずや船長という肩書に見合うだけの所作を露わにするだろう。その時に語り聞かせてくれる冒険談は、とびきり面白いものだと信じる。

私たちは機会を得て、だいたい町の裏事情について述べてきたが、その観察の対象を可能な限り、ありのままに描き出したつもりである。これまで以上にマサチューセッツ湾側の事情について描写してもよかったと思うが、私たちはとにかく大西洋に向かって広がる様相を記録に残したかったのだ。コッド岬の特徴の幾つかはマサチューセッツの大陸に比べて引けをとるのか、あるいはその相貌の点における差異はないのか、そうした事柄を別にして特異で優っている点に限定して注意を払おうとしたのだ。コッド岬の表側を眺めるだけの旅人にとって、それがどのような姿として映るのか分からない。私たちはコッド岬の裏側の海を眺めに赴いたのだから。そうしたものは私たちが乗っている木材の運搬船の代わりに用いる筏に過ぎず、たまたまそこに付着しているフジツボや彫刻が視野に入ったに過ぎない。

船が波止場から出る前に、私たちは宿屋で見かけたことのある乗客と知己になった。私たちは彼にどのようなルートでプロヴィンスタウンに入って来たのかと訊くと、あのセント・ジョン号が嵐に遭って難破した土曜日の夜にウッド・エンドの岸辺に打ち上げられたというのだ。彼はメイン州で大工として生計を立てていたこともあり、折しも材木を積んだスクーナー船に乗り込んでボストンに向かう途中であった。ところが、突然の嵐の渦に襲われてしまい、彼の乗った船は取り合えずプロヴィンスタウン港に寄港しようとした。「辺りはすっかり暗くなり濃霧に包まれていた」と彼は言う。「ロング岬の灯台の方向に船の舵を切ったら、突然、陸地がこちら側の近くに迫ってくるんだ。羅針盤が幾度か狂っていたからだという（水夫は事が起これば、いつだって羅針盤の具合が悪いというのが決まり文句だ）。ところが、岸壁は凄い濃霧で見通しがほとんどきかない。そのため陸地はもっと先にあるものと踏んで躊躇なく進んでいった。その瞬間だった。あっという間に砂洲に乗り上げてしまったという訳さ。船長が〈もう駄目かもしれないな〉と言うので、私は彼に言ってやったのさ。とにかく〈舵を切って前進だ〉と。すると、船長は少しばかり思慮を巡らせてから船を進めた。大波が一気に私たちの頭の上に覆いかぶさって来た。ほとんど息もできなかった。今度はワイヤロープよりも構造部材などに使われる静索にしがみ付いた方がよさそうだ」。

「それで、溺れ死んだ者はいたんですか?」と、私は訊いてみた。「いや、全員が無事にウッド・エンドの人家まで辿り着いて救助された。まあ、真夜中の出来事だったから無理もないが、みんな全身ずぶ濡れで大変だった。まったく凍死寸前の状態だったよ」。どうやらその後、彼は宿屋でチェッカーというボード・ゲームに興じて時間を潰したようだ。たまたま隣に居合わせた背の高い客を相手に、このゲームでとことんやり込めてしまったとかで気分爽快だった。「船は、今日オークションにかけられる」と、彼は付け加えた(オークションのクライヤー〔触れ役〕の鐘の音が私たちのもとに届いた)。「船長がだいぶ気落ちしているので励ましてやったよ。元気を出せよ！　またすぐに新しい船が手に入るだろうから」。

ちょうどその時だった。船長が波止場から彼に向かって言葉を発した。ウッドチャックの毛皮のキャップを被ったその姿は、どこか田舎臭い感じがした。さっきの話じゃないけど、こうして改めて彼を横目で覗き見ると、妙に貧相な顔に見えた。いまの彼は自分の船を持たないし、単に船長職を務める身に過ぎない。自分の所有物と言えば、大きめの一張羅のコートのみ！　それすらも、どこかからの借り物だろう。何しろイヌ一匹彼についてこない有様だ。もっとも船長という肩書は付いて回るが。部下の船乗りの一人は、同じようないかにも野暮臭いキャップを被り、怒りの表情を浮かべていた。鼻の筋が反り気味になっている生まれつきの鷲鼻に加えて、頭から砕け波の飛沫をもろに浴びたような顔つきだった。私たちがウッド・エンドを通過する際に、岸辺には船からの材木を積み上げた小さな山があるのが目に入った。

夏のロング岬付近の特徴的な景色は、浜辺から少し離れた沖合に小船をそっと浮かべて、ニューヨーク市場に向けて送り出すためロブスターを捕獲している連中が懸命に働いている風景だろうか。この場合むしろ、ロブスターの方から早く自分のことを捕まえてほしいと言わんばかりの勢いで仕掛けた網にかかるのだ。それから、一気に引き揚げられてしまう。新鮮なロブスターは一匹につき二セントで売られていた。この種の罠を使ってロブスターを捕獲するのであれば、せいぜいロブスター並みの知力があれば十分だ。サバを捕獲する漁船団は、昨日の深夜から続々と出漁して行ったが、コッド岬を去る時に、私たちはたくさんの帆を揚げた漁船とすれ違った。以前とは比べようもない至近距離の臨場感を味わうことができた。数人の赤シャツを着た男や少年たちが船の甲板の囲いにもたれて、こちらの方に目を向けていた。ところで、樽に換算して魚の捕獲量はどれだけか、という私たちの質問に応じて、船長は大声でそれを教えてくれた。船乗りたち全員が帆綱を引く手を休めて、汽船に目を注ぎ、歓迎と戯れが入り混じったような歓喜の声を上げていた。船には大型のニューファンドランド産のイヌを乗り込ませ、それは船の欄干の上で堂々と佇んでいた。その様子には人間に劣らず崇高な賢者の趣が漂っていた。ところが、船長はこのイヌの立派な風貌には敵わないとでも思ったのか、唐突にイヌの鼻を叩いて船底へと追いやってしまった。人間の公明正大で高貴な心なんて、所詮、この程度のものか！　私はイヌが人間の良心に訴えることを諦めて、神の公正な裁きを求めて吠えている声が船底から聞こえたような気がした。この船長と比べれば、よっぽどニューファンドランド産のイヌの方が汚れなき清浄な心を持っていたと言えるだろう。

私たちの背後の湾の向こう側の海域に目をやれば、何マイルも離れたコッド岬の周辺では、たくさんの白い帆を揚げたサバの漁船団が漁場を独占して操業している光景が見られた。やがて、すべての船体が水平線の遥か遠くへと姿を消し、コッド岬の低い先端部分も沈降する。それでもなお、白い帆はすでに姿を消した岬の両側の水域で、まるで海上都市の風情を醸しながら浮遊しているように見えた。こうした情景は、コッド岬の特異性を遺憾なく発揮していると言えるだろう。しかし、コッド岬が完全に水平線の下に消えてしまう直前の姿は、さしずめ大海原に浮かぶ平らな銀箔のような趣だろうか。やがて時が経つと、空を覆う靄と混じり合って単なる砂洲のように見える。コッド岬とはいささか素朴な魅力を放つ名称だが、人にそれなりの印象を与えようとするならば、もっと詩的な名前が相応しいだろう。岬の中には示唆に富んだ名前を有するものもある。たとえば、スコットランドの北西部にあるラス岬（*Cape Wrath*）などはその一例だろう。これなどは低く垂れ込めた厚い灰色の雲の下の海上にたゆたう暗黒の岬の名称としては、誠によろしいのではないだろうか！

その日の朝の浜辺は、波が穏やかで暖かかったが、海では肌を刺すような冷たい風が吹きすさんでいた。七月の猛暑日であっても、あるいは海に出ている時間が四時間程度であっても、ジャケットなどの厚手の上着類があるとそうした肌寒さにも対応できると思う。すなわち、北極圏に浮かぶ氷山が溶けた海を航行することになるからだ。翌年の六月二五日に汽船でボストン港を出た時、岸辺はうだるような暑さだった。乗客たちはできるだけ薄着になって、最初のうちは陽を避けて傘の下に座していた。ところが、船が湾を出た辺りから、ちょっとした上着しか纏っていなかった人たちは、先ほどまで少し暖かかったこともあり余計に寒さが身に染みてしまい、思わず操舵室に潜り込んだり、船の煙突の近くで暖を取ったりしていた。しかし、プロヴィンスタウン港に入って行くと、たかが幅一、二マイルしかない低くて狭い砂地が、数マイルに及ぶ陸の温度の変化に著しい環境的な影響を与えていることを知って驚いたものだ。私たちの船が蒸されるような熱気の中に入って行くと、乗客たちは再び上着を脱ぎ捨てて軽快な装いになった。陸地の人たちは相変わらず汗だくになって動いていた。

私たちはプリマスのマノメット岬とシチューイット海岸を片方の船縁の遥か向こう側に眺めながら通過した。濃霧に視界を阻まれてしまい、陸岸が見えない時間がしばらく続いた。その後に、再びマイノット・レッジにあるコハセット岩礁の近くを航行すると、シチューイット海岸の外れに主として沼沢地付近に生育するゴムの木の一種チューペロウ・ツリーの巨木が見えてきた。そのセリ科の植物を思わせるようなドーム型の高い頭は、周囲の森林の中でも際立って見えた。それは陸地・海洋を問わず何マイルも離れた距離からでも容易に判別できた。マイノット・レッジには新しい鉄製の灯台が聳えていた。当時は未完成だったが、それは天辺が赤基調の灯台で卵型をしていた。この灯台は鉄柱の上に燦然と高く聳え立ち、波のうねりとうねりの間に漂う特大サイズの卵のようだったが、やがて仄暗い夜に輝くことを約束されていたのだ。私たちが潮だるみの時間帯に傍を通過した時には、灯台の卵の殻のような天辺の辺りまで巨大な波が打ち寄せて大きな波しぶきが上がっていた。その灯台は岸辺から一マイル離れたところに位置していたが、一人の灯台守が朝も晩もそこで暮らすことになっている。

翌年の夏に、その辺りを通過した時には灯台はすでに完成しており、二人の若い灯台守（ジョセフ・ウィルソンとジョセフ・アントワーヌ）が住んでいた。ある灯台守がこの二人から聞いた話では、このところ吹き寄せる波が強くなるにつれて建物の揺れが一層大きくなり、皿がテーブルから落ちそうになるくらい激しいという。怒濤のような砕波の上にベッドでも設えて休息していたら、果たしてどうなっていたか想像してみてほしいものだ！　まるで貪欲なオオカミの群れのように、情け容赦のない波の群れに昼となく夜となく常に狙われ、気の休まる時がない日々がずっと続けば、いつか必ずその餌食となって命を落とすのがオチだ。非情なことに、そこを船は通過するものの、誰一人として救助の手を差し伸べてくれる者はいない。ただし、彼らが承知していることは、彼方の灯台の灯が消えてしまえば、己の生命も尽きるという事実だ。なるほど、砕波について何かを書き綴るには打ってつけの場所かもしれない！

いずれにしても、この灯台は広く衆目を集めることになった。乗船客はみんな等しく少なくとも三〇分ほど、その灯台の姿をじっと眺めていた。ところが、この船の専属の黒人料理人は、幾度も調理室から姿を現すなり、これ見よがしの態度で船縁から不必要になった食材を投げ捨てた。ちょうど、私たちが灯台から四〇ロッド辺りの位置を通過した時だった。乗客みんなはそれを眺めていたのだが、ついに黒人料理人はその灯台の存在に気づき、「あれは何だ！」とあまりに驚いて叫んだ。彼はこの船の専属料理人として一年前から働いていたので、平日には毎日、灯台の前を通過していたのだが、不必要になった食材を投げ捨てるタイミングが悪かったのか、それまで一度もこの灯台を見たことがなかったらしい。要は、灯台を見るのは舵手の仕事、彼は船の調理場での管理を怠らずしっかり働けば、それで十分なのだ。

これらの事象を鑑みると、世界中を巡る航海に携わる者の中で、ものをしっかりと見ることのできる人は、ほんのごく僅かであることが分かった。そういう理屈から言えば、しかるべき時刻に外に出て太陽が昇る瞬間の感動を味わったことのない人がいても驚くに値しないことになる。たとえ丘の上に立派な灯台が設置されたとしても、その生涯を丘の真下で過ごす人間にとって、一体何の役に立つのだろうか？　誰もが灯をともして、それを枡の下に置くことはしないものだ。この灯台は、当時の報道を振り返れば、一八五一年四月に発生した大嵐で内部にいた二人の灯台守ともども無残にも流されてしまった。翌朝、海岸からは跡形もなくその存在が消えてしまっていた。

プリマスのハル出身の男が、私にこんなことをこっそり耳打ちしてくれた。その事故より数年前に、マイノット・レッジに白いオーク材のポールを打ち立てる作業に手を貸したことがあると。それは直径一五インチ、高さ四一フィートのポールで、岩の中に四フィートの深さまで差し込まれ、四本の張り綱で固定されているらしい。しかし、それは丁度ぴったり一年しか持たなかった。他方、その近くで積み上げられた石の塊は八年もの間、崩れることなくそこにあった。

七月に私がメルローズ号でマサチューセッツ湾を横断した時、帆船の帆が追い風を受けやすいように配慮して、できるだけ長い時間を要してシチューイット海岸沿いを航行した。私たちは（この岸辺を離れて）この湾の沖合に進出すると、その辺りに生息していた体の小さなカモの群れを（たぶん黒ガモだろうが）酷く威嚇してしまったようだ。小鳥たちは以前から、この種の出来事で頻回に迷惑を被ってきたのだろう。私たちの船が湾の真ん中辺りまで進んだ時、これが人生初めての船旅だという町からやって来た一人の男性と出会った。彼はゆっくりと操舵手の背後に回り、そこに座る前に眼下に広がる壮大な海を見渡して、他人からの借り物の表現をできる限り自分独自の言い回しに繕い直して「この国は本当に大きいなぁ」と、感慨の言葉を漏らした。この男は材木を仕入れて売ることを商売としていた。これは後で分かったことだが、彼は自分のステッキを使ってメイン・マストの直径を測ったり、その高さを計算して数値を割り出したりしていたのだ。

私はオラータ号に乗って帰路に就いた。これはとびきり美しく、そして高速航行するヨットだった。オラータ号は二隻の定期船であるメルローズ号やフロリック号と同時刻にプロヴィンスタウン港を出航した。出航してしばらくは、微かな風も吹かなかったので、三隻ともロング岬付近で足止めを食ってしまった。そんな事情だから、私たちは船縁から頭を突き出して、大きな円形の砂洲地帯や深さ一五フィートの静まり返った海底で泳ぎ戯れる魚の群れを見て楽しんでいた。しかし、船が岬の傍を通り抜けると、フライングジブを張ると、船長が予め言明した通り、たちまち他の二隻の船を大きく引き離して航走した。

岬の近くの六マイル、ないし八マイル北方に目を向けると、大型の船を曳航してボストン港に向かう汽船が見えた。船から上がる煙が海上を数マイルも長く尾を引くように平らに延びている光景を目視できた。それまで煙が薄い層を成して横に長く流れていたが、突然、その方向が変わった。どうやら皮膚感覚より先に風向きの変化でそれを知覚できた。汽船と曳航船の間隔が思いのほか離れているように見えたのか、若い連中の中には船長から幾度も望遠鏡を借りて先方をしげしげと眺める者もいた。彼らは船同士が一本の綱で連結されていることも露知らず、こんなに長い時間にわたってほぼ同じ間隔を維持しながら航行していることに驚き、感嘆の声を思わず口にした。この疑問に対して、船長はとにかくあれ以上、容易に接近することはないと不愛想な調子で言った。風が吹いて帆で受けている限り、船は同じ速度で帆走したが、とうとう風が止んで海面が穏やかになった状態になってしまった。そうなれば、あとはフライングジブしか頼りになるものはない。マイノット・レッジの灯台船の傍を通過した時に後を振り返ると、メルローズ号とフロリック号が一〇マイル後方から追いかけて来るのが見えた。

あらゆる聖者たちの名前を借りて付けた世界の島々について考えてみよう。どの島もクリの果肉の外側に付いている硬い殻の部分やウニのトゲのように、堅固な要塞を擁して不断の警戒を怠らない。それでいて、たとえば、どこかの島で二人のアイルランド人がボクシングのスパーリングを試みようとすれば、それは政府管轄下の特異な事案だから、警察当局としては許可することはできないと言い渡すだろう。だいたい大きな港湾というものは、ボクサーのような身構えで、相手を勇ましく迎え撃とうとしているものだ。それでも港の温かい懐に潜り込もうとするならば、その前に岩礁という拳の間を慎重に潜り抜けて進むしかない。

バミューダ諸島は、かつてそこで難破したスペイン人の探検家たちによって発見されたと言われている。ジョン・スミス船長が言うには、「それまでの六、〇〇〇年もの間、こうした島々には正式な名称が付いていなかった」らしい。イギリス人の探検家たちは、初めてヴァージニアへの航海を敢行した際にも、こうした島々に出くわす機会はなかったのだ。偶然にも、最初に島に辿り着いたイギリス人は、一五九三年にそこで遭難の事故に巻き込まれた人物だった。ジョン・スミスは「これほど卓越した険しく急峻な岩壁と広い水路が整った場所は他にはない」という。しかし、バミューダ諸島の初代総督は、一六一二年に約六〇名に及ぶ部下の労力を惜しみなく注入して、その年に「八か所、もしくは九か所に砦を築き、防御の基礎を固めた」。それはいつか近海付近で難破するかもしれない船の乗客を救助する方策の一つだろうと、言い放つ人もいるが、そのような道理なら、むしろそれと同じ数の「慈善の家」でも建てた方がましだろう。ここはまさに「絶えず嵐が吹き荒ぶバミューダ諸島」（シェイクスピア『テンペスト』より）という表現そのままだ。

私たちの船は、その大きな帆を使ってあらゆる風をすべて捉え、しかも低くて狭い船体のお陰で擦れ合うことを極力避けながら前進した。潮流に棹さして港に向かう間にも、いろんなものが私たちの傍を通り過ぎていった。私たちの船が釣りから帰る途中であった若者たちの小型漁船にとうとう追いつくと、彼らは船縁まで顔を出して仰々しく挨拶をした。「これは参りました」と。とはいうものの、私たちの船も身動きが取れなくなり、窮地に陥ることがあった。船体が前進しているのか後退しているのか、それを確認するために岸辺に見える二つの物体に目を注いだ。港は祭日の夕べのような活況を呈していた。東部汽船株式会社に所属する船が、あたかも華やかな舞踏会にでも参加するかのように、鳴り響く音楽と歓声に包まれながらすれ違った。もしかしたら跡かたもなく泡と消えるかもしれないのに。

私たちの船がニックス・メイトのバンク付近に差しかかった時、一人の若者が若い女性たちを相手にニックスなる航海士を巡る談義に興じている声が耳に入った。それによるとニックスというのは、遥か昔にこのバンクで刑場の露と消えた船乗りの名前らしい。「私が有罪判決を受けなければならないならば、島は後世に残るだろう。だが、もし無罪ならば、島は大波に攫われて姿を消してしまうだろう」と言い残したが、すでに島は流されてなくなってしまっていた。

その次だったと思うが、ジョージ島の砦が見えた。何とみすぼらしい構造物だろうか。これでは国家の威厳どころか狭量の表象に過ぎない。イギリスの陸軍将校ジェイムズ・ウルフは北アメリカ最強な砦の前を夜の闇に紛れて通過し、堅実にこの砦を占領したのだ。

私は彼らがロング波止場の端の辺りにあるドッグの定位置を目指して寸分の狂いもなく船を接岸する技量に感服した。夕暮れ時ということもあり、こちらの方向に突き出ている波止場の存在をはっきりと見分けることができなかったが、船で混み合う様子は丹念に一本の線を引いたように見えた。ロング波止場まで四分の一以内の位置に入っても、相変わらず見分けがつかなかった。そんな状況にもかかわらず、私たちは敢えて迷路の中に突き進み、ひしめく船の間を器用に縫って接岸しなくてはならない。思い切って、私たちはマストに取り付ける最も大きな帆、メインセールを降ろして、フライングジブだけで進むことにした。他の地域から来た何隻かの船を避けながら、どうやら波止場まで四ロッド以内の位置に辿り着いた。しかし、依然として状況は変わらず、円材、索具、そして船体の迷路だけが続いており、なかなか隙間が見つからない。私たちの船はフライングジブを降ろしても、なお前進した。船長は片手を操舵室横の舵柄に添えて、もう一方の手には夜間用の望遠鏡を握っていた。船長の息子はバウスプリット〔船首から突きだした円材〕に立って、混乱している状況をじっと静視していた。乗客たちは衝突するのではないかと不安に思い、ハラハラして生きた心地がしなかった。「この船を入れるスペースがあるか?」と、船長がわざと落ち着き払って訊いた。船長は五秒のうちに、その決断をしなければならなかった。さもなければ、他の船のバウスプリットを捥ぎ取ってしまうか、さもなければ自分のそれを失うかであった。「船長！　安心してください。そのスペースはあります」。それから三分もしないうちに、私たちの船は、さらに大型の船の僅かな間に入り込み、やっとのことで、その波止場にしっかりと接岸することができた。

このような経緯を経て、私たちはボストン港に着いた。ロング波止場の端まで歩いて進み、クィンシー・マーケットの町中を通り抜けたことがある人ならば、きっと自分はボストン通だと自慢するだろう。

ボストン、ニューヨーク、フィラデルフィア、チャールストン、そしてニューオリンズなどの都市には、いわば〔周囲を賑やかな商店や家に囲まれて〕海に突き出ている波止場の名前を捩って付けたような匂いが漂う。こうしたところは船に自国の貨物を積み込んだり、他国の物資の荷揚げの作業に携わる場所としては最適である。夥しい数の樽やイチジクが詰められたドラム缶――傘の柄〔持ち手〕を作る木材の山――花崗岩や氷の塊――様々な製品の山、それらを梱包する資材と運搬するための道具――大量の包装紙や麻糸――たくさんの木枠や柳籠、それとホッグスヘッド〔大樽〕やトロッコなどが、私の目に留まった。いわば、これがボストンなのだ。樽の数が多くなればなるほど、ボストンスタイルが顕著化する。ミュージアム、科学協会、そして図書館などは付随的な存在に過ぎない。そのようなものは、わざわざ荷車で運搬する煩雑さを省くために、樽が置かれてある一定の場所に集められた。波止場の周辺に入りびたる人たち、税関の役人、堕ちた詩人など、いうなれば無為な日々を送る連中が、何かいいことがないかと、当てもなく潤いを求めて樽の間をうろつき回っているのだ。よかれあしかれ、文化会館、説教、あるいは医療なども、同様に補足的な存在に過ぎない。まして公園に敷かれた散歩道なども、やはりちっぽけな存在である。

私がボストンに足を延ばす時には、決まってロング波止場の端まで町を真っすぐに突き進み

（もっともクィンシー・マーケットの存在が行く手を阻むのだが）、そして、そこから折々の情景を見渡すことにしている。裏通りなどの静かな場所に出たところで、私には親戚も知り合いもいないのだ。ロング波止場で私の目に映ったのは、メイン州やペンシルヴェニア州を中心に、その他いろんな地域からやって来たシャツ姿で働く男気いっぱいの労働者たちや越境の労働者たちの群れが際限なく広がっている風景である。彼らは運搬に伴う積みおろし作業などに汗を流していた。それは、さながら田舎の祭りの盛況ぶりといったところか。

私はその年の一〇月にボストンに帰還した。その時はプロヴィンスタウンの砂がかなり靴底に残っていた。故郷のコンコードの町に戻った時でも、まだインクの吸い取り用に使用できるほどの砂の量が靴底を埋めていた。一方、それから一週間経っても、まるで貝殻の中にでもいるかのように海鳴りの音が頭の中で響いていた。

私たちはコッド岬を巡る旅とゆかりの地について述べてきたが、それらはコンコードの故郷の人たちの目には馴染みの薄い辺境な地として映ったかもしれない。実際にボストンとプロヴィンスタウンの二地点間の距離は、イギリスとフランスのそれと比べれば二倍近く離れている。だが、一旦、列車に乗ってしまえば、それから船に乗り換えて六時間後には既述した「プロヴィンスタウンの全長にわたって敷かれた四枚の幅広い床板の東側の先端」に辿り着いて、バーソロミュー・ゴズノールド船長が発見したと言われているコッド岬を一望できるのだ。コッド岬に纏わる私の叙述は貧弱で生彩を欠いたものとなったが、もし、読者の皆様が最初に私のコッド岬に関する紹介に心動かされて、すぐに旅立っていたならば、ノーセット灯台からレイス岬に至る三〇マイルにわたる砂地に、おそらく明確に残っている私たちの痕跡を確認できたであろう。仮にこのコッド岬を巡る秘境探検譚が、わが読者の心に極彩色の刻印を示さなかったとしても、私たちに限れば、気づかぬままに、その一つ一つの記憶を岬に刻印したと思う。しかし、果たして私たちの探検譚がどうだというのだ？　そこには大海原からの咆哮もなければ、ビーチ・バードも海藻も皆無なのだから。

浜辺に住む人たち、少なくとも真夏のうららかな浜辺での日々を楽しむ人たちの暮らしぶりが他の市井の人の耳目を集めているのは事実だ。彼らはギラギラと照りつける太陽の光を浴びながら、浜辺を彩るビーチ・グラスやヤマモモの美しい緑に囲まれた生活環境を楽しんでいると言えるだろう。丹精込めて育てた一頭のウシを友とし、浜辺に打ち上げられた僅かばかりの流木とビーチ・プラムを生活の糧として海辺の穏やかな波音に包まれ、ハチドリの囁きに癒されて過ごす日々は極楽だろうと思われる。

私たちはたしかに大西洋を見に行ったのだが、コッド岬を見た瞬間、これほど素晴らしい立地条件に恵まれた岬はないだろうと痛感した。アメリカのどの沿岸地域の岬もあっさり凌駕していた。船旅を楽しもうとする人であれば、旅人は離岸と併せて着岸時の感慨も味わえるだろう。その途中で、ウミツバメが「サラッツソドローマ」の学名に相応しく、海面を背景に悠々と飛翔する姿に遭遇するかもしれない。重く厚い雨雲が低く垂れ込めれば、航行中であっても陸地が見えなくなってしまう場合もある。アメリカの大西洋沿岸地域の中で、これほど陸地へと延々と真っすぐ続く美しい浜辺を私は知らない。それは小川や入り江や汽水域などの河川が邪魔することなく断ち切られることはないからだ。浜辺の様相は地図上、明瞭に表示されているが、実際にそこを歩いてみると、小川や沼地によってところどころ分断されていた。事実、既述のように広大な浜辺と砂丘が佇み、それぞれが陸と海の特質を如実に物語っているのだ。と同時に、二つの海を見比べることができるという二重構造の特徴を有した場所は他にない。

私は後日、ロングアイランドのグレート・サウス・ビーチに足を運んでみたが、そこはたしかに長い砂浜が続くロング・ビーチだと言えるが、遭難した船が逃げ込めるような入り江はなかった。あの浜辺は島の端に細長く数マイル突き出た文字通り単なる砂洲に過ぎない。つまり、海岸浸食によって形成された砂洲ではないのだ。なるほど一帯には野趣に富んで荒涼とした風景が広がるが、壮大な砂丘の特徴に乏しい景観を呈していたし、私はコッド岬の雄大さには遠く及ばないと思った。また南岸の情景も私の想像力を強く掻き立てるものではなかった。船乗りたちから耳打ちされた話だが、これ以外にアメリカの大西洋岸沿いに広がる長い浜辺と言えば、ニュージャージー州のバーニガット・ビーチとヴァージニア州とノース・カロライナ州の中間に位置するカリタック・ビーチしかないようだ。しかし、これらの浜辺は、カリタック・ビーチと同様に、砂洲から隔てられた浅い水域（ラグーン）によって本土よりかけ離れて沖付近に浮揚している低くて狭い砂洲に過ぎないのだ。しかも、さらに南下すれば、潮流の勢いが一段と弱まり、岸辺の景観の多様性と雄大さが失われてしまう。

無論、太平洋沿岸地域にも逍遥に適した場所はあるはずだ。最近、太平洋側の地域に住んでいる某作家が語っているが、「ディサポイントメント岬（コロンビア川が太平洋に流れ込む河口の近くにある。スペインの探検家ジョン・メアーズ船長が発見した岬として有名）から（ファンデフカ海峡にある）フラッタリー岬に至る海岸沿いは、ほぼ南北に広がっており、ほとんどその浜辺一帯を包み込むような長くて美しい海岸沿いを快適に散歩できる」という。ただし、その一帯に佇む二つの湾と四、五本の川、そして海に突き出た二、三の岬が散歩の邪魔になる。その辺りに生息する甲殻類は、コッド岬のものとまったく同類という訳ではないが、類似したものが多く見られるらしい。

しかし、私がこれまで叙述してきた浜辺は、馬車では難儀するので徒歩での観光をお勧めしたい。先行する馬車の後を追って馬を走らせる場合、車輪が溝の深い轍に嵌り込んでしまうからである。この浜辺には、いまのところ名声もなければ名前もない。ノーセット港の南側に広がる浜辺は、一般的にはチャタム・ビーチの名称で呼ばれている。イースタムの一角は、ノーセット・ビーチと呼ばれている。ウェルフリートとトゥルーロから先は、バックサイド・ビーチ、あるいはコッド岬ビーチと呼ばれることもあったようだ。私としては、ノーセット港からレイス岬まで絶え間なく続く浜辺をコッド岬ビーチと想定しており、実際に私自身はそう呼んでいる。

コッド岬を訪れる旅人にとって、絶対に外せない最も魅力的なスポットの一つは、ウェルフリートの北東部にある風物だ。その地域では、海辺から半マイルも歩けば適当な宿屋を見つけることができるだろう（ただし健康上の問題がなく、慣習に拘らなければの話だが）。そこでは、陸地と海辺との絶妙な調和がそこはかとなく図られている。広大な海は見えないが、耳を澄ませば、その微かな囁きが聞こえてくる。また大海原を見たくなったら、町の中心の外れにある丘の上に登れば、その壮大な景観を十分堪能できる。明鏡の誉れ高いヘリング湖から怒濤渦巻く大西洋という名の湖まで、ほんの数歩で辿り着く距離である。あるいは、トゥルーロのハイランド灯台ならば、この辺りの情景に比べても見劣りしないだろう。この灯台から大西洋とマサチューセッツ湾を見渡す景観は誠に素晴らしい。何よりもその眺望を妨げるものが一切ないからだ。夏ともなれば、風にそよぐ砂丘の辺りがいつも涼しく感じられる。したがって、そこの住民は暑さ知らずの日々を心地よく過ごすことができるという訳だ。

美しい景観と言えば、この灯台の灯台守は、毎回食事を終えると、決まって一、二人の家族を連れ出して砂丘の先辺りまで一緒に散歩に出かけ、大海原の雄大な景色を堪能するのである。長くそのような習慣を続けているのだから、未だにその愉楽を味わい尽くすことがないのだろう。どんなに素晴らしい絵を家の壁に掲げてみても、それに代わるものはない。そんな風に思うが、いかがだろうか？　しかし、いまのところ、女性たちはロープやケーブルのついた滑車装置でも借りないと、砂丘の上から容易には降りることはできないと思う。

大部分の旅人は暖かい季節を待って浜辺を訪れるが、それは霧がしばしば発生する季節でもあり、何となく空気も埃っぽく淀んでいるので、海の魅力は半減してしまうに相違ない。コッド岬の風情を感じるには秋の季節が最高ではないか、私は密かにそう思っている。空気の透明度がずっと高いし、海の眺望を楽しむには打ってつけの季節だからだ。ピーンと張り詰めた浜辺の冷気や秋から冬にかけて次々と襲い来る嵐であっても、海が私たちにもたらす特徴的な印象として、それらは無くてはならない自然現象である。一〇月になっても、耐えがたいほどの厳しい寒さが訪れる訳でもなく、粛然として穏やかな雰囲気のコッド岬を彩る鮮やかで特有な紅葉風景は秋しか観られない絶景の趣を呈する。特に、旅の途中のこの季節に嵐にでも遭遇できれば最高のもてなしといったところだろうか。夏の激しい暑さが終わり秋になると、すでに八月もそのような風情が漂うが、思わず独り思索に耽りたくなるし、そんな雰囲気を味わいながらその周辺を散歩や散策することも一興だろう。しかも、夜ともなれば、宿屋を探さなくてはならないくらい予期せぬ寒さや冷たさに震えてしまい、凄然たる情景の中に引き込まれてしまうので、散歩しつつも異空間を思い切って冒険したくなる気持ちを止められない。

この浜辺を訪れて憩いたいと願うニューイングランド人たちにとって、このスポットはきっと格好のリゾート地になる時が必ず来るだろうと思う。いまのところ、華麗なる社交界の面々や有閑人たちにはまったく知られていないし、これからも彼らにとっては居心地が良いと感じる場所とはならないだろうと思うが、果たしてどうだろうか。ここを訪れる人たちが十柱戯（ボウリング）や遊園地に敷かれたレールに沿って走る巡回列車や砕いた氷の上からミント風味のシロップとバーボンを注いだ大量のミントジュレップを目当てにしているとなれば、あるいはまたニューポート付近にたむろする人たちと同様に、海水よりワインをご所望とあれば、それはお門違いも甚だしい。私は断言してもよいが、そのような人士であればコッド岬に消えることのない失望感を抱くことになるだろうし、コッド岬周辺の浜辺が一層魅力を高めることはない。上流階級の人士として振る舞う連中が集まるような浜辺は、一日の内の環境変化が著しいのだ。それは浜砂を運び入れる海の所業か。マサチューセッツ州の東端に位置する都市リンとナンタスケットの町よ！　そうした地域に住む人たちが安寧で快適な生活環境を享受することができるのは、コッド岬の折り曲げた、むき出しの腕のような湾形成で守られているからだ。泉や滝がどうだというのだ？　ここにはマサチューセッツ州随一の名泉と名瀑が存在するではないか。ところで、秋か冬の吹き荒れる嵐の中に、この地に足を踏み入れてみてはどうだろうか。おそらく灯台や漁師が使用する小屋の有難味が分かるだろう。それらが本当の宿屋だと感慨深く思うに違いない。その地に佇めば、人はアメリカ全土に背を向けて、凜とした孤高の姿を貫くことになる。

完

作品解説

齊藤 昇

いまの世相を想う時、産業の新陳代謝や急速な構造変革を促進する波が多様な様態で押し寄せることにより、豊かな心情や思考の萌芽が醸成されにくいのではないかという不安の念に苛まれる。しかも、こんなにも情報が氾濫しているのに真実は何処にあるのか、それを入手できない哀しき空疎感。少なくとも科学技術イノベーション政策の強化・推進が経済や国力を高める源泉であるという直線的で安易な妥協は避けるべきだろう。その一方で、世界は構造的貧困と格差、武力紛争、先行きの見えない不確実さ、地球規模の気候変動、多文化社会におけるアイデンティティーの概念の捉え直し、そして未曽有のパンデミックの拡大で苦境に立たされる。

アメリカ・ロマン派文壇の異才と謳われたヘンリー・デイヴィッド・ソロー（一八一七－一八六二）は、前者のテクノロジーがもたらす利便と効率の対極を意識した「質素の美徳」を説き、また後者のような事象を踏まえて、人々が等しく心穏やかに暮らせる「世の中の安寧・自然との共生」の重要性をそこはかとなく主張し、後世に貴重な文学遺産を残した静かなる文学エコロジストであると同時に、強い矜持を自らの内奥に秘めたイデオロギストの表象でもあった。

一九世紀のアメリカ・ロマン派に属す文人たちが残した文学には、概して歴史の中で磨かれてきた圧倒的な感性と壮大な想像力を駆使した美しい意匠が窺えないだろうか。それを導きの糸にすれば、繊細で抒情性豊かな情感や穏やかな旋律を漂わせる文芸に辿り着く。ところが、主に自然環境的な要素と触れ合うソロー文学は抒情的な調子の巧みさに乏しく、同時代の一部の作家たちの文学のように豊潤な風土に根ざした美しい旋律の残香が絶妙な存在感を発揮することもない。むしろ、彼の作品群には人と自然が共生できる健全で恵み豊かな生態系が幾世代にわたって保たれることの意義が投影されたもの、あるいは極端な形態を帯びたマテリアリズムに大きく傾斜してゆく当時のアメリカ先進資本主義の先行きの不透明感を危惧する己の魂の葛藤と悲痛の呻きが凝縮されたものが多い。いわば異貌の文学である。もっとも、その煩悶と諦念が他者への優しさを鋭く尖らせるのだが。

では、その代表的な作品を幾つか挙げるとなれば、まずボストン郊外のコンコードにあるウォールデン湖畔近くの小屋で自給自足の生活を送るという稀有な記録を吐露した誰もが知る名著『ウォールデン――森の生活』が白眉の出来と言えるだろう。それに続く文化と生態学の概念を絡ませたカルチュラルエコロジー系の作品としては、本書の『コッド岬』や『メインの森』や『コンコード川とメリマック川の一週間』などが連なる。さらに忘れてはならないもう一冊は、高邁な思想と哲学を盛り込んで綴った『市民の不服従』である。これは「国家の形態と民衆の葛藤」を問うことで、一大歴史ロマン『戦争と平和』で知られるトルストイ、あるいは「インド独立の父」のマハトマ・ガンジーや黒人への差別の撤廃を訴える公民権運動の指導者マーティン・ルーサー・キング・ジュニア牧師といった後世の作家や政治家たちに黙示的な正典として受け入れられた優れた逸品である。その背後にはソローの醒めた眼がたゆたう。

本書『コッド岬』は、先の『ウォールデン——森の生活』やアメリカ東部メイン州の森の奥地の探索を描いた『メインの森』とは対照的にパノラマの景色が広がる大西洋の美しく碧い「海」とコッド岬周辺の歴史と実態を真摯に描き抜いたノンフィクション系の秀作である。ボストン郊外にあるコンコードの「ウォールデンの湖と森」から「コッド岬の海と砂丘」へと視線を移し、「人間と自然との交感の原理」と「自然への畏怖の念」を忘却することなく、哀愁こそあるが物悲しさを内包しない洒脱かつ重厚な風格を宿した文章で語り尽くす本書は、国と時代を越えて、ますますこの種の文学の持つ有意義性を高めているのではないだろうか。それゆえに、この文学は「自然の再生」を軸とした種々の学際的なテーマへと飛び火したと思う。

そもそもコッド岬に関する地理的概念の捉え方だが、「コッド岬はアメリカ合衆国北東部のマサチューセッツ州の東端に位置し、あたかも人間の腕のように湾曲した半島である。そこから対岸の方向を見渡すとプリマスの町が見渡せる。そこは一六二〇年にメイフラワー号でピルグリム・ファーザーズが上陸した地域である。沖合は主にタラ（コッド・フィッシュ）の漁場として知られる。それが〈コッド岬〉と呼ばれる所以である」が直截的な表現だ。

ところが、ソローは幾分エスプリを効かせた達者な文章で、コッド岬をこんな風に表現する。「コッド岬はマサチューセッツ州のむき出しになった肘を少し曲げたような形をしている。さしずめ、肩のあたりは大西洋の入り江のバザーズ湾といったところだろうか。肘、すなわち尺骨の突起部はマレバール岬、手首はトゥルーロ、そして砂の拳がコッド岬の先端にあるプロヴィンスタウンだ。その背後にはグリーン山脈を背負ったマサチューセッツ州がまるで猛者の如く、しっかりと両足で海床を踏みつけるようにして身構え、外敵から湾を守る警戒心を緩めていない。北東から吹く暴風と闘いを繰り広げたり、時によっては、荒ぶる大西洋を大地の膝から持ち上げ、さらにアン岬の辺りで胸部をプロテクトしているもう一方の拳を、いまにも突き出しそうな気配を漂わせている」（本書第一章「難破船」より）。本書の冒頭より著者の小粋なセンスが光る文章だ。

さて、ソローはコッド岬探訪の旅行程についてこう書き下ろす。「私たちは一八四九年一〇月九日の火曜日にマサチューセッツ州のコンコードを出発した。ボストンに到着して分かったことだが、その前日に発着港に着くはずのプロヴィンスタウンの蒸気船が運悪く激しい嵐に見舞われてしまい入港できなかったという情報が入ったのだ。そんな折に町で見かけた号外チラシの「コハセット沖で水難事故発生！　乗組員一四五名死亡、生存者なし」という文字が目に飛び込んで来た。この不慮の事故の悲報に接したこともあり、私たちは急遽予定を変更し、コハセットを経由してコッド岬に向かうことにした」。これが友人の神学者であり詩人のウィリアム・E・チャニングと連れ立ってコッド岬を訪れた最初の機会である。二人は前記のような事情によりマサチューセッツ州のプリマス郡の西部に位置する都市ブリッジ・ウォーターから客車に揺られ、ガラス工芸の村として知られるサンドウィッチに向かった。そこから駅馬車を利用してオーリンズを経由した後に、徒歩でプロヴィンスタウンに辿り着いている。ソローはその後も単独横断の試みを含めて一八四九年、一八五〇年、一八五五年、そして一八五七年と併せて四度にわたってコッド岬に足を踏み入れているが、本書は主として三度までのコッド岬探訪を中心に構成されたものである。

この本の中で独特の感覚で綴られる静謐な優しい情景描写には、おりおり古典文学由来の引用表現が効果的に添えられている。それによって韻文と散文の巧妙な駆け引きを織り交ぜながら独自のアンソロジーを編むような律動感を味わうことができる。とりわけ、『コッド岬』の中に比較的多く挿入されているホメロスの叙事詩『イーリアス』からの引用文は、この作品を荘厳なバラッドのような趣で包む。ただし、ソローによれば、「私は折々、古典ギリシア語で表象された文句を少しばかり挿入することにしているが、その理由の一つを挙げるとすれば、ギリシア語は海の響きの雰囲気を伝えるのに適切だと思うからである」だとか。また本書の掉尾を飾る第十章の「プロヴィンスタウン」は分量としても圧巻で、ソローが旅の途中で接する口碑的な材料を自在に活用してコッド岬に纏わる歴史的な出来事などを客観的な視点から巧みな筆遣いで織り出した秀逸な叙述である。そこにはソローならではの妙技がきらりと光り、博物学者としての面目躍如たるものが現れている。まさに他の追随を許さないこの文人の独壇場とも言えるだろう。

本書『コッド岬』には、時としてやや晦渋な文章に込められた重厚で格調高い意匠が垣間見られる。それらは歯切れがよくアイロニーとユーモラスを交えて語られるので、およそこの種の文脈が陥りがちな冗漫さとは無縁だ。それはソローの卓越した筆力によるものだろう。本書の出版の頃から、ソローはだんだんに文壇的にもたしかな衆望を担い、揺るぎない地歩を築くようになる。そして一定の規格化された思考を克服し、透徹した歴史認識を基盤に「孤独な生活の愉しみ方」を享受した達人としての世評を得る。こうした無類の自然愛好家によって磨き出された結晶の世界に憩いながら、ソローの遺した明日の幸福と希望という真の“Well-being”を探り出すことも一興ではないだろうか。

訳者あとがき

フランスを代表する詩人ポール・ヴァレリーはかつてこう語った。「湖に浮かべたボートを漕ぐかのように、人は後ろ向きの姿勢で未来へ入っていく。目に映るのは過去の風景ばかり、明日の景色は誰も知らない」。それは人の世の道理に照らした言葉で、どこかソローの心境や思想を象徴するかのような表現でもある。前にも引いた通り、彼は当時の急速な物質文明の繁栄の陰に忍び寄る環境の綻びと人類史的な危機を憂い、自身の特異の文学の意味合いを巧みに反転させて卓越した眼力で鋭く同時代と未来を見据えた作品群を編み出した。お陰で読者の多くは随分と蒙を啓かれる思いがしたろう。いわゆる「自然環境の保全」と「世の中の安寧」という惹句を引っさげ、多難な時代の波濤に揺られながら、一心不乱に希望のボートを漕いだソローにとって、不本意な未来像は耐えがたいものであったに相違ない。

まったくの私事に及び恐縮だが、敢えてあの日々の追憶を語り、ささやかな仕方ではあるが、つれづれなる思いを甦らせて述べることにしたい。私は以前にソローが本書で辿った道程を追体験しようとコッド岬を幾度か訪れたことがある。最初は本格的な寒波の到来を避けた季節に、ボストンから高速バスで一路サンドウィッチに向かってひた走った。バスはプリマスを経由してコッド岬運河に架かるサガモア橋を渡り、昔からガラス工芸が盛んなサンドウィッチの村に着いた。当時はサンドウィッチ製の昔ながらのデクスター製粉用水車が稼働しており、その水力で製造されたトウモロコシの粉末は当地名産の一つであった。そこで一泊して、翌日は広大な荒れ地を垣間見ながら一直線の道路を一度も停止せずに走行を続けた。美しい沿岸の風景を楽しみながらプロヴィンスタウンに着いた時はさすがに感慨深い気持ちになった。早速、コッド岬でひと際高い塔ピルグリム・モニュメントに赴き、その後に近くに広がる浜辺に足を運んだ。浜辺で波打つ風紋は微風によって刻一刻と輝きながら形を変えていた。夢想の海と現実の陸地が交歓する静かな浅瀬を歩く。そこは本書の中でソローが語る「いわば中立地帯のような場所」（"The sea-shore is a sort of neutral ground"）なのだろう。灯台の向こう側は水平線が煌めく絶景しか旅人の視野に入らない。飛沫を上げて打ち寄せる白波が岬の岩礁に砕け散る。なだらかな斜面に沿って閑静な住宅が並ぶ。こうした遥かなる潮騒の響きを背にして雄大な大西洋とコッド岬の自然が織り成す風景を存分に満喫した。

プロヴィンスタウンにはノーマン・メイラー、ユージン・オニール、ジョン・ドス・パソス、シンクレア・ルイス、テネシー・ウィリアムズ、そしてコッド岬芸術学院を設立した肖像画の権威チャールズ・ウェブスター・ホーソーンなどの文人墨客ゆかりの別荘が建ち並んでいた歴史がある。大西洋からの心地よい微風を身体に浴びながら、彼らが旺盛な創作活動に勤しんだ日々が偲ばれる。

別の機会にはボストンからプロヴィンスタウンまで高速フェリーを利用した。このルートだと所要時間が大幅に短縮できる。その時の帰路は、ソローが「コッド岬の手首」と称したトゥルーロを後にし、ウェルフリート、イースタム、オーリンズの各地、そしてノーセットの大西洋岸に沿ってケネディ家の別荘があることでも有名なハイアニス・ポートへと南下した。それからソローも立ち寄ったコッド岬の沖合に浮かぶナンタケット島とマーサズ・ヴィニヤード島へ渡った。「灰色の貴婦人」（"The Grey Lady"）という別称でも知られるナンタケットは、ダイアナ元妃やオードリー・ヘップバーンやジャクリーヌ・ケネディといったセレブたちも愛用していたと言われる高級伝統工芸品「ナンタケットバスケット」発祥の島としても有名。いまでも女性のフォーマルファッションを彩るアイテムとしても注目されている。また、ハドソン・リバー派の影響を受け、一九世紀アメリカの画壇で活躍した巨匠ジョージ・イネスの隠れた憩いのスポットでもあった。ハーマン・ローチャー原作・ジェニファー・オニール主演の青春映画の秀作『おもいでの夏』（*Summer of '42*, 1971）の舞台となったパケット島はナンタケット島を想定したものである（ただし、実際の撮影は、この島ではなくカリフォルニア州のメンドシーノ海岸付近で行われた）。文学的にはハーマン・メルヴィルの傑作『白鯨』の舞台となり、エドガー・アラン・ポーの『ナンタケット島出身のアーサー・ゴードン・ピムの物語』の系譜に連なる。手に汗握るパニック・アクション映画『ジョーズ』（*Jaws*, 1975）の舞台となる架空のアミティ島だが、実際はマーサズ・ヴィニヤード島のメネムシャが撮影現場である。この島には不朽の名作『緋文字』の著者ナサニエル・ホーソーンが幾度となく訪れている。ホーソーンが短編集『トワイス・トールド・テイルズ』の構想を練った常宿「エドガータウン・イン」がいまも残っているし、イギリスの作家サマセット・モームはそれと隣接するホテル「コロニアル・イン」を好んで頻繁に訪れていたことも記録に残されている。また、前出のジャクリーヌ・ケネディ所有のマーサズ・ヴィニヤード・エステートがあったことでも知られている。

おそらくソローがコッド岬とその周辺の島々を訪れた当時は、今日の様子からは想像すらできないほどのんびりとした風景が広がっていた時代だったろう。生垣に囲まれた家々なども、多くの土地の筆界や境界線も確定していなかったので、近くの無立木地や疎林と同化していたのではないだろうか。だが、路地裏にひっそりと佇む草花、あるいは可憐に舞う白波といった豊かに息づく自然はいまなお健在である。

この度『コッド岬』の翻訳に携わったことを通じて、遥か遠い彼方へすっかり忘れ去られていた壮大な自然と交感する機会を得たことは、私にとって望外の喜びであり、また今日の風景とは著しく異なる非凡な美しさを放つ別天地に引き返す僥倖に恵まれたことに想像を超える高揚感を覚えた。黙々淡々と務めを果たし、寡黙で孤高に生きたソローの貌が印象深く浮かび上がった瞬間である。

『コッド岬』を訳出するにあたって参考にした版は、*The Writings of Henry D. Thoreau; Cape Cod* (Princeton University Press, 1988) である。その際には先行訳の飯田実訳『コッド岬——海辺の生活』（工作舎、一九九三年）を適宜参照させていただいた。また本書に散見される抽象的な概念を明瞭な言い回しや表現に変換して、心地よい原文の流れを鈍らせないように心掛けたつもりである。なお、本書を訳出する上で参考にした資料は *A Thoreau Gazetteer* by Robert F. Stowell (Princeton University Press, 1970) と *Plimoth Plantation; Fifty Years of Living History* by James W. Baker (Plimoth Plantation Publication, 1997)、そして *Nantucket Island* by Robert Gambee (W. W. Norton & Company, 1992) である。

最後に、本訳書の刊行にあたって、平凡社ライブラリー編集部の安藤優花さんをはじめ関係者の皆さんに大変お世話になった。特に編集長の竹内涼子さんには、いつも細やかなご配慮をいただき、改めて心より厚く感謝を申し述べる次第である。

二〇二三年七月

齊藤　昇

図版出典一覧

第二章扉写真　Chris Ranney,
https://commons.wikimedia.org/wiki/File:Across_the_Sandwich_Marsh.jpg

第三章扉写真　Library of Congress, Prints & Photographs Division, Carl Van Vechten Collection

第五章扉写真　Matt H. Wade,
https://commons.wikimedia.org/wiki/File:Wellfleet_Town_Beach.JPG

第六章扉写真　Erin McDaniel,
https://commons.wikimedia.org/wiki/File:Newcomb_Beach,_Cape_Cod.JPG

[著者]

ヘンリー・D. ソロー

（Henry David Thoreau 1817-62）

19世紀アメリカ・ロマン派の文壇史を彩る作家、思想家、詩人。マサチューセッツ州コンコードの出身。ハーヴァード大学卒業後は学校教師、鉛筆製造業、そして様々な測量に関する仕事に従事した。生態学から博物学に至るまで豊富な知識に裏打ちされた繊細で静謐な作品が特徴。ソローの代表作はボストン郊外のコンコードにあるウォールデン湖の畔に棲み、思索と労働の日々の記録を綴った古典的名著『ウォールデン――森の生活』をはじめ、『コッド岬』『コンコード川とメリマック川の一週間』『市民の不服従』『メインの森』など。1862年５月６日に44歳という若さで肺結核によりコンコードで亡くなった。故郷コンコードのスリーピー・ホロー共同墓地に埋葬されている。

[訳者]

齊藤 昇（さいとう・のぼる）

立正大学文学部教授（文学博士）。日本ソロー学会第15代会長、（一財）日本英文学会評議員、NHKカルチャーラジオ講師、朝日カルチャーセンター講師、北海道新聞書評委員などを歴任。主な著書に『ワシントン・アーヴィングとその時代』（本の友社）、『「最後の一葉」はこうして生まれた――O・ヘンリーの知られざる生涯』（角川学芸ブックス）、『ユーモア・ウィット・ペーソス――短編小説の名手O・ヘンリー』（NHK出版）、『そしてワシントン・アーヴィングは伝説になった――〈アメリカ・ロマン派〉の栄光』（彩流社）など。主な訳書にホーソーン『わが旧牧師館への小径』（平凡社ライブラリー）、アーヴィング『ウォルター・スコット邸訪問記』『ブレイスブリッジ邸』『スケッチ・ブック（上・下）』（以上、岩波文庫）、『アルハンブラ物語』（光文社古典新訳文庫）などがある。

平凡社ライブラリー 953

コッド岬《みさき》 浜辺《はまべ》の散策《さんさく》

発行日…………2023年9月5日 初版第1刷

著者……………ヘンリー・D. ソロー
訳者……………齊藤 昇
発行者…………下中順平
発行所…………株式会社平凡社
〒101-0051 東京都千代田区神田神保町3-29
電話 (03)3230-6579[編集]
(03)3230-6573[営業]

印刷・製本……株式会社東京印書館
DTP…………平凡社制作
装幀……………中垣信夫

ISBN978-4-582-76953-1

平凡社ホームページ https://www.heibonsha.co.jp/